U0163771

金學叢書
第一輯 3

吳 敢
胡衍南 霍現俊
主編

小說《金瓶梅》

魏子雲 著

臺灣 學生書局 印行

魏子雲

1918 年出生於安徽宿縣，小名清漢。於抗日戰爭中從軍，未受完大學教育。惟自幼習經，於國學頗有根基。在軍中擔任編審工作多年，退役後轉任教職，曾任中興中學與育達商職國文教師、臺北師專兼任副教授，以及國立藝專戲劇科兼任教授。2005 年病逝於臺北，享壽八十八歲。重要著述包括《金瓶梅》研究、八大山人探研、文藝評論、戲曲劇本、國文教學及長短篇小說創作等共七十餘種，近一千萬字。著述之勤，其中尤以《金瓶梅》研究，相關論著近二十種，除帶動兩岸學術界研究風潮，糾正前人誤說頗多，更建立其國際間特出之地位。

本書簡介

本書是魏子雲先生 1988 年《金瓶梅》研究論文結集。共分四輯，第一輯「小說金瓶梅」，分題探討《金瓶梅詞話》的故事、人物、情節、語言、政治諷諭、色情書寫、婦女感情與小說中的現實社會。第二輯「學術研究與批評」，回覆當時金學界重要學者徐朔方、吳曉鈴、朱德熙、劉輝、張遠芬等先生之學術意見。第三輯「由小見大篇」，探討《開卷一笑》的版本與編者，評論《金瓶梅》的正確研究方法。第四輯「附錄——論評與答辯」，收錄九篇學者專文，如馬泰來提出麻城劉家、諸城丘家與《金瓶梅》的關係，徐朔方的書評，朱德熙與張惠英的《金瓶梅》方言問題等金學新解。

金學叢書第一輯序

2012 年 8 月下旬，「2012 臺灣《金瓶梅》國際學術研討會」在臺北、嘉義、臺南三個場地隆重召開，大會同時紀念辭世七年、在海峽兩岸備受推崇的「金學」先驅魏子雲先生。

會議落幕之後，臺灣學生書局基於「辨彰學術，考鏡源流」的信念，認為很有必要出版一套「金學叢書」，將 1980 年以後逐漸豐饒起來的《金瓶梅》成果一次性展現出來，於是找了胡衍南商議此事。經過協商，臺灣學生書局接受胡衍南的兩點提議：一，此一事業理當結合海峽兩岸金學專家共同合作；二，為了紀念魏子雲先生，擬將先生在臺灣學生書局的版權書，搭配臺灣近來年輕研究者的金學著作，先以「金學叢書」第一輯的名義出版，藉此向先生獻上敬禮。因此，2013 年 5 月「第九屆（五蓮）國際《金瓶梅》學術研討會」期間，霍現俊答應共襄盛舉；同年 7 月，胡衍南代表書局親赴徐州邀請吳敢加入主編行列，確定此套叢書由吳敢、胡衍南、霍現俊共同主編。在此同時，胡衍南開始蒐集「金學叢書」第一輯的書稿，吳敢、霍現俊逐步展開「金學叢書」第二輯的規劃。

不同於「金學叢書」第二輯，主要為中國大陸 20 世紀 80 年代以來學人的《金瓶梅》研究精選集；「金學叢書」第一輯由魏子雲領軍，麾下俱是臺灣年輕學者專書性質的金學著作。

第一輯共收十六本書，魏子雲在臺灣學生書局的三本版權書《小說金瓶梅》、《金瓶梅原貌探索》、《金瓶梅的幽隱探照》，足以反映魏先生治學精神及金學見解；且因魏先生後人及學生刻正籌劃全集出版，本套叢書也就不另外爭取先生其他專著。至於其他青年學者專書，如果把金學事業分成文獻研究、文本研究、文化研究，文獻研究明顯最為匱乏，事實上臺灣除魏子雲外興趣多不在作者、成書、版本等考證方面。叢書中具綜述性質的李梁淑《金瓶梅詮評史研究》權屈於此。

文本研究稍好，其中又以借鑒西方敘事學理論者較有成績，鄭媛元《金瓶梅敘事藝術》可視為全面性初探，林偉淑《金瓶梅的時間敘事與空間隱喻》意在時空設計的隱喻性格，李志宏《金瓶梅演義——儒學視野下的寓言闡釋》則從敘事特色探討「奇書體」小說之政治寄託。此外，關於《金瓶梅》詩詞的研究也頗見特色，傅想容《金瓶梅詞話

之詩詞研究》、林玉惠《崇禎本金瓶梅回首詩詞功能研究》，一從詞話本、一據崇禎本，前者宏大、後者聚焦，都是考慮詩詞在小說中的美學任務。另外值得一提的是曾鈺婷《說圖——崇禎本金瓶梅繡像研究》，近年頗時興圖像與文字的辯證研究，此書透過對小說插圖的考察，從側面支持了崇禎本《金瓶梅》的文人化、藝術化傾向。

　　至於文化研究，不可免地都集中在性／別文化研究，此係因為臺灣極易取得未經刪節的全本《金瓶梅》，加上20世紀90年代中期以來對性／別議題特別熱衷，故影響了《金瓶梅》文化研究的「挑食」傾向。收在叢書中的此類著作，有胡衍南《金瓶梅飲食男女》、李欣倫《金瓶梅之身體感知與性別辯證：一個漢字閱讀觀點的建構》、李曉萍《金瓶梅鞋腳情色與文化研究》、張金蘭《金瓶梅女性服飾文化研究》、沈心潔《金瓶梅詞話女性身體書寫析論——以西門慶妻妾為論述中心》等五部，其中胡衍南、張金蘭的著作都曾公開出版，此次收入叢書都作了程度不一的增添及修改。尤需一提的是，臺灣近年來對於小說的續書研究很感興趣，特別是從解構主義的後設立場重新反思續衍現象，嚴格來講也是一種文化批評，叢書中鄭淑梅《後設現象：金瓶梅續書書寫研究》即為個中佳作。

　　「金學叢書」第一輯集結近年臺灣青年學者《金瓶梅》研究專著，有意宣示「哲人日已遠，典型在宿昔」——魏子雲先生逝世十周年前夕，金學事業薪火相傳，生生不息。綜上所述，本輯作者胡衍南、李志宏的著述較為金學界所熟識，其他多數則嶄露頭角，正見其成長茁壯。相較之下，稍晚亦將問世之「金學叢書」第二輯，收入了徐朔方、甯宗一、劉輝、王汝梅、黃霖、吳敢、周中明、張遠芬、周鈞韜等三十一位名家之《金瓶梅》研究精選集，收錄純熟之作，代表當代金學最高成就，敬請拭目以待。

吳敢、胡衍南、霍現俊（胡衍南執筆）

2014年元旦

自　序

一

　　自從《金瓶梅詞話》於民國二十一年出現之後，該書的成書年代以及作者是誰？遂有了一番新的探究。如鄭振鐸的〈談金瓶梅詞話〉[1]吳晗的〈金瓶梅的著作時代及其社會背景〉[2]，業已否定了傳說三百餘年的王世貞之苦孝說[3]。把該書的成書年代，結論到萬曆中葉[4]。

　　可以說，鄭振鐸與吳晗的這兩篇文章，所提證據雖少，但據以推繹出的結論，則是正確的。因為他們的立論，處處悉以歷史的因素為基，如「清明上河圖」的收藏過程，無法與太倉王家連上關係，毒殺嚴世蕃的傳說，也與史實不符。再根據寫在書中的「女番子」以及「時尚小令」，都不能上置於嘉靖。鄭振鐸則又從欣欣子敘文中的「前代騷人」之說，也認為嘉靖年間人把相距不過二十餘年或五十餘年的成弘間人，如丘瓊山、盧梅湖、周靜軒等，與唐宋間人並稱為「前代騷人」，嘉靖間人當不會如此的。放在萬曆間，這說法就成立了。

　　試想，鄭振鐸與吳晗二人的此一根據歷史因素研究出的結論，我們如不能提出新的證據，一一予以否定，憑著什麼再把《金瓶梅》的成書年代，再上推到嘉靖間去？

　　所以我要說：從事考據怎能忽略歷史因素！

二

　　近數年間，大陸在《金瓶梅》研究方面，業已風起雲湧，掀起了繼《水滸傳》與《紅樓夢》之後的另一高潮。論文的刊出，有如雨後春筍。論者亦率多在成書年代及作者是

1　該文刊於民國 22 年 7 月《文學》1 卷 1 期。
2　該文刊於民國 23 年 1 月《文學季刊》創刊號。
3　康熙年間，徐州人張竹坡評批《金瓶梅》為「第一奇書」，直言《金瓶梅》乃王世貞（鳳洲）作，且為之飾辭曰「苦孝」之說。
4　鄭振鐸的〈談金瓶梅詞話〉及吳晗的〈金瓶梅的著作時代及其社會背景〉二文，其結論都認為《金瓶梅》之成書年代在萬曆十年到三十年之間。

誰的範圍中著眼。論說雖然雜亂，歸納起來，也不外嘉靖萬曆二說。至於作者，王世貞之說，雖已沈寂[5]，李開先從說書人底本寫定說[6]，卻又起而代之。由於持此說之徐朔方與吳曉鈴二位先生，乃年高德劭之老教授，在學術上已有其崇高地位，是以附從此說者甚夥。曾被轟抬過的徐州張遠芬之賈三近說[7]，已無附和者了。另一位上海復旦黃霖之屠隆說[8]，除了我全力支持此說，在大陸，似還未能引起共鳴。

關於上述《金瓶梅》的成書與作者問題，如以歷史因素來說，「李開先從說書人底本寫定說」，連立說的基礎都沒有。何以？從嘉靖到萬曆，沒有任何人記述過曾有說書人說《金瓶梅》的記錄。如果《金瓶梅》已騰諸於說書人之口，其流行的情況，該是多麼的熱鬧。怎會無人去記述它？沈德符對於《金瓶梅》一書，說了這麼一句話：「此種書必遂有人版行，一刻則家傳戶到。」沈德符的這句話，無論是否是出之於沈氏之口，這話都是萬曆年間的社會實情。試問，此書如在嘉靖中葉即已流行於社會間，且已傳之於說書人之口。何以無文字記錄？何以遲遲七八十年無人刊行？憑這一點，即足以否定了「李開先從說書人底本寫定說」。因為它沒有立說的基礎。

此一問題使我不解的是，像徐朔方先生這麼一位有學問的老學人，怎會堅持斯見而不渝[9]？

5　有朱星作《金瓶梅考證》，仍認為作者是王世貞。由於立論有誤，又無確證，無人附和，業已沈寂。

6　認為《金瓶梅詞話》是李開先打從說書人的底本而重加寫定者的說法，據說乃吳曉鈴首議，但吳氏僅在演講中提到，未嘗著之文字。而徐朔方則寫有〈金瓶梅成書新探〉等文，一再強調《金瓶梅詞話》是說書人的底本，由李開先寫定。但卻未能提出說書人說《金瓶梅》的紀錄。再說何以由嘉靖到萬曆之間的七十餘年，竟無梓行？

7　徐州教育學院之張遠芬，在運河師範服務時，提出《金瓶梅》作者乃山東嶧縣人賈三近說。一時新聞轟傳，認為張遠芬已解四百年來之此一懸案。然終因所證賈三近之說，乃穿鑿附會；尤以所例《金瓶梅》之語言是「嶧縣」話有八百餘條，幾無一條可以成立。此說今已無附和者了。

8　上海復旦大學之黃霖，提出屠隆是《金瓶梅》作者說。雖然此說尚未能得到大陸學者之附和，然此說之可能性極大。筆者庶幾乎付出全力支持，又提出不少證見。敢言此說將成定論。

9　1986年11月，「北京人民文學出版社」出版了一本《金瓶梅論集》。徐朔方、劉輝合編。其中如徐扶明之〈金瓶梅寫作時代初探〉，卜健之〈金瓶梅作者李開先補正〉以及徐朔方的〈金瓶梅的成書以及對它的評價〉，洋洋灑灑數萬言，仍在強調「李開先寫定說」。惜乎乃未能提出嘉、隆、萬年間，有說書人說《金瓶梅》的紀錄。該書第一篇是鄭振鐸的〈談金瓶梅詞話〉。按理，應把鄭說之成書萬曆說，一一予以否定，方能再去建立己之嘉靖成書說。先不去否定同一問題的異說，只一味去自說自話，則非寫作論文的立論之道。

三

至於《金瓶梅》的成書問題，應分兩個階段來探討，即今之刻本《金瓶梅詞話》及其以前之傳抄本《金瓶梅》。此一論點，在距今八年前我著手寫作《金瓶梅的問世與演變》一書，便已舉證演述。嗣後又在《金瓶梅劄記》、《金瓶梅原貌探索》兩書，再予詳細舉證肯定。可以說，傳於今世之刻本《金瓶梅詞話》乃第二次改寫本，成書於天啟，也是無法否定的事實。我的證言在這三本書中，例說得夠多了，也夠詳盡了。遺憾的是，今之研究《金瓶梅》的成書年代及作者是誰？仍以《金瓶梅詞話》為之例說，焉能道出正確的立論。傳抄時代的《金瓶梅》，是不是西門慶的故事？還是一個問題呢[10]！

今者，我又從《金瓶梅詞話》第五十六回的〈祭頭巾文〉，尋得了證言，更加證實了《金瓶梅詞話》改成於泰昌天啟間。本書中的這篇「〈別頭巾文〉的證言」，便說明這些。

按今能見到的〈別頭巾文〉，除了《金瓶梅詞話》，另外尚有偽託「卓吾居士李贄編集、一衲道人屠隆參閱」之《開卷一笑》卷五及「羊洛敕里、起北赤心子彙編」、「建業大中世德堂主人校閱」之《繡谷春容》卷九，亦刊有該文。

如對照這三本所刊文辭加以比勘，除了《繡谷春容》未刊文前詩，文中脫漏亦未引發足以討論的問題，但卻發現刊於《金瓶梅詞話》中的文辭卻改了。譬如《開卷一笑》本中的這句：「南京路上陪人幾次，東齋學霸惟吾獨尊。」金書則改為「東京路上陪人幾次，兩齋學霸惟五獨尊。」顯然是為了遷就《金瓶梅》的歷史背景，方始把「南京」改為「東京」，又感於「東齋」的「東」字犯重，遂又把東字改為「兩」字。這一點，不得不令人去深入思考。

第一，《開卷一笑》卷九之〈太倉庫偷兒〉，有「萬曆中」字樣，該書之成，顯然在萬曆以後。

第二，《繡谷春容》卷十二，有一篇〈萬曆登極改元詔〉。揆之語氣，其成書自亦是萬曆以後。關於以上兩個問題，業已肯定這兩部書，都是萬曆以後，最早也是天啟初年編成的。那麼，《金瓶梅詞話》在它們前還是後呢？

這一點，須要我們繼續推敲的是，《開卷一笑》卷五中的〈別頭巾文〉，是有作者名字的，叫「一衲道人」，而且這位「一衲道人」，又是《開卷一笑》的「參閱」者「屠隆」。至於這位「一衲道人」是不是屠隆？可不去管它，但主持編集《開卷一笑》的實際編集人，竟把這篇〈別頭巾文〉偽託在屠隆頭上，則可據以蠡測〈別頭巾文〉，非屠

10　參閱拙作《金瓶梅劄記》附錄(一)〈賈廉、賈慶、西門慶——金瓶梅的問題〉。

隆以前的人所作。如以明代人偽託作者姓名的常情來說,他不去偽託嘉靖時代或再前時代的名士,偏偏偽託屠隆,也就足以推想這位偽託者,必是屠隆以後的人。那麼,《開卷一笑》中的〈別頭巾文〉,應是早於《金瓶梅詞話》的本文,可能性較大。保守一點說,也應是同時的。

何況,我們又在馮夢龍編寫的《魏忠賢小說斥奸書》的「凡例」中,尋到「金陵游客」馮夢龍寫〈頭巾賦〉的紀錄。這篇〈別頭巾文〉乃馮夢龍所作,也有了鮮明的指標。蓋《開卷一笑》亦馮夢龍編也[11]。

如今我已尋到如此多的直接證據,肯定《金瓶梅詞話》是馮夢龍參予的改寫本,連「欣欣子」與「東吳弄珠客」都是馮夢龍的化名[12]。研究《金瓶梅》的人,若是仍不承認《金瓶梅詞話》是改寫本,那他們的研究,就要繼續走冤枉路了。

四

《金瓶梅》的語言,極為駁雜。如從整體來看,全書悉以「北方話」(官話)為主,但又為了去符契故事的山東背景,遂時時加上大家皆知的齊魯語態。且又不時寫了一些燕語(京腔)在內。然而,卻洗滌不了作者自己慣用的吳越語態,(還有生活上的衣、食、住、行之江南風尚。)顯然地,以《金瓶梅詞話》來說,乃江南吳越人所作也。

關於此一問題,我在其他論文中,業已說了不少,這裡我就不再多加例說了。

最值得一提的,是張遠芬的《金瓶梅新證》,他為了強調《金瓶梅》中的語言是他山東嶧縣話,竟摘錄了八百餘條。實則,那些話不僅他們山東嶧縣人那樣說,其他各縣的人,也那樣說,甚至北到東三省南到川黔雲桂的人,也那樣說,何以?因為中國人說「北方話」的區域太廣了[13]。

正由於張遠芬年輕,未嘗出乎大江南北,僅憑一隅局囿之知聞,那裡有能力去談論《金瓶梅》的語言,螳臂擋車,蚍蜉撼樹,自不量力已耳。是以後來張遠芬又自動修正為是「魯南方言」,又修正為「魯南、蘇北」以及「皖北」等區的方言,不堅持是他家鄉嶧縣話了。

張遠芬還接二連三的來「辨正」我的《金瓶梅詞話注釋》(我只見到其一,附錄在《小說金瓶梅》後面,他的辨正,十之七、八是錯的。)我已寫了答辯,文在本書中。這裡不說它

11　參閱拙作〈《開卷一笑》的編者是誰?〉(刊民國 76 年 8 月 5、6 日《中華日報》副刊)。

12　參閱拙作〈馮夢龍與金瓶梅〉一文。(本文於民國 76 年 8 月 8 日在中央圖書館舉辦之「明代戲曲小說國際討論會」中發表。)

13　見日本漢語語言學家橋本萬太郎繪製之《中國言語地圖》。

了。

關於《金瓶梅》的語言，大陸的語言學家，已有人參加討論，我讀了朱德熙先生的一篇：〈漢語方言中的兩種反覆問句〉（刊《中國語文》1985年第1輯），還有張惠英先生的〈金瓶梅用的是山東話嗎？〉、〈金瓶梅中值得注意的語言現象〉、〈金瓶梅中杭州一帶用語考〉[14]。

朱德熙先生的這篇文章，寫得非常精雋，惜乎論點及旨趣有偏差，期為沈德符說的第五十三回至第五十七回，乃陋儒補以入刻的問題，提出證言肯定；結果未能達成。但朱先生以其語言學家的治學方法，為研究《金瓶梅》者，提供的方向，則令我欣佩與感激。說來，還是張惠英先生卻是站在純學術的立場，不偏不倚的提出了《金瓶梅》的語言問題。張先生的這幾篇論述，有功於《金瓶梅》研究，真格是功莫大焉！

五

從事學術研究，立說衍論，首賴證據，亦即大家習謂之「有一分證據，說一分話」。有了問題上的意念，固可大膽的去假設，仍須小心去求證，求到證據，方能去立說衍論。如「李開先寫定說」，既未求得嘉、隆、萬三朝之演說《金瓶梅》之紀錄，此一意念，便無從立說。這一點，是立論的基礎。等於建築房屋，必須先取得建築基地，然後再去鳩工庀材，在基地上建築起計畫中的房屋。若未求得建築基地，雖已鳩得良工庀得上材，也是枉然。一堆散漫的材料而已。

徐朔方的「李開先說」，堪以上說喻之。

法國小說家紀德（André Gide，1869-1951年），說過這麼一句話：「抬起頭來，不要看天空，看地平線。」[15]這話我一直放在心頭，時時警惕自己要腳踏實地的一步步向前走。決不昂頭看天空（不空想）。所以我從事《金瓶梅》研究這多年來，從未想著要去立大說。那種「不飛則已，一飛衝天；不鳴則已，一鳴驚人」的奮進性格，是我最厭惡的豪情[16]。所以，在我接觸到的《金瓶梅》研究者（接觸到的論文），最欣賞的是美國芝加哥大學的馬泰來先生。他首先提出的謝肇淛之〈金瓶梅跋〉，以及論文〈麻城劉家與金瓶梅〉、〈諸城丘家與金瓶梅〉，雖文之篇幅不大，其所舉史料，則給《金瓶梅》的研究，闢出了新局。老實說，我這本《小說金瓶梅》中的論文，得益於馬泰來先生者，良多！良多！

---

14 朱德熙的〈漢語方言中的兩種反覆問句〉及張惠英的〈《金瓶梅》用的是山東話嗎？〉兩文均已附錄在本書中，參閱附錄四與附錄七。

15 見紀德著《新糧》：譯文是「舉起頭來吧！並非舉起來對天空，而是對地平線。……」（上海生活書店本）

16 我服膺於大路邊小草的生活活力，以及泉水之流的「放之成川，閉之成淵」的性格。

俗謂：「從大處著眼，小處入手。」

馬泰來先生的治學，實當此諺語之喻。我讀他其他的短論與小證，無不有此感受。

我知道馬泰來先生比我年少得多，而我近年來，卻時時以馬先生的這種治學心眼。作為服膺的對象。

六

專務於《金瓶梅》一書的探索，綿綿十七載矣！而我卻一直盤桓在《金瓶梅詞話》的天地間，連「崇禎本」都未正式涉入。近年來，由於研究的腳步，逐漸步入了《新刻繡像批評金瓶梅》（崇禎本），方始履及這部後刻的崇禎本《金瓶梅》，感於它與《金瓶梅詞話》有其血肉相連的關係。懷疑它與《金瓶梅詞話》是兩個不同底本之來源的想法，這一懷疑，可能是多餘的。下面，我提一個證據。

在《金瓶梅詞話》第三十四回，寫韓道國的老婆王六兒與小叔通奸，被好事的年輕人赤裸裸提去打算送到縣府究辦。韓道國知道了，跑到東家主西門慶面前，跪求幫忙，送個帖兒開脫了他們。於是小說上這樣寫著：

> 西門慶教玳安：「你外邊快叫個答應的班頭來。」不一時叫了個穿青衣的節級來，在旁邊伺候。西門慶叫近前分付：「你去牛皮街韓夥計住處，問是那牌那鋪地方？對那保甲說：『就稱是我的鈞語，分付把王氏即時與我放了。查出那幾個光棍名字來，改了報帖，明日早解提刑院我衙門裡聽審。』」那節級應諾，領了言語出門。

到了第三十九回，又有了「鈞語」二字。這一回寫西門慶玉皇廟打醮，官哥寄名在吳道官那裡。在施行打醮之前，吳道官著他第二個徒弟應春。送了天地疏來西門家。西門慶便接待這位吳道官的徒弟進來，書上這樣寫著：

> 那道士頭戴小帽，身穿青衣直掇，下邊履鞋淨襪，謙遜數次，方纔把椅兒挪到旁，另坐下。西門慶喚茶來吃了。（道士）說道：「老爺有甚鈞語分付？」……

可是，手民卻把「鈞」字刻成了「釣」字。這情形顯然是手民之誤。但在崇禎本的《金瓶梅》，如日本內閣藏本、天理圖書館藏本，全誤刻為「釣」字。

這一點，即足以證明「崇禎本」的底本是《金瓶梅詞話》，已無可懷疑。

（按崇禎本的《新刻繡像批評金瓶梅》，在世者現有四種，(1)北平孔德本（今歸北京首都圖書館）(2)日本內閣文庫本(3)日本天理本(4)北平馬廉本（今歸北大圖書館）。如論版本行款，日本內閣本與北平孔德本（首都本）同，日本天理本與北平馬廉本（北圖本）同。關於前述「鈞語」二字，日本內閣

本與天理本，全與《金瓶梅詞話》的一樣，三十四回刻為「鈞語」，三十九回刻為「鈞語」。不知北平的「首都本」及「北圖本」，也有若是之誤否？吾未能見也。）

再說，劉輝先生的〈金瓶梅版本考〉[17]，談到「崇禎本」時，因為他在「北圖本」的附圖中，發現到圖後有「回道人」的題辭，「回道人」乃清人李漁的筆名。遂懷疑《新刻繡像批評金瓶梅》的寫定，可能是李漁。實則，《新刻繡像批評金瓶梅》乃崇禎年間的刻本，更是無法否定的事實。因為該本有崇禎帝的辟諱字，第九十五回中的十多個「吳巡檢」，全刻成「吳巡簡」了。日本內閣本與天理本全是如此。想必「北京首都本」與「北圖本」，也不例外。

請劉輝先生就近查勘。

<h2 style="text-align:center">七</h2>

讀書求知，除了憑恃學養與智慧，更須輔以細心。我依據一己的讀書經驗，寫了幾篇有關讀書求知與求證的短文，也祇是感慨於大陸方面的《金瓶梅》研究者，下筆未免率意而浮泛。怎能想到那裡就寫到那裡，總應先去想想此一立說，有無事實上的基礎啊！

我們從事閱讀與史料研判，任誰都不免有疏忽之誤，像徐朔方先生為我指摘出的誤失，就是一個鮮明的例子。所以我寫了一篇〈錯了就認錯〉的答謝。同時，也誠心誠意的規勸徐先生，也應該迷途知返；「李開先寫定說」，缺少歷史的根據，不能再走下去了。

作者立說衍論，行文難免有其主觀的趨向。在史料的研判上，也難免會產上主觀上的偏失。所以我非常願意接受各方賢者智者的指正。「錯了就認錯」，這分接受批評的雅量，自信還是具備了的。

敬候教正焉！

附記：筆者於今年十月二十四日到香港大學演講，曾到友人梅節先生府上相擾，暢談數小時。承蒙提出其校勘《金瓶梅詞話》與崇禎本《金瓶梅》時，確已發現到《金瓶梅詞話》中的語言，有其不同底本的來源。此一問題，今經反覆思索探討，堪證此說正確。已寫專證之矣！

中華民國七十六年七月二十七日於臺北

---

[17] 劉輝先生的這篇〈金瓶梅版本考〉，集在 1986 年 6 月遼寧人民出版社出版之《金瓶梅成書與版本研究》。

· 小說《金瓶梅》·

小說《金瓶梅》

目　次

金學叢書第一輯序 ……………………………………………………… I

自　序 …………………………………………………………………… III

第一輯　小說《金瓶梅》

《金瓶梅詞話》的故事——情節系要 ……………………………………… 1

《金瓶梅詞話》的人物——情節穿插與性格塑造 ……………………… 13

《金瓶梅詞話》的語言問題——讀〈《金瓶梅》用的是山東話嗎？〉 … 23

《金瓶梅詞話》的政治諷諭 ……………………………………………… 29

《金瓶梅》的色情問題 …………………………………………………… 33

《金瓶梅》婦女的感情世界 ……………………………………………… 39

《金瓶梅》小說中的現實社會 …………………………………………… 45

第二輯　學術研究與批評

學術研究與批評——請教大陸學人徐朔方先生 ………………………… 55

麻城劉大金吾——寄大陸學人徐朔方先生 ……………………………… 63

論文之創意與立說——寄在美大陸學人吳曉鈴先生 …………………… 69

關於《金瓶梅》的方言——寄大陸學人朱德熙先生 …………………… 73

屠本畯的〈金瓶梅跋〉——請教大陸學人劉輝先生 …………………… 83

怎能忽略歷史因素？——從大陸學人研究《金瓶梅》說起 ………… 91

我的《金瓶梅詞話注釋》——答大陸張遠芬先生 ……………………… 97

讀夏志清著〈論金瓶梅〉 ……………………………………………… 121

第三輯　由小見大篇

沈德符論《金瓶梅》一文中的丘工部問題 ………………………………… 131

《開卷一笑》的版本問題 …………………………………………………… 139

《開卷一笑》的編者 ………………………………………………………… 143

《五色石》與《八洞天》——說版本與成書 …………………………… 149

關於崇禎本的問題 ………………………………………………………… 153

由小見大篇 ………………………………………………………………… 157

讀書須疑篇 ………………………………………………………………… 167

研究《金瓶梅》的正確方向 ……………………………………………… 177

錯了就認錯——答大陸學人徐朔方先生 ……………………………… 191

第四輯　附錄——論評與答辯

附錄一：麻城劉家與《金瓶梅》 …………………………… 馬泰來 195

附錄二：諸城丘家與《金瓶梅》 …………………………… 馬泰來 203

附錄三：評魏著《金瓶梅的問世與演變》 ………………… 徐朔方 215

附錄四：漢語方言中的兩種反覆問句 ……………………… 朱德熙 221

附錄五：北圖館藏《山林經濟籍》與《金瓶梅》 ………… 劉　輝 233

附錄六：論《金瓶梅詞話》的政治性 ……………………… 黃　霖 247

附錄七：《金瓶梅》用的是山東話嗎？ …………………… 張惠英 257

附錄八：答臺灣魏子雲先生 ………………………………… 徐朔方 267

附錄九：魏子雲的《金瓶梅》研究 ………………………… 鄭永曉 273

校後記 ………………………………………………………… 魏子雲 275

第一輯　小說《金瓶梅》

《金瓶梅詞話》的故事
——情節系要

　　凡是被稱為小說的作品，無不有個故事。因為小說是寫人的藝術，換言之，小說以塑造人物為主要職志。這一點就是小說與散文的分別。散文只要述其事抒其情即可，小說則非得著眼於人物的形象塑造不可；包括人物內在的心理。那麼，小說既是寫人的藝術，人之處身於社會，生活極為複雜，又怎能沒有故事。所以西方小說家往往謙稱是「說故事者」（story teller）。五十年代的西方，雖有所謂「反小說」（anti-fiction）的倡議，也等於說是反對小說的過於著重故事。但這種「反小說」的小說，卻也不能沒有人物。當然，有了人物，就必然有人的故事，關鍵只在於處理人物事件的手段不同而已。

　　不過，小說雖不能沒有故事，但小說決不是以處理故事為主，應以塑造人物為主，故事只是住居人物的房舍。所以小說的故事，委實用不著去建造迷宮，《基督山恩仇記》之所以未能躋入第一流文學作品之林，它那過於曲折的故事，可能就是降低它藝術評價的原因之一。西方論評家之往往把藝術價值低的小說，稱之為「故事」，不稱之為「小說」。可見小說雖不能沒有故事，卻不能只有故事。基乎此，我們當可知道「故事」與「小說」的關係了。

　　那麼，我們若是依據此一論點來看《金瓶梅》這部小說，我們準能感於這部近於百萬言的長篇說部，並不是在說故事，它只是在寫人，在寫西門慶這個人物的身家興衰。若有人問我：「《金瓶梅》是怎樣的一個故事？」也只要答說：「《金瓶梅》是一部描寫山東清河縣流氓西門慶身家興衰的一篇故事。」當然，其中還包容了與西門慶有關的許多事件。如他的幫會活動，他的妻妾、僕婦等家人的生活，他的交通官吏，他的商場經營，以及他的酒色生活。由於《金瓶梅》是長篇巨著，其中自然由許許多多小故事集

合成的。像這種情形，西方的長篇巨著，也不能例外。可以說，凡是長篇小說，無不是由許多短篇及中篇匯集的。如羅曼羅蘭的《約翰‧克利斯朵夫》及托爾斯泰的《戰爭與和平》，莫不如是。

若想把《金瓶梅》中的短篇與中篇等故事，一一析舉出來，並不容易。因為《金瓶梅》是一部社會寫實的小說，它的著眼點只在於西門慶這個人物的生活動態上，凡所涉及，至為零碎，不易細說。若從整個故事的結構去看，約可分作三部分：序曲、正曲、尾聲。回目前的引詞及第一回是序曲，第二回到第七十九回是正曲，第八十回到一百回是尾聲。

下面，我們分開來敘述。

上、序曲

我們看《金瓶梅詞話》回目前的引詞，共有八闋。除了四首酒、色、財、氣四貪詞，是勸人勿貪酒、色、財，更不要隨時生氣（更不要惹氣），還有四闋「行香子」，充滿了慎獨出世的人生觀。這四闋「行香子」，雖是元朝中峯禪師的作品，但《金瓶梅》的作者，既然把它引錄在回目的前面，顯然有逃離《金瓶梅》這個混濁世界的意想。再加上第一回一開始，就引錄了宋朝詞人卓田的眼兒媚，來說明《金瓶梅》這部小說，要寫的是有關君王寵幸的故事。於是「入話」又寫了項羽寵虞姬，劉邦寵戚夫人甚至要去廢太子改立戚夫人之子趙王如意。可是，「入話」寫完了這些故事，便把話頭一轉，說：「如今這一本書，乃虎中美女，後引出一個風情故事來。」於是《水滸傳》的武松打虎，便插入進來。潘金蓮與西門慶便關聯上了。

「武松打虎」的情節，主要的作用，只是由武松接上武大與潘金蓮，把《水滸傳》上的這些情節，全部搬到《金瓶梅》中來。

按「武松打虎」見到了親哥嫂等一連串情節，原載於《水滸傳》第二十三回至二十六回（百回本），移民到《金瓶梅》來的。如以這部小說的「序曲」來說，則第一回中的「入點」以及武松打虎，到武松搬到哥嫂家居住，引發了潘金蓮戲叔，武松罵嫂，吵家遷出。這些情節，全是引發第二回潘金蓮與西門慶邂逅，王婆賄說風情的前奏。這樣看來，「武松打虎」的情節，也算不得是累贅的了。

說起來，第一回中的劉、項這兩位大英雄，也免不了為花柔的情節，乃抄自宋人話本《刎頸鴛鴦會》，但《金瓶梅》的作者，既然抄錄在《金瓶梅》中，自有其運用於《金瓶梅》中的喻義。說起來，這個「入話」，更可以說這第一回的全部「序曲」，都與以後西門慶這個清河縣流氓的身家興衰，關聯不上。難怪到了崇禎本把這個第一回全部改寫了。

中、正曲

一、挑簾裁衣，通姦酖夫（第一回至第六回）

實際上，《金瓶梅詞話》的故事，是由第二回開始的。從第二回開始，西門慶方始上場，一上場就是潘金蓮的挑簾邂逅。雖然這一故事，在《水滸傳》中是由武松打虎開始的，說起來，與「武松打虎」、「金蓮戲叔」、「吵家公幹」以及「挑簾裁衣」、「通姦酖夫」等情節，集合起來是一完整的中篇，但在《金瓶梅》的故事中，則是從第二回起，方是本體故事的「正曲」。

雖說這一系列的情節，都是《水滸傳》上錄來的，但「誤打李外傳」（第九回）便把《金瓶梅》的故事，由《水滸傳》枝生出來了。有如洞庭湖之於長江。

二、說娶孟玉樓（第七回）

這是一篇獨立性的短篇小說，只占一回的篇幅。故事中只有三個主要人物，孟玉樓、楊姑娘、張四舅。為了孟玉樓要改嫁西門慶引發出來的一個衝突，文雖短，但人物性格的刻畫，語言的活潑生動，以及社會相、人生相，都有深入的描寫與表現。對於西門慶這個人物的為人，也有簡明的素描筆楮。是一篇相當夠水準的短篇。

尤其把它夾在迎娶潘金蓮的前面，作者有何用意？給讀者留下一分思考，更是作者的高段手法。

三、娶潘金蓮，獅子樓誤打，武松發配（第八回到第十回）

娶潘金蓮之後，西門家的妻妾方有了一個名分上的秩序，月娘居長，李嬌兒居次，孟玉樓居三，孫雪娥四，潘金蓮五。同時，春梅也在娶進潘金蓮後寫進來。寫她原是吳月娘房中的丫頭，給了潘金蓮，又買進了秋菊。

獅子樓誤打皂隸李外傳，是《金瓶梅》從《水滸傳》枝出的一個關鍵情節，由李外傳在獅子樓替死，武松發配，方始留下了空檔，讓西門慶去演出他的身家興衰種種。

四、打孫雪娥，兄弟會茶，梳籠李桂姐（第十一、十二回）

金蓮主僕恃寵，與孫雪娥口角，調唆西門慶打孫雪娥。

兄弟每月輪流會茶，輪到花子虛家，為娶李瓶兒先安伏筆。

梳籠李桂姐寫西門慶妓家的生活，以及潘金蓮私僕挨打。寫潘金蓮之不能缺少男人。

五、圖謀李瓶兒（第十二回到十九回）

西門慶圖謀瓶兒的情節，寫得較長，約有八回之多。但卻不是使之獨立成篇，而是夾雜在西門慶平日生活中一一呈現出的。從這裡，我們可以深切體會到作者的寫實手法。我們從小說情節中可以看到西門慶這個人的現實荒誕生活。其中有西門慶與李瓶兒通姦、花家兄弟爭產，官判花家兄弟分產，花子虛氣死。西門慶得了產業，兩宅合為一宅，

動工與建花園。唯然迎娶李兒的日期已經定了，正當此時，楊提督被劾入獄，親黨詔命緝去枷號一月後，發配邊地充軍。迫使西門慶停止了一切活動。因而這之間插入了李瓶兒招贅蔣竹山的獨立情節。

何以要平空插入了蔣竹山的招贅情節？從小說的情節藝術上說，此一情節的插入，是為了烘襯西門慶與李瓶兒的。蔣竹山與西門慶是一對比，職業是對比，比不了西門慶，性生活更是對比，更比不了西門慶。遂被李瓶兒趕出門去。李瓶兒雖把一切家私，罄其所有的倒貼了西門慶，至死都無一句怨言。李瓶兒嫁過去，西門慶兩天不入房，氣得李瓶兒上吊。第三天進房，一見面就要算那筆招贅蔣竹山的賬，要她脫光，用馬鞭子抽打。像這些情節，都是由招贅蔣竹山引發出來的。這一筆，在小說藝術上說，它是刻畫李瓶兒之投懷西門慶，居然貼光了所有的財物，未發一句怨言，正因為李瓶兒愛上了西門慶的性能力是「醫奴的藥」。到了第十八回，「來保上東京幹事」，則是西門慶發跡的起點。

六、來旺媳婦（第二十二回到二十六回）

在《金瓶梅》中，寫得最完整而又寫得最好，還可以獨立的中篇，就是這五回。它不但塑造了一位性情剛烈的女人，更烘托了西門慶的為人。表面看起來，他是一個沒有主張的男人，是一位軟耳根的男人，忽爾聽這個女人的，又忽爾改聽另一個女人的。實則，他是有原則的，那就是何人說的有利於己，便聽何人的。而且他心狠手辣，來旺媳婦死了，也只是編個理由報官掩埋就是。來旺媳婦的父親，宋仁阻擋，則又編造了理由，把宋仁送官，竟以攔棺謀詐罪處置。狠狠打了一頓，具結不得再事騷擾。

從武大被酖，武松發配，到宋仁送官，一件一件冤獄，都是《金瓶梅》小說提出的社會寫實。

在情節上說，第二十五回已寫下西門慶攀上了蔡太師了。

七、西門慶家庭中的淫縱生活（第二十七回至四十六回）

從第二十七回開始到第四十六回，這二十回的篇幅，寫的全是西門慶在家庭中的淫縱生活。這時的西門慶已經發了大財，他得到了三筆意外之財，一是孟玉樓帶來的，一是他女婿帶來的，一是李瓶兒帶來的；其中要以李瓶兒的那一筆最可觀。除了現銀子之外，還有不少寶物，打從牆頭上在夜晚運送過來，運了好幾夜。楊提督牽連到的案子，已經無事。且因此案認識了蔡太師的管家翟謙，從此上攀到太師府，是越發的有了氣勢。因而又蓋房子，又建花園，生活自然更放肆起來。所以寫到二十六回結束了來旺媳婦之死，跟著便寫西門慶在家庭中的逸樂，最有名的葡萄架便寫在第二十七回。在這二十回的情節裡，小情節有女婿戲丈母，怒打鐵棍兒，看相說命，押送生辰擔生子加官，湯餅宴，李桂姐拜乾娘，陳經濟失鑰罰唱，孌童受寵，包占王六兒，與喬大戶結親，失金記等。其中

如葡萄架後的尋鞋，戀書童，元宵觀燈，以及失金等情節，都能抽出作為獨立的短篇。

在第二十五回，已寫明西門慶已上攀到太師府，到了第三十回，西門慶生子加官，之後，西門慶與官府的交往，便上攀到京城去了。從這裡起，便一路路穿插了西門慶與官府大員的交往。在清河縣，西門慶已是另一種氣勢了。

八、苗青案 （第四十七回到四十九回）

揚州苗員外的僕人苗青謀財害主一案，在《金瓶梅》的情節中，是個孤起孤落的故事，我認為這一情節可能是最早傳抄時代的《金瓶梅》中的故事，到了《金瓶梅詞話》，已改寫得只餘下了這一部分了。

這一部分，在現存的《金瓶梅》小說中，它只有一個作用，引發出第四十八回曾孝序的那一參本而已。這一參本結果，揭發了當時官場的無法無天，好人不得好報，忠臣反而落得謫戍的下場，像貪官污吏，一丁不識的西門慶，不惟未被參倒，反而因此獲得三萬鹽引的專賣權。真是諷諭之極。

不過，如從小說藝術上看，這一情節是上不沾村下不著店，尤其到了後面各回，雖然提到了苗青其人，都與苗青謀財害主一案，連不上關係。顯然是重寫後留下的情節。

九、迎巡按，遇胡僧 （第四十九回）

西門慶在官場上的氣勢，到了宋巡按到來，業已成了氣候，業與政府中的貪官污吏沆瀣一氣。所以作者在這同一回安排了胡僧進來。

這兩個情節，都有其獨到的描寫與合乎小說藝術的結構。

十、李三黃四借銀 （第三十八回至七十九回）

李三黃四是《金瓶梅》中代表商界攢頭的兩個主要人物，從第三十八回開始到七十九回西門慶死，前後綿亙了四十回之多，還附帶了兩回後果的交代（第八十回及九十七回）。但寫在小說中的情節，卻只有借錢還錢，只有一處由應伯爵口中提到，說李三黃四打聽到朝廷辦理古器購買，其他都沒有寫到他們究竟做些什麼生意？再說，借銀還銀的情節，也有重疊錯簡的地方。所以我推測李三黃四在《金瓶梅詞話》的情節裡，顯然是刪改的痕跡。

說起來，李三黃四雖是《金瓶梅》中綿亙最長的情節，只是這個情節，在《金瓶梅》小說情節中，並無故事演出。也許在傳抄時代的《金瓶梅》中，有其主要的故事情節。

十一、王三官與他母親林太太 （第四十二回至八十回）

如從《金瓶梅詞話》的小說情節來看，這一部分應是其中的一個相當重要的情節，自第四十二回上場，到第八十回方始失去蹤影；前後綿亙了三十九回之長。可是在這三十九回的情節裡，寫到這母子的地方，除了第四十二回，只有以下數回，寫到他們：(1)第五十一回，寫王三官與李桂姐有了勾搭，他媳婦是皇帝御前太監「六黃太尉」的姪女，

一經上報，所以東京方面便關照東平府處理。東平府便著清河縣派公人把陪同王三官在妓家玩樂的人提了去，還坐名要把粉頭李桂姐等人提送東京。李桂姐只得去求西門慶打點。(2)第五十八回寫這場官司已由西門慶派來保東京打點妥貼，連另一個粉頭齊香兒都沾了光。(3)第六十八回粉頭鄭愛月透露了王三官與李桂姐仍有勾搭。並透露了王三官的母親林太太有暗通風月之情。(4)第六十九回，西門慶遂與王三官的母親有了風月款曲。並受林太太之託，到妓家去捉了幾個搗子，處理了王三官的冶遊。(5)第七十二回王三官拜西門慶為義父。(6)第七十八回寫西門慶與林太太第二次演風月。(7)到了第七十九回西門慶死時，提到了林太太；到了第八十回交代了一句說王三官仍在妓院李家行走。此後，便再沒有提王三官這母子二人了。

如從第四十二回王三官一出場的氣勢來看，王三官與林太太母子，應是《金瓶梅詞話》的重要情節纏對。但今之《金瓶梅詞話》，卻只有一個情節寫西門慶與林太太的幽會而大演風月的這一段描寫（第六十九回），這一段描寫卻是一篇頗為完整的短篇。其他，全部是一些零零碎碎的描寫。所以我推想林太太與王三官母子，可能是傳抄本時代的重要情節。

十二、西門慶東京慶壽誕（第五十五回）

西門慶到東京血蔡太師拜壽，有兩大情節，第一是在太師府遇見了一位揚州苗員外，第二是這位苗員外送了兩個歌童給西門慶。按說，這位苗員外應是《金瓶梅詞話》的一位穿插情節的重要人物，兩個歌童也應是到了西門家與潘金蓮演出故事的人物，在這第五十五回結尾，業已寫有伏筆；寫潘金蓮聽了兩個歌童的歌唱，就暗暗低言道：「這兩個子伙子，不但唱得好，就他容貌也標緻的緊。心下便有幾分喜他了。」可是，到了下一回，便一句話就交代了這兩個歌童，說是西門慶畢竟用他不著，都送與太師府去了。那個揚州苗員外，也無頭無尾的從此無了消息。後來，雖還寫有揚州的苗小湖及苗青，都與西門慶在東京遇見的這位苗員外，連不上關係。所以我推想這是改寫者留下的痕跡。推想這位苗員外與這兩位歌童，在早期傳抄時代的《金瓶梅》中，必是一些重要的情節，被改寫者改掉了。

（請參閱拙作《金瓶梅原貌探索》第八題：〈苗青、苗員外、苗小湖〉一篇。）

十三、李瓶兒官哥（第十三回至第六十七回）

在《金瓶梅》中，李瓶兒的故事，應分作兩個階段說，第一個階段是未嫁西門慶之前。有兩個情節：(1)與西門慶偷情共謀家財。(2)招贅蔣竹山。第二個階段是嫁到西門家。除了納進門後的一段被冷落閨房，氣得上吊又挨馬鞭子，應是李瓶兒個人事件的獨立故事，其他則全是與潘金蓮性行的對比描寫，以及官哥的介入，構成了他母子們的丟命悲劇。從第十三到六十七回，前後綿亙了五十五回之多的篇幅，都是家庭生活的瑣碎情

節，沒有較長的獨立故事。

不過，僅僅活了十三個月的官哥，從第三十回出生，到五十九回死亡，也占有三十回的篇幅。雖不是以官哥為主，但卻為《金瓶梅》構成了一個重要襯托。可以說，官哥在《金瓶梅》的情節裡面，應是烘襯潘金蓮妒心的一個重要人物。

在這數十回情節裡面，除了有關李瓶兒與潘金蓮兩者間的爭競光是官哥也寫了不少重要情節。如官哥的受驚號哭，（上墳受驚，剃頭受驚，潘金蓮打秋菊受驚，打狗受驚、貓兒又驚。）有關官哥的部分，雖然在情節上，是些零零星星的插入，若是串綴起來，尚算得是《金瓶梅》故事中的重要情節。

至於李瓶兒，在《金瓶梅詞話》中雖占有如此長的回目（共五十五回之久），但在故事中，則大多是潘金蓮故事的陪襯。只有臨死時的病況描寫以及死後的葬禮描寫，應是李瓶兒在這小說中的獨有而特出的情節。這兩處描寫，比起前些回的倒貼西門慶與招贅蔣竹山，還要出色些呢！

十四、妓家麗春院等處（第十一回至九十九回）

在《金瓶梅詞話》的百回情節中，寫到妓家的事，數來超過一半以上。可以獨立成篇的情節，數來則有(1)梳籠李桂姐(2)狎客幫嫖麗春院(3)西門慶大鬧麗春院以及應伯爵替花勾使(4)李桂姐與吳銀兒拜乾娘以及應伯爵打渾趨時(5)李桂姐與王三官的糾纏(6)春梅罵李銘(7)夏花兒偷金李桂姐央留(8)鄭愛月賣俏透密意以及西門慶踏雪訪愛月。還有玳安嬉遊蝴蝶巷等等。再加上後二十回的臨清妓家與陳經濟的糾結。還有一些唱小曲兒的瞎姑娘，比麗春院更低一等的齊香兒等瓦欄子，也是西門慶這般人遊蕩的所在。可以說，妓家是《金瓶梅》不能或缺的情節。

雖有一次西門慶為了李桂姐而大鬧麗春院，拜兄弟們不惟沒有相助去打，卻一個個去勸阻老大西門慶。後來，西門慶得了官，反而與妓家往還得更加親切。雖明知李桂姐與王三官的相好是實，卻也不再氣惱，出了事，還貼錢為她們去打點官司呢！可見流氓之與妓家的相因相輔。這一點，也是研究《金瓶梅》的重要關目之一。

十五、三姑六婆們（第二回至九十七回）

穿插在《金瓶梅》中的三姑六婆，卻也占了不少情節。除了由《水滸傳》移民來的王婆子，另外還有薛嫂、文嫂、以及馮媽媽，以及兩個尼姑：王姑子、薛姑子及其徒。

這些婆子們，除了以賣翠花及女用零星事物為名，穿梭於官宦豪富人家，還兼代傳情遞簡。連講經宣卷的姑子們，也不例外。這些有關三姑六婆的穿插，自是當時社會的現實描寫。

關於姑子們，有五次寶卷的宣講，如①第三十九回的五祖黃梅寶卷②第五十一回的金剛科儀③第七十四回黃氏女寶卷④第七十八回五戒禪師寶卷⑤第八十回紅羅寶卷。像

這些佛家的寶卷宣講，及說經等情節，在《金瓶梅》中也只是烘襯吳月娘在西門家身為大婦的生活消遣而已。這一屬於官宦豪富人家的大婦生活之禮佛穿插，自亦是現社會的寫實。像嫁了西門慶的吳月娘，如不在禮佛的生活上去安定自己，還能活嗎？這一部分應是研究明代婦女——特別是主婦家庭與社會生活的重要資料。

十六、官吏人等

寫入《金瓶梅》中的大小官員，京官有一品太師太尉。二品尚書以及大學士（明代大學士是五品，但卻往往由尚書兼領），還有五品的郎官、六品的主事，更有欽差大人監察御史（巡按）以及內官們；外官有巡撫、巡鹽（御史）、知府、知州、縣知事，以及縣丞、主簿、典史、孔目、仵作；武官則包括守土一方的統制、守備、都監、衛所正副千戶，節級，應有盡有。只差皇帝后妃沒有上場。（其中雖寫有安妃娘娘的內力以及徽宗皇帝的花石綱等等，但均未在《金瓶梅》故事中登場。）這許許多多的官員，都是圍繞著西門慶身家興衰這個故事的陪襯腳色。

西門慶「交通官吏」的故事，就寫在這些官員的頭上。如情節中的武大冤死武松發配，花子虛的喪身，蔣竹山的死亡，來旺的遞解原籍與宋仁的一場屈死官司，還有苗青的謀財害主得以開脫，宇給事與曾御史的本章也劾不倒西門慶，全由於西門慶有其交通官吏的長才。西門慶交通官吏的長才，也只有一條，他有門路也有本領去行賄而已。他的五品武官理刑副千戶一職，就是他費神籌辦了半年多，準備了二十擔壽禮，向蔡太師賄賂來的。像這些有關西門慶與官吏相互為用的情節，從開頭的武大之死開始，一直到他死（第七十九回），幾乎是每一回都不能沒有政府官吏的存在。

寫西門慶交通官吏的重要演出，舖張出場面的情節，堪稱盛大之處有六十五回的「宋御史結豪請六黃」及第七十回的「群僚廷參朱太尉」。要比西門慶第一次晉京向蔡太師拜壽（第五十五回「西門慶東京慶壽誕」）的場面，要排場多了。那盛大的場面，演出的氣勢，看起來，那位被迎接的太監「六黃太尉」與那位代天子視牲回來的太尉朱勔之被參場面，都像天子似的威風。

像這些故事情節，都是我們應去探討的重要問題。

十七、拜兄弟與搗子們（從第十回到一百回）

西門慶的發跡，由十弟幫會開始。但在《金瓶梅》的情節裡，表面看起來，有作用的人物，只有應伯爵與謝希大，他如常時節白來搶，以及祝日念都是些沒有作為的人物。認真說來，西門慶的這般拜兄弟們，在《金瓶梅》的情節裡，除了寫了一些他們陪同西門慶吃喝玩樂，幫同西門慶去張羅商場事務者，只有一個應伯爵。想來，《金瓶梅》的作者似未著眼於此，只是寫了西門慶曾有這麼一個十兄弟的幫會組織，並未正面去描寫這些拜兄弟們的作為。

搗子們也只寫了一次，在第十九回寫「草裡蛇邏打蔣竹山」，我們看到西門慶把兩個小搗子喊近前來，吩咐了幾句，掏出一把碎銀子，往地上一撒，他們爬到地上去撿拾。這兩個小搗子，便照著西門慶的吩咐，把蔣竹山給整治了。使用的辦法是冠冕而堂皇。

另外，還有蹴球的圓社手，也靠著西門慶這樣的老大過日子。那麼，從這些小地方看，也足以想知西門慶的惡勢力，在清河地界，已到了使眼色就能辦事的地步。不過，《金瓶梅》的情節，並未舖張這些。

下、尾聲（自第八十回至一百回）

按說，《金瓶梅》是西門慶身家興衰的故事，西門慶死後，就應該結束了。可是《金瓶梅》在西門慶死後，還繼續了二十一回之多，到一百回始行結束。由於這二十一回是以春梅為主線，遂有人認為後二十回寫的是春梅的故事。實則，後二十回寫的只是西門慶死後，他的家庭衰落的交代；以及所有人物的交代。只是在處理手段上，以春梅作為燈光的映照而已。

我們看《金瓶梅》的作者如何交代《金瓶梅》的人物？

一、李嬌兒盜財歸院（第八十回）

第一個離開西門家的就是妓家女李嬌兒。她離開西門家不久，應伯爵便介紹她嫁到張二官家去了。

張二官是接替西門慶的繼承人，西門慶的拜兄弟們也轉移到張二官府行走去了。

二、韓道國柺財倚勢，湯來保欺主背恩（第八十回）

韓道國與湯來保，是西門家的夥計，派去南方辦貨，在回程的路上獲知主人死了，便在路上各自偷賣了貨物，韓道國攜帶了家小，逃往東京依靠親家太師府的翟管家。來保除了私自賣貨吞沒了貨款千兩，還企圖霸占主婦吳月娘。只得讓他一家人離去。

來保還曾靠了西門慶的二十擔壽禮，沾光獲得一個校尉職呢！結果，這「校尉」沒下落。

三、陳經濟畫樓雙美（第八十回至八十七回）

從西門慶死的那天，陳經濟便「竊玉偷香」了（八十回）。跟著與潘金蓮月下偷期（八十二回）進一步又「畫樓雙美」，連春梅都勾當成一體。這情形，縱無秋菊的「含恨洩幽情」（八十三回）也瞞不了人的耳目。當然吳月娘知道了這些事，但為了讓她們繼續演變到人人共知，再來處分，遂有了泰山進香的情節（八十四回）。在吳氏離家半個月後回來，這一男二女的姦情，已到了眾口喧騰的地步，於是先「賣春梅」（八十五回）再趕「陳經濟」（八十六回）跟著潘金蓮也喚王婆子來領去尋主顧。這麼一來，遂替大叔歸來的武都頭製造了一個殺嫂祭兄的機會，潘金蓮與王婆子交代了。

四、來旺盜拐孫雪娥（第九十回到九十九回）

看起來，當年孫雪娥向來旺透露他媳婦私通主子的消息以及來旺的遞解原籍（第二十五回），似乎就伏筆了這一回（第九十回）的盜拐。偏又事發，於是來旺入獄，吳月娘拒領孫雪娥回家，只得官賣。這麼一來，孫雪娥賣到了守備府，春梅報復舊恨折磨了一些日子，又賣到臨清妓家為娼。在臨清與張勝姘上，後來張勝怒殺陳經濟，孫雪娥怕受牽連而上吊自縊死。

孫雪娥就這樣交代了。

五、孟玉樓愛嫁李衙內（第九十一回）

孟玉樓是最後一位離開西門家的妾婦。

後來，雖然插入了陳經濟的敲詐，也只是為陳經濟的落拓，特此寫上這麼一筆（第九十二回）。總之，就是這樣把孟玉樓從西門家交代出去了。

六、吳月娘誤入永福寺（第八十九回及九十六回）

「清明節寡婦上新墳」的吳月娘，在永福寺不期與春梅相遇。這一情節，除了反諷吳月娘「月下賣春梅」的一個對比，來尷尬吳月娘，主要的手段還是為下面九十六回的「春梅遊舊家池館」而安排。

「春梅遊舊家池館」，作者即意在從春梅的重回舊家之所見來烘出西門家之衰敗情形。正如吳月娘所感嘆的一句話：「我的姐姐，山子花園，還是那咱的山子花園哩？自從你爹下世，沒有人收拾他，如今丟搭的破零破落，石頭也倒了，樹木也死了，俺等閒也不去了。」

真格是「墻垣敧損，臺榭歪斜，兩邊畫壁長青苔。……」西門家已非當年了。

七、陳經濟的下場情節（第八十六回至九十九回）

在《金瓶梅》的人物中，要以陳經濟的下場最為周折。有關陳經濟的下場，先是附在潘金蓮的下場情節上的。所以自西門慶一死，便安排了陳經濟與潘金蓮的「竊玉偷香」（第八十回）跟著與潘金蓮的「月下偷期」，再是「畫樓雙美」（第八十二回），於是一步步寫到奸情喧鬧得盡人皆知，方始釀成賣春梅嚚金蓮的情節，他陳經濟也被撐了出來（第八十五回至八十六回）。

陳經濟被撐出之後，原期能把春梅與潘金蓮一併娶到家中，把西門大姐休了。可是手下沒有銀子，遂前往東京，打算到他母親那裡去張羅。可是父親死了，等他回到清河，潘金蓮已死，春梅已嫁。雖然在遺產上折騰了一些金銀，卻又禁不得他吃喝玩樂與被欺被騙，氣死了老娘逼死了西門大姐，又在嚴州胡鬧企圖敲詐孟玉樓吃了一場官司。回得清河便落得一貧如洗，乞討為生（到第九十三回）。

在乞討中被一位善心人王杏庵遇見，不惟周濟了他，還介紹他到宴公廟做了道士。

卻又不守清規，嫖妓鬧事，抓進守備府，遂因此與春梅照面上了。於是，被春梅尋到守備府，做了名義上的表姐弟，暗中則是春梅的面首。再靠著守備府的力量，把楊大郎弟兄騙占去的財物索回，在臨清開了大店，又為他續娶了妻子。但卻由於他要為開了妓館的王六兒打抱不平，打算對付守備府的張勝，竟被張勝殺了（第九十九回）。

為了交代陳經濟，竟然折騰了如此多的情節。而且還為了命相說的陳經濟有「三妻之命」，安排了王六兒的女兒韓愛姐為陳經濟守節呢！

八、韓道國一家人的下場（第九十八回至一百回）

像韓道國與王六兒這一對無恥無義之極的狗男女，居然在蔡太師失勢垮臺之後，他們還能逃出京城，帶著女兒到臨清去開妓館，又能一家人隨同一位湖州的恩客到湖州承繼了這位何官人的家業。韓道國死了，韓老二還能接替了哥哥，居然在湖州落了戶。

如從小說的情節上看，韓道國夫婦的這一安排，作用只是藉以交代京城蔡太師這一幫人的下場而已。作者竟為這夫婦二人以及其女愛姐，寫了如此荒謬的情節，縱能令人感慨到一些諷諭，也被這荒謬的安排抵消了。

其他如應伯爵、李三黃四，都有一筆落拓而死的交代。

九、吳月娘的後果（第一百回）

最後的交代是吳月娘。在「普靜師薦拔羣冤」的小玉眼光中，連已死去的人都見到了他們的後果。從這些人的後果中，既印證不上宿命論的學理，也印證不上因果論的說法。西門慶又托生在一個富人家了。

雖然西門慶只留下一個兒子，沒有「克紹箕裘」承繼了他老子不法來的家業，反而皈依了佛門。是否可以為其作了一生作孽的老子贖罪呢？難以理解了。

吳月娘帶著義子玳安，掌管了西門家的這份家當，活到七十歲，獲得善終。說是她一生禮佛之報。禮佛之報就是孤苦寂寞的善終嗎？也是難以理解的了。

從《金瓶梅詞話》的情節上看，這部巨構，只是現實社會的紀實，連政治諷諭都是現實的取材。雖然其中引有不少宿命論的詩，以及不少有關因果論的說詞，也只是明末那個現實社會的映相，作者並未著眼於人生上什麼「宿命論」與「因果論」的表現。

至於故事的有所不相貫串，情節上的孤立或重複的缺失，在我認為是改寫者造成的。或有可能，在傳抄時代的《金瓶梅》並不是西門慶的故事，此一問題要繼續去探討了。

我的這番演講說詞，事實上只是把這部小說在情節上作一歸納，提供大家研讀這部小說的一篇資料而已。（74 年 12 月 11 日、13 日在文復會文學研究班講稿）

刊於民國 75 年 3 月 5-8 日《臺灣日報》副刊

《金瓶梅詞話》的人物
——情節穿插與性格塑造

　　小說是寫人的藝術，人物自是小說的重心。

　　至於我國的長篇小說，動輒以史為經，故事長，情節雜，人物穿插，自亦眾多。如《金瓶梅》，其故事寫的雖是西門慶這位清河縣流氓的身家興衰，但卻以史實為經；明寫北宋末之徽宗時代而實喻明之嘉、隆、萬三朝。是以《金瓶梅》人物，只是作者用以表達的那個史實之經的緯線。換言之，《金瓶梅》的人物乃以西門慶為主，其他人物均副之。但所有人物都是作者安排來表演那個現實社會的演員。

　　但如從小說的藝術上說，小說人物的穿插，乃故事情節的主導。人物性格的塑造，方是小說的主要成就。那麼，若以人物的情節穿插與性格塑造等關目來論《金瓶梅》，可以發現以下諸情。

一、情節穿插

　　人物是故事的主導，情節的演變，悉由人物穿插而生動。《金瓶梅》是西門慶的故事，情節舖敘的是西門慶的身家興衰，是以《金瓶梅》的人物，穿插的是以西門慶及其家人為主要情節。妻妾六房、女兒女婿、丫頭小廝以及僕人僕婦，還有親友等。但除了這些人物，還有一些並非西門慶向所熟稔的人也穿插其間，如各級官員、商人、搗子（小流氓），還有罪犯等。也是構成《金瓶梅》重畏情節的重要人物。這些人物，我們可以分別解說。

(一)東平府知府陳文昭（第十回）

　　審判武松誤打李外傳一案的東平府知府陳文昭，雖然是個清廉的官，當他了解到武松的殺人命案，牽涉到西門慶。正要進行提審，卻收到了蔡太師的密函，要他不要把案情擴大，著免提西門慶、潘氏。又想到西門慶是楊提督的親黨爪牙，楊提督又是今日朝廷面前說得話的官，怎能不聽。只得做個人情兩受，把武松免死，問了個脊杖四十，發配兩千里充軍。況武大已死，屍傷無存，事涉疑，似無論。其餘一干人犯，釋放還家。這個案子，就這樣結了。

此一情節，是《金瓶梅》故事，用以刻畫西門慶之善於逢迎官府的第一個情節。那麼，像陳文昭這樣的人物，只是寫在此一情節中，用來烘襯主要人物西門慶善於逢迎的一根線條而已，無從以小說人物的性格塑造來論。

(二)兵科給事中宇文虛中（第十七、八回）

雖說宇文虛中這一人物，在宋史中有傳，確是宋徽宗時代人，但官職卻不是「兵科給事中」。至於楊戩的官職，也不是《金瓶梅》故事中的「提督」。顯然的，這些人的姓名，全是借來偽托的。

在《金瓶梅》的故事中，宇文虛中參劾楊提督等三名高官的本章，牽連到西門慶這班親黨爪牙，聖旨批示要一一提拿到案，枷號一月期滿，發邊衛充軍。西門慶派人上京打點，花了五百兩銀子，從資政殿大學士兼禮部尚書李邦彥手中，勾去了他的名字。這一次，不惟免去了枷號充軍的罪刑，兼且因此結交上了蔡太師的管家翟謙（字雲峯），居然與太師爺夤緣上了。此後在蔡太師的壽誕之日，西門慶送了二十擔豪奢壽禮，換來一名五品之秩的清河提刑副千戶之職。從此，這西門慶在地方上是更加神氣更加威勢了。

從小說的故事來說，宇文虛中的參本，是凸出西門慶之長袖善舞的第二個重要情節。從這裡開始，西門慶的生活階層，已由清河更上層樓，與京城的顯宦豪門也攀上關係了。但宇文虛中這個人物，在《金瓶梅》中，也只是西門慶的襯裡。

(三)山東監察御史曾孝序參劾西門慶（第四十八回）

苗青謀財害主一案，寫在《金瓶梅》第四十七回。由於苗青通過了西門慶情婦王六兒的關係，向西門慶受賄一千兩紋銀，把苗青的罪名開脫了。因而引發出山東監察御史曾孝序的逕行彈劾西門慶（包括正千戶夏延齡）。可是，曾御史的參本，尚未送達京城，西門慶業已派人到京城託翟管家打點妥當。參本所參西門慶的諸多罪名雖係事實，卻不能送達有關單位，到了蔡太師那裡便壓下來了。

這一次的曾御史參本，雖比上次宇文虛中的參本，對西門慶來說，是更加嚴厲而直接，若是此一參本到了都察院，可能交三法司審問，西門慶可就要判死刑。可是，由於西門慶已夤緣上蔡太師，變成了蔡太師的門下人物，於是，曾御史的參本，竟無損於西門慶的毫髮。反而因了此案之派人進京，獲得了三萬鹽引的專賣權益。後來，那曾孝序卻因此一參本的起因，再加上他反對蔡京提出的七件政事（參閱《金瓶梅》第四十八回蔡太師奏行七件事），竟被降官，再進一步加以羅織其他罪名，謫戍嶺南。可以說曾孝序這一人物，更是烘襯西門慶之善於夤緣長於作姦犯科的鮮明線條，而且是尖銳的對比。當然，曾孝序這個人物，也是為了故事情節而穿插到故事情節中的。

按曾孝序也是宋史上有傳的人物，他是福建泉州晉江人。《金瓶梅》說他是曾布之子，乃故作如是說。曾布是曾鞏之弟，江西南豐人。在宋史上，曾孝序與曾布連不上家

屬關係，休說是父子。

(四)苗青這個人物（第四十七回、第四十九回、第五十一回、第八十一回）

在《金瓶梅》的故事中，苗青這個人物，留下不少問題，我在《金瓶梅劄記》及《金瓶梅原貌探索》中，業已一再提出。如今，我們在說到《金瓶梅》人物時，卻又不得不提到他。

從故事情節看，苗青的謀財害主一案，只是引發曾御史參劾西門慶的一筆穿插，在第四十七回業已交代完畢，到了第四十九回即已全案結束。可是，第五十一回、第八十一回卻還提到苗青這個人物，且又只是一言片語。兼與苗員外、苗小湖這兩個人物，有糾纏不清之處。因而我推想苗青的故事，在原始的《金瓶梅》情節中（袁中郎時代的《金瓶梅》），不止這些。到了《金瓶梅詞話》，經過改寫，苗青的故事已支離破碎，苗青的人物形象及性格，也模糊不清了。是以《金瓶梅詞話》中的苗青，也只是一位作情節穿插的人物，形象及性格，都無從說起。因為作者沒有去塑造他。

(五)李三、黃四（第三十八回、第四十回、第四十二回、第四十三回、第四十五回、第四十六回、第五十一回、第五十二回、第五十三回、第五十六回、第六十回、第六十七回、第六十八回、第七十八回、第七十九回、第八十回、第九十七回）

西門慶與商場的關係，在《金瓶梅詞話》的情節中，除了那位應伯爵之外，要以李三、黃四二人關聯的最多。自第三十八回寫入，到第七十九回西門慶死，共有十五回之多；西門慶死後，還有兩回下場的交代。可是，這兩人在小說情節中，雖寫入如此多次，但這兩人的形象及性格，所費筆墨甚少，可以說極少去塑造他們。是以這兩人在《金瓶梅詞話》的人物中，也屬於情節穿插的安排。

我在《金瓶梅原貌探索》一書中，曾為李三、黃四的這些情節穿插，寫了一章，提出不少問題。由於這些問題，都不屬於人物塑造，這裡不說它了。

(六)西門大姐（第三、十二、十八、十九、二十四、二十六、二十九、三十五、三十九、四十一、四十五、四十八、五十一—五十三、五十八、五十九、六十五、七十二、七十三、七十八、八十一—八十五、八十八—九十二回）

西門大姐是西門慶的親生女，寫入《金瓶梅》情節，共達三十餘回之多，用於筆墨，則是三言兩語帶過。把她放在西門家的眾多婦女中，西門大姐真是微不足道，連她最後的懸樑自縊之死，也只是寫她與馮金寶吵嘴，被陳經濟採（擬）過頭髮來打了一頓，哭了一陣上吊死了。比起宋惠蓮之死、李瓶兒之死、潘金蓮之死，寫得那麼轟轟烈烈，真是天壤之別了。

雖然，從作者用於西門大姐的極其單薄的筆墨上，我們也能體會到西門大姐的儒弱無能性格，對於丈夫的不滿，只不過幾句嘮嘮叨叨；對於潘金蓮的不滿，也只是說出幾

句不平的言語;因為她在作者筆下,則由始至終都當作一個平常的婦女處理的。她的自縊身亡,雖也烘襯了吳月娘這位身為主婦的繼母性格,也只是傳統小說結構所需要的情節安排而已。所以,我們無從把她列到性格塑造的人物行列中去。

(七)其他

《金瓶梅》的人物,超過兩百人。凡是寫進小說中的人物,自與情節有關。而我在此提出的,只著眼於這一人物之寫入,乃是特別為了安排故事情節之穿插。如第九回「武都頭誤打李外傳」之李外傳,此一人物的寫入,關鍵到西門慶之逃出此劫,又多活了幾年,遂從《水滸傳》支流出來,匯成了另一部小說《金瓶梅》。所以李外傳這個人物,在《金瓶梅》的情節中,極具重要性。但是在人物形象及性格塑造上,卻只是漫畫之筆,簡簡單單幾個線條而已。

另外,還有一位關鍵《金瓶梅》故事情節的重要人物,那就是提供西門慶藥物的胡僧。

雖說,作者為這胡僧曾耗費了一些筆墨,為之刻畫了一個奇特的喻象鮮明的形象,似乎並未有心而立意的要為胡僧塑造出合乎人生的人之性格。可以說,胡僧的形象更是一幅漫畫。更是不能把他列到性格塑造的人物行列中去。

胡僧這個人物,只是作者為了安排西門慶之衰,方始想到把他寫進來的。試想,西門慶的壯大身子,若無胡僧之藥,豈不是還要繼續禍害社會下去!

二、性格塑造

小說人物的形象,除了外在容止的描繪,更需要的還是內在性格的塑造。如從此一觀點來論《金瓶梅》的人物,確有其優越的成就。第一,從現實生活著眼;第二,不塑造典型。正由於作者塑造人物,能循行這兩大原則,兼之又採取了對比的手法,是以其中的主要人物,一個個無不是現實人生中的真人。至於武氏兄弟,乃移自《水滸傳》,在本書中已淪為西門慶與潘金蓮的陪襯,不像《水滸》,武松是主角,西門慶是配角。在此不說他兄弟了。

首先,我們說西門慶。

論貌相,西門慶是大身材;是武生型,非書生型。論內涵,他不曾入學讀過書,不大識字。論身分,他只是一位清河縣開生藥舖人家的子弟。論家業,在他出生後家業已衰落,靠他在十兄弟幫會中做了老大,方又開始發跡。論才能,他長於交往逢迎,善用金錢,所以他被舉為幫會中的老大。另外,更有一大特長,那就是他具有那超乎常人的性能力。是以他成天最愛在風月上去顯耀其此一才能。論性格,可以說是剛柔相濟;待人處世,因人而異。換言之,西門慶是一位性格不固定的人物,他的性格是依循著他的

利之所趨來變化的。若於己有利，他柔如綿，反之則剛如鐵；而又剛之於內而不剛之於外，使人難以發現。論品德，我們在《金瓶梅》中尋不出他做過利他的行為。雖說他曾捐過五百兩銀子修繕永福寺，則是修葺好了永福寺，可以為他用之接待官員。論及西門慶這個人物，我們委實尋不出他的好處來。

我曾經說過，《金瓶梅》的作者塑造人物性格，大多不從「典型」去著墨，西門慶就是其一，且可作為代表，這一點，在第七回寫到「說娶孟玉樓」時，已見分曉。試想，當他與潘金蓮正打得火熱的時候，聽說楊家染店的寡婦孟玉樓要嫁人，手裡有一筆不小的財產，於是西門慶便馬上拋下了潘金蓮，趕著把孟玉樓先娶回家。到了寫來旺媳婦（宋惠蓮）之死（第二十二─二十六回），西門慶的這種利己則柔反之則剛的性格，表現得更加突出。在情節上，寫西門慶聽了來旺媳婦的枕邊私語，便改變了原來的決定，再聽了潘金蓮一番絮叨，遂又馬上推翻了已經下達了的決定。表面看起來，使我們頗感於西門慶是耳朵軟的男人，但如進一步去衡量利害，準會發現西門慶之依據潘金蓮的建議去處置來旺，確是對己有利。只是不曾想到來旺媳婦，那麼剛烈的會去尋短。那麼，我們如從這一點去看西門慶的為人，就會發現他的一切作為，都從利己出發。這裡不多例說了。

其次，我們來說潘金蓮。

說起來，潘金蓮也是從《水滸傳》移民來的。不過，在《水滸傳》中，並沒有寫到潘金蓮的出身等等。到了《金瓶梅》，則寫她是王招宣府的歌姬出身。才能也增加了，不惟會彈唱，還能詩能文。

作者塑造潘金蓮的性格，著眼一個妒字。大凡女人的妒，無不起於爭漢子。潘金蓮自不例外。爭漢子的對手，當然是那些與漢子有所往還的女人。於是，與潘金蓮作對手的女人，便是塑造潘金蓮的對比。

在情節中，第一個與潘金蓮對比的女人是李瓶兒。

從出身上說，二人相等類，潘是招宣府的歌姬，李是中書府侍妾。在西門家，同是妾婦；在床笫間，潘氏風騷，李氏慣戰；在貌相上，潘俏麗，李白嫩；在年齡上，潘長李不過三歲；這幾項對比，可以說是秋色平分。但在性格上，潘薄李敦；在為人上，潘辣李甜；在經濟上，潘貧李富；再加上李瓶兒嫁過來不到一年就為西門家添了子嗣。這麼一來，處身於西門家的潘李二氏，境遇之情，可就不能相比了。所以李瓶兒便成了潘金蓮心理上的一個必須切除的毒瘤。這樣對比，自然極端尖銳。這潘李二氏的性格，便是打從這一尖銳對比塑造出來的。

除了李瓶兒之外，作者還寫了一位與潘金蓮對比得最為契切的女人──來旺媳婦宋惠蓮。

按宋惠蓮本名宋金蓮。自從嫁了來旺，隨同丈夫也成了西門家的一分子，派在廚灶

間工作,叫起來不方便,方始改為「惠蓮」。這個女人不惟與潘金蓮同名,而且腳也同樣小,比潘金蓮的腳還要小一號呢。(她能把潘金蓮的繡花鞋,套在她的鞋上穿。)在床笫間的風騷情致,也與潘金蓮相等。貌相也具有潘金蓮那分討得男人一見就起歡心的俏模樣。所不同的是潘金蓮是西門家的主人級,她則是西門家的僕人級;而且是僕人之妻。潘金蓮向漢子賣俏,期望漢子多到他房裡去歇,宋金(惠)蓮向主子賣俏,只希望為自己的漢子能多得些好處。有此懸殊的對比,宋惠蓮自然是失敗了。

宋惠蓮雖然失敗了。來旺被製造了一個盜財與企圖殺主的罪名,幾乎送命,幸遇一位孔目,主持正義,得以不死,解回原籍;宋惠蓮則因氣惱而自殺身死。還賠上父親宋仁的老命一條。可是作者卻又寫入了韓道國與王六兒夫婦二人到《金瓶梅》的情節中來,不惟是來旺與宋惠蓮的對比,也是塑造潘金蓮妒之性格的有力烘襯。按韓道國與王六兒夫婦,也是西門家的僕人階層,韓道國是店夥計,擔任出外辦貨的工作。所不同於來旺的是,來旺不甘心自己的老婆被主子玩弄了,因而惡言惡語,招來了悲慘的下場。而韓道國則認為自己的老婆被主子玩上了,乃千載難逢的機遇。因而這一對無恥的夫婦,在西門慶死後,竟拐走一筆財產,投向京城女婿處;女婿垮了,還能一路順風的跟著做妓女時的恩客何官人到了湖州終老,真是諷諭之極。說起來,潘金蓮的妒,卻不曾影響到王六兒這一對無恥的夫婦。

後來,又加入了一個奶子如意兒,也是烘托潘金蓮妒性的人物之一。

另外,作者在塑造潘金蓮的淫婦性格時,也頗費筆墨。第一次寫她「私僕受辱」(第十二回)。西門慶在妓家梳籠了李桂姐,不過半個多月沒回家,潘金蓮便差春梅把一個年方十六歲的孩子琴童,喊進房來了。此後,在西門慶還活著的日子,就與女婿偷情。最後,被趕出了西門家,在王婆家待沽的時日裡,還與王婆的兒子王潮上床呢!「潘金蓮是一位一夜也少不得男人的女人。」作者就在這一句話上去塑造她。雖說《金瓶梅》中的女人,除了妓女之外,曾經願意獻身於西門慶的女人尚多。都抵不上潘金蓮的那種只要有人去要她,她都會樂意奉上的那種淫婦性格。

說到人物的對比,可以說《金瓶梅》的人物安排,十之八九都是用對比的方式寫進來的。如春梅與秋菊,乃一鮮明的對比;春梅俊,秋菊醜,春梅點,秋菊拙;春梅討主子懂,秋菊惹主子厭。妓家女李桂姐與吳銀兒也是一鮮明的對比;李桂姐拜吳月娘為乾娘,吳銀兒拜李瓶兒為義母;李桂姐的行動以她妓家為主,動輒編個理由離去,吳銀兒則能故作偎貼,表示她不像李桂姐;再如西門慶的二房李嬌兒也始終站在妓家女的這一邊。如西門慶梳籠她姪女李桂姐,她竟然拿出一錠大元寶交給玳安,為她姪女打首飾、製衣衫、定酒席,吹彈歌舞,慶賀了三天。等到西門慶死了,李嬌兒是第一個離開西門家改嫁的女人。還有夏花兒偷金的這一情節(第四十四、四十五回),更是寫明了李嬌兒與

李桂姐的妓家行徑與妓女嘴臉。

西門慶的六房妻妾，除了潘金蓮與李瓶兒的對比，如論她們的感情成分，相處也有個對比。因為潘金蓮說過一句「船載的金銀填不滿煙花寨」，從此李嬌兒便與潘金蓮結了怨；潘金蓮為了湯水與孫雪娥釀成了仇。這麼一來，李嬌兒與孫雪娥結成了一幫。孟玉樓做人圓滑，雖也嘴碎，暗中也不無挑撥的行為，但卻從來不對頂潘金蓮。因此這兩人走得接近。李瓶兒嫁到西門家，生了孩子之後，便一直病病殃殃。吳月娘是大婦，有她大婦的架勢，處處則是以大婦的架勢顯赫在眾婦之間，任憑潘金蓮的嘴頭子多麼利，性格多麼峭，也敵不過吳月娘的大婦威勢。這些，就是作者塑造出的西門家六房妻妾的對比情形。

不過，吳月娘則是一位典型人物。她是作者依據古人所希求的婦女應有「關雎之德」的典型塑造出來的。

所謂「關雎之德」，出自詩經〈關雎〉一詩。詩序認為〈關雎〉一詩所描寫的是「后妃之德」；意為身為國君后妃的婦人，應想到要選幾位賢德的婦女，協助君王治理三宮六院。在「三千寵愛一身專」的那種情形之下，做后妃首先應養成的便是不嫉妒。更須做到孟子所說的：「必敬必戒，勿違夫子；以順為正者，妾婦之道也。」那麼，我們如從這一點來看吳月娘的性格，就會豁然了。

所以我認為吳月娘是《金瓶梅》中的一位極其標準的典型人物。她的對比人物，便是其他五房。

在《金瓶梅》的人物中，林太太與王三官母子是一對頗為特殊的人物，如從王三官的出場，所引起的西門慶的異樣目光，以及林太太的那分高貴舉止，都應是《金瓶梅》故事中的主要情節。可是在今之《金瓶梅》故事中，不僅林太太母子的情節支離破碎，結局也沒有交代。頗與其他人物的寫法不侔。是以我寫《金瓶梅原貌探索》時，特別列出一章：「王三官、林太太、六黃太尉」，懷疑這母子二人，乃《金瓶梅》原故事中的情節殘餘，被《金瓶梅詞話》的改寫者，改得支離零落，已無從去認知這母子二人的實際性行了。

但如從對比這一點來看，則林太太這位招（昭）宣使夫人，風月之名居然從妓家傳播出來，其招賢納士的行徑，只要尋得了門路，比嫖妓還要容易入港，而且不用大破費。這一點，豈不是極尖銳的對比！豪宦夫人之性行微賤，比妓家女還要低啊！

關於林太太這個人物的此一性行，也許作者意在拿她與妓家女作一尖銳對比。若以英人勞倫斯的《查泰萊夫人的情人》來比倫這位林太太，則又當另作別論，這裡不枝節它了。

下面，我們再說西門慶的幾個拜把兄弟。

　　西門慶的拜把兄弟，是一個十兄弟幫會的組織：每月集會一次，死了一個補一個。花子虛是補進去的，花子虛死了，又補上了賁地傳。實際上，這些人除了應伯爵，大都在《金瓶梅》的故事中，出現的情節不多。著墨最多的應伯爵，確是把一位幫閒者的醜態嘴臉，以及他那卑鄙下流的性格，塑造得活靈活現。以他「應伯爵」的名字作為回目的重要情節，全書即占有七回之多。在拜把兄弟當中，他最得西門慶的信任。因為他能說善道，在任何場合，他都能適應老大西門大人的歡心，應莊時能莊，應諧時能諧。他的下流舉動，不惟在妓家女小便時，竟折下花枝去撩弄；當西門慶與女人在山洞苟合時，他也會闖入諢諧一番。酒醉時做出來的醜態，被潘金蓮看到會說：「將來應花子死了，閻王爺都不會判他的罪，因為他的罪都被醜出光了。」他為西門慶在外跑腿，為商人向西門慶借錢，無不從中賺取佣金。可是，他與西門慶雖是若是交好，但當西門慶一死，他便投向張二官府，李嬌兒改嫁張二官，便是他的媒人。作者還特別為他在西門慶的葬禮上，寫了一篇譏諷入骨的祭文呢。

　　他如常時節的被西門慶周濟；白來搶的闖入等吃；孫寡嘴、祝麻子的幫嫖混吃喝，連累上官司；吳典恩的恩將仇報。這些情節，雖所費筆墨不多，亦無不寫得現實人生如真。素描出一個現實人生社會的現實樣相。

　　若是認真的來論述《金瓶梅》的人物，誠應一一專論論之。在我的研究計畫中，「人物論」早應動筆，卻至今未曾開始。我是希望把這部書探討得再深入些，論述起來也許更有話說。現在，這簡短的時間，只能作這麼一個簡略的概說。

　　最後，我認為還有兩個問題，需要論述幾句。第一，有些人物只是為了故事情節的安排，方始把他們寫進來的。前面已經說到了。但還有一位韓愛姐（韓道國的女兒），在故事要結束時，作者卻安排她為陳經濟守節，使之應驗了陳經濟的三妻之命。在基地上的那一筆（第九十九回），雖筆墨不多，卻也刻畫出了一個守節貞婦的形象與堅忍性格。但如從整部小說的故事情節來說，韓愛姐的此一描寫，委實是太呆板太機械了。第二，關於陳經濟這個人物。一般說來，多認為他是西門慶淫蕩性格的繼承者，甚且認為他是西門慶的替身。實則陳經濟何能承繼西門慶？陳經濟是一位毫無頭腦的渾小子，平庸無能，腦子裡祇有情慾一時之貪圖，其他一無所思。西門慶何等人物；舉手投足，均有呼風喚雨之能。所以他能從一個小小縣城的流氓，而上攀到一品太師，而得官五品之秩，且提刑一方。可以說陳經濟望塵也莫及。試想，陳經濟之死於張勝刀下，又那裡能是西門慶的替身？陳經濟雖無恩澤被乎社會大眾，卻也無罪孽殃於他人。受殃的也只其妻西門大姐自縊，及其老母氣惱而亡已耳。像陳經濟這種人物，只是社會的渣滓，尚非為禍社會的毒蟲，與西門慶是不能相提而並論的。說起來，像《金瓶梅》的那個社會，承繼西門慶的人物，是那位只被提到姓名而事實上並未登場的張二官。

　　這位張二官是怎等樣人？在《金瓶梅》的情節中，並未作詳細介紹。只知道他是個有錢人，出門騎著大馬，生一張大麻子臉，與西門慶的魁梧英彪成乎對比。可是行為則雷同，都是妓家的常客。西門慶還在世轟轟烈烈的日子，他就照著西門慶的那一套，來作接替的準備了。譬如交通官吏，結幫營私，建大宅第，營大花園，在商場上作攬頭，在官場上謀專利，事事一步一趨。到了西門慶升任了正千戶時，張二官即已有財力有勢力，可以與西門慶競爭官家的古董買辦商務。可想而知矣！是以西門慶一死，張二官便承繼了西門慶的一切。不惟把西捫慶的五品提刑正千戶買到了手，接任了這一理刑千戶之職，兼且把西門慶的小老婆李嬌兒也娶了去。當時，還打算娶潘金蓮呢！

　　所以我認為，我們不論《金瓶梅》的人物則已，如論《金瓶梅》的人物，這位張二官可不能忽而不論；不要以為他並未登場。要了解他是作者所安排的一個最重要的人物。更可以說張二官這個人物，是《金瓶梅詞話》的作者寫作《金瓶梅》的一個指標。請大家讀了《金瓶梅》之後仔細想想，像西門慶這樣的人物，死得了嗎？死了一個西門慶遂又有了一個承繼西門慶衣鉢的張二官接任了。那麼，張二官死了，必還有另一個承繼者來接任此一職務。西門慶的徒子徒孫，必生生不已也。可以說全世界有人之處，都會有這類的人物。

刊於民國 75 年 12 月 8-10 日《臺灣日報》副刊

《金瓶梅詞話》的語言問題
——讀〈《金瓶梅》用的是山東話嗎？〉

　　由於《金瓶梅詞話》出現甚遲，大約民國二十一年（西元 1932 年）冬始行展現於估肆；是以這部大書的研究，到了民國二十二年方開始。第一篇論文，就是鄭振鐸的〈談金瓶梅詞話〉，發表於民國二十二年七月出版的《文學》第一卷第一期。由於鄭振鐸在他這篇論文中曾說：「我們只要讀《金瓶梅詞話》一過，便知其必出於山東人之手。那末許多的山東土白，決不是江南人所能措手於其間的。」到了翌年（民國 23 年）一月，吳晗發表〈金瓶梅的著作時代及其社會背景〉一文（發表於民國 23 年 1 月《文學季刊》1 卷 1 期），也說：「……《金瓶梅》用的是山東的方言。王世貞雖曾在山東做過三年官（西元 1557-1559 年），但是能有證據說在這三年中，曾學會了甚至和土著一樣的使用當地的方言嗎？」也肯定了《金瓶梅》使用的是「山東方言」。再加上《金瓶梅詞話》又有一篇前所未見的「欣欣子」敘，指出《金瓶梅》的作者是「蘭陵笑笑生」。而山東省有古蘭陵舊地——嶧縣，於是《金瓶梅》的作者是山東人，使用「山東方言（土白）」寫的，從茲始矣！

　　正由於鄭、吳二人首先提出了《金瓶梅》是使用「山東方言（土白）」寫的，並進而推定《金瓶梅》必是「山東人」所作。因而這數十年來，凡論及《金瓶梅》作者的，大多向「山東人」這個方向去探尋。如今，我國大陸上已有了作者是「李開先」與「賈三近」這兩個說法。論點亦是從「語言」入手的。這兩個說法，雖有抵觸，但在大陸，則各有其附和者。而且以賈三近之說的鋒頭最健；「新華社」還特地發了一條新聞，意為：《金瓶梅》的作者是賈三近，將從此了卻了四百年來的懸案。等到這位研究者張遠芬的論文一篇又一篇的發表了，如今又印成了單行本，方始發現了張遠芬的研究率多疑測之詞，連立論點還沒有尋到著落呢！

　　按張遠芬此一立說，主要的基礎便是建立在語言上的。他從《金瓶梅》的語言中，一條條摘錄了近千條，說是那些話全是他們山東嶧縣的話。賈三近是他山東嶧縣人，萬曆時代人，卒於萬曆二十年（西元 1592 年）。他便這樣穿鑿附會的去尋「根」找「據」，居然彙成了一本約十萬言的書。實則，一句話就可以把張遠芬的論證予以徹底摧毀。蓋張遠芬列出的那些語言，流行的區域甚廣，凡是「北方話」的流行區域，都說那些語言。

「嶧縣」只是說「北方話」區域中的一個小小點而已。咱們中國人操「北方話」的區域很大，北之東九省，到冀、魯、豫、晉、陝、甘，以至皖蘇之北，還有川黔等等地域，都是操「北方話」語言的人。操「北方話」的人，衹要一讀張遠芬的例句就夠了，任誰都會認為張遠芬舉出的那些「嶧縣話」，也是北方人口中的慣常語言。是以張遠芬近年來的文章，他已經把「嶧縣話」的字樣，修正為「魯南話」了。

我十多年前寫到金瓶梅的作者時，就提到了《金瓶梅》的語言問題。曾說：「《金瓶梅詞話》一百回，連抄自《水滸》的文辭都算上，凡是口語所使用的方言、俚語，並不限於山東一地，它是齊、魯、宋、魏、趙，甚至衛、晉、楚等地，這麼一個廣大區域所慣常掛之於口頭上的語言。還不時夾有燕語、吳語、越語在內。所以山東人讀它，會認為那些口語是他們日常所習道；可是蘇北、皖北人，以及河南、山西，還有河北等地的人，也準會認為那些話，全是他們生活上習用的語言。像這一類的：『可可的今日輪他手裡便驕貴的這等的了』、『氣不憤』、『打個臭死』、『打了我恁一頓』、『得不的一聲』、『吃的不割不截的』、『喜歡的要不的』、『一路上惱的要不的』、『使不得的』、『論的什麼使的使不的』、『那雪娥的臉，臘楂也似黃了』、『見了俺們意意似似的』等口語，都是我的『家鄉話』。本來在我國中原這一個大區域裡，方言上的音聲，雖有大小地域之別，但在生活習尚的語言應用，以及語音的音調，則雷同之處最多。寫在文辭上的語言，極難別出省縣方位上的方言之音聲輕重及語調差異。所以，《金瓶梅詞話》中的主要語言，只能算得是中國中原語言，絕難斷定它是某一省某一地的方言土白。就是用於文中的俚諺，也大都流行於中原這個大區域，非僅是侷圍於某一省區的土白。」（拙作《金瓶梅探原》第22頁，巨流圖書公司印行。）我認為我這番話說得極其正確。雖然那時候我還沒有讀到語言學家的語言研究，未能像語言學家那樣，把「北方話」這一語言的流行，連川黔等省都概括了。

比年以來，大陸上的學人也接受了我的此一說法，不認為《金瓶梅》的語言是「山東方言（土白）」如張惠英先生的〈金瓶梅用的是山東話嗎？〉（刊於1985年第4期《中國語文》）張先生在這篇文章中，不惟尋出了「山東話也說，河南話也說，河北話也說」，更尋出了「可能不是山東話」的南方話。他根據的資料，多是語言研究者的方言調查所得。自比我這不是語言研究者要正確得多。

張惠英先生從《金瓶梅》中尋出了不少例句，分作三部分：(一)山東話質疑，(二)吳方言舉例，(三)其他方言區用語舉例。最後，張先生作結論說：「上述三部分，試圖說明《金瓶梅》的語言是在北方話的基礎上，吸收了其他方言，其中吳方言特別是浙江吳語顯得比較集中，我們不妨稱之為南北混合的官話。」此一見地及例說，把我在《金瓶梅探原》及《金瓶梅的問世與演變》等作品中提出的此一說法，是更加肯定了。

上海復旦大學的黃霖先生，也曾呼籲《金瓶梅》的研究者，應從「山東」這個框框中跳出來才成。（見黃作〈金瓶梅作者屠隆考續〉，《復旦學報》1984 年 4 期。）

說到《金瓶梅》中的吳語，大多數研究者都只是依據沈德符《萬曆野獲編》的說法，放在「五十三回至五十七回」上，甚至於「俺」與「咱」的「俺每」與「咱們」，也從這五回中去找問題，作文章。十之九的《金瓶梅》研究者，都拿沈德符《萬曆野獲編》的話當作金科玉律，信而不疑。至今，還有不少人在這個磨道裡轉圈子。今者，張惠英先生卻能捨棄了沈德符的「五回」之吳語說法，竟在其他九十五回中，尋出了不少吳語。這裡我選錄一部分如次：

「田雞」（即青蛙）

第二十一回 13 頁，應伯爵講了一個螃蟹與田雞結兄弟的故事。張文指出：「北方話口語說『青蛙』，或說『蛤蟆』（既可指蛤蟆，有的指青蛙），但不說『田雞』。上海地區口語『田雞』，只指青蛙。……」

「丁香」（即耳環）

「耳朵上兩個丁香兒。」（七十七回 16 頁上）張文指出：「北方話今說『耳環』。《金瓶梅》多作『環子』，只此一處作『丁香兒』。今浙江溫嶺話把耳環正說成『丁香兒』。」（李榮〈溫嶺方言的連續變調〉，載《方言》1979 年第 1 期 6 頁。）

「人客」（即客人）

「昨日蒙哥送了那兩尾好鰣魚與我……或遇有個人客兒來，蒸恁一碟兒。」（三十四回 5 頁上）張文指出：「北方話說『客人』。浙江寧波話則說『人客』。受寧波話影響，上海有些人也說『人客』。又浙江黃山話、象山話也說『人客』。」（《中國方志所錄方言匯編》第 7 篇 264 頁、303 頁。）

「膀蹄」（即肘子）、「白煤」（即白煮）、「下飯」（即菜餚）

(1)買了一盒果餡餅兒，兩只鴨子，一副膀蹄，兩瓶酒。……（三十二回 7 頁上）

(2)第二道又是四碗嘎飯，一甌兒濾蒸的燒鴨，一甌兒水晶膀蹄，一甌兒白煤豬肉。（三十四回 6 頁上）

張文指出：(1)「按《金瓶梅》的『膀蹄』，即北京話的『肘子』，上海話的『蹄膀』。今浙江富陽話正說『膀蹄』。『蹄膀』的『膀』，連讀時都和『胖』同音。浙江《定海縣志》：『燉』字下記有『燉茶』、『燉胖蹄』。（《中國方志所錄方言匯編》第 7 篇 194 頁），此『胖蹄』即『膀蹄』。」

張文又指出：(2)「『白煤豬肉』，『煤』音同『閘』，上海一帶及浙江流行這種吃

法，就是把肉白煮了再蘸作料吃。北京話叫做『白煮肉』、『白斬雞』之類。又『四碗嗄飯』指菜餚，用作名詞。今浙江象山、鄞縣、蕭山、新昌都用『嗄飯』、『下飯』作名詞（《中國方志所錄方言匯編》第2篇85頁，第7篇402頁、417頁、267頁）。又《夢梁錄》卷十六，143頁（叢書集成本）：『下飯假牛凍、假驢事件』、『下飯臇肉、假燒鴨、下飯二色炙潤骨頭等食品……糟蟹、燒肉蹄子』。可見杭州歷來有『下飯』作名詞的用法。這種名詞用法，和有些方言的形容詞用法不同。」

「擗、礣」（即拍，一是拍打意，一是分劈意）

張文說：「《金瓶梅》一書，『擗、礣』用得很多。到底是什麼意思呢？形、音、義三者都需要一番說明。」於是張文舉例說了六條。

例(1)「那禿賊……只是亂打鼓擗鈸不住，只顧擗鈸打鼓，笑成一塊。王婆便叫道：『師父，紙馬也燒過了，還只個打鼓擗打怎的？』」（八回12頁下）張文解說：「按例中『擗』和『打』，意義相關，而且可以結合成詞。例中兩處『只個』，都是『只顧』的意思。吳語『個』『顧』可讀同音。如『個人』可讀同『顧人』。」

例(2)「西門慶道……分付小廝把腌螃蟹擗幾個來。」（三十五回13頁下）張文解說：「按吃螃蟹時，首先得把螃蟹的殼和腹部擗開。因此這裡的『擗』和『打』的意義無關。而是『分擗』的意義。可能就是《水滸傳》二十七回『取一個饅頭拍開看了』的『拍』字。那麼『拍』字為什麼常寫作『擗』呢？原來《金瓶梅》一書，『拍手』常寫作『排手』。」

例如(3)：「那婦人哽咽了一回，大放聲，排手拍掌哭起來。」（三十六回11頁下）。

再如(4)：「海鹽戲子排手喝道……」（四十九回5頁下）。張按說：「排手」即「拍手」，「拍」可作「排」，而「擗、礣」和「排」形近，因而「拍」也寫作「擗礣」了。「拍」有拍打的意思。例(1)中的「擗鈸打鼓」、「擗打」也就是「拍鈸打鼓」的「拍打」。

例(5)：「你只顧礣打到幾時？」（八回12頁上）張文解說：「按『礣打』即『拍打』，形近而致。這個『礣打』及其他一些『擗打、擗幹、擗礣』的用例，屬於褻詞，可能由『拍打』的意義引申而來。」按「拍（擗）」用作分擗開的意思，不常見。但在《金瓶梅》中用得不少。張文所舉出第七十八回四頁上的「仰擗在炕上」一語。按謂：「按『仰擗』是仰臥著分開（腿）的意思。浙江餘姚人呂天成寫的《繡榻野史》都用『拍、拍開』語。《定海縣志》作『蹳』，標作ㄆ音（引按，吳語入聲），注為：『兩股展開曰蹳腳（《中國方志所錄方言匯編》第7篇192頁）。』浙江富陽話也說『拍』。『拍』的分擗用法，還流行於浙江義烏、金華、武義、溫嶺、溫州等地。上海話也有『腳拍開』的說法。可見『拍』（擗、礣），主要是浙江地區吳語。」自也包括越語在內。

根據我上引各條張惠英先生所例說的吳、越語，即足以否定了沈德符在《萬曆野獲

編》中所說：《金瓶梅》祇有「五十三回至五十七回」五回有吳語。我也早已說過，《金瓶梅》一百回，幾乎每回都有吳語，兼且還有燕語，以及其他各地的方言俚語。張惠英先生的這篇文章也說到了。譬如「韶刀」一辭，意為說話囉嗦，這話流行於鎮江揚州一帶。他如第三十回陳經濟說的：「兒子世上有兩庄兒，鵝卵石牛騎角吃不得罷了。」這話中的「牛騎（犄）角」三字，卻只有北平這一個小區域，方流行這句口語。再如張竹坡從《金瓶梅》中摘出的「趣談」六十餘句，泰半屬於今日所謂的「北平俏皮話」。這裡不錄了。總之，《金瓶梅》的語言，極為駁雜。它是以「北方話」為主，還夾雜了吳越以及其他各地方言的一部書。非常高興，張惠英先生也認為：《金瓶梅》不是用所謂「山東方言（土白）」寫出來的小說。張先生是一位語言學家，他的邏輯與立論，自然比我精確多了。

關於此一問題，使我最感不解的是：像鄭振鐸寫在〈談金瓶梅詞話〉中的那句：「但我們只要讀《金瓶梅詞話》一過，便知其必出於山東人之手。那末許多的山東土白，決不是江南人所能措手其間的。」不惟說得太武斷，也太缺乏常識了。山東省幅員數千里，有三市一百零八縣。《金瓶梅》中的語言，屬山東省那一區域？所謂「方言」、「土白」，又怎能以省域分之？休說一省之方言有東西南北之別，就是一縣的土話俚語，也有城鄉四域之異。像鄭振鐸的這一句囫圇吞棗的說詞，居然被不少的學者盲從了四十年。還是我首先提出非是的呢！

小說所用的語言，是推論作者是誰的首要問題。如果一旦方向錯了，冤枉路可就有得走了。想來，鄭振鐸的這句話，害人匪淺也。先賢有言：「迷途知返，往哲是與。」多麼企盼那些向「山東」路上挖寶的朋友們，迷途知返！

刊於民國 75 年 9 月 27 日國語日報《書和人》雙週刊

《金瓶梅詞話》的政治諷諭

　　《金瓶梅詞話》第一回的證詞「眼兒媚」及入話，寫的是劉邦寵戚夫人的廢嫡立庶，所以我推想《金瓶梅詞話》以前的《金瓶梅》，可能是一部諷諭他們當朝天子明神宗的政治小說。因為明神宗寵愛鄭貴妃久久不立東宮，也有廢長立幼的意圖。此事在明神宗萬曆這一朝，鬧鬧嚷嚷了三十餘年，到了天啟爺熹宗登基，此一宮闈事件，餘波尚未止息。真可說是萬曆朝的重大事件。

　　當我從《金瓶梅詞話》第一回，領悟到此一問題，遂寫了一篇〈金瓶梅頭上的王冠〉（載於民國 69 年 6 月聯經出版之《中國古典小說研究專集》第 2 集），判斷《金瓶梅詞話》是改寫本，傳抄時代的《金瓶梅》，極可能是一部諷諭明神宗寵受鄭貴妃企圖廢長立幼的小說。在《金瓶梅詞話》第一回，還殘留著此一政治諷諭的痕跡。所以我認為這第一回中的劉、項入話，無法與西門慶的身家興衰故事配合，乃王冠一頂，戴不到西門慶頭上去。

　　關於明神宗寵愛鄭貴妃的此一宮闈事件，我寫了一篇〈一月皇帝的悲劇〉（附錄在《金瓶梅的問世與演變》一書中，頁 217-264）詳細說明了此一事件的始末。在此，特再作簡要敘述。(一)明神宗十歲繼位，十六歲（萬曆六年）大婚，二十歲那年（萬曆十年）他私幸的一位王氏宮女，生了一個男孩。若不是皇太后抱孫心切，這位年輕的皇帝，根本不願承認這個孩子。王氏宮人比皇帝大好幾歲，只是一時隨嬉幸了這個宮人，居然懷了孕。皇帝的一切行動，都有起居注紀錄，瞞不了的。皇太后遂逼著他承認了這個孩子。這孩子就是光宗常洛。(二)到了萬曆十四年，明神宗寵愛的鄭氏妃，也生了兒子（另一位宮人生的第二個兒子已夭折），因而鄭氏妃便被封為貴妃。臣子們認為有違禮法，群起反對。跟著，要求冊立東宮的奏疏，也上來了，這位長子常洛已叫五歲。明神宗以常洛年尚稚幼，諭示待稍長再議。(三)但由於明神宗寵愛鄭貴妃與其所生皇三子的行為太過，越發惹得臣子們的疑慮，於是，紛紛要求亟早立儲以安國本的奏疏，如風起而雲湧。惹得這位青年皇帝，時動無名肝火，從萬曆十四年到十七年這四年之間，臣子們上疏要求冊封東宮，因而受到謫官、廷杖者，已有多人。這時的皇長子常洛，已叫八歲，卻也不讓他出閣講學（受教育）。這麼一來，明神宗的這一明顯的蓄有廢長立幼的心理，越發引起臣民的不滿。儘管有人被謫官，有人被廷杖，也無法嚇阻臣子們的不再奏請。是以到萬曆十七年季冬，一位大理寺評事雒于仁的〈四箴疏〉又呈上來了。這一篇奏疏，比先前的那些篇，

提出的問題，更為具體，辭鋒也更其尖銳。居然直指皇帝犯了酒、色、財、氣四大過錯，色之一事，更直指皇帝寵愛鄭氏妃的不當。至此，此一事件，遂掀起了高潮。當時，這位皇帝要重處雒于仁。幸經當時的首輔申時行，提出嘉言，安下了皇帝的怒氣，雒于仁乞歸了事。可是，雒于仁的〈四箴疏〉，則是此一事件奏疏出的第一高潮。(四)此一立儲事件，雖已拖到萬曆二十九年十月，方行草草完成，但東宮卻又不具官（東宮屬下應有的官職，不予選派）而且皇三子也封了王子。因而到萬曆三十一年十一月，有「妖書」事件的出現，「假名朱東吉問答，諷諭皇三子將取代東宮位」，轟動全國。因而又有要求三子福王之藩（到封地河南洛陽去就藩）。福王雖於萬曆四十二年三月離京，前往河南藩邸，但萬曆四十三年五月間，卻又發生了「梃擊」事件，有位男子手持棗木棍，打進太子官中去了。又惹得天下大譁。(五)常洛雖然登極做了皇帝，卻祇在位一月便崩逝了。遂又掀起所謂「紅丸」事件，居然有人懷疑這位登極方行一月的皇帝，是鄭貴妃毒死的。更妙的是，常洛的兒子由校登基之後，仍舊操縱在鄭貴妃這一幫妃嬪與寺人手上，又鬧出了「移宮」事件。楊漣與左光斗的慘死，即禍起於「移宮」事件。可以說，明神宗寵愛鄭貴妃造成的諸件宮闈事件，從萬曆十一、二年開始，一直到天啟這一朝，一波復一波，未嘗息止，明祚之亡，斯一因也。

　　正由於萬曆一朝鬧出的此一宮闈事件，上下綿亙踰四十年，對於國家社會以及臣民意念的影響，可謂既深且鉅。在此一宮闈政治事件的鬧嚷過程中，既有雒于仁等人〈四箴奏疏〉，敢於皇皇然大膽陳述，復有人隱喻以朱東吉問答之「憂危竑議」（妖書）來作諷「訟」，又怎能沒有人以小說的題材，來諷諭此一事件呢！河況，在明朝嘉靖以後的萬曆時代，更是長篇小說興起的時期，所以我認為傳抄時代的《金瓶梅》，正是這麼一部諷諭明神宗寵愛鄭貴妃事件的說部。

　　再說，傳抄時代的《金瓶梅》，如果不是蘊藏了濃厚的斯一政治諷諭，其中雖有如是多的淫穢描寫，定如沈德符所說：「此種書必遂有人板行」，而且是「一刻則家傳戶到」。可是，《金瓶梅》居然傳抄了二十餘年沒有人「板行」，直到萬曆末年方行付梓（我推斷在明神宗賓天後，方行匆匆付梓）。刻出的《金瓶梅詞話》，雖已改寫了，卻還殘餘了政治諷諭的文字，遂又不敢發行，再經改寫，崇禎初年方行梓行。是以我們今天見到的《金瓶梅》版本，《金瓶梅詞話》只有一種，而崇禎本則有四種。崇禎紀年只有十六年餘，而且遍地烽烟，種書居然有四家先後梓行，足證「此種書」之「必遂有人板行」。反觀以往，《金瓶梅》竟然傳抄了二十餘年，無人板行。試想，若不是它的「政治諷諭」問題，無人敢於梓行，其他則我們便尋不出原因來。蓋淫穢的文字與圖畫，明朝不干公禁也。這些情事，都足以證明早期的《金瓶梅》是一部政治諷諭的小說。

　　如今，上海復旦大學的黃霖先生，又在《金瓶梅詞話》第六十五回，尋出了兩個人

名，一是「陳四箴」，一是「何其高」，黃先生推想「陳四箴」這個名字，應是雒于仁上陳〈四箴疏〉的隱喻，至於「何其高」，則是贊與雒于仁上〈四箴疏〉的忠國人格與情操之「何其高」聳可敬也。此一領悟，極為可貴。（文見 1985 年第 1 期《學術月刊》）

按這些名字，寫於《金瓶梅詞話》第六十五回第 13 頁，他們排起隊來去迎接六黃太尉，「為首山東巡撫侯濛，巡按監察御史宋喬年參見，太尉依禮答之。其次就是山東左布政龔共（崇禎本作其）、左參政何其高、右布政陳四箴、右參政季侃（崇禎本侃下多一廷字），左參議馮廷鵠、右參議汪伯彥、廉訪使趙訥、採訪使韓文光、提學副使陳正彙、兵部副使雷啟元等兩司官員參見。太尉稍加優禮。及至東昌府徐崧、東平府胡師文、兗州府凌雲翼、徐州府韓邦奇、濟南府張叔夜、青州府王士奇、登州府黃甲、萊州府葉遷等八府官員行廳參之禮，太尉答以長揖而已。……」我們如仔細推敲，這一連串的名字，似乎有一半具有諧音的喻義。如「馮廷鵠」與「汪伯彥」，似是諧音「憑廷哭」而「忘八厭」；當時臣子為了求皇上速定國本，曾有各部府文武臣僚一同到文華門上章候旨，說：「必得命乃退。」得非「憑廷哭」或「馮廷鵠」候的意思嗎？廉訪使則名「趙訥」，諧音「照納」也。他如青州府的「王士奇」，豈不是「王事奇」？登州府黃甲，似是諧音「登黃甲」，喻進士及第也。下面則是萊州府葉遷，所謂「葉遷」，或有「業遷」「已遷」之意，喻雖登黃甲，亦未必能久官於職也。

總之，把左參政何其高與右布政陳四箴連在一起，則誠有「何其高」之「陳四箴」也的贊與喻義。黃霖先生的此一禪悟，肯定了我的政治諷諭說，不勝懽忻之至。

再者，黃霖先生的作者屠隆說，也可由這兩個人名，獲得一則新的有力參證。蓋贊美友人文章陳義高，在屠隆的《栖真館集》卷十七，有一封寫給王胤昌太史的信，其中有這麼一段話「……放廢以來，五易裘褐，無一言抵長安故人。非欲引抗自高，誠穆穆憒憒，念不及此。趙奉常歸，以足下手書見遺。縶縶百千言，掩抑沈頓，情寄深邈。向無生平，何遽有此？猶憶曩出國門，祖帳如雲，傾都扼擘。逮反初服，遂絕寒暄。今數千里題械申章，想念乃屬胤昌足下，陳義一何高乎？……」這一句「陳義一何高乎」？豈不正是贊與雒于仁陳〈四箴疏〉的「何其高」之同一筆法！另外，還有一封寫給蕭以占（良有）太史的信，信上也有同一文辭：「往歲不佞被謠諑以出也，所為衝冠益擘者，殆通都矣。獨足下陳義更高。……」所謂「獨足下陳義更高」，語義亦類同於「何其高」「陳四箴」也。

按屠隆於萬曆十二年（1584）十月杪罷官，十一月初離都。給王胤昌太史信，說「放廢以來，五易裘褐」，自是指的萬曆十七年（1589）。雒于仁上〈四箴疏〉，時為萬曆十七年冬杪，此事處分下來，已是萬曆十八年春間（見《明神宗實錄》卷219），那麼，屠隆的這兩封信上的贊與辭「陳義一何高乎」的話，自非基於雒于仁的〈四箴疏〉而起，只

是贊與這兩位朋友的信，要他效馬遷之〈報任安書〉，李陵之〈與蘇武書〉，認為他們的陳義高。當然，與屠隆的這一類同的贊與辭，竟在《金瓶梅詞話》中，諧音在兩個人名上，來贊與雒于仁的〈四箴疏〉之陳義「何其高」？所以，我們可以基此得到以下兩個結論：第一，《金瓶梅詞話》的寫作時間，必在萬曆十八年以後；第二，早期的《金瓶梅》必然是一部有關明神宗寵愛鄭貴妃有廢長立幼的政治諷諭小說。到了《金瓶梅詞話》，雖已改了又改，卻還殘餘著這些有關政治諷諭的痕跡。今見「何其高」與「陳四箴」這兩個諧音隱喻的姓名，亦鐵證也。而且是屠隆作《金瓶梅》的一件直接證據。

宋儒張載有言：「讀書先要會疑，於不疑處有疑，方是進矣！」又說：「在可疑而不疑者，不曾學；學則須疑。」像這「何其高」與「陳四箴」這兩個名字，在我眼下，出現又何止數十次？《金瓶梅》是一部政治諷諭的小說，雒于仁的〈四箴疏〉，也是我首先提出，而我卻從來未曾在「陳四箴」這兩個名字上去疑。今經黃霖先生提出，方始豁然大悟。可見讀書要會疑，疑，也是要智慧的啊！

刊於民國 74 年 7 月 30-31 日《臺灣新生報》

《金瓶梅》的色情問題

　　三百年來，一經說到「淫書」，首先被提到的必是《金瓶梅》而不及其他。實則，在《金瓶梅》前後，堪以稱為「淫書」的說部，何止十指？何以鮮有人知而獨睞於《金瓶梅》？一言以蔽之，因為他的小說成就，與《三國》、《水滸》、《西遊》等觀，且有過之。那麼，《金瓶梅》是「淫書」嗎？這話可就很難說了。下面，我們討論這個問題。

　　首先，我們先從《金瓶梅》的內容說起。

　　我們今天所能讀到的《金瓶梅》，在內容上略有出入，只有三種，所謂「萬曆本：《金瓶梅詞話》」，「崇禎本：《金瓶梅》」，「康熙本：《第一奇書》」，版本學家早經勘出「崇禎本」竊自「萬曆本」而「康熙本」則又源於「崇禎本」。可是「萬曆本」的《金瓶梅詞話》，經筆者考證研索，業已認定它也是改寫本。至於《金瓶梅詞話》以前的《金瓶梅》，內容如何？其中有無男女性行為的描寫？雖有人為袁中郎時代（萬曆二十四年，1596）的《金瓶梅》辯，認為袁中郎閱讀到的《金瓶梅》非穢本，終無證據肯定。所以，我們今天討論《金瓶梅》的內容，只能以最早刻本《金瓶梅詞話》說起。（不過，關於男女性行為的部分，這三種不同的版本，迥異之處不多。後兩種雖有刪改，性行為的描寫，改動極少。）

　　按《金瓶梅詞話》的故事，寫的是西門慶的身家興衰。那麼，我們要談這本書的色情，就得先從西門慶的身家興衰說起。

　　西門慶這個人物，若以今日社會的名號論之，他只是一個小縣城中的流氓。雖說家中還開設一爿生藥舖，卻已破落了。所以被稱為是一位「破落戶子弟」。書上沒有寫他有昆仲姊妹，也沒有說他是獨孤，只稱他是「西門大郎」。他上場時就是孤獨一人，父母俱歿，連家中的大老婆都是續娶。可是當西門慶演出《金瓶梅》的故事時，他已發跡了；書上說他是「近來發跡」。那麼，西門慶是怎樣發跡的呢？顯然的，得力於幫會。

　　在所謂「崇禎本」的《金瓶梅》，第一回的情節，就是「西門慶義結十兄弟」。當然，西門慶就靠著這幫會中的十兄弟發跡。他們這一夥人做了些什麼事呢？居然使西門慶靠著這幫會發跡？書上已經寫明如「專在縣裡管些公事，與人把攬說事過錢，交通官吏」又「放官吏債」。試想，他一個平民，在縣裡管些什麼公事呢？自然是有關「交通官吏」的一些事，譬如一般平民辦不通的事，花上幾文請他們去辦。再譬如包攬詞訟，

即今日所謂的「司法黃牛」，以及借錢給那些等待補缺的候官閒員，所謂「放官吏債」，（一旦那借債候官的閒員補上了實缺，還債的利息，自不是市上的高利貸可以行市上的了。）於是，西門慶靠著他是這幫會中的老大，自然發了跡了。

未發跡前的西門慶，人稱「西門大郎」，發跡後有錢，便被尊之為「西門大官人」。人以財貴也。

俗謂：「飽暖思淫欲。」斯乃人生至理。當《金瓶梅》在演出時，西門慶已娶過五個老婆了。大老婆陳氏病故，續娶吳月娘，陳氏的陪房丫頭孫雪娥，他也收了房，還有兩個娶自妓家的李嬌兒與卓丟兒。捨此，除了經常在妓家走動。還包占著有風月的粉頭。跟著，西門慶上場後的不到兩年間，又一連娶了三房小老婆進來；梳籠妓家的粉頭，則又不必計數在內了。

像西門慶的此一色情生活，若不是由於他有錢，更由於他賺錢容易，他這種淫蕩的色情生活，譜得起來嗎？當然譜不起來。

色情生活，依賴的就是金錢。對西門慶來說，乃因為他的發跡──興。西門慶的發跡，雖如前述各項，但西門慶之能在一年而兩年不到的時間內，發跡到百萬財富，卻不是前述各項幫會之力所能達成的。說起來，西門慶的財富之發，依靠的是三個女人。第一個是孟玉樓，第二個是李瓶兒，第三個是吳月娘。孟玉樓嫁過來，帶來一筆為數數千兩的動產，李瓶兒嫁過來，帶來的財富，如連同合謀來的花家宅第都算上，不下十萬之數。李瓶兒把她從梁中書家劫掠來的珠寶以及從花老太監手頭風月來的金銀財寶，全部都倒貼了西門慶。這些財產都交由吳月娘掌管，因而西門慶方始有了本錢，開了五爿舖子，又輸厚禮買得一員五品的衛所千戶。同時，他又仗著他粗大身軀形成的精壯才能，遂因而在色情生活上，越發的異於常人矣！

《金瓶梅》明寫西門慶的發跡與興盛，除了從兩個女人手上娶來的財富，以及那五爿舖子的營業收入，還明寫了一次又一次包攬詞訟以及走私逃稅。任何違法的事情，只要派人進京去打點，天大的禍事，也就沒了。連都察院的巡按具本參劾，也扳他不倒。他不惟是幫會的老大，又是地方上掌管「刑名」的五品千戶，更是當朝掌權太師的義子。不要說地方官要巴結他，連巡按都要採納他的建白，作為任滿上計的根據。在地方上看皇莊管磚廠的太監，遇事也得拜託西門慶為之關說。有些外放的官員，還繞道到清河西門家住上一宿玩上幾天。皇帝老倌的御前太監押送奇石過境，西門慶是地方上主要的迎送人員，一切餐飲等等，全由西門慶負責準備。還有「接大巡」（迎接新上任的巡按），一飯之請，更是西門慶的主人。可以說，到了政和七年，西門慶陞任了正千戶，趕當年冬至令節上朝謝恩，西門慶的興旺已達極點，他的商業，派人到江南辦貨，動輒數千兩或上萬兩的本金，到碼頭上起貨的車，都在二十輛上下。五分的高利貸放與商場，如李

三黃四可作為代表。俗謂：「錢賺錢，一變千。」像西門慶也者，又何止是一位以錢賺錢的商人，他已是一位以官兼商而上通太師下結棍徒的亦官亦商的人物；這樣的一個由金瓶梅社會培育出的特殊人物，如果不是由於他的自恃體力強健而淫慾過度，步上自潰之途。他可能官至王侯而壽高耄耋。笑笑生們之所以沒有把西門慶往這條路上寫去，真的如廿公跋所云：「作者亦大慈悲矣！」

我把問題寫到這裡，關於《金瓶梅》中的色情描寫，似乎可以得到一個簡單的結論，那就是，《金瓶梅》的色情，乃為西門慶身家的「衰」字而寫也。試想，西門慶如果不是因為淫慾過度而精崩骨散，讓他官至王侯，壽高耄耋，則笑笑生們就未免太殘酷了。

所以，我們如從小說家為了描寫西門慶的身家興衰這一點來說，對於這位生活在《金瓶梅》社會中的西門慶之長袖善舞，若不讓他死於淫慾過度，委實沒有其他更好的方法使他送命，「自作孽不可活也。」基於此，我們就會想到《金瓶梅》中的色情描寫，在小說藝術的表達上，自是有其必要的了。

有人說，縱然剔除了《金瓶梅》中的色情描寫，也不致損害了《金瓶梅》這部小說的偉大。相對言之，若是包容了它其中的那麼多色情描寫呢？自亦不致損害了《金瓶梅》這部小說的偉大。何以？因為它其中的那些色情描寫，對於《金瓶梅》這部小說來說，良有其必要。正因為它的色情描寫不是這部小說要表達的主題，而是藉以塑造人物烘襯主題的必要手段。這樣看來，它的色情部分，就不能與它同時代前後的《如意君傳》、《弁而釵》、《繡榻野史》、《麗春香質》以及較後的《肉蒲團》等，可相提而並論矣。因為《肉蒲團》等書，幾乎是以描寫色情——甚而說是描寫肉慾為主要寫作目標，而《金瓶梅》則否。《金瓶梅》要描寫的是明代後期的那個腐爛社會，西門慶只是笑笑生們捻製出的一條作為引發一架架煙火戲的藥線而已。

不過，若以社會群育的觀點來看《金瓶梅》這部書，其中的色情描寫，寫得既赤裸又大肆誇張，誠有不良影響。在當時，人們對它也有抵禦的言詞。如沈德符（1578-1642）在《萬曆野獲編》中說：「此等書必遂有人板行，但一刻則家傳戶到，壞人心術，他日閻羅究結始禍，何辭置對？吾豈以刀錐博犁泥哉！」他如袁中道（1570-1623）在日記《遊居柿錄》中說：「往晤董太史思白，共說小說之佳者。思白曰：『近有一小說，名《金瓶梅》，極佳！』」又說：「追憶思白日言此書曰：『決當焚之。』以今思之，不必焚，不必崇，聽之而已。焚之亦自有存之者，非人力所能消除。但《水滸》，崇之則誨盜；此書誨淫；有名教之思者，何必務為新奇，以驚愚而蠱俗乎！」這些話，是不是沈德符與袁中道說的？可不必管它，這兩段話都刻在他們的文集中，則是事實。亦足證諸明朝的當時世人，也有詬責它的言詞，認為它是一部對社會有害的書。只是明朝的政府，並不禁止這類充滿色情描寫的文字與圖畫，是以《金瓶梅》一書，到了清朝康乾時代，政

府方下禁令。但《金瓶梅》一書在有清一代,刻本竟有二十餘種之多。正合了袁中道的話:「焚之亦自有存之者,非人力所能消除。」亦可見禁也難禁也。

抵民國以還,政府從未頒過對於此書的禁令。但此書之未刪本,在社會上,則仍延續了清朝的禁令,一如在清朝時一樣,未敢公開發行。一旦公諸市上,警方尚可援用危害善良社會風俗的通令予以沒收。似乎今天亦復如是。當然,作為學術研究,凡所圖書館的書架上,自然少不了這部名著;大學中的小說課,也不能不講這部名著。據我所知,東方的日本,西方的英、美、法、德等國大學的東方文學部門,也都陸續開設了研究《金瓶梅》一書的課程。我寫的《金瓶梅詞話注釋》,以及《金瓶梅編年紀事》還有其他多部,便是他們的重要參考用書。看來,這部充滿了色情描寫的說部,勢將繼起於《紅樓夢》之後,成為國際學人研究探討的「金學」。這情勢,已逐漸形成了。

關於《金瓶梅》一書的色情問題,吾友侯健先生論及時,曾引 Karl Beckson And Arthur Ganz 合著的 *Literary Terms: A Dictionary* 的淫書界說,認為「所謂地道的淫書,旨在挑撥讀者的性慾幻想,卻排除了人類所關切的其他事項,所以描述的是其他的烏托邦,其中的經驗全不涉及人性的各種衝突或人類努力的失敗。因此,其中人物的生理衝動,得到直接與完全的滿足,卻無情感、精神或道德上的後果。在這種世界裡,刺激讀者性幻想的,是幾無間斷的,逗人的宏麗情慾意象、無窮的性活動詳盡描繪,和完美快感的敘述,其效果在於把人物的反應,限制於生理的,乃至於機械的決定論理,從而剝奪了人物的人性。」但在「另一方面,文學的藝術,呈現的是複雜的實觀,雖視性經驗為其構成的要素,卻要在同時以想像掌握人生中的矛盾、諷刺與缺陷,而把這些結合於人生的道德、精神和感情面,並不僅限於物質的層次。它的效果,在於增深、擴大讀者對複雜人生經驗的了解。因此,在文學方面,想像力要能透露人類情況的基本真理。而在淫書裡,幻想的主要功能,則是挑逗,乃至代替性地滿足人們的情慾。」於是侯先生據此界說論斷說:「淫書既以挑逗、刺激為其功能與目的,則其筆下,必是男俊(或雄壯,這多少與社會標準有關)女嬌,把偷期約會,描述得淋漓盡致,引人遐想,或如西方當代,在變態心理學的支持下,敘說強暴,而兩種必然都誇耀力馭十女,恣肆放縱,卻再無其他意旨。準此來看,西方多年流行的《跳蚤自傳》(*The Autobiography of A Flea*)以及等而下之,紐約時代廣場一帶的產物,明顯屬於此類。《遊仙窟》以後的多種仿製品,和東偷西竊,直到棄妻從了他人,忽而改悟的《肉蒲團》,自然都是一丘之貉。在另一方面,喬伊思的《攸里西斯》(James Joyce: *Ulysses*)中,茉莉(Molly Bloom)的長段意識流幻想與回憶,是為了觸及女子心理;《查特萊夫人的情人》,是為了提倡我們其實不能接受的道德觀;魏而森的《海卡特郡回憶錄》(Edmund Wilson: *Memoirs of Hecate County*)中以性為自虐報復手段;亨利彌勒的《夏至線》(Henry Miller: *Tropic of Cancer*)中的極形肉慾的醜

惡,卻並不是淫書。當然,另外如《甘娣》（Candy）,全自荒謬滑稽出發,實為諷刺,雖集淫穢小說的一切特質,結果仍是清白無垢。」這是基於文學的藝術觀點來作判斷的,若從此一觀點來說,《金瓶梅》當然不能列入淫書之列;不能視之為淫書。

說來,性生活乃人生重要的一環,告子云:「食色性也。」但人之異於禽獸者,乃因人有四大善端,「羞惡之心」,善端一也。是以人類的性生活,總不忘隱蔽於所謂「閨房」之內,若一旦暴之於外而己不知羞,人亦惡之,社會尤不許也。欣欣子的序說:「譬如房中之事,人皆好之,人皆惡之。」所謂「人皆好之」,蓋基乎性之使然,「食色性也!」然而「人皆惡之」,所「惡」者乃出乎閨房外耳。斯所謂「淫」,溢也,過也。儘管色情是人性的自然行為,若踰越乎閨房之外,自然是「淫」了。像西門慶的性生活,娶了六房妻妾,又經常包占著妓家的粉頭,還不滿足,連家人小子以及僕婦,也無不任之予取予求,而鮮有敢拒者。這情事,自是淫之尤者矣。一如後宮擁有紛黛三千的皇帝,還有時微服以求其他呢。是以笑笑生們把西門慶之衰,安排在自暴上,亦書之太甲所說的「自作孽,不可活也。」欣欣子敘說:「既其樂矣,然樂極必悲生。」這就是笑笑生們作《金瓶梅》傳的「蓋有謂也」之一環。

我在前面說過,《金瓶梅》中的色情描寫,決非誨淫,應是以色情塑造西門慶之何以由興而衰?淫之尤者也。再說,亦基於時代使然。在明代,淫穢的文字與圖畫,一律不干公禁,在他以前,已有不少小說與戲曲,雜有色情描寫。甚而有些作品,若《如意君傳》、《痴婆子》,色情描寫的比例,並不遜色且有過之呢!這樣看來,可以說《金瓶梅》的色情描寫,並不是一部為淫而誨的作品。

再者,若以語言與時代來說,《金瓶梅》更不是值得今天吾人據以作為「驚異駭俗」的書。除了幾幅赤裸的插圖,尟有可以挑逗青年情慾之處,語言,已杳遠而空渺矣!

刊於《文訊》月刊民國 72 年 11 月第 5 期

·小說《金瓶梅》·

《金瓶梅》婦女的感情世界

運用大量的筆墨，著眼於婦女性行為的小說，數來，要以明之《金瓶梅》與清之《紅樓夢》為箇中鰲首。不過，我們若要去談論有關乎男男女女的感情問題——尤其是關於婦女的感情世界，可依據的材料是《紅樓夢》而不是《金瓶梅》。蓋《金瓶梅》的婦女，所處身的環境，是西門慶的生活世界；西門慶生活的那個世界，祇有財、色二慾。所以《金瓶梅》婦女的感情世界，也祇是「財」、「色」二慾交織成的一個可憐而汙穢的混濁世界。認真說起來，她們比《紅樓夢》中的婦女們，要可憫而可傷得多了。

《金瓶梅》寫的是西門慶身家興衰的故事，西門慶是山東（小說如此說）清河縣一個幫會的老大，由於他有了錢財，賄賂了當道，獲得了「理刑副千戶」（小說中的職名）之職；「從五品」的祿秩。由於《金瓶梅》的故事，描寫的是西門慶這個人物的身家興衰，是以出現在《金瓶梅》故事中的婦女，十之八九都是西門慶的妻妾婢女與僕婦。除此而外，更是妓家的粉頭或與妓家粉頭相類的婦人。可以說《金瓶梅》中的婦女，大都是圍繞著西門慶求生存的婦女，不同於《紅樓夢》。

若論《金瓶梅》中的婦女，名最倡者是潘金蓮，她原是《水滸》中的人物，移民到《金瓶梅》中來的。她與西門慶的那層不正常的關係，釀成酖夫命案，早在《水滸》中就出了名的。她跟武大與西門慶等人移民到《金瓶梅》之後，嫁到西門家的生活，愈其多采多姿，因而潘金蓮的名聲，更加響亮，幾是《金瓶梅》中眾婦女的首領。她的大名，更成了數百年來我國「淫婦」的代表人物。那麼，潘金蓮應有其感情世界吧？可是，事實則不然。

我曾經說過，《金瓶梅》作者塑造潘金蓮，只著眼一個「妒」字。按說，婦女之妒，應起之於情。但《金瓶梅》的潘金蓮之妒，則非由情而起，乃妒生於慾。在《金瓶梅》的眾婦女口中，對潘金蓮有一句口頭禪：「把攔漢子」；意為要千方百計地狐媚丈夫多到自己的房裡來。是以潘金蓮的心理意圖，總是企求丈夫每夜都住在她房裡。一旦漢子到旁人房裡去了，她就妒火中燒。而她之所以有此意圖，可不是由於情之獨鍾，不想別人分霑雨露？而是她具有一種特殊的心理慾求（自也有其生理上的自然慾求），真格是「一夜沒有漢子也不成的」。

有一次，西門慶在妓家梳籠了李桂姐，居然在麗春院李家纏綿了半個多月不回家，

這潘金蓮雖在秋夜也難熬春情之孤衾夜寒,竟主動地差遣春梅到花園中把小廝琴童喊來,解決了她這一心理與生理上的慾求。還有,女婿陳經濟回到丈人家不久,便與潘金蓮先在眉眼間交織起來,跟著便「亂倫」起來。這時的西門慶還在勢頭上呢。還有,揚州的苗員外,贈送兩個歌童給西門慶,到了西門家之後,當晚就準備酒宴,叫兩個歌童席間演唱,引得後邊的娘兒們都來聽唱。寫別的婦女,只說她們都十分歡喜,齊聲讚美說「唱得好」而已。可是潘金蓮則聽得心歡,看得心動。口裡竟暗暗低言道:「這兩個小伙子,不但唱得好,就(是)他容貌也標致的緊。」作者遂又加了一句說:「心下便已有幾分喜他了。」雖然在《金瓶梅詞話》中,並未寫到潘金蓮是一位泛慾主義者,後來,她被趕到王婆家,待價而沽的短短時日內,還與王婆的兒子王潮有了勾當。試想,潘金蓮的感情世界中,何嘗有情之存在?

儘管,潘金蓮非常嫉妒漢子到別個女人房裡去;尤其是她隔壁的李瓶兒房裡。然而她卻不時協助丈夫去勾搭別的女人;只要丈夫不瞞她。說來,這也不是有情於丈夫,只是討好漢子而另期所獲而已。

從小說的情節上看,可能不少人會認為李瓶兒之與西門慶,應是具有深情的。第一,她初遇西門慶就「至死靡他」,此情良是至死不渝。第二,當西門慶應允娶她,遂全心全力地協助西門慶整治她的漢子花子虛,於是便趁著漢子入獄的機會,把手下的金銀財寶,罄其所有地,在暗夜中一夜又一夜地由牆頭上輸運到西門家去。第三,雖在惱恨西門慶誤期不去迎娶她,一怒招贅了醫生蔣竹山的這段日子裡,對於送入西門家的那筆財產,卻也隻字未提。第四,嫁到西門家的頭三天,不惟受到奚落,還挨了西門慶的鞭子,對於那筆財產,也不曾提過一字。第五,嫁到西門家之後的三數年,除了一份伙食吃的是西門家的,以及偶然比同大家縫製了幾套衣裳,則所有一切私自開銷,卻全靠典當私藏。臨死前,還為了官哥印經消災,把一對壓被的銀獅子典了。第六,臨死時,還規勸西門慶:「今後少要往那裡去吃酒,早些兒來家,你家事要緊。……」說的話真是情意深藏。那麼,李瓶兒應是有情的了?

我上述的六點有關李瓶兒之對於西門慶的那多情意的表現,是不是出乎內心的真情呢?所謂「感情」的「情」。此一問題,只要一句話就說明了。

李瓶兒如有男女之間的那分真感情存在,還會半途中又招贅了醫生蔣竹山嗎?

雖然,她怒惱西門慶的遲遲不迎娶她,一氣招贅了蔣竹山,也未嘗心疼她輸送到西門家的財產。何以?在李瓶兒則認為她犧牲了那許多財富,在西門慶身上獲得的那分享受,已有了代價。所以當西門慶一頓馬鞭子抽過,問李瓶兒是不是曾打算寫狀子告她收著她家許多東西?李瓶兒除了回答說沒有這個話,還說:「你是醫奴的藥一般,一經你手,教奴沒日沒夜只是想你。」只是她嫁到西門家來,生了官哥之後,健康日非,胃口

已經倒了。西門慶到她房裡來，她都要向門外推了呢！

　　基此想來，如果李瓶兒是一位有情有義於西門慶的女人，也只是基於她感激西門慶曾經給與她那一番風狂雨驟的享受而已。

　　至於孟玉樓這個女人，她嫁到西門家來，也祇是找個可以為靠的男人。孟玉樓之所以堅持要嫁西門慶，絲毫也不睬張四舅的勸說，也只是看中了西門慶在社會上兜得轉的那分架勢。當然，西門慶那氣概軒昂的外表，也是孟玉樓要嫁的原因之一。像這些婚嫁的基礎，又何嘗有個「情」字的因素？

　　孟玉樓嫁到西門家之後，處於她們姊妹淘之間，一直是採取明哲保身的立場。雖有時也在口齒上有挑撥的言詞，卻能看風使舵，隨時變向。雖然，她嫁過來時，卻也帶來一筆為數並不太多的財產（約莫三五千兩銀子的財物），似乎恩惠於西門慶不大。到西門慶死後，她改嫁了清河縣知事之子李衙內，吳月娘還為她張羅了一分不薄的粧奩；她當年帶來的那張拔步彩漆床，已陪嫁了大姐出閣時帶去了。吳月娘只得把潘金蓮的那張花了六十五兩銀子買來的螺鈿床，作為補償陪嫁了孟玉樓。說起來，孟玉樓在西門家的生活，也只是安安分分地做個小妾，不爭不競，也談不上孟玉樓還有什麼感情生活。

　　一句話，孟玉樓對西門慶如有感情生活，就會陪吳月娘在西門家守節，也不至於再嫁。

　　其次說到孫雪娥。這女人本是西門慶的原配陳氏的陪房丫頭，可以說，在陳氏未故時，就已是西門慶的胯下人兒了。待潘金蓮過門，排名次時把她列為第四，可是，這女人卻一向自慚低賤，在西門家她擔任的角色，一直是個廚娘。一年之中，西門慶也未必一去她房中歇宿一晚。試想，在西門家這樣身分地位的女人，還有什麼感情生活可言。

　　雖說，在小說的情節中，寫有來旺自南方辦貨回來，送了一些女用物事給孫雪娥，應是來旺感謝她透露了他媳婦與主子間的曖昧消息。我敢說，在西門慶活在世上的日子，孫雪娥是絕對不敢與來旺發生苟且的。她盜財與旺私奔，是西門慶死後一年後的事，可以說孫雪娥在西門家，過的只是付出勞力整治餚饍，換得衣食而不凍不餒而已。偶爾自稱是「四娘」，還被潘金蓮與孟玉樓在背後笑她自大呢！

　　潘金蓮的丫頭春梅，在西門家雖受寵一時，西門慶且許她生了孩子之後，也收房了她。但春梅與西門慶之間，卻也同於其他丫頭一樣，始終是主婢的關係，所不同的是，她與主子之間的關係，在性的那一層上，要比別的丫頭親密些就是了。用情於西門慶，卻還輪不到她。

　　被領出西門家之後的春梅，在薛嫂家曾與陳經濟纏綿過一些日子。嫁到周守備家，由於周守備經常領軍在外，而春梅閨房時虛，使她不時想著曾與陳經濟的那段纏綿之情，在聽小唱唱曲的時際，也不忘去點幾首以遣相思之苦的曲兒。那麼，春梅的這種心態，

是出乎真摯之情嗎？非也。雖然，她對陳經濟曾經是真摯的思念，但思念的目的是慾，不是情。她把陳經濟尋到家來，可不是扶助陳經濟有所作為，而是以表姐表弟的假名義，填補閨房的空虛。有何情可論？

東吳弄珠客說：「春梅以淫死。」後來，春梅死在一位年尚未滿二十的小男人懷中。春梅的生活，尋求的也是慾。

除了春梅丫頭之外，他如迎春、繡春、蘭香等人，也曾被主子幸過。而她們，知道自己的「被幸」，只是主子的一時興來，怎敢因此而生情？可以說連這種念頭也不敢去萌生於腦際的。

另外，還有五個僕人的老婆，被西門慶勾當過。一個是來旺媳婦，一個是來爵媳婦，一個是賁四嫂，一個是王六兒，還有奶媽如意兒。這些可憐蟲，也只是為了一己的衣食父母而情願依從之奉獻而已。是以她們既不因情而為本夫保全名節，也不是因情而奉獻給主子。如來旺媳婦宋惠蓮與韓道國媳婦王六兒，則是擺明了的是為了丈夫的家庭前途而奉獻以有所乞求。

來旺媳婦的要求有二：一是多派來旺外出辦事，二是乾脆給他另娶一個。像這種情形，卻必須取得丈夫的合作才成。偏巧來旺獲知他老婆與主子有了苟且，竟不能忍受，居然酒言酒語地罵起街來，「白刀子進去紅刀子出來」的話，都發狠罵了出來。這麼一來，把柄被潘金蓮抓到。又把那位惱恨來旺搶了他的美差的來興，拉來作為人證。於是，西門慶便製造了一個陷阱，誘使來旺落了個背恩殺主的罪名，遣送原籍限區居住。來旺媳婦獲知受騙，再加上潘金蓮的奚落製造，又與孫雪娥吵了一場打了一架，遂在萬感交集之下，尋了自盡。悲劇結束了。

說來，來旺媳婦宋惠蓮，對誰有情？有情於丈夫來旺嗎？既如此，又怎會要求主子給來旺再另娶一個？這種婦人的這種行為，也只是她們這種女人的求生方式就是了。

相對的另一夫婦，就是韓道國與王六兒。

當王六兒與主子西門慶聯上了首尾，告訴了丈夫。韓道國得知此情，喜不自勝，居然認為是難得的美事，求老婆今後要加意的小心伺候。從此韓道國便主動讓出窩兒來，方便主子前來走動。是以韓道國在西門家的那幾年，一直是一位在買賣上又打裡又扒外的重要夥計。西門慶死時，他還在南方辦貨未回呢。

這韓道國在運貨返回清河的路上，得知西門慶已死，便在路上就偷賣了一批貨物，得銀兩千兩，回到清河便與老婆王六兒悄悄溜到京城，投靠女婿太師府的翟管家那裡去了。後來蔡京倒了，翟管家自也跟著垮了。韓道國這一家三口，回到臨清開了妓館。嗣後，又跟著一位湖州籍的客人，在湖州落了戶。韓道國死了，王六兒又與韓老二生活在一起。這位王六兒便是這樣過了一生。我們想，這位王六兒的一生生活過程，有過什麼

情？她只是與丈夫韓道國能夠在生活追求上，密切合作而已。

最奇怪的是韓道國的女兒韓愛姐。她在臨清做妓女時，受到恩客陳經濟的青睞，在床第間有了婚姻之約，留下一件定情物事──一方寫上「永諧鸞鳳百年情」的白綾帕兒。陳經濟死後，她居然堅持著要為陳經濟守節，而且說：「雖刮目割鼻，也當守節，誓不再配他人。」那麼，這韓愛姐的此一舉動，能算得是有情嗎？仔細推敲《金瓶梅詞話》上的這一筆，也只是為了符合陳經濟的「三妻之命」的命相之說。陳經濟已經娶過兩個了。一是西門大姐，二是葛翠屏，加上這位並未完成法定夫妻的韓愛姐，硬湊上三妻。太勉強了。這樣看來，韓愛姐的此一「守節」之情，已非寫實之筆。無從以情論矣！

認真說起來，《金瓶梅》中的婦女，堪以情論者，只有一個吳月娘。她的出身也比其他任何一個女人好。她是清河衛吳千戶的女兒，雖然不識字，嫁過來又是填房，且前房還遺下一個女兒。丈夫不惟娶了六七個小老婆在家，還經常在外花天酒地，兼且為非作歹，惡名昭彰。她做了這樣一戶人家的主婦，如果沒有一套處事的才能，三天也活不了。可是，西門慶在世時的轟轟烈烈，她處之裕如，西門慶死後的冷冷清清，她也安之若素。而且家中的婦女小子，連連出事，她都能處理得平平坦坦。她一生打發寂寞生活的方式，只是把姑子喊到家來，說經宣卷。卻能把西門慶那個興盛而且複雜的大家庭，處理得井井有條。西門家的那分家業，西門慶雖在壯年三十三歲時就故世。那時的吳月娘只不過三十一歲，她居然把丈夫留下來的那個家，支撐了下來。親生子雖然皈了佛祖，卻帶領了義子玳安把家業繼承而未滅。做為一個妻子來說，吳月娘算得是一位賢妻良母。凡是賢妻良母，蓋均有深情於夫主者，吳月娘的一生，應是一位有情義的妻子吧！

可是，我們如從傳統社會對於婦女之有情於夫主的原則來看呢，那麼，吳月娘乃小說家筆下的一位具有「關雎之德」的典型婦女。換言之，她的此一情操，做妻子的都應該具備。孟子曾說：「女子之嫁也，母命之，『往之汝家，必敬必戒；毋違夫子。』以順為正者，妾婦之道也。」做妻子的不可違背丈夫（毋違夫子），除了「必敬必戒」之外，更重要的是「順」（順從）。所以吳月娘雖然不喜歡丈夫的那種放蕩行為，曾一次次地規勸過，卻從來沒有違拗過。李瓶兒家的財物由牆上偷運過來，由吳月娘在這邊主持接運；西門慶在外帶回來的銀兩，悉數交與吳月娘收存。支付銀兩，也要經過吳月娘。清人張竹坡之所以認為吳月娘是《金瓶梅》中的最大惡人，這些行為，也是理由之一。實則，吳月娘的這些行為，就是那個時代所要求於家庭主婦的「關雎之德」。吳月娘應屬於那個時代的傳統道德養育出的一位典型的婦女。她的這分情義表現，是僵化了的，所以張竹坡責之為虛假。這樣看來，吳月娘在西門家的這一生中所表現的情義，殆非出乎真性靈者也。

至於那位招宣使夫人林太太，她的感情生活，一如武則天的「招賢納士」之選「如

意君」然,所追求的只是性的享受,是以她的大名是由妓家傳出來的,才情是「好風月」。與西門慶初會之日,交談不到頓飯時刻,便自寬羅襦,拉著西門慶上了床。這種女人更是有何情字可談!

　　《金瓶梅》洋洋近百萬言,便所寫只是「財」與「色」二字的世界。生活在《金瓶梅》中的婦女,全是一些為了一己的生存而陷溺於「財色」世界中的可憐蟲,她們的生活,簡直尋不出「情」來。像《紅樓夢》中的晴雯補裘、伶官畫薔,以及黛玉為情而發的那些小性子。在《金瓶梅》中是尋不到的。說起來,《金瓶梅》中的婦女,不過是一些為了徵逐財色而將人性中所不可或缺的情感生活扭曲、壓縮,乃至於泯滅不彰的可憐亦復可悲的人物。

刊於《聯合文學》民國 75 年 3 月 第 17 期

《金瓶梅》小說中的現實社會

　　《金瓶梅》是一部小說，而且是一部篇幅長達近百萬言的小說。凡是小說，無不具有其故事，雖近代西方的所謂「反小說」的小說，也不能不敘述人與人之間的一些是是非非事件，縱然只是訴諸於心理描寫，也不能避免。像《金瓶梅》這麼一部長達百萬言的巨著，自有其一個本體故事。

　　《金瓶梅》的本體故事，寫是是清河縣一位地痞惡霸西門慶的身家興衰，《金瓶梅》的社會種種，便由西門慶興衰的故事中，一一呈現出來。所以，我們要談《金瓶梅》的社會，則必須先談西門慶其人及其身家興衰。

一、西門慶的身家興衰

A 興之源

　　西門慶的父親是開生藥舖的，換言之，即今日吾人說的「賣草藥」的舖子。他出現在《金瓶梅》中，已二十八歲。家中祇他一人，上無父母，終鮮兄弟。從他不大識字這一點來看，在他童年時代，家庭已經窮困，所以沒有上過學。作者介紹他的時候，就說他是「破落戶子弟」。不過，在他出現在《金瓶梅》中的時候，業已「發跡」，因而市上一般人等，已改口把「西門大郎」的稱呼，改稱「西門大官人」了。那麼，他是怎樣發跡的呢？作者這樣說：「原是清河縣一個破落戶財主，就縣門前開著生藥舖，從小兒也是好浮浪子弟，使得些好拳棒，又會賭博，雙陸象棋，抹牌道字，無不通曉。近來發跡有錢，專在縣裡管些公事，與人把攬說事過錢，交通官吏。」當然，西門慶的發跡，就靠這些：幫會、性方面的天稟，結交官吏，壟斷商場。

B 衰之源

　　像西門慶這麼一位長袖善舞的人物，絕不可能會倒下的，他在官場上結交官吏的手段，連巡按御史都參核不倒他。如果蘭陵笑笑生們不給他安排了一個自亡之道，此人勢必會壽高耄耋而官到極品，最低限度也會升到武職官的最高職階，二品的總兵官。我們讀《金瓶梅》來研究西門慶，都會作如此的推斷。

　　幸好，蘭陵笑笑生們下筆仁慈，要他自毀了，否則，《金瓶梅》的社會，非得走上民變不可。

說來，西門慶的衰落根源，祇要兩句話就夠了；自恃精壯與縱欲自暴而已。

二、西門慶生活歷程的映照

(一)幫會與《金瓶梅》的社會

西門慶的十兄弟，可以說全是遊手好閒，幫嫖貼食，為老大西門慶跑腿的市井無賴。雖說，在《金瓶梅》小說的百回情節中，表面看來，並沒有正面去寫有關幫會有組織性的活動，可是實際上，則所有西門慶的在風月場、在商場、在官場，無不密切的牽連著他的幫會組織。儘管在他得官之後，一月一聚的兄弟會，已不舉行。風月場上的行動，已換了另一方式，喊到家裡來；因為他已是五品冠帶，不便再去妓家了。商場上的行動，多由應伯爵謝希大去奔跑，官場，則由他進行指揮家人小子奔走。是以事實發揮的一切作為，仍出於他那幫會的潛在力量。

下面我們舉出一些事實，來說明門慶依賴幫會弟兄的某些活動。

A 風月場

西門慶是一位慣在風月場上追歡的人物，自恃有能固為原因之一，憑仗著他那十兄弟的幫會之勢，似乎更是基本原因。我們從這幫弟兄攢掇西門慶老大梳籠李桂姐開始（第十一回），緊跟著便是「狎客幫嫖麗春院」（第十五回）「應伯爵慶喜追歡」（第十六回）再到「西門慶大鬧麗春院」（第二十回）「應伯爵替花勾使」（第二十一回）。雖然表面上寫的全是有關西門慶在妓家追風弄月的瑣事，可是實際上，則寫的是他們幫會曾經常活動的場所，就是妓家。換言之，他們的幫會弟兄，就是靠著妓家討生活的。不止是靠著富家子弟去幫嫖貼食，還要依賴著行商客旅的逢場作歡。他們不僅可以在妓家獲得酒食花用，更能為西門老大得來不少獲利的消息。所以當西門慶在發現李桂姐又接了他人，一時衝動指揮小廝砸了妓院，他在場的巴弟兄們便不參加行動，只是一味勸阻，然後，還從中做雙方的和事佬，（見「替花勾使」）。何以？因為妓家是他們的活動場所，怎能丟棄。所以後來，就有「李桂姐拜娘認女」（第三十二回）的事（桂姐拜吳月娘為乾媽），李桂姐因為其他嫖客的牽連，西門慶竟把桂姐包庇到府中來「桂姐躲住西門宅」（第五十一回）還派專人晉京為桂姐打點。一直到官司了了，方始回院。

雖然，西門慶得了官，已不便到妓院中去，西門慶未能從此與妓家斷絕往還，甚而往還得更密切，反而在家中喝酒彈唱陪宿。他的弟兄們則始終如一的在妓家活動著。可以想知幫會與風月場是相因相輔而二體兩面的社會形相。

B 商場

西門慶開設的五個舖子，雖祇賁地傳一人親身參予其事，另外還有一個吳典恩也是西門家的夥計，其他數人，都不是西門家商業上的經營者。可是這些弟兄們，則始終是

西門商業所依界的人物。

諸如(1)江南糧商因天寒河凍封船，打算賤價脫貨，年前返鄉，應伯爵來向西門慶接洽買賣。(2)李三黃四借銀，一次又一次，都是應伯爵從中撮合。(3)東平府奉派買辦兩萬兩銀子的古器，應伯爵領李三黃四來談這宗買賣。

看來，雖只是應伯爵一人在來來回回的與西門慶接洽商業上的事務，又何嘗不是他們幫會中弟兄們分工合作的表現呢。因為應伯爵最能討老大的歡心，是以凡此商場情報，都由應二花子上達。說起來，西門慶的商業，還是與他的幫會弟兄有極大關係。

C 官場

按說，官場上的往還酬應，在西門慶未得官的日子，諸如與人把攬說事時的官府打點，當然是弟兄們的任務，要不然，他們一月集會一次幹什麼？十來口子人，吃吃喝喝不要錢。西門慶得官之後，把兄弟們雖未斷絕來往，卻不便再領頭集會了。那天，白來創來曾感慨的說：「自從哥這兩個月，沒往會裡去，把會來就散了。老孫雖年紀大，主不得事，應二哥又不管。昨七月內玉皇廟打中元醮，連我只三四個人兒，沒個人拏出錢來，都打撒手兒，難為吳道官，晚夕謝將大家，又叫了個說書的，甚見破費他。」可以想知，官場上的事，西門慶得官後，枝葉盛了，把攬到的官司也大了，如揚州鹽商王四峯十多人的被押，苗青的謀財害命官司，都超越了地方官府的職司權限，交通官吏的事，自然用不著這十弟兄的幫會了。

而且，西門慶的官職，所司之事乃提刑，譬如韓家老二與王六兒的通姦事，王三官在妓家的冶遊事，以及何九兄弟何十的官司。他自己已有私權法落，越發用不著這班兄弟在官場上活動了。

不過，他這班兄弟，則仍舊打著老大西門慶的旗子，在社會上依舊作他們混吃混喝的活動。地方官，自然還是依仗著他們的。

《金瓶梅》的那個腐敗的社會，病根就在西門慶的那個幫會基礎上。再進一層說，自然是政治窳敗了。

(二)西門慶的天稟引發出的那個淫穢之世

蘭陵笑笑生之所以為西門慶寫了那多赤裸而誇張的性行為，其目的就是為了塑造西門慶這個人物身家之衰。如果不採取此一要他送命的手段，還很難要西門慶這個人物送命。如果西門慶壽高耄耋，必然官高極品，對於《金瓶梅》的那個社會來說，可就未免太殘酷了。關於這個問題，推演起來，又何嘗不是《金瓶梅》所要顯現的那個社會問題呢！

西門慶的生活之所以那麼靡爛，還不是由於有錢，還不是由於他的錢來得容易嗎？至於作者為了要特別誇大他的性生活，遂不得不給他一個超人的天稟，不僅有其令女人

· 小說《金瓶梅》·

一見悅心的形貌,更有一試快心的性行為。因而促使他成天在這方面逞強賣俏。作者這樣描寫西門慶,自然引發出了那個社會的淫靡樣相。

由西門慶的天稟性行為接觸到的淫婦世界,數來只有三個場合,第一,他家庭中的妻妾僕婦與小廝,第二,妓家——包括官妓與私娼寮,第三,良家的淫婦;另外,還有一種未經明寫的優伶。

想來,在《金瓶梅》的那個時代的社會上,可以提供西門慶演示天稟性能力的女人,這幾類,豈不是概括了所有社會上的婦女,未能包括的便只有皇宮內院了吧!

先從西門慶的家庭來說,他曾娶過八房妻妾,除了已死的兩個,尚餘六人。西門慶的此一六房妻妾的家庭,就是一個社會問題。此一社會問題,也正是《金瓶梅》所要暴露的那個淫靡的社會。(娶妾就是明朝的社會風氣,明朝的士紳,鮮有不娶妾的人家。)

西門慶的這六個老婆,除了大婦吳月娘是續娶,乃衛所千戶之女,其餘五位都出身不高。李嬌兒是妓家女,孫雪娥是前妻收房丫頭,李瓶兒是巴兄弟媳婦,本是人家侍妻,潘金蓮也是家伎出身,只有孟玉樓出身好些,算得是良家婦女。他如西門慶淫過的僕婦,如來旺媳婦宋惠蓮,韓道國老婆王六兒,這兩個女人之甘願奉上,目的只有一個,為了丈夫在主子身上多刮拉些錢財。宋惠蓮之所以不同於王六兒竟走上了悲劇之途,因為她丈夫來旺未能與她合作。像韓道國之能與妻子合作賣淫,雖幾經風波,一家三口終得善終。賁四娘子,來興媳婦,也求而未拒。來昭媳婦一丈青為了兒子小鐵棍兒挨打而海罵起來,差一點被攆得離門離戶。

如從這一點來說,西門慶在家庭中的淫亂,顯示出《金瓶梅》是一個笑貧不笑娼的社會。

其次,我們說到妓家。表面看來,所寫全是西門慶這班朋友們的幫閒追歡,但從李桂姐的暗接往來商賈,鄭愛月的應接別家堂會,也說明了妓家的生存,無法仰賴西門慶這一夥人,還要接應社會上的行商坐賈以及官宦公子——如花子虛王三官之類,還有類同西門慶的張二官。由此,也足以見及妓家之所以在《金瓶梅》社會中,占有重要的篇幅,正因為《金瓶梅》的那個淫靡的社會少不了她們。官家酬應,不去妓家,也叫到家庭中來,還可以在家庭中闢房陪宿呢!

除此之外,還有優伶們,也是《金瓶梅》中的色情一環。在《金瓶梅》中被稱之為「南風」。那位老太監已經明白的說了:「那酸子們在寒窗之下,三年受苦,九載遨遊,背著個琴棋書箱,來京應舉,掙得了個官兒,又無妻小在身邊,便稀罕他這樣人。你我一個光身漢,老內相,要他作什麼?」這幾句話已說明在《金瓶梅》的社會上,除了女色,還有男色存在。所以西門慶接大巡(巡按御史),叫來韓金釧董嬌兒,就曾關照韓金釧說:「他南人的營生,好的是南風,你們休要扭手扭腳的。」這裡更說明了當時男色

· 48 ·

也是盛行的。至於性行為花樣,都在西門慶的天裏行為中一一顯現了出來;淫器就有多種。

最後,我們說到良家婦女。

在《金瓶梅》的社會裡,那位三品招宣使的夫人林太太,應該作為良家婦女的代表了吧,她表面上的行動,據文嫂說:「就是往那裡去,大轉伴當跟著,喝著道走。逤路兒來,逤路兒去。三老爹(王三官)在外,為人做人,她怎在人家落腳?」可是,暗地裡則經常接待入幕之賓。西門慶就是被文嫂照著入路進門的計畫接納進去的。二人見了面,言談不過個多時辰,就雙雙解衣寬帶上了床了。比到妓家還要迅捷,到妓家,錢沒有花夠數還不能一親芳澤呢!

固然,林太太之與西門慶,乃由於西門慶的精壯形貌以及文嫂的介紹打動了她,可是西門慶以前的別人呢?不是風月之名已在妓家傳揚著了嗎!西門慶就是從粉頭鄭愛月口中,獲得的林太太風月之名的。

像林太太的這種行為,固有如查泰萊夫人類似的生活需要,但林太太的逐日挑選如意君的行為,又怎的不是那個《金瓶梅》的社會造成的呢!

三、由西門慶的交通官吏來看《金瓶梅》時代的政治

我們在前面已說到西門慶的交通官吏就是他興起的因素之一,這裡,我們再從此一事實,來說《金瓶梅》時代的政治之窳敗。

說到西門慶的交通官吏,在《金瓶梅》中占有不少的重要篇幅。下面,我們舉幾個事例。

A 武松刑案

武松被派往京城公幹,回家的時候,哥哥不明不白的死了,嫂嫂被西門慶娶去了。一經打聽,原來哥哥冤死,嫂嫂淫嫁。這口氣忍不下去,遂向西門慶尋仇報復。不想誤傷了別人,鬧出人命,關住監牢。西門慶遂差心腹家人來旺兒,餽送知縣一副金銀酒器、五十兩雪花銀;上下吏典也使了許多錢。只有一個要求,「休輕勘了武二。」於是,武松被問成死刑。

案子送到東平府覆勘,東平府知府陳文昭,是個清廉的官,認為此案應拘提西門慶潘金蓮等人詢問。西門慶聽到消息,馬上派人晉京,去找靠山楊提督,楊提督轉央內閣蔡太師。蔡太師又怕傷了李知縣名節,連忙送了一封密書帖兒給陳文昭,著免提西門慶等人。這陳文昭也是蔡太師門生,由大理寺寺正陞東平府尹。又知道楊提督在朝廷面前是說得話的內官。但為了能人情法兩盡,只把武松免死,問了個脊杖四十,刺配兩千里充軍。這麼一來,西門慶不惟得以逍遙法外,而且違法作歹的膽子越來越大了。

B 宇文虛中劾倒楊提督

不久，兵科給事中宇文虛中上本參劾誤國權奸三人，即崇政殿大學士蔡京，兵部尚書王輔及兵馬提督楊戩，奉旨除蔡京姑留輔政，王輔及楊戩都拿送三法司會審。還要把這兩人名下的親黨，一併拿來枷號一個月，滿日發邊衛充軍。陳洪馬上差人送信給西門慶，駭得小老婆李瓶兒也不敢娶了，花園的擴大工程也停工了，馬上派家人來保來旺進京打點。

作者寫來保來旺到了京城，幾乎每一道需要進的門，都需要銀子打點，問一句話，都需送上一兩銀子。要想見到學士大爺蔡攸，先向門官高安遞上十兩銀子，這纔見到了蔡攸，送上揭貼。禮物是白米五百石（白銀五百兩），秉筆人則是當朝右相資政殿大學士兼禮部尚書李邦彥，於是高安又帶她們到了李尚書府上。

李尚書問明所以，認為「五百兩金銀，只買一個名字，如何不做分上。」即令左右抬過書案，取筆將文卷上的西門慶名字改作賈慶。

就這樣，西門慶牽連到楊提督案中的親黨名字，已不存在，反而因此攀交上蔡太師的管家翟謙。

C 生辰擔

從政和五年五月來保來旺在京城打點了西門慶牽連了楊提督親黨關係的官司回來，似乎西門慶與蔡太師的翟管家，就有了密切的交往，所以在第二年五月，來旺便從杭州買辦了蔡太師生辰尺頭，早就叫來銀匠在家打造一付四陽捧壽銀人；都是高一尺有餘，甚是奇巧。又是兩把金壽茶壺、兩付玉桃杯、兩套杭州織造大紅五彩羅緞紵絲蟒衣，只有兩疋，玄色焦布，和大紅紗蟒衣。把這生辰擔派專人送往東京，遂換來了從五品的清河衛所五品副千戶之職。連會答話的吳夥計，都賞了個驛丞，來保賞了個校尉。

生辰擔的作用，大矣哉！

另外，揚州鹽商王四峯十餘人，被巡按使下獄，喬大戶央請西門慶打點說項，許下二千兩銀子，看來保他們帶去一千兩，自然也是「水到而渠成」，不久，被押的鹽商全判無罪釋放。

再有來旺的遞解徐州，也是金銀的打點而成。

D 迎大巡與接六黃

起先，蔡狀元與安進士由京返鄉省親（蔡是江西九江人，安是浙江錢塘人），道經清河，因為同是蔡太師門下人物，又聞說西門慶富有好客，遂聯袂到西門家住了一晚。吃喝玩樂之後，還送上川資。下一次，這蔡狀元榮任西淮巡鹽御史，與另一姓宋的巡按到山東接任，事先告知了西門慶，這西門千戶，便在地方上籌備了祗應人馬伺候，地方上的知府州縣，以及各街有司官員，出郊五十里，到新河口船上迎接。參加迎接的官員，除了

東平府的知府州縣，連山東合屬州縣方面的有司、軍衛、吏典生員，糧道陰陽，都具連名手本伺候迎接。帥府周守備，荊都監、張團練，也都率領人馬披執跟著，清蹕傳道，雞犬皆隱跡，鼓吹著進東平府察院。先不說此一迎接的場面，絕不像是迎巡按御史，像是接皇帝迎親王，可是，苗青的未了案件，一經向這巡按御史說及，到院後便以前任誤判為詞，便把苗青的案子從此結了。同時，三萬鹽引的支種，又正好遇到了蔡蘊新任了兩淮巡鹽御史，遂先一個月便把這一筆鹽引發放下了。

這且不說，宋御史任滿返京，考核地方官員的奏本資料，他向西門慶垂詢竟全照西門慶的說詞上聞。是以西門慶又高升了一級，晉任正千戶。冬至令節，又上朝謝恩去也。

一位皇帝欽賜的殿前六黃太尉，由江南水路押運卿雲奇石返京，道經清河。雖是宋御史發動的地方官員士紳迎接，西門家則是接待之所，雖只是一頓飯的接應，又是酒席上千人的桌面，又是海鹽戲子的演唱，又是教坊俳優們的小唱，正如應伯爵所說：「若是第二家也成不的，也沒咱家恁大地方，也沒府上這些人手。今日少說也有上千人進來，都要管待出去，哥就賠了幾兩銀子，咱山東一省，也響出名去了。」

試想，西門慶在交通官吏這條道路上，業已擺設出了如此大的舖張，不惟上及於當朝太師、宰相尚書，連皇帝老子身邊最得寵的太監六黃太尉都接應到家，真個是在山東省也響出名去了。想來，又何止山東一省響出名去，普天下人也未必不知西門慶其人吧！

我們從西門慶的交通官吏這一神通來看，可以說《金瓶梅》是一個沒有法律的社會，《金瓶梅》的社會，最可貴的是兩樣法寶，一是權勢，二是金錢。得不到這兩樣法寶的人，便只有忍受著在刀俎上生活。像西門慶的那些作為，所掌有的就是權勢與金錢的結合。若問《金瓶梅》的社會何以會如此淫爛，賄賂公然通行，凡事非錢莫為，為非作歹的人，只要錢花到了，便可消遙法外。說起來，不全是由於當時政治的窳敗嗎！土地如不潮濕怎會生長綠苔與蟲豸，那土地若不是長久照不到陽光，又怎會潮濕呢！

當然，若不是《金瓶梅》的社會處身的那個政治背景腐敗，自不會出現像《金瓶梅》那樣骯髒的社會，像西門慶其人，亦不至於由蟲而成蛟，由蛟而成龍矣！

四、由西門慶的生活及其商業經營來看《金瓶梅》時代的經濟

說到西門慶的生活，堪可以「窮奢極侈」四字概之。他家中的六房妻妾，以及每一房妻妾房中的兩個丫頭，無不是穿綢著緞，而且珠翠滿頭。一家人的飲食，有大灶還有小灶，不必說他家的客席應酬，光是他們這一家人的日常飲食，也堪可以俗語的那句話喻之：「富家一餐飯，窮戶半年糧」來喻。

關於西門家飲食穿著的豪奢情形，是《金瓶梅》小說著墨最多的部分，無法一一枚舉，我們下面先舉些大概。

(一)飲食、穿著、家用

A 飲食

有一天，應伯爵到西門家來，代韓道國的老婆偷小叔事說情，希望不要王六兒出面見官。西門慶吩咐後面為他準備酒飯，和應伯爵一道食用。湊巧磚廠劉太監送來一罈木樨荷花酒，四十斤紅糟鰣魚（還有兩疋粧花織金緞子），遂著打開荷花酒及烹製鰣魚享用。一會兒酒菜齊至，先放了四碟菜菓，又放了四碟案酒，計有(1)鮮紅鄧鄧的泰州鴨蛋，(2)曲彎彎王瓜拌遼東金蝦，(3)香噴噴油煤燒（排）骨，(4)禿肥肥乾蒸的劈晒雞；第二道又是四碗嘎飯菜，(1)一甌兒濾蒸的燒鴨，(2)一甌兒水晶胖蹄，(3)一甌兒白煤豬肉，(4)一甌兒炮炒的腰子。落後纔是裡外青花白地磁盤盛著一盤紅馥馥柳蒸的糟鰣魚。用小型金菊花的盃子斟木樨荷花酒對飲，連同鰣魚，共有九樣之多。還有菜菓呢！

說來，這乃是西門慶平常的家用飲食，可以說衹有鰣魚是特別為客人準備的。西門家的飲食豪奢，於此可見一斑。

西門家有關飲食的大場面，有兩次，一次是李瓶兒的葬禮，開的流水席。所謂流水席是只要桌面上坐滿了一桌，酒席就開上來，任由喪禮上的客人，隨時進入食用。像這種飲食場面，只有大富人家方始辦得起，沒有預算限制啊！另一次是請六黃太尉一飯。

請六黃太尉一飯，乃山東地方各級政府機構的公請，當地兩司八府的官員，每官員都攤分資銀，兩司的官員，每員三兩，八府的官員，每員五兩。小說上說共集資一百零六兩，交與西門慶作製辦一飯之資。這天來陪六黃太尉吃飯的客人，據應伯爵說有上千人進來。十人一桌計算，總有上百桌。就是西門慶不貼錢，光貼人工，也得十兩銀子一桌。這數字，對《金瓶梅》的現實生活水準來說，也是夠豪奢的了。

B 穿著

有一天，應伯爵到西門家，遇見下人們抬了幾大箱籠進來，一問方知是西門慶為家中妻妾準備的禦寒衣裝，還只是一部分，尚未縫製齊備呢！西門家的婦女，除了季季要換製流行的新裝，遇有喜慶應酬，也要添製新衣。

政和七年正月間，喬大戶邀請西門家的婦女去吃酒觀燈，潘金蓮吵著沒有體面的衣服，於是西門慶喊來趙裁縫，為眾婦女每人縫製了一套。這些衣服都寫出了名色。吳月娘四件，一件大紅遍地錦五彩粧花通袖襖、獸朝麒麟補子緞袍兒，一件玄色五彩金遍邊葫蘆樣鸞鳳穿花羅絲袍兒，還有一套大紅緞子遍地金通袖麒麟補子襖兒翠藍寬拖遍地金裙，一套沈香色粧花補子遍地錦羅襖兒，大紅金板綠葉百花拖泥裙。其餘李嬌兒、孟玉樓、潘金蓮、李瓶兒四個，各裁了一件大紅彩通袖粧花錦雞緞子袍兒，兩套粧花羅緞衣服；孫雪娥也是兩套，只是沒有袍兒。連丫頭春梅等，都有新衣。

這麼多衣服，十來個裁縫，工錢則不過五兩錢子。

C 家用器物

西門家的家用器物，除了金碗銀盤，以及名磁樓銅，還有古玩字畫，最講究的還是床。潘金蓮的那張螺鈿床，就花了六十兩銀子。孟玉樓帶過來的南京拔步床，也不亞於潘金蓮那張。

李瓶兒睡去的那只棺木，就是三百五十兩銀子買來的。亦足以說明《金瓶梅》的社會，有如此豪奢的生活人家，方有如此豪奢的事物。這口棺木，原是尚舉人家的。說來，都是士紳之家。

(二)商業

西門慶經營了五爿舖子，除了他家原有的一爿生藥舖子及一爿典當舖，其餘的三爿都是絲綢生意，如緞子舖、綢子舖、絨線舖，在今天，綢緞已不分，但在《金瓶梅》的社會上，綢緞則是分開的。這且不去管它，如論生意經營的狀況，除了生藥舖之外，其他都極興隆。

絨線舖的買賣，平常日子，一天也能賣數十兩銀子（第三十三回），若是到了年根底下，或節令之下，銷路更好。

緞子舖開張之日，就做了五百餘兩的生意。

另外，他們也經營棉布生意，似是在綢布舖中一起經營的。若是遇到旱潦不收，布帛的價錢就會加三利息發賣，甚至還可以再高抬些市價。

西門慶臨死的時候，交代後事，道出了他在商場上投下的資金數字，是這樣的：

一、緞子舖的資本五萬兩。（其中有喬大戶的股東）

二、絨線舖的資本六千五百兩。

三、綢緞舖（可能是綢布）的資本五千兩。

四、生藥舖的資本五千兩。

五、韓夥計等人貨船上的資本六千兩。

他沒有到當舖押下多少本錢，他放的債還有一千餘兩沒有收回。

我們從西門慶的商業狀況來看，可以說明《金瓶梅》時代的社會，經濟是相當繁榮的，絨線舖的平常營業，都能日入數十兩，緞子舖開張之日，就做了五百餘兩的買賣，這種營業狀況，可說已很可觀。

那麼，相對的一般人民生活呢？

關於這一點，《金瓶梅》的小說裡面，絕少寫到，可以說是沒有去寫。但從些混混兒如踢球的圓社手、教唱的李銘、賣春的妓女、幫閒如應伯爵、草裡蛇、過街鼠等人的生活行徑看，可以說都是自甘卑賤像寄生蟲似的依靠著西門慶類人討生活的，窮困極了。自也不必再說他們了吧。可是一般升斗小民的生活如何呢？我們仍能從他們賣兒鬻女的

這一情形去推演。

在《金瓶梅》中，最不值錢的便是人口。一個十五六歲的女孩，又貌美又精靈的如春梅，身價銀，也只是十六兩銀子。後來，西門慶為王六兒買來一個，也是十六兩銀子。這兩位丫頭是《金瓶梅》中最貴的人口價錢。（潘金蓮與孫雪娥，不能相提併論，潘是情節需要延拖到武松回來，孫是賣給妓家。）一般說，都是六兩左右，秋菊是六兩，夏花是七兩。奶子如意兒的身價也祇六兩。有一位軍人，因為死了官馬，拍挨打，迫不得已要把親養的孩子賣了賠出來，只要四兩銀子就賣了。

從這些情形來作一對照，可以想知《金瓶梅》時代，是一個經濟繁榮而貧富不均的社會。富有的太富有，窮苦的太窮苦。再說，人口買賣幾是《金瓶梅》的社會公開的行業，人的身價何以如此之低，低到尚不及富人到妓家的一飯之資、一宿之用。

那天，安進士在西門家客宿一夜，由妓家女董嬌兒陪宿，翌晨給了一兩銀子，還用紙包了一層又一層。董嬌兒拆開一看，不過一兩，表示太少。也足以說明當時妓女的一夜宿費，一定比一兩要多得多，可能比一個女孩賣斷的身價銀子還要多吧。西門慶梳籠李桂姐，一出手就是五十兩；還有其他穿著呢！

但如論掌日物價，寫在書中的如第七回毛青鞋面布三分一尺，第六十八回，四疋尺頭少說值三十兩銀子，第八十回，使一錢六分連花兒買上一張桌面，五碗湯飯五碟果子；使了一錢一付三牲；使了一錢五分一瓶酒；使了五分一盤冥紙香燭……；使一錢二分銀子僱人抬了去。又討了他值七分銀一條孝絹，這一段的物價寫得非常清楚。不過，第五十二回說，一兩銀子可購燒鴨兩隻，雞一隻、金華酒一罈、白酒一瓶，另一錢銀子下飯，一錢銀子果餡涼糕。看起來，《金瓶梅》社會的物價，如與人口買賣的價錢來作比較，物價可真不便宜。我想，一個女孩只賣得六兩銀子，能買得幾隻雞鴨幾瓶酒呢！

顯然的，《金瓶梅》是個貧富不均的社會，窮的太窮，富的太富。至於《金瓶梅》的社會與當時蘭陵笑笑生所處身的那個晚明社會，究有多少是契合的？究有多少是小說家言？則非本人所曾研究，不說它了。

本文乃民國 72 年 12 月 3 日在國立清華大學演講稿

第二輯 學術研究與批評

學術研究與批評
——請教大陸學人徐朔方先生

　　從事學術研究，最首要的是應具備相關問題的學識，否則，勢難臧其事。更需要有確切的證據，有一分證據說一分話也。故而要廣泛的去閱讀相關的文史書籍，眼光真格要像鰵寶的回子似的，去尋求所探問題中的寶藏。

　　對於學術問題的批評，通常有兩個方式。第一個方式是提出新證據，否定了對方的論說之誤。斯一方式，無須浪費較多筆墨，四兩足以撥千斤。第二個方式是沒有新證據，全部援用對方的證據，卻能在相關學識上，以及智慧的才情上，一一批駁了對方運用資料的研判缺失，藉以否定了對方的立說。說來，這第二個方式的批評較難，必須洞澈對方立說論據的相關學識，理論基礎，都須超過對方，更必須全面去了解對方的論據整體。要不然，則有顧此失彼而徒說廢話之弊。

　　近來，我讀到大陸學人徐朔方先生批評拙作〈金瓶梅的問世與演變〉一文，所犯的批評缺失，就是我上述的未能去全面了解我研究《金瓶梅》的論據整體，只寫了一些「斷章」且未「取義」的粗疏說辭，其評自無可采之語。下面，我就徐先生的評文缺失之處，再提幾個問題，敬請徐先生繼續探究。

一、《金瓶梅》初版於萬曆三十八年？

　　《金瓶梅詞話》自民國二十一年出現，北大同仁翌年即影印百部傳世之後，魯迅、吳晗、鄭振鐸等人，都先後為文論及該書。他們都異口同聲的肯定「《金瓶梅》初版於萬曆卅八年。」此說一直被世人援用到 1970 年。抵本人提出馬仲良（之駿）「司榷吳關」之「時」，在萬曆四十一年（至四十二年）；證據確鑿。斯一誤說了四十年的問題，方始

獲得改正。

試問：魯迅、吳晗、鄭振鐸這三位大家，根據什麼證據去判定《金瓶梅》初版於萬曆三十八年？根據的不就是《萬曆野獲編》的那段話嗎？

原文是：

> ……丙午（萬曆三十四年）遇中郎京邸，問曾有全帙否？曰第觀數卷，甚奇快。……又三年，小脩（中道）上公車，已攜有其書，因與借抄挈歸，吳友馮猶龍見之驚喜，慫恿書商以高價購刻。馬仲良時榷吳關，亦勸予應梓人之求，可以療飢。予曰此等書必遂有人版行，但一刻則家傳戶到，壞人心術，他日閻王究結始禍，何辭置對？吾豈以刁錐傳犁泥哉！仲良大以為然，遂固篋之。未幾時而吳中懸之國門矣。然原作實少五十三回至五十七回，遍覓不得，有陋儒補以刀刻，無論膚淺鄙俚，時作吳語，即前後血脈，亦絕不貫串，一見知其贗作矣。聞為嘉靖間大名士手筆……

魯、吳、鄭這位大家，便是依據了這段話中的「又三年」以及攜歸抄稿，有友勸他賣給出版商他不肯，卻也「未幾時而吳中懸之國門矣」的文詞。鄭振鐸且感於此一問題不能與《金瓶梅詞話》的萬曆丁巳（四十五年）序言相合，遂又認為《金瓶梅詞話》是後來的北方刻本，「吳中懸之國門」的那一本在前，出版於萬曆三十八年。

此一問題，請問徐先生，難道魯、吳、鄭這三位大家連《萬曆野獲編》的文辭，也讀不通嗎？

應是《萬曆野獲編》的這番話有問題罷！

我想，無論任何人讀了上述《萬曆野獲編》的這番話，都會認為《金瓶梅》在萬曆三十八年間已有刻本了。問題是馬中良司榷吳關的時間是萬曆四十一年至四十二年間。

二、萬曆三十七年間袁氏兄弟手中就有了《金瓶梅》全稿嗎？

若是依據上錄《萬曆野獲編》的說法，沈德符確於萬曆三十七年間向袁小脩（中道）抄得了《金瓶梅》全稿，其中缺少五十三回至五十七回。可是，袁小脩寫於萬曆四十二年八月的日記（《遊居柿錄》），說到《金瓶梅》時，則說：「往晤董太史思白，共說小說之佳者，思白曰：『近有一小說，名《金瓶梅》，極佳！』予私識之。後從中郎真州，見此書之半，大約摹寫女兒情態具備，乃從《水滸傳》潘金蓮演出一支。所云金者，即金蓮也；瓶者，李瓶兒也；梅者，春梅婢也。舊時京師，有一西門千戶，延一老儒於家；老儒無事，逐日記其家淫蕩風月之事，以西門慶影其主人，以餘影其諸姬。瑣碎中亦自有湮波，亦非慧人不能。……」試觀這段文辭，並未提到他曾閱及全書。若已讀到全書，怎的還會說：「後從中郎真州，見此書之半」呢？

關於此一問題，徐朔方的批駁文竟如此說：

> 魏著的一切結論以對《野獲編》和三袁有關記載的懷疑和否定為前提。而懷疑和
> 否定實際上只集中在兩句話上，即《野獲編》的「丙午遇中郎京邸，問曾有全帙
> 否？」和《遊居柿錄》：「後從中郎真州，見此書之半。」這兩句話，文從字順，
> 前後連貫，含意自明。只有誤解，或有意曲解，才會發現它們前後矛盾或破綻百
> 出。
> 先說第一句。萬曆二十三年（應為二十四年，徐說誤），袁宏道曾寫信給董其昌：「《金
> 瓶梅》從何得來？伏枕略觀，雲霞滿紙，勝枚生〈七發〉多矣！後段在何處？抄
> 竟當于何處倒換，幸一的示。」當時袁宏道在蘇州，和沈德符的家鄉嘉興很近。
> 袁宏道的書信和他尋訪《金瓶梅》後段的努力，沈德符置身在三吳文人圈子裡，
> 當然可能有所風聞。因此當他十年後和袁宏道在北京見面時，就很自然的問起他
> 可曾得到全書。儘管沈德符連前段也未曾過目，他這樣發問，並沒有什麼不合情
> 理。
> 第二句。從「後從中郎真州，見此書之半。」推論出「袁氏兄弟在萬曆四十二年
> （1614）八月以前，還只讀了《金瓶梅》的前三十回（第125頁——此指《金瓶梅的問
> 世與演變》）「完全和原文不符。原文說的僅限於萬曆二十六年在真州時。在此以
> 後有沒有讀完全書？這則日記未加說明。因此，此書（指拙作《金瓶梅的問世與演變》
> 第47頁）說「他在萬曆四十二年（1614）八月，還未讀到《金瓶梅》全稿，沈德符
> 又怎能在萬曆卅七年（1610）向袁小脩抄得《金瓶梅》的全稿呢？」這個質問就完
> 全落空了。

徐朔方先生提到的第一句話的問題，是我在拙作《金瓶梅探原》中提出的，我認為
沈德符的《萬曆野獲編》論及《金瓶梅》的文辭，頗多漏洞。指出的問題極多。徐先生
文中指出的「第一句」問題，只是其中之一，理應相並討論。換言之，應把我提出的有
關《萬曆野獲編》這篇論及《金瓶梅》的問題，比竝在一排，加以概觀討論。徐先生的
這種斷章而又不取義的批評，不要說讀者看不懂，就是連徐先生自己也不曾了解。不過，
在此我倒有一點意見，告訴徐先生，沈德符在萬曆二十四年還只十八歲，這時，他家門
祚落，父祖全已謝世，還在努力舉子業，尚無資格「置身在三吳文人圈子裡」也。

難道徐先生沒有讀到我在《金瓶梅的問世與演變》提出的謝肇淛作〈金瓶梅跋〉一
文嗎？（文在該書第21、22頁）謝文說：「此書向無鏤板，鈔寫流傳，參差散失，唯弇州
家藏者最為完好。余於中郎得十其三，於丘諸城得十其五，稍為釐正，而闕所未備，以
俟他日。」該文寫作時間，劉輝先生在其所寫〈北圖藏山林經濟籍與金瓶梅〉一文中（刊

1985 年第 2 期《文獻》），認為該文寫於萬曆四十四年（1616）。此說可信。何以？因為謝肇淛這年仍在京城任工部都水司郎中，文中的「丘諸城（志充），是萬曆四十一年進士，萬曆四十三、四年間，時任工部主事（或員外郎），與謝是工部同事。劉輝據以推想謝從丘得來的《金瓶梅》稿「十其五」，可能在此時，自是有據的。所以我認為可信。但無論如何，謝氏之此文不會作於萬曆四十一年之前，蓋丘諸城服務工部，乃中進士以後事也。再說，袁小脩是萬曆四十四年（丙辰）進士，這時期（萬曆四十三年冬至萬曆四十四年春）必在京城。謝肇淛與袁宏道是同年進士（萬曆二十年壬辰科）與袁中道（小脩）也是好朋友。那麼我請問徐朔方先生，袁小脩如在萬曆三十七年間就有了《金瓶梅》全稿，謝肇淛還會在萬曆四十一年之後，說「而闕所未備，以俟他日。」還在期待「未備」的「十其二」嗎？

此一問題，我們不必再說其他，祇憑謝肇淛的這一件證據（〈金瓶梅跋〉），已足以呼應了袁小脩日記上的那段話，他在萬曆四十二年八月，尚未讀到《金瓶梅》全稿。袁小脩如在萬曆三十七年間即有了《金瓶梅》全稿，好友謝肇淛怎會在萬曆四十一年之後，還在為《金瓶梅》的闕書，「以俟他日」呢？

徐先生說我：「只有誤解或有意曲解，才會發現它們前後矛盾或破綻百出。」請教徐先生，我上述的問題，乃有證據之說，非憑心憶而妄言。徐先生你作何解說？是我「誤解或有意曲解」呢？還是徐先生你在「有意曲解」？上述證據已明白解答了。

三、《金瓶梅》的政治諷喻

我說《金瓶梅詞話》是一部政治諷喻的小說，這說法並非我的創意，蘭陵笑笑生的友人欣欣子（鄭振鐸推想可能是笑笑生同一人）的序文，一下筆就這樣說了：「竊謂蘭陵笑笑生作《金瓶梅傳》，寄意於時俗，蓋有謂（為）也。」所謂「寄意於時俗」，當然指的是對當時的社會風尚有所「寄意」，說到社會時俗的良窳，自與政治聯上了關係。所以欣欣子說蘭陵笑笑生的《金瓶梅傳》乃「有為」之作。

我想，凡是讀了《金瓶梅詞話》的人，如略加思索，都會感於它是一部有所刺的作品，非有所美也。它刺些什麼？我們當然要從作品中去尋找隱喻。讀過三百篇的人，應該了解詩序之所謂「美」、「刺」何所在？蓋「刺」者，則隱喻乎字裡行間也。那麼，當我們發現到《金瓶梅詞話》第一回中的入話，劉邦寵戚夫人有廢嫡立庶的故事，意楔不入西門慶的身家興衰，自然會去聯想到欣欣子說的蘭陵笑笑生作《金瓶梅傳》的「有謂」於「時俗」的「寄意」。又怎能不聯想到當時萬曆皇帝的寵鄭貴妃，鬧出來的遲遲不立儲君的事件？當我們讀到了「花石綱」的描寫，又怎能不想到明神宗於萬曆二十四年實施的鑛稅惡政。這豈不是極明顯的「寄意於時俗」乎！

《金瓶梅》的歷史背景,乃以宋喻明;虛寫宋而實寫明。此一說詞前人早已言之,非我創說。事實上,小說的故事也確是如此,任誰也否定不了。光是這一點,也足以說明《金瓶梅》是有關乎政治諷喻的小說。徐先生的評文,則援用了我書上的史料,加以宋徽宗與明神宗的排比,說是兩者間根本排比不上。遂據以說我說的一些「政治諷喻」不能成立。像徐先生的這種「索引派」的評論,未免太蘇俄化的「形式主義」。

1983 年 5 月,美國印第安那大學召開的《金瓶梅》學術討論會,就有人提出了《金瓶梅》中的西門慶,寫得像個皇帝。事實亦如此,外國讀者,都已看出了《金瓶梅》的此一政治諷喻。身為大學教授的徐朔方先生,居然不承認這一點,又何止令人有所遺憾耶——?多謝上海復旦大學的黃霖先生,他同意我的研究方向,不僅有力的提出了作者是屠隆說,兼且有力的提出了第六十五回中的「陳四箴」與「何其高」二人的姓名隱喻,與萬曆十七年冬大理寺評事雒于仁的〈四箴疏〉符契了隱喻的關係,更使我以之與屠隆的幾封尺牘,也聯上了關係。我敢肯定的說,《金瓶梅》是一部政治諷喻的小說,乃確立不移的事實。書還在世,人人可以在閱讀時探討,不必多所費辭。問題是,《金瓶梅詞話》還保有多少傳抄時代的內容?今天,尚無足夠的證據說話而已。

四、《金瓶梅》的編年與人物生屬問題

《金瓶梅》是一部編年體的小說,銅城張竹坡（道深）早於清康熙三十四年（1695）就說到了。他在〈金瓶梅讀法〉中說:「《金瓶梅》是一部史記。然而《史記》有獨傳,有合傳,卻是分開做的。《金瓶梅》卻是一百回共同一傳,而千百人總合一傳。內卻又斷斷續續,各人自有一傳。……」張竹坡把《金瓶梅》一書比作《史記》;雖然《史記》是紀傳體,非編年體,可是《金瓶梅》則是合千百人為一傳,編年遂在紀傳的裡面。總之,《金瓶梅》的章節,在在都詳記了月日,故事發展,有著一條極其清楚的年月日時。日本版本學家鳥居久靖,作了一本《金瓶梅編年稿》,我嫌其簡,又據以詳細編寫,寫了一本《金瓶梅編年紀事》。可以說《金瓶梅》如果沒有寫上年月日時的順序,我們的編年就寫不成了。

正由於我們寫出了《金瓶梅》的故事編年,所以我們知道《金瓶梅》故事中的編年,有一年的重疊。鳥居久靖也說到了。同時呢,如西門慶、吳月娘、潘金蓮的生屬,也有參差,前後說法不一。這種前後參差不相統一的情形,只要稍用思維,準會感於斯乃作者的故意安排,非不諳干支,亦非行文時未加留意所造成。這參差的情形,張竹坡也說到了,他說:「《史記》中有年表,《金瓶梅》亦有時日也。開口云西門慶二十七歲,吳神仙相面,則廿九;至臨死,則卅三歲,而官哥則生於政和四年丙申,卒於政和五年丁酉。夫西門慶二十九歲生子,則丙申年至卅三歲,該云甲子,而西門慶乃卒於戊戌。

夫李瓶兒亦該云卒於政和五年，乃云七年。此皆作者故為參差之處。何則？此書獨與他小說不同，看其三四年間，卻是一日一時，推著數去。無論春秋、冷熱，即某人生日，某人某日來請酒，某月某日請某人，某日是某節令，齊齊整整挨去。若再將三五年間甲子次序，排得一絲不亂，是真個與西門慶計賬簿，有如世之無目者所云者也。故特錯亂其年譜。……」張竹坡也認為這些有關干支生屬年月上的錯誤，是作者故意如此予以參差的。關於這一點，我們一看潘金蓮與吳月娘的屬龍干支，先誤（庚辰）而後正（戊辰）即已說明了作者之所以如此先誤寫而後正，乃出於故意，非不諳干支也。

那麼，作者何以要如此？由於張竹坡沒有讀到欣欣子的序文，遂說是「大約三五年間，其繁華如此。」我們若以之與欣欣子序文中說的「寄意於時俗蓋有謂也」的話，比並來看，則作者的若是故意錯寫，自有其深刻的隱喻意義，自是無可懷疑的事。何況小說中已有不少一思即得的政治隱喻情節呢！

再說，《金瓶梅》的這種紀月紀日，依著甲子干支的次序，排得齊齊整整的挨著時日向前寫去的小說，在《金瓶梅》以前，尚有何書？《三國演義》是史說，卻也不是這種紀月紀日的寫法啊！

徐朔方先生認為《金瓶梅》的作者「無意於編年」，且「無意於使它的敘述忠於北宋歷史真實，以影射晚明萬曆年間的歷史真實。」則未免過於不懂小說。小說家用於小說的歷史背景，只是假設，那有以歷史的真實為小說題材的。只要有個歷史的影像就夠了。《三國演義》也距離歷史甚遠。我委實不能了解徐先生怎會說出這樣外行的話。

五、從事學術研究的條件

從事學術研究，比從事文藝創作要難得多。寫文藝創作貴在感性，具有非凡的智慧，超人的想像力，具有小學中學生的國文程度那就夠了。從事學術可不成，它貴在知性，換言之，它要具備了他所研究的那一門學問的相關學識。當然，更得有非凡的智慧，（卻忌想像力）更得有耐心，如乏耐心，讀書也不會精確。日前，在一次學術討論會上，有人提出「識精議確」四個字。誠然，識不精又如何能議確？要之「識精」，首先要有豐富的學識，加之以超人的智慧與精到的研讀，備乎此，則所議必確。今讀徐朔方先生的這篇〈評金瓶梅的問世與演變〉一文，他洋洋數千言所寫出的文詞，則十之七八祇是從我的《金瓶梅探原》及《金瓶梅的問世與演變》二書中抄錄而來。我書中的錯誤如《味水軒日記》卷七「萬曆四十三年（乙卯）正月五日」，應為「十一月五日」，曾在《金瓶梅原貌探索》（學生書局出版）改正，徐先生也照錄不爽，也不指出誤來。足以想知徐先生《金瓶梅》一書的研究方面，涉獵到的相關書籍極少。他的這篇評文，除了我這兩本書上的文詞，其他則未見運用。

　　徐先生出身英文學系，對於中文這方面的基本常識，似乎有些欠缺。譬如他在論到《金瓶梅》一書是李開先寫定一說的幾篇論文中，一再說麻城劉守有（劉承禧之父）是湯顯祖同年。先無論文科與武科能否稱「同年」，而事實上，劉守有在萬曆十二月二月，已是錦衣衛都督同知，官三品矣！（見《明神宗實錄》卷133）固然，《麻城縣志》記載劉守有是「萬曆癸未（十一年）進士（武）」，孫子書的《也是園古今雜劇考》也如此引錄。而我們在探討劉守有與屠隆的交往時，又怎能不細查劉守有的在官情形。再說，我們從事學術研究的人，運用第二手資料，又怎能不去復按（重行查證）？宋儒張載有言：「讀書要會疑，於不疑處有疑，方是進矣！」我的所學方法，是義理演繹，凡所問題，悉本乎義理去推演析繹。我非常遺憾於大陸學人的學術論文，他們大都缺乏讀書會疑的基礎，本文所論，斯其一也。

刊於民國 75 年 1 月 29 日《臺灣新聞報》副刊

· 小說《金瓶梅》·

麻城劉大金吾
——寄大陸學人徐朔方先生

　　由於《萬曆野獲編》的有關《金瓶梅》說詞，有一句「今惟麻城劉承禧延伯家有全本」；遂使今之研究《金瓶梅》者，在麻城這一劉家，耗費了不小筆墨。

　　按湖廣麻城的劉家，有好幾位可以稱為「金吾」的人物，如劉守有、劉延禧父子，還有劉守乾、劉守蒙、劉守孚，以及劉僑等。這些人全是一門父子叔侄。

　　何以這一門出了這麼多的錦衣之官？我們一查明史便知道了。這一家人，從正統年間，劉訓得中正統四年（己未）進士開始，直到明亡，這一家人，始終有人在朝。關於這一點，孫楷第在其所著《也是園古今雜劇考》中，記述頗詳。茲錄之如次：

> 《光緒黃州府志》卷廿〈宦蹟傳〉有〈劉訓傳〉。承禧先人在《府志》有傳者，始
> 見於此。訓字忠信，正統四年己未進士，官至山西參政。訓子仲輮，景泰四年癸
> 酉舉人，官知縣。見《府志》卷十五〈科貢表〉。（《光緒麻城縣志》卷十八云仲輮
> 官崇德知縣）仲輮子璲，字士約，弘治三年（庚戌）進士，官豐城知縣，《府志·
> 宦蹟傳》有傳。璲子天和，字養和，號松石，（松石號據《康熙麻城縣志》卷7。）正
> 德三年（戊辰）進士。嘉靖中以兵部尚書總制三邊。吉囊入犯，屢卻之。論功加太
> 保。遷南戶部尚書。入為兵部尚書。卒贈少保。諡莊襄。明史卷二百，《黃州府
> 志》《麻城縣志》皆有傳。天和子可知者，曰澯，曰溧。澯，嘉靖十二年壬辰進
> 士，官刑部郎中。見《府志》卷十四〈科貢表〉及卷二十〈宦蹟傳〉。溧以父蔭
> 入監，見《府志》卷十八〈廕襲門〉。《府志》卷十八〈封贈門〉載澯以子守有
> 貴，贈五軍都督。然澯實進士出身官郎署者也。（《府志》卷14嘉靖三十二年癸丑進
> 士有劉澯，不知是天和子否？）守有字思雲，萬曆十一年癸未武進士即承禧之父。承
> 禧萬曆八年庚辰武進士，會試第一，殿試第二。其成進士，先於父一科。父子並
> 為錦衣衛指揮。（據《府志》卷17〈武科表〉及《光緒麻城縣志》卷15下〈選舉志〉。）
> 守有膺神宗寵眷，加至太傅。（據《康熙麻城縣志》卷7〈守有傳〉。）此承禧家世之
> 可知者也。按麻城劉氏自守有以降多廕敘得武職。以《府志》卷十八考之，如劉

守蒙、(蒙《康熙麻城縣志》卷 8 有傳。)劉守孚,皆以祖天和廕錦衣千戶,守乾以祖天和廕為都督府都事。皆守有兄弟也。(守有亦以廕職得官。)《府志》卷廿尚有〈劉僑傳〉。僑萬曆二十年壬辰武進士。(據《府志》卷 17〈武科表〉。)傳稱:僑天啟時襲祖天和錦衣職。授北鎮撫司。……因是知麻城劉氏與錦衣衛關係至深。

孫楷第的這一史料,是近年來各方研究《金瓶梅》全本來源的一條重要線索。尤其黃霖的《金瓶梅》作者是屠隆說,劉家的此一史料更是一件重要的佐證。蓋屠隆於萬曆十二年十月罷官時,曾受當時任職錦衣衛的「劉金吾」關顧。因而涉及了屠隆在《栖真館集》中一再提到的「劉大金吾」其人,究竟是劉守有呢?還是劉承禧?還有,孫楷第引錄的《麻城縣志》或《黃州府志》,所記劉守有是「萬曆(癸未)十一年武進士」,其子劉承禧則是「萬曆(庚辰)八年武進士。」此一記錄正確嗎?本文只討論這兩個問題。

第一,屠隆筆下的「劉大金吾」是誰?

此一問題,必須先弄清屠隆與「劉大金吾」交往的時代。

按屠隆乃浙之鄞人。萬曆五年(1577)進士,選任安徽潁上令,再遷江蘇青浦令。十一年(1583)調升禮部儀制司主事、翌年十月被劾詩酒放縱而罷官。罷官時,受到這位「劉大金吾」的特別照顧。不但給予屠隆精神上的安慰。兼且照顧到屠隆罷官後的家人生活問題。真可以說是屠隆心目中的義人。這位劉大金吾,就是當時任職錦衣衛的劉守有。

劉守有是沛北麻城人,字思雲。他的祖上,自正統到嘉靖,有了四位進士,前面抄錄的《也是園古今雜劇考》的資料,已詳細列出了。可以說麻城劉家,在明朝萬曆年間,屬於世臣階層,所以劉家的子弟,有多人獲得了廕職;且多為錦衣衛武職。劉守有其一也。

關於屠隆於萬曆十二年(1584)十月罷官時,劉守有給予屠隆的特別照顧,在《栖真館集》(卷 17)〈與劉金吾〉函中云:「……獨明公疇昔周旋,義高千古。當不佞初被仇口,明公一日三過不佞邸中,對長安諸公,沖冠振腕,又形於色。不佞云:『某越國男子,歸不失作海上布衣,明公休矣,無累故人。』明公慷慨以手摸其腰間玉帶曰:『某一介鄙人,至此亦已過分。誠得退耕海上田,幸甚。亦復何懼!』及不佞掛冠出神武門,蹇驢且策,而兩兒子痘瘍適作。公曰『君第行抵潞河,留八口京驛,薪水醫藥,余維力是視。』不佞遂行。明公果惠顧不佞妻孥甚至。而不佞之阻凍潞上,則又時時使人起居逐日餽餉不絕。所以慰藉之良厚,又為治千里裝,不佞八口所以得不路餒者,明公賜也。種種高義,豈在古人下乎!僕所以萬念俱灰,此又不泯,申章遠寄,今又在茲。」屠氏的這一番話,已把這位「劉大金吾」在他罷官時,是如何照顧他的?業已盡罄肺腑。同

時，這位「劉大金吾」的身分與地位以及性格，都鮮明的透露出來。

再按《明史》。查〈張鯨傳〉（《明史》卷305）記有劉守有罷官事，說：「萬曆十六年（1588）冬，御史何出光劾鯨及其黨鴻臚序班（邢）尚智與錦衣都督劉守有相倚為奸，專擅威福，罪當死者八。帝命鯨策勵供事，而削尚智守有職。餘黨法司提問。」此事在《明神宗實錄》卷二○五，亦有同樣記載，稱劉守有為「錦衣都督」。按「錦衣衛」乃明代特設機構，掌侍衛、緝捕、刑獄之事，屬於京衛之上直衛親軍之一。衛設指揮使、正三品。但錦衣衛不隸五都督府。各衛以都督、都指揮領之。（原為都護府之都護，從二品。）那麼，明史既稱劉守有為「錦衣都督」，可以想知劉守有在萬曆十六年罷官時，已是從二品的錦衣衛都督矣。若以時間推移，縱然不查史書，也可以想知劉守有在萬曆十二年（1584）屠隆罷官的時候，必然是錦衣衛指揮使司的指揮使，官秩已是正三品。所以屠隆的信上又說：「獨幸明公身健位尊……為國爪牙，雖然貂蟬蟒玉，出入禁闥，此人臣之極也。……」從屠隆的這些話，也可以從文辭上蠡及屠隆筆下的「劉大金吾」，已是一位「位尊」到可以「為國爪牙」之「人臣之極」的人物。想來，非劉守有莫屬，不可能是劉守有的兒子劉承禧。劉承禧是萬曆八年的武舉（《縣誌》說），在萬曆十二年時，可能還只是錦衣千戶。本文非論此，從略。

第二，劉守有是癸未武進士嗎？

也許是大陸上的學人，深信孫楷第是文史界的前輩權威，是以劉守有的資歷，他們都以《也是園古今雜劇考》所寫為準。因為孫楷第說劉守有是「萬曆十一年癸未武進士」，於是，徐朔方在他寫的〈金瓶梅成書新探〉等文中，有三文都提到劉守有，都說他是湯顯祖的「同年」。先不管明代的文科與武科，進士及第能否稱「同年」？而本文所要探討的則是劉守有是不是萬曆十一年的武進士？

不錯，孫楷第說劉守有是「萬曆十一年癸未武進士」，是有根據的，他根據的是《黃州府志》卷十七〈武科表〉及《光緒麻城縣志》卷十五（下）〈選舉志〉。可是，當我們已經在《明史》上知道劉守有在萬曆十六年時，已是「錦衣都督」，在屠隆的《栖真館集》中，知道劉守有在萬曆十二年時，已「位尊」到「人臣之極」。打個折扣說（我們或可認為屠隆的信函，說的都是推崇恭維之詞），劉守有在萬曆十二年，已是錦衣衛指揮，應是沒有問題的。錦衣指揮的官秩已正三品矣！

再說，明朝的科舉，乃入仕的門徑。換言之，參加科舉的目的，只是為了入仕；文科武科均然。由此事實，亦足可想知劉守有不可能在萬曆十一年考中武進士，第二年就升到正三品的錦衣衛指揮。

還有，孫楷第也說：「按麻城劉氏自守有以降，多廕敍得武職。」再查劉守有的祖

父〈劉天和傳〉（《明史》卷200），由於劉天和任兵部尚書（先任左都御史）時，平吉囊有功，獲加太子太保，廕一子錦衣千戶職。麻城劉家之有廕職，應自茲始。劉天和的兒子劉澯，中嘉靖十一年壬辰進士，劉守有就是劉澯的兒子。那麼，劉守有乃是循廕職而得官，先任錦衣千戶，再升指揮。在萬曆十一年，他已陞到錦衣衛都督同知，官已三品，且掌錦衣衛事。下面我錄兩條史料作證。

(一)《明神宗實錄》卷一三三（十一年二月）

> 總督東廠太監張鯨等題會同錦衣衛都督同知劉守有等抄沒犯人馮保並伊弟姪馮佑等及張大受、徐爵等家財金銀，晴碌珠石，帽頂玉帶，書畫等件，並新舊錢各色，蟒衣紵絲無算。日逐具奏，運至御前。……

(二)明神宗實錄卷一四〇（十一年八月）

> 以武英殿工成，賞尚書楊巍等，錦衣衛掌衛事劉守有，監督科道唐堯欽等，並司禮監太監張宏等銀有差。

我們看上錄這兩件史料，業已證明劉守有在萬曆十一年二月，已官拜錦衣衛都督同知，到了同年八月，已主宰錦衣衛事。我們應去想一想，萬曆十一年間的劉守有，已是錦衣衛都督同知掌衛事，正如屠隆函中的推崇語：「人臣之極也。」這樣高的官位，還需要去參加武科的考試，去取得「武進士」的出身嗎？

孫楷第寫《也是園古今雜劇考》時，引用地方志書，於此問題，未曾疑及，應屬疏失。到了我們這一代，由於《金瓶梅》的關係，麻城劉家已成重要關目之一，我們研究《金瓶梅》的人，於此問題，又怎能深信孫楷第的說法，不去疑而復案耶？

雖說，明朝的武職晉敘，捨比照文闈的「武科」，也有鄉試會試而減殺之。（見《明史·選舉志·武科》）尚有「武選」。斯「乃參用將材，三歲武舉，六歲會舉，每歲薦舉，皆隸部除授。」但此種武選，舊官之試，京官僅及五品。劉守有在萬曆十一年時，已官秩三品，非其列也。（萬曆八年春闈劉守有是領衛巡緝官時任錦衣衛管衛事錦衣都督僉事已三品矣！）

再查萬曆十一年癸未科的武闈，錄取一百名，十月放榜。《明神宗實錄》卷一四二「十一年十月」有兩條紀錄：(一)「命武舉官生取中一百名。」(二)「命大學士余有丁主武舉宴。」試想，官居三品的錦衣衛都督同知掌衛事的劉守有，怎會是這一癸未科的一百名武舉之一？

我把問題以及尋到的史料，寫到這裡，那麼，劉守有並不是萬曆癸未（十一年）科的「武進士」，應是毋庸置疑的吧。

宋儒張載說：「讀書先要會疑，於不疑處有疑，方是進矣！」可怪的是，大陸上的

學人，如吳曉鈴、徐朔方，論年齡已六十開外，論名氣稱得上是一代碩儒。可是，他們讀書竟還不會去疑。像本文述及的劉守有是不是「武進士」出身的問題？徐朔方先生一直說劉守有是湯顯祖的同年。對於前人孫楷第引錄地方志的錯誤記載，從不懷疑。寧不怪哉！

再說，我們從事學術研究的人，使用第二手資料，必須去作復案的工作，驗證他們的紀錄是否正確？如不正確，應予改正。縱未能驗證──或未尋到資料的原始書籍，也應注明資料的來源。如孫楷第之注明錄自何處。這樣做，一可說明資料正或誤的根源，二也可減少一己錯誤的責任。不過話再說回來，我們使用第二手的資料，如果資料不正確，縱未影響了我們的立論，我們也有疏失之責。問題是：何不復案也。近來，我讀朱德熙作〈漢語方言裡的兩種反復問句〉一文，其中的統計資料，便有錯誤。我已為之指正。這一統計資料的錯誤，便影響了他的立論。此一問題，我另有專文，這裡不多說它。

總之，屠隆筆下的劉大金吾，就是麻城劉守有，廕職入仕，劉承禧乃其子。屠隆罷官時（萬曆十二年）已任錦衣衛都督。二品官矣！

刊於民國 75 年 1 月 29-30 日《臺灣日報》副刊

論文之創意與立說
——寄在美大陸學人吳曉鈴先生

前　言

關於《金瓶梅》一書的研究，多年來大家都在探討該書之成書年代及作者問題。我從事這兩個問題的研究，已逾十五年。十五年來的研究成果，雖已肯定了不少問題，如成書年代應把今存之《金瓶梅詞話》與傳抄時代的《金瓶梅》界分開來，如以《金瓶梅詞話》說，作者當為江南人。但《金瓶梅詞話》，隨處都殘留著改寫良跡，可能改寫出於多人之手。作者是誰？那就難說了。而我卻肯定了《金瓶梅詞話》之前，並無其他《金瓶梅》的刻本。

至於該書的作者是誰？猜測者極多。見於立說者有王世貞說、李開先寫定說、賈三近說、屠隆說，還有美國學人芮效衛（David Roy）也加入趁熱鬧，說是湯顯祖作。在我，則以歷史因素研判，認為李開先從說書口中得來《金瓶梅》稿而加以寫定說，是不可能去從事立說的事。倡此說者，是大陸上的吳曉鈴與徐朔方。此一問題，我已在其他論文中，行文時提到了。

近來，吳曉鈴先生訪美，現在加州柏克萊大學擔任客座教授，當他知道陳若曦與我相識，遂透過陳小姐託人帶來他的近作〈大陸外的金瓶梅熱〉一文，其中有一話論到我。其實，吳先生的這篇文章，一月前我就在我們的學術機構讀到了。正想表示一些意見，於是我寫了這篇短文。也祇是遵循古人的「以文會友，以友輔仁」之意而已。

吳曉鈴論述我的話，這樣說的：

> 順便在這裡談談臺灣省關於《金瓶梅》研究的現狀。……我只知道魏子雲教授一個人在獨學無友的狀況下，先後從 1979 年到 1982 年之間，出版了《金瓶梅探原》、《金瓶梅的問世與演變》、《金瓶梅詞話注釋》、《金瓶梅編年紀事》和《金瓶梅審探》。聽說他還有「金瓶梅人物論」與「金瓶梅藝術論」的計畫。平心而論，他是勤奮的，然而探索的指導思想，比較主觀，方法也較粗疏。有些結論較難被

人接受。但是他在詞語註釋上應該說是有成績的。

首先，謝謝吳先生託陳若曦轉來的口信。承您寄以「敬重」之辭，非常感激。再者，刊於《環球》上的大文〈大陸外的金瓶梅熱〉，業已拜讀。惟論及我對《金瓶梅》研究的數語，頗多溢美，愧不敢當。然尚有二語，我不能了解，敢請益焉。

斯二語乃一、「探索的指導思想比較主觀」，二、「方法也較粗疏」。今請教之。

一、探索的指導思想比較主觀

這句話，使我最難理解的是「指導」二字。我對《金瓶梅》一書的探索，十六年來只專注於兩個問題，一是成書年代，二是作者是誰？計已出版了八種，達一百五十萬言，除其中一種是小說（《金瓶梅的娘兒們──潘金蓮》）約三十萬言之外，餘七種的探索目標及行文立說之點，全是這兩個問題。至於其中探索到的政治諷諭問題，更是確定成書年代的關鍵證言。關於此一問題，上海復旦大學的黃霖先生，不惟進一步提出了「作者屠隆考」，兼且探索到了第六十五回的兩個人名「陳四箴」與「何其高」，以之印證了萬曆十七年冬大理寺評事雒于仁的〈四箴疏〉。這一點，堪與屠隆罷官後寫給王胤昌、蕭以占（良有）兩位太史函牘，獲得了印證。（給王胤昌太史函有：「陳義一何高乎！」，給蕭以占太史函有「足下陳義更高」等語。）所以我認為黃霖提出的《金瓶梅》作者是屠隆的立說，乃近年來探索《金瓶梅》作者是誰的一條最值得進一步探索的問題。可以說，我的《金瓶梅》成書年代以及政治諷諭之說，已有了極其有力的反應。難道，吳先生說的「探索指導思想比較主觀」的話，是指乎此？果爾，則我的此一探索尋得的問題，既已獲得了黃霖先生的呼應，且所提證見，比我更為深入而精到。那麼，我探索出來的「思維」（不能說是「思想」）「導向」（不能說是「指導」），已非主觀。業已獲得客觀的認定了啊！

我認為我的《金瓶梅》研究，非常客觀。在研究進行過程中，一旦發現了小有差池，我便馬上修正。我之響應黃霖提出的屠隆是《金》書作者說，當為明證。從事學術研究，創意立說，基於證據。沒有證據，只憑一己的心臆而匪意所思，妄想去立新說，那是不可能的事。學術論文的創意立說，全憑證據去說話。我們如不同意某人的研究創意與論文中的立說，必須提出新證據，或祇是運用對方的證據（資料）而能一一指出對方運用資料之錯誤，以及研判上的偏差，方是「難以苟同」的論說。像吳先生只是說了這麼一句：「有些結論較難被人接受。」似乎還應該進一步去提出吳先生難以「接受」的理由及證見。關於這一點，更是我在期待吳先生有所指教。

再說，「主觀」與「客觀」的問題。竊以為任何人的學術研究，當他產生意念，設出論點，提出論題的時際，意念全是主觀的。但經過慎思明辨，尋到證據，提出論斷，

這種主觀的意念,已受到客觀因素的考驗與鍛鍊,可以說其主觀已有了客觀的因子,非主觀矣。譬如說,我的《金瓶梅》研究,設出的論點是《萬曆野獲編》的話有問題。那麼,我的此一論點,如果提不出證據來證明《萬曆野獲編》的話,確實有問題。像魯迅、吳晗、鄭振鐸等大師之據《野獲編》文辭,判定《金瓶梅》初版於萬曆三十八年的誤判;像沈德符於萬曆三十七年間向袁小脩抄得《金瓶梅》全稿,而袁小脩的日記,則寫明他在萬曆四十二年八月尚未見到《金瓶梅》全書而兩相牴觸的史料;還有謝肇淛寫於萬曆四十一年之後的〈金瓶梅跋〉,也說明他沒有得到全稿。謝與袁是朋友,那幾年他們曾時相聚首,袁如有全稿,謝又怎能無有?這些證據都協助了我完成此一論點的建立。如果我提不出這些確切的證據,只是憑空臆斷,那就一如吳先生你跟徐朔方設論《金瓶梅》出於說書人之口,由李開先寫定的說法一樣,論點只是海市蜃樓而已。

從事學術研究的人,最忌固執成見。在同一論點的學術研究問題上,雖難免於見仁見智而各執樂山樂水之論。但樂山樂水之論,固有其情趣上的主觀之見,而所見必須有見,換言之,必須有據。就像吳先生你所主張的李開先從說書人口中獲得《金瓶梅》稿,加以寫定之說。此一設出的論點,只要一去尋究兩個歷史因素,此一論點便不能成立。第一、如果《金瓶梅》一書在嘉靖年間(末葉好了,休說是中葉。)即傳播於說書人之口,足以證諸《金瓶梅》的故事,在嘉靖時代,業已盛傳於社會間。那麼,在嘉靖士人的筆下,有此紀錄無有?隆慶萬曆間,有說書人說《金瓶梅》的紀錄嗎?徐朔方先生對此問題,寫了好幾篇文章,均未提到此一證據。吳先生則「未著一字」,更是口說無憑的讕言。不必論了。第二,《野獲編》不是說了嗎?「此種書必遂有人板行,一刻則家傳戶到。」若以嘉、隆、萬的淫靡社會情形來說,《野獲編》的這兩句話,良是實情。鄭振鐸的〈談金瓶梅詞話〉也說到了,像《金瓶梅》(今本)這樣內容的書,正是那個社會所需要的。請問吳先生,《金瓶梅》如果在嘉靖年間便在說書人口中傳播著了,又怎的會到了萬曆末年方始有人梓行?吳先生與徐先生都是研究明代文學的大家,對於明朝中葉以後的編書刻書情形,應該有所了解。只要腦筋向這方面閃一下,也不至於提出此一論點,而大寫文章還到處演講。

二、方法也較粗疏

吳先生說我的研究方法「粗疏」,不知何所指?

在學術論文的寫作方法上,傳統的筆法是義理演繹,如彥和文心,唐宋議論,無不上承於左丘司馬遷。我出身塾屋,所業者乃義理演繹,狃於專題。近世受到歐西邏輯之學的影響,考據采條則分析,所謂歷史考據者也。我國學者,當以陳寅恪為先驅。未悉吳先生之此說,是否指乎此?還乞明教!

竊以為我在尋繹所設論點的相關問題上，所投思維是極為用心而且精細的。不過，《金瓶梅》一書，篇帙浩繁，情節雜亂，我只有一心雙目，（身邊無一幫手）難免引錄有所疏漏。近來，黃霖就指出了我的疏忽處，非常感激。然而自問，十六年來，我在斯一研究上，確是認真而仔細的未敢輕意下筆。任何問題，我無不反覆推敲。每在夜中夢覺，亦必起而提管記之，以備翌晨推敲之也。

三、創意與立說

在學術宇宙中，雖最貴立說，而創意亦足以不朽。如《金瓶梅》之李開先寫定說，吳先生雖未著一字，業由他人立說成之，則創說猶屬你吳先生，立說者誠不應掠美。我研究中的史料以及創說，西方學人剽去，剪而裁之，改而造之，雖其隻字不提，也難逃世人耳目。我曾自喻為老蠶吐絲結繭，其所成就，原在助人以華其表也。所期者，也只是自然的孳生。說來，我的研究也是由吳晗、鄭振鐸的研究果中發展出來的呀！

冀在學術宇宙中，立大說而冠冕萬國，良是不易。一下筆就想立大說，真是談何容易！如今，立說於《金瓶梅》作者是誰？形諸論說的已有數人。則悉未能旁及所立說的「作者」之可能是《金瓶梅》作者的相關因素。所以我為黃霖提出的屠隆說，在作者相關因素上，曾下心力。所遺憾的是，大陸上的學人，在學術研究問題上，似還受制於學術以外的因素。我從近來討論《金瓶梅》學術問題的論文中，已深切的體會到了。

刊於民國 75 年 2 月 5 日《自立晚報》副刊

關於《金瓶梅》的方言
——寄大陸學人朱德熙先生

一

　　大陸方面的語言學家朱德熙先生，寫了一篇〈漢語方言裡的兩種反覆問句〉，刊於本年他們的《中國語文》第一期。

　　朱先生的這篇文章，提出的這兩種反覆問句的方言句型，一是分布地區極廣的「去不去？」「喝水不喝？」二是分布地區不廣的(1)蘇州話：「耐阿曉得？」（你可知道？）「耐阿吃得落？」（你可吃得下？）(2)昆明話：「你格認得？」（你認得不認得？）「你格上街？」（你上不上街？）(3)合肥話：「你克相信？」（你相信不相信？）「你來聞聞這朵花克香？」（你聞聞這朵花香不香？）同時，朱先生又舉出還有一種句型，在第一種「去不去」的語句前加「可」字，如安徽合肥的另一語型：「可拿動拿不動？」（拿得動拿不動？）安徽東流的：「可香不香？」（香不香？）據朱先生的說法：「我們還沒有發現這兩種句式並存的方言。」只有像他後舉的「東流」這一句型的「這兩種方言的混合形式」。

　　上面的說詞，就是朱先生的此一方言研究，指出我們漢語方言裡的反覆問句，只有這兩種句型及另一種這兩類方言的混合形式。而且說，這兩種方言，是相互抵觸的，不能並存。

二

　　這篇文意的第二部分，朱先生又進一步引述了古詩文以及明清間流行的小說數種作為例說，用以立論他寫這篇文章的目的。

　　關於朱先生這篇文章引述的古詩文部分，本文不擬併入討論。至於小說，他引述了五部：(1)《西遊記》(2)《金瓶梅》(3)《紅樓夢》(4)《兒女英雄傳》(5)《儒林外史》。摘出了這些書中的這類「反覆問句」的方言，來印證他打算立論的這些小說作者的慣用方言，與他們生活習尚的地區關係。朱先生運用了現代語言學的觀點與分析方法，來探討古典小說中方言的句型，確能幫助古典小說的研究者，據以尋出更多有價值的問題出

來。本人讀得，深感興奮。

若把朱先生從上述五部小說中統計歸納出來的，有關此一「反覆問句」的情況，簡明扼要的排列出來，只有兩種：

一、VP 不 VP 型：

(1)「去不去？」「喝水不喝？」

(2)「去了沒有？」「看見沒有？」「買票沒有？」

二、FVP 型（可 VP 型）：

(1)「耐阿曉得？（你知道不知道？）」「耐看阿好？（你看好不好？）」──蘇州方言「吳語」。

(2)「你格認得？（你認得不認得？）」「你格上街？（你上不上街？）」──昆明話。

(3)「你克相信？（你相信不相信？）」「你來聞聞這朵花克香？（你聞聞這朵花香不香？）」──合肥話。

（雲註：原文例說較多，我只把所列這三地的這一方言，各摘兩句，也只是提供大家來認知朱先生指示出的此一「可 VP 型問句」的型態。）

對於這三地的此一「可 VP 型問句」，朱先生說：「可以看出這些疑問句中的『阿、格、克』，很可能同出一源。這個疑問副詞在明清小說裡寫作『可』。章太炎《新方言釋詞》說：『何與可、阿同一聲，故問訊言何者，蘇州言『阿是』，通語言『可是』。章氏認為蘇州話的『阿是』就是老白話裡的『可是』這是不錯的。」所以朱先生認為明清小說中的有「可」字的問句型，與「VP 不 VP 型」的「去不去？」「去了沒有？」是漢語中的兩種不能並存的方言。據此，可以推論出小說作者，是生活在什麼地區的人。

那麼，朱先生根據了他的此一推論，例說出了《西遊記》與《儒林外史》是「可 VP 型」的方言。吳承恩是江蘇淮安人，吳敬梓是安徽全椒人，都屬於「可 VP 型」方言。《金瓶梅》是「VP 不 VP 型」的方言，屬於北京話和山東話方言區域。但《金瓶梅》卻有極少的「可 VP 型」方言，散布在某些回裡。《紅樓夢》與《兒女英雄傳》，則是「VP 不 VP 型」與「可 VP 型」還有「可 VP 不 VP 型」（即如「可好不好？或可依不依？」）等，全並存在這兩部小說裡。據統計，《紅樓夢》中的「可 VP 型」方言，占百分之四十強，（第三十回至七十回）《兒女英雄傳》則占百分之二十強。（第六回至二十回及第二十六回至二十八回）文中的小說例句，我這裡為了節省篇幅，不再引錄。

三

從朱先生這篇文章的行文指標來看，他這篇論文的寫作目的，其立論似是為了《金瓶梅詞話》第五十三回至五十七回這五回的方言問題來例說的，所以摘錄的《金瓶梅詞

話》的例句最多，達四十二條。

為了研讀方便，茲簡略錄之於次：

甲、VP 不 VP 型

1.　太師老爺在家不在？（十八回）

2.　依我不依？（十九回）

3.　只有牛黃，那討狗黃？（十九回）

4.　問哥兒今日來不來？（三十九回）

5.　你說他偏心不偏心？（三十九回）

6.　今日小的燒的好不好？（二十三回）

7.　陳姐夫也會看牌也不會？（十八回）

8.　你管他不管他？（五十一回）

9.　你灌了他些薑湯兒沒有？（十九回）

10.　顧我養漢，你看見來沒有？（二十四回）

11.　你頭口催下了不曾？（五十一回）

12.　他吃了飯不曾？（五十一回）

13.　你吃飯不曾吃？（二十五回）

14.　看我到明日對你爹說不對你爹說？（二十一回）

15.　看我教他爹打他不打他？（二十八回）

16.　好吃不好吃？（七十二回）

17.　未知意旨下來不曾？（七十七回）

18.　他家裡有陪床使女沒有？（九十七回）

乙、可 VP 型

19.　問可有櫃子嗎？（三十五回）

20.　你們可記的玉環記恩德浩無邊？（三十六回）

21.　有些緞匹作數，可使得嗎？（五十三回）

22.　這樣怪行貨，歪拉骨，可是有糟道的？（五十三回）

23.　你可要吃燒酒？（五十三回）

24.　……琴童一腳箭走來回覆西門慶道：「睡在那裡，再叫不起。」西門慶便惱將起來道：「可是個有糟道的？……」（五十三回）

25.　「錢師父，你們的散花錢可該送我老人家嗎？」（五十三回）

26. 哥，你會醫嗓子，可會醫肚子嗎？（五十四回）

27. 可是我決著了？（五十四回）

28. 可曾吃些粥湯？（五十四回）

29. 裡面可曾收拾？（五十四回）

30. 可是這等的？（五十四回）

31. 不知哥哥可照顧？（五十五回）

32. 我自兒銀子與你成交，可好嗎？（五十六回）

33. 你父親母親可安嗎？（九十三回）

34. 你如今可省悟了嗎？（一百回）

35. 書可寫了不曾？（六十七回）

36. 未知可有禮到否？（六十八回）

37. 未知老爹可依允不依允？（六十九回）

朱先生根據這三十七條例句，歸納出這麼一個結果：

這十九例裡頭（十九至三十七）最後三例都是在「VP 不 VP」前頭加「可」字，是「VP 不 VP」和「可 VP」的混合形式。這三例分別見六十七、六十八、六十九連續的三回中。其餘十五例裡有十二例集中在第五十三至五十六回裡。其中五十三回五例，五十四回五例，五十五回、五十六回各一例。

同時，朱先生又指出了另一句型的問題。他說：「同樣值得注意的是這四回裡，『VP 不 VP 型』，反覆問句一共只出現了三次。」

這三次的例句是：

38. 小兒病症大象怎的？有紙脈也沒有？（五十三回）

39. 我吃了一世素要討一個好人身。閻王道：「那得知你吃不吃？……」（五十四回）

40. 月娘道：「你曾吃飯沒有？」（五十六回）

於是，朱先生便依據了這四十條例句，作了如此的推論：

(一)《金瓶梅》第五十三回至五十七回跟全書其他部分不同，大概是用「可 VP 型」寫的。與沈德符在《萬曆野獲編》（卷 25）所說：「然原本實少五十三回至五十七回，遍覓不得，有陋儒補以入刻，無論膚淺鄙俚，時作吳語，即前後血脈亦絕不貫串，一見知其膺作矣」的這番話相符。

(二)據北大中文系研究生劉一之的統計，《金瓶梅》中人稱代詞「咱」用作第一人稱包括式的共二百三十例。「咱」在五十三回至五十七回裡，一共出現了二十四次，除了一次用作包括式外，其餘二十三次都用作第一人稱單數，而這二十三例裡有十六例見於五十七回。此外，「我們」、「我每」在《金瓶梅》裡一般用作排除式。「我們」用作包括式的只有八例，其中有六例見於第五十七回；「我每」用於包括式的一例，也見於五十三回。總之，從人稱代詞的用法看，五十三回至五十七回也跟全書其他部分不同。這個現象正好可以跟「可 VP 型」反覆問句在全書中分布的特點互相印證。這種第一人稱代詞複數不區分包括式以及反覆問句採用「可 VP 型」兩點，說明《金瓶梅》第五十三回至五十七回大概是南方人寫的。沈德符說這幾回「時作吳語」，看來確有根據。

(三)另外，朱先生又補充了兩條例句，提出第五十七回有兩處動詞後頭用「子」字：

41. 就如見子活佛的一般。（五十七回）
42. ……拖子和尚夜夜忙。（五十七回）

認為這種句子的「子」字，也是沈德符所指的「吳語」。

(四)在「附記」裡，又推論說：「《金瓶梅詞話》裡人稱代詞和指人名詞的複數語尾，多寫作『每』，可是這五回裡，『每』字僅出現三次，『們』字也出現了三十六次（一次寫門）。除了這幾回以外，第四十二回至四十六回裡，『們』字也出現了三十五次（一次寫門）。但未見有『可 VP 型』。」

朱先生的此一推論目標，意在肯定沈德符在《萬曆野獲編》說的那番話，「是可信的」。因為有了這些「證據」。以上就是我歸納出的朱德熙先生這篇論文的要點及其結論。

那麼，朱先生的結論站不站得位呢？他例舉的這些論證，有沒有錯誤呢？可與《金瓶梅詞話》裡的「反覆問句」印證得上嗎？下面是我提出的問題。

四

我請益於朱德熙先生的問題，提出如次：

甲、可 VP 型的問句

(1)根據朱先生的語言與研究，可 VP 型的問句方言，是「南方話」。（把俺那皖北的合肥也包括在南方話內。）但在我的語言印象裡，俺那懷遠、潁上、壽縣，以及宿縣、銅山等地，也有可 VP 型的問句。如「你聞聞可香？」「你看看可好？」或「我這樣做可行？」凡是這樣加上「可」字的問句，都是充滿了深情而語氣溫和的問句。這種問句，與朱先生所謂 VP 不 VP 的問句語氣，大不相同。不能相提並論。我認為兩者的分別，應在人

物對話時的情緒與性行上。譬如「可曾吃些粥湯？」、「你如今可省悟了嗎？」加上了「可」字，非得用溫和的語氣說不可。若改用激憤的語氣說，說起來與聽起來，這個「可」字就會感覺累贅。我不是語言學的研究者，我只是就我們平常說話的語氣，提出此一問題。同時呢，還希望朱德熙先生向我指出的這些地區去作實地調查，聽聽看這些地區是否還有這類可 VP 型的問句。

(2)再說，所謂「方言」，應是指的語音，而不是指的句型。朱先生不是同意太炎先生的看法嗎？朱先生也認為蘇州話的「啊」，合肥話的「克」，昆明話的「格」，就是老白話中的「可是」。像蘇州話的「耐看阿好？」在我家鄉宿縣，就有「你看可好」的溫情問句，或「你看此事可以行得通嗎？」想來，斯乃極其普通的溫和問句。

(3)朱先生一再說 VP 不 VP 型與可 VP 型的反覆問句方言，在歷史上給終相互排斥，不在同一種方言裡共存。偏偏的，在《紅樓夢》與《兒女英雄傳》這兩部由旗人寫出的小說裡，則是 VP 不 VP 型與可 VP 型的兩種方言並存；（《金瓶梅》也是如此啊！）連朱先生也深感不解？說：「第一，為什麼《紅樓夢》裡的『可 VP 型』式問句比《兒女英雄傳》多？為什麼《紅樓夢》前八十回（假定作為抽樣的四十回能夠代表前八十回裡的『可 VP 型』式問句）又比後四十回多？」此一問題，使朱先生也只好說：「我們現在還沒有辦法圓滿地回答這兩個問題。」最後，他設想了兩種可能：

A. 十八世紀北京話裡的「可 VP 型」句式，來源於藍青官話。只在官僚階層和知識分子裡流行，存在時間不長。因此，在北京話裡沒有留下痕跡。

B. 由於一些流傳廣，影響大的白話小說（例如《西遊記》《三言兩拍》中的某些篇）是用「可 VP 型」的方言寫的，這種句式逐漸失去了原來的方言色彩，變成了能夠代表傳統白話小說語言風格的一種句式，一些本來非「可 VP 型」方言區的作者，也模仿這種句式把它摻雜在自己的作品裡頭。高鶚、文康可能就屬於這一類。至於《紅樓夢》前八十回裡「可 VP 型」問句特別多，那大概是因為曹家久居南京，曹雪芹幼年時也在南京待過，因此受了南京話影響的緣故。

當然，朱先生自己也不以為他的這兩種假設，可以作為證據。所以他在結尾說：「這個結論是否能站住，還有待於更多的方言調查資料的鑑證。」說到末了，朱先生竟用這麼樣的話，把他前面提出的所有問題的推論都否定了。事實上，《紅樓夢》與《兒女英雄傳》這兩部小說中的「VP 不 VP 型」與「可 VP 型」的兩種問句方言共存，業已否定了他這篇論文的所有論說。因而使我深感納悶的是：朱先生自己既已懷疑這結論的難以成立，又怎的敢大膽的說沈德符認為《金瓶梅》第五十三回至五十七回五回是「陋儒補以入刻」可以相信呢？朱先生所憑依的不也是「可 VP 型」句式多多出現在這五回中嗎？

乙、「咱」字的第一人稱意義

在「北方話」的方言區域裡，「我」與「我們」、「俺」與「俺們」以及「咱」與「咱們」，雖全是第一人稱的代詞，但在表達語言的意義上，卻各有其不同的旨趣。我是生長在這一方言地區的人，故頗能體會。茲分別言之於下：

A.「我」與「我們」（我的，我們的）

(1)「我」。說「我」的時候，「我」字的人稱意義，只代表說「我」者的個人，並不包括其他任何人在內。

(2)「我們」。說「我們」的時候，「我們」二字的人稱意義，則代表說者以及他面對的所有聽者在內。（面對的群眾，或身邊的聽者。）

B.「俺」與「俺們」（俺的、俺們的）

(1)「俺」。說「俺」的時候，「俺」字的人稱意義，並不僅僅代表說「俺」者的個人，還包括了其他的人在內。如《金瓶梅詞話》第五十五回，「那苗秀苗實依然跪下，奉過那許多禮物，說道：『這是俺員外一點孝心，求老爹俯納。』……」這個「俺」字即等於「我們家」三字的意義。

(2)「俺們」。說「俺們」的時候，當然是複數，同於「我們」。（說「俺們的」與「我們的」亦相等。）

（說「俺」用於答詞的時候，如問：「誰的？」答者會說：「俺的。」等於說「我們家的」。如問：「誰？」答者卻極少用一個「俺」字回答。總是答：「我」。）

C.「咱」與「咱們」（咱的、咱們的）

(1)「咱」。說「咱」字的時候，說者雖是第一人稱的單數為基礎的，但卻包括聽者在內。可以說，凡是說「咱」字的第一人稱用法，其本質，無不在於表達說者的親切。關於此一問題，距今十年前，我與美國哈佛大學韓南（P. Hanan）教授討論到這個「咱」字人稱的時候，曾說：「凡是說者用『咱』字表達第一人稱的時候，無論加『們』（每）或不加（們），都把說話者的對象——聽者，包括在內。以使聽者感於說者給予他的親切情誼。這一點，必須明白。我們如能明白這一點，就可以對證出《金瓶梅》全書的『咱』字用法，都是一樣。並不如韓氏所說：『「咱字用於第一人稱單數，除五十三回至五十七回之外，其他則少之又少。」……』（該文附錄在拙作《金瓶梅探原》，臺北市巨流圖書公司印行）我認為我的這番話是對的。

(2)「咱們」以及「咱的、咱們的」更是如此。我已說過，用「咱」字表達第一人稱，不用加「們」（每），也包括聽者在內。為了節省篇幅，我這裡不再錄引例句，請大家一翻原書（《金瓶梅詞話》）即見分曉。

D.「咱」字的其他意義

(1)「咱」字除了代表人稱之外，還有用以烘襯時間語氣的襯詞，如「這咱晚了，還

不見轉來？」或「你看，多咱時候了，纔回來。」

(2)「咱」字作疑詞用。如《金瓶梅詞話》第五十七回：「……只見有個儱賴（懶）的和尚，撇賴了百丈清，視養婆兒吃燒酒，咱事兒不弄出來！打哄了燒苦蔥，咱勾當兒不做？……」這兩個小句子中的「咱」字，同於「北方話」方言中的那個「啥」字；通用語的「什麼」。不過，這個咱字用在《金瓶梅》的這兩個句子裡，應與第一人稱的「咱」字讀音不同，應讀「抓」字的第四聲。此一方言的語態，屬於豫語（河南話），安徽的阜陽西方，也有這種方言。（斯乃我兒時的記憶，在此提供語言學家朱德熙先生參考。）

(3)「咱」字用於第一人稱的時候，還有另一語態。豪邁自大的稱詞，陸澹安的《小說詞話匯釋》引《石點頭（八）》：「氣得怒髮衝冠，說道：『這廝故事羞辱咱家嗎？』……」（田宗堯的《中國古典小說用語辭典》同。）這個「咱」字，雖也是第一人稱，但讀音不同，語氣也不同，讀「雜」字音。方言用字的意義，決定在讀音上。譬如朱先生說到「可 VP 型」問句時，曾引用《金瓶梅詞話》第五十三回李瓶兒道：「這樣怪行貨、歪刺骨，可是有槽道的！」以及同回西門慶氣陳經濟睡著了，琴童叫他不起來，便怒將起來道：「可是個有槽道的！」這兩句都不是問句語態，而是氣惱時的感嘆語態。像「咱家」的語態一樣，意義還在說時的語氣與態度上表達出來。

（「咱」字在《金瓶梅詞話》第五十七回，除了兩個是烘襯時間的襯詞，人稱代詞共有十七處，我尋出的例句，比朱先生多一句。）

丙、「我們」與「我每」

把「我們」寫作「我每」，在元朝人的作品中就已經有了。（我不知元以前有無？未曾研究。）明朝人似乎更習慣用「每」字，我讀《明帝實錄》時，便不時發現。可見此一「每」字的用於人稱複數，並不限於俗文學。

那麼，「我們」與「我每」的應用，在表達的意義上，有無區別呢？在我這個並非研究語言學的人看來，則以為並無分別。可是語言學家朱德熙先生則以統計的方法，歸納出《金瓶梅詞話》第五十三回至五十七回這五回，「我們」竟比「我每」用得多。遂也因而引來作為支持沈德符《萬曆野獲編》之論及《金瓶梅》這五回的證據。前面我們已經說過了。

朱先生說，在這五回裡（五十三回至五十七回），「每」字用於指人名詞的複數語尾，「僅出現三次」。此一統計不正確，據我統計，共有七次。今一一列錄於次：

(1)……睡在床上，又恐丫環每覺著了，（五十三回頁 3）

(2)……昨日孟三兒那冤家，打開了我每，（五十三回頁 5）

(3)代安道：「方纔我每恐怕追馬不及，」（五十三回頁 6）

(4)哥前日不要許我便好,我又與他每說了,（五十三回頁9）

(5)他每的東西都花費了,那在一杯酒,（五十四回頁9）

(6)……西門慶往東京慶壽,姊妹每眼巴巴……（五十五回頁8）

(7)那兩個歌童一齊陪告道:「小的每優待……」（五十五回頁10）

我們只要把「我每」與「我們」的文句加以比並來看,準會發現它們兩者之間在指稱上,並無區別。下面,再錄一段「我們」與「我每」連用的語句,作比並看。

> ……便叫過兩個歌童吩咐道:「我前日請山東西門大官,席上把你兩個許下他,如今他離東京回家去了,我目下就要送你們過去,你們早收拾包裹,待我稍下書,打發你們。那兩個歌童一齊陪告道:「小的每優待員外多年了。卻為何今日悶的小的們?不好!又不知西門大官性格怎的?……」

我們看這一段,同一句話,上一片語用「小的每」,下一片語則改用「小的們」,有何意義上的不同?只是作者或傳抄者的信筆所之而已。

如果說上錄的話,是那有問題的五回中的一回,我們再錄一段,請看第四十六回第十頁:

> ……月娘道:「你到家對你娘說,俺們如今便收拾去。二娘害腿疼不去,他在家看家哩!你姑夫今日前邊有人吃酒,家裡沒人,後邊姐也不去。李桂姐家去了,連大姐銀姐我俺每八位去。」

同是吳月娘一口氣說出來的話,先一句是「俺們」,後一句是「俺每」,豈不是信筆寫來的嗎?

我深感寄怪的是,作為一位語言學家,不從語言的語氣語態以及語意去尋求問題,竟在「咱」字的各回多寡,「們」與「每」字各回多少上去歸納問題,則緣木而求魚也。朱先生文中的另一統計,同書第四十二回至四十六回五回,其中的「們」字用於人稱代詞,比五十三回至五十七回還多。斯一事實,即已否定了朱先生的此一立論,還用得著別人來批駁嗎?

附記: 朱先生的統計,四十二回至四十六回五回,「們」字出現三十五次（一次寫門）。我的統計則為四十二次。「每」字二十八次。再者,朱先生說五十三回至五十七回五回中的三十六次「們」字,其中也有一次寫作「門」,我未查檢到。

五

我從事《金瓶梅詞話》的研究，今已十六年。十六年來，我所研究的問題，可以說一直以沈德符寫在《萬曆野獲編》中的這段話，作為發展的中心。我首先指出沈德符這段話有問題、有漏洞，並懷疑是後人偽篡。其中關於「《金瓶梅》初版於萬曆三十八年」的誤說，便是我尋出了證據，提出來予以更正的。此一結論，業已獲得舉世公認。至於魯迅、吳晗、鄭振鐸等人，何以會認為《金瓶梅》初版於萬曆三十八年？且為世人據而誤說了四、五十年而不疑？還不是相信了沈德符《萬曆野獲編》之說，因而造成的嗎？今天，還有人據沈說為圭臬作為立論之基，勢必陷入「拆屋還地」的法理敗訴之境。何以？基地有問題也。

關於《金瓶梅詞話》第五十三回至五十七回的問題，我曾寫過一篇〈論沈德符說「有陋儒補以入刻」之金瓶梅五回〉一文，（收錄在拙作《金瓶梅審探》中，臺北商務印書館民國71年6月印行）指出沈說這五回是「陋儒補以入刻」的話不確。第一，「時作吳語」的「吳語」，全書各回都有；第二，「前後血脈亦絕不貫串」，此一情形也是全書各處都有，絕不僅止於這五回。而且，光是這五回，也有重疊、錯簡以及自不貫連的情形。所以沈德符的這番話，無從與《金瓶梅詞話》相驗證。這些情形中的問題，我的《金瓶梅探原》、《金瓶梅審探》、《金瓶梅的問世與演變》、《金瓶梅劄記》、《金瓶梅原貌探索》等書，所探討的所討論的，全與沈德符的這兩句話有關。似乎朱先生還不曾閱讀我的《金瓶梅詞話》研究各書。我的結論：《金瓶梅詞話》是改寫本。

再說，同一著作，有人論之於先，後論者首應研究先論者的作品，同意的問題，留下來，不同意的，予以批駁，然後，方能下筆去表達自己的意見。否則，往往自以為是的創見，而先論者已經說過了。或者，有時自以為是的創見，往往是別人論述指出的誤說。就像朱德熙先生的這篇論文一樣，全是我在論述中指出的誤說。我指出的諸多問題，有《金瓶梅詞話》的事實作證，凡是不同意我的意見的人，都必須一一提出論證，把我提出的問題，使之成為「不是問題」；把我的立論點予以「拆屋還地」的推翻拆除。要不然，同一問題的後論者，可就不易立論了。

朱德熙先生是語言學家，他這篇論文應用的統計歸納以及分析資料的方法，極有條理。他提出的語言學上的在《金瓶梅詞話》中的此一問句型的問題，對於全書的研究者來說，良是一大貢獻。他這篇論文的價值，是提供了運用語言學的觀點去研究《金瓶梅》，乃是探討該書問題的一條捷徑。但僅從朱先生對於《金瓶梅》一書的問題，祇有極少的一點認知，居然敢下結論說沈德符的有關全書的兩句話「可信」，則未免失之唐突孟浪矣！

刊於民國75年1月2日《臺灣時報》副刊

屠本畯的〈金瓶梅跋〉
——請教大陸學人劉輝先生

一、劉輝論屠本畯〈金瓶梅跋〉的主旨

按理說，屠本畯的《金瓶梅》一說，大家早就見到了，而且論到了。問題只關乎王重民給美國國會圖書館所藏《山林經濟籍》的著錄一文，疑《山林經濟籍》這部業書，乃偽託屠本畯之名的雜湊。因而影響到屠氏跋在袁中郎〈觴政〉之後，論《金瓶梅》的話，也有問題了。

如今，經過大陸方面的劉輝先生尋到「北圖」藏有二十四卷本《山林經濟籍》一部，可以證明乃屠本畯所編。在袁氏〈觴政〉文後，跋說《金瓶梅》一文，在此編中。藏於美國國會圖書館的那部《山林經濟籍》，乃另一部不分卷本，與二十四卷本是兩部內容不同的叢書。而且這一不分卷的《山林經濟籍》，並未刊入屠本畯的這則有關《金瓶梅》的說詞。那麼，屠本畯的〈金瓶梅跋〉，自也是無庸置疑的了。

可以說，劉輝的這篇文章，只做到了這一步。至於劉輝的結論，認為屠本畯的這番話中，有「相傳為嘉靖時……」的話，即信其說，斷《金瓶梅》應是嘉靖間作品，則是大有問題的。尤其劉暉的幾點附帶論斷，如(一)《金瓶梅詞話》曾「連續刊刻了三次」。(二)萬曆四十五年刊本《金瓶梅詞話》只有弄珠客序無欣欣子序，現存《金瓶梅詞話》乃萬曆四十七年以後翻刻。(三)日本棲息堂藏的《金瓶梅詞話》是第三次刻本。因為它的第五回末尾有十行文字，與現存「詞話」本有異。以上這些論斷，尤待商榷。

二、我請教劉輝的問題

關於劉輝先生的這篇〈北圖館藏《出林經濟籍》與《金瓶梅》〉一文，他的立論，不外乎我上述兩點，(一)《金瓶梅》是嘉靖間作品。(二)《金瓶梅詞話》有三種刻本。下面，我們分別來討論這兩個問題。

(一)《金瓶梅》怎會是嘉靖間作品？

劉輝先生認定《金瓶梅》是嘉靖間作品，歸納起來，只有一個論據：「明代記載《金

瓶梅》作者的共六家，……六家中有五家都說作者是嘉靖時人，……。」

劉先生指出的這六家是：1.屠本畯 2.袁中道 3.謝肇淛 4.沈德符 5.欣欣子 6.廿公。我們看劉輝指出的這六家，如從他們說的語言上看，只有四家說到《金瓶梅》可能是嘉靖時人所作。他如袁中道的日記（《遊居柿錄》）以及欣欣子的〈金瓶梅詞話序〉，都沒有正面提到《金瓶梅》是嘉靖時人作，也沒有此一暗示。譬如袁中道（小脩）說的：「舊時京師，有一西門千戶，延一紹興老儒於家，老儒無事，逐日記其家風月之事，以西門慶影其主人，以餘影其諸姬。」袁中道只說是「舊時」，又作能據以認定袁中道說的「舊時」二字，是指的嘉靖？指隆慶，或再上指正德，指萬曆初年，不也可以嗎？至於欣欣子敘中的「竊謂蘭陵笑笑生作《金瓶梅傳》，寄意於時俗，蓋有謂也。」那就更加不能據以安到嘉靖年間。

總之，這些人的說詞，表面上看起來，也只是屬於耳聞而口道的閒言語而已。在我則認為是大家製造的飾詞，此一問題，我們不妨把另外四家的「嘉靖」說詞，一一錄來，列而論之。

1.屠本畯：「相傳為嘉靖時，有人為陸督都誣奏，朝廷籍其家，其人沈冤，託之《金瓶梅》。」（《山林經濟籍》的〈觴政〉後跋語）

2.謝肇淛：「相傳永陵（嘉靖）中，有金吾戚里，凭怙奢汰；淫縱無度，其門客病之。采摭日逐行事，匯以成編，而托之西門慶也。」（《小草齋文集》）

3.沈德符：「聞此為嘉靖間大名士手筆，指斥時事如蔡京父子則指分宜，林靈素則指陶仲文，朱勔則指陸炳。其他均有所屬云。」（《萬曆野獲編》）

4.廿公：「《金瓶梅傳》為世廟（嘉靖）時，一巨公寓言，蓋有謂也。」（〈金瓶梅跋〉）

我們看劉輝先生指出的這四位明說《金瓶梅》是「嘉靖」時人作的資料，（另兩人根本未說金瓶梅是何時人的作品，前已說到）屠、謝二人說是「相傳」，換言之，是他們聽到的傳說。沈德符則說是「聞此」，也是聽到的傳說。至於廿公，雖直說是「為世廟時」，但只說是「一巨公寓言」，他指的應是《金瓶梅》一書的內容，乃「世廟時一巨公寓言」，並未說《金瓶梅》是世廟時所作。再說，廿公的這句話，還可以這樣斷句：「《金瓶梅》，傳為世廟時，一巨公寓言，蓋有謂也。」如果這樣斷句，則廿公的這句話，也是聽來的傳說。可以說，這四個人的話，全是聽來的。

再說，劉輝先生指出的這六家有關《金瓶梅》的說詞，我們若去加以比對，準會發現這六人的說詞雖有不同，但語意的旨趣則如出一轍。此一問題，我在他文中，已經論及。

譬如：屠本畯說的：「……有人為陸督都誣奏，朝廷籍其家，其人沈冤，託之《金

瓶梅》。」與沈德符說的:「……指斥時事,如蔡京父子則指分宜,……」還有廿公說的:「……一巨公寓言,蓋有謂也。」其語意不全是指的「指斥時事」嗎!再如袁中道說的 「……有一西門千戶,延一紹興老儒於家;老儒無事,逐日記其家風月之事……」與謝肇淛說的:「……有金吾戚里,……淫縱無度,而其門客病之,采摭逐日行事,……托之西門慶也。」這兩人的話,更是一轍而出。總之,加以欣欣子的敘言所說:「竊謂蘭陵笑笑生,作《金瓶梅傳》,寄意於時俗,蓋有謂也。」則已綜結了上述五人的說詞,《金瓶梅》乃「寄意於時俗,蓋有謂也。」問題是,這位《金瓶梅》的作者,是嘉靖時人「指斥」的是「嘉靖」時事嗎?

想來,我們研究《金瓶梅》的作者是誰?需要尋究的問題太多,怎能僅據一言片語而據下結論!此說自難成立。

(二)《金瓶梅詞話》有三種刻本嗎?

劉輝先生認為《金瓶梅詞話》有三種刻本的理由是:

> 他的初刻本,就是萬曆四十五年東吳弄珠客序刊的《金瓶梅詞話》。這個刻本的特點有二:一是坊賈看到有利可圖,很可能是拼湊抄本,匆匆趕刊,未經或者說來不及請文人作者修改寫定;二是只有弄珠客序而無欣欣子序和廿公跋。

按劉先生的這兩個理由,第一個理由是根據沈德符(《萬曆野獲編》)的話,然後再根據我在《金瓶梅的問世與演變》中的論斷,遂據以作此推想。要不然,劉先生憑什麼說是「書賈看到有利可圖」,又說是「拼湊本」、「來不及請文人作家寫定」?像這種援用別人的話推想來的說詞,是無法用於學術研究上的。

關於「拼湊」的問題,竊以為必須引錄我的研究成果。可是,我的此一「拼湊」研判,依據的是現存的《金瓶梅詞話》。劉先生則據以臆測現存的《金瓶梅詞話》,再去推斷以前的《金瓶梅詞話》,想來,豈非痴人說夢耶?

至於劉先生的第二個理由,有關序跋問題,提出的證據是:

> 關於後一點,有沈德符和薛岡的記載為證。
> 沈薛是目睹《金瓶梅》抄本和刻本而又作了記載的兩個《金瓶梅》早期讀者。沈德符是人們熟知的,薛岡從他的友人包嚴叟那裡得到的刻本書《金瓶梅》的時間,正是《金瓶梅》初刻本剛一問世的時候。從他們的記載中,絲毫看不到欣欣子序的影子。因為,如果他們看到了這篇序,揆之常理,他們對於這位至關重要的作者,絕不會一筆未涉,反倒撇開蘭陵笑笑生,另出「聞此為嘉靖間大名士手筆」一說,或如薛岡「序隱姓名,不知何人所作。」這未免有點說不過去。其實,如

細細品味薛岡所說「序隱姓名」的這篇「序」，指的正是只提作者二字，而不提
姓氏名誰的弄珠客序。現在我們可以得出這樣的結論：萬曆四十五年刊本《金瓶
梅詞話》，只有弄珠客序，而無欣欣子序；而現存《新刻金瓶梅詞話》，為萬曆
四十七年以後所翻刻，因有原刻在前，故特標明「新刻」，這就是《金瓶梅詞話》
的第二個刻本。

　　劉先生提出的這兩條證據，尚難作為立論之基。蓋不惟沈德符的話，可信程度低，
就是薛岡的說詞，也難下判斷。首先，我們先說薛岡話中的問題。

　　薛岡提到的不全抄本，由「關西文吉士」得來。雖有陝西三水文在茲得中萬曆二十
九年進士，曾獲選庶吉士，未二年即乞歸終養。或可證薛岡於萬曆二十九年間（或三十年）
讀到不全抄本，二十年後讀到刻本。此一時間差可與萬曆丁已（四十五年）季冬序之《金
瓶梅詞話》互相印證。可是，薛岡文中不惟未提到欣欣子的序，更說「序隱姓名，不知
何人所作。」兼且把所引東吳弄珠客的序，說是「簡端」。這番話，則與現存《金瓶梅
詞話》不合。所以我認為薛岡文中的「關西文吉士」或是文翔鳳（太青），他看到的刻本，
是崇禎本。這樣推繹，似乎比劉先生的臆想，說薛岡讀到的刻本，是《金瓶梅詞話》以
前的第一次刻本，要多些證見。

　　再說《萬曆野獲編》，此書問題更多。第一，此書初編成於萬曆三十四年，續編成
於萬曆四十七年。但吾人今日所見的《萬曆野獲編》，則非原編，乃清康熙三十九年桐
鄉錢枋所編，編目是錢枋擬訂的三十卷。第二，到了清道光七年方由錢塘姚祖恩重行補
綴釐訂付梓，卷帙已增至三十四卷矣。斯其一。

　　再說沈德符這段話的寫作時間。

　　按《野獲編》論《金瓶梅》中說到《玉嬌李》時，提到一位「丘工部」，按即萬曆
四十一年進士丘志充，萬曆四十七年時任工部郎中職。四十八年即出任河南汝寧太守。
所以文中有「丘旋出守去」的話。可是，下面還有一句：「此書不知落何所？」這話便
令人生疑了。我在拙作〈論玉嬌李〉一文（《金瓶梅探原》頁 155-160），曾說：「此書既
藏於丘志充手上，丘因職務調動而出守去，該書縱不隨轅伴駕而去，也不見得此書即不
存於丘氏。沈氏又未說明丘手頭的這一部也是借來的。就是借來的，也有個主，怎可斷
然的說：『此書不知落何所？』既云『此書不知落何所？』顯然已在斷言此書之不知所
終。……」此一問題，取然在十年之後，美國芝加哥大學的馬泰來先生，寫了一篇〈諸
城丘家與金瓶梅〉一文，竟解決了我這十年前的疑問。原來丘志充自萬曆四十八年調任
河南汝寧知府，後來一帆風順，升到了按察使。到了天啟七年，卻因賄賂案觸法被捕，
判死刑於崇禎五年棄市。這麼一看，沈德符說的這句「此書不知落何所？」有了根據了。

　　若從此一事件推想，那麼，沈德符寫於《萬曆野獲編》中的這段論《金瓶梅》的話，應寫在天啟七年以後。這樣看來，《萬曆野獲編》的這段話，乃他人纂寫或是沈德符自己故意作的飾辭，成分可就更大了。

　　我把問題引述至此，請問劉輝先生，你認定的「現存的《金瓶梅詞話》以前，還有一部刻於萬曆四十五年的《金瓶梅詞話》」（僅有東吳弄珠客序）的立論，還能成立嗎？

　　下面，我們再討論劉輝先生認定的《金瓶梅詞話》第二種刻本。

　　如照劉先生的認定，現存的《金瓶梅詞話》就是《金瓶梅詞話》的第二次刻本；是根據《金瓶梅詞話》翻刻的。翻刻的時間，在萬曆四十七年以後，「因有原刻在前，故特標明『新刻』。」便這樣認定「這就是《金瓶梅詞話》的第二個刻本。」

　　把「新刻」二字看作是第二次刻本的「標示」，似不正確；這說法不是絕對。蓋出版者為了招徠讀者，往往以「新刻」二字作為號召。可以說「新刻」二字以及「新刊」、「新鐫」等字樣，所代表的意義應是「新版」，亦如今日新出版的意思相等。是以凡是有「新刻」二字的刻本，並不衹是舊刻之對。再說現存的《金瓶梅詞話》，如以李日華的《味水軒日記》記於萬曆四十三年十一月初五日的話，以及謝肇淛寫於《小草齋文集》之〈金瓶梅跋〉（劉說寫於萬曆四十四年）等文來看，則初刻的《金瓶梅詞話》，勢必刻於萬曆四十五年之後。

　　第一、根據李、謝二人所寫，我們可以確知《金瓶梅》在萬曆四十三、四年間，尚無刻本。

　　第二、《金瓶梅》篇幅巨大，全部刻成計有一千餘版（兩面），一人一天也未必能刻一版，縱有五位刻工，也得一年方能刻成。而且投資甚巨。

　　第三、我們就假設《金瓶梅》的初刻本是萬曆四十五年季冬。又怎麼可能在萬曆四十七年又有了第二次刻本？如果《金瓶梅詞話》的第二次刻本出現在萬曆四十七年，則勢必在《金瓶梅詞話》的第一次刻本發行之時（劉輝說《金瓶梅詞話》初刻於萬曆四十五年季冬），第二次的《金瓶梅詞話》就應付梓了。要不然，萬曆四十七年如何刻得竣工？

　　第四、現存的《金瓶梅詞話》，若是第二次「翻刻本」，何以現存的《金瓶梅詞話》，其中有那麼多的錯誤？如錯簡、重覆，以及郭公夏五，還有張冠李戴的錯誤，隨可以俯拾。我在《金瓶梅劄記》及《金瓶梅原貌探索》兩書中，已提出這些問題。如果現存的《金瓶梅詞話》是「翻刻本」，我想，再糟的出版者，投下那麼多的銀子去重刻它，也不會不改正其中的錯誤。再說，「翻刻」的舉措，不怕原刻者抗議嗎？翻刻，不可能同時代產生。再說，那部第一次刻本在那裡？

　　第五、第一次《金瓶梅詞話》刻出後發行不久，就有了第二次《金瓶梅詞話》的翻刻本，這情形，必然是銷路好，方始有人投資競爭。可是，我們就今日現存的《金瓶梅

詞話》及崇禎本《金瓶梅》來說，現存的《金瓶梅詞話》，僅有一種刻本。（我國故宮博物院有一部，日本有兩部還有二十三回，悉為同一刻版。）而崇禎本《金瓶梅》則有四種刻本。（北平孔德圖書館一種，日本內閣文庫一種，日本天理大學一種，北平馬廉私藏一種。根據鳥居久靖著〈金瓶梅版本考〉排列的秩序，以孔德館藏刻本較早，內閣次之，天理再次之，馬廉藏則可肯定為崇禎本又次之。）這一情形，便足以證明崇禎本是公開發行的，所以它出版後，在崇禎朝短短十六年間，而又變亂蠭起，居然還有四種不同的刻本出現。可以印證沈德符說的，「此等書必遂有人板行，一刻則家傳戶到」的話。可是《金瓶梅詞話》卻僅有一種傳世，而且發現極遲，到民國二十一年間方行出現。所以我推斷《金瓶梅詞話》初刻完成後，並未敢公開發行。（參閱拙作《金瓶梅的問世與演變》一書，臺北時報公司出版）今者，劉輝先生居然說《金瓶梅詞話》在萬曆四十五年季冬到萬曆四十七年的兩年不到的時間裡，竟然刻了兩次。以我看來，可能性未免太小了。

關於《金瓶梅詞話》的「第三個刻本」，劉輝先生的說法，更與版本學的說法不合。不錯，日本收藏的兩部《金瓶梅詞話》，棲息堂藏本與另一部慈眼堂藏本的第五回末葉，有異。慈眼堂本自第九頁第十行起，到結尾證詩，共有十行，棲息堂本自第九頁第十行起，到結尾證詩，則只有七行，證詩也不同。但除此一回的數行不同之外，其他全都一樣。（連版中的墨釘都同）如依版本學的說法，這種異版的情形，只能稱之為「補刻」，後印時因缺此面的這些版，手中又無原書，只得依循上下文予以補刻。若是情形，還不能稱之為「第三個刻本」。祇能說是「補刻」。

三、研究《金瓶梅》應從大局立說

《金瓶梅》是一部大書，在今天看來，有關它的「成書年代」及「作者」等問題，牽涉到的相關學識，良非一人之力所能及，確是需要大家夥分頭去探討研究。我個人在這兩個問題上，已耗去十六年的時間與精力。雖還未能做到每一立論，都已獲得公認的正確，但我卻是每一立論都是基於全局發展出的。譬如沈德符寫於《萬曆野獲編》中論及《金瓶梅》的那番話，應是我們研究《金瓶梅》的「成書年代」的中心資料。若不把沈德符的這番話中的矛盾渣滓一一予以澄清，只是斷章取義的引述出一句兩句來作為立論的證言，勢必徒勞而無功。

討論《金瓶梅》的人，不提到《萬曆野獲編》與沈德符的人絕少。真奇怪，大家都忽略了沈氏的那句：「此等書必遂有人板行，一刻則家傳戶到」的話。在明朝又不禁止淫穢書刊的公開出售。正如鄭振鐸所說，像《金瓶梅》這樣的書，正符合明朝那個社會的需要。這話是極為正確的。我們今天所能讀到的淫穢作品，十之九都是明朝人的作品，且大都出版在嘉靖、隆慶、萬曆三朝。那麼，我們僅從此一事實來說，那麼，像《金瓶

梅詞話》這樣的小說,若是嘉靖年間的作品,又怎會遲到萬曆末年方有刻本?這個最現實而又最精確的歷史問題,研究《金瓶梅》成書年代的人,又怎能忽而不論?

尤其,牽涉到人的問題,必須弄清楚其人的生平種種,不能僅從其某篇作品的一言片語而妄加揣測。就像劉輝先生根據薛岡的《天爵堂筆餘》,拈出一言片語,便依據一己的揣測下了結論,說薛岡讀到的《金瓶梅》刻本,是萬曆四十五年的《金瓶梅詞話》初刻本。至於薛岡這篇文章中的「關西文吉士」及以「包巖叟」等人,也都不去過問。河況,薛文中還寫有時間因素,「廿年」的間距問題,也不去考索,居然敢下結論,豈非缺乏研究學術的常識也。

他如北大朱德熙先生的〈漢語方言中的兩種反覆問句〉,提出的研究問題,極有助於金瓶梅的研究,他這篇論文的寫作方法,也非常精緻。但若從他提出的問題以及論點來說,只能提供《金瓶梅》一書的研究者,作為參考,還沒有到可以作結論的程度。他竟作了結論,認為他提出的兩種方言問句,可以相信沈德符(《萬曆野獲編》)說《金瓶梅》的第五十三回至五十七回五回,乃「陋儒補以入刻」的話,是可以印證的。其實,像朱德熙先生提出的研究例說,在《金瓶梅》其他各回,也多得是。因為他不是《金瓶梅》的研究者,知其一不知其二也。

我要再說一遍,《金瓶梅》是部大書,牽涉到的問題極廣,研究《金瓶梅》的人,必須通諳有關問題的全局,方有能力去作結論某些問題。若祇是閱讀偶拾,縱有發現,也只能提供《金瓶梅》的研究參考,妄圖立說,則未必能焉。

說到這裡,在我個人卻非常贊賞美國芝加哥大學的馬泰來先生,他提出的〈麻城劉家與金瓶梅〉及〈諸城丘家與金瓶梅〉兩文,給與金書的研究者,貢獻太大了。大陸方面的學人,從事金書研究,則往往急功於立大說,卻忘了井蛙所見之天小噢!

刊於《書目季刊》第 19 卷 3 期(民國 75 年 1 月)

怎能忽略歷史因素？
——從大陸學人研究《金瓶梅》說起

今存乎世的《金瓶梅》版本，共有三種？一、詞話本；二、崇禎本（應稱為繡像本）；三、第一奇書本。從內容以及纂易情形看，自是「詞話本」在前，「崇禎本」次之，「第一奇書」再次之。那麼，「崇禎本」源於「詞話本」，而「一奇書本」源於「崇禎本」，也是不爭之論。蓋原書尚存，可以比對。

今讀大陸學人劉輝先生的〈從詞話本到說散本〉（刊於 1985 年 12 月出版的《中國古典小說論叢》第 3 輯）一文，頗值商榷，略抒淺見於次：

詞話本的底本

傳於今世的這部《金瓶梅詞話》僅存三套，有二十三回；一在我國，餘在日本。這部小說是模倣話本形式寫成的說唱體小說，書名即已標明，曰：「詞話」。此一事實，乃不爭之論，且鄭振鐸早已拈出。（見鄭作〈談金瓶梅詞話〉一文，刊民國 22 年 7 月《文學》創刊號）由於事實昭然，未嘗有人提出異說。可是，徐朔方等人則據此而引申，認為「詞話本」乃從說書人口中得來，並說今之「詞話本」乃李開先寫定。此一問題，我已指摘多次，證出「詞話本」絕不可能是嘉靖間人的說唱底本；實則，鄭振鐸與吳晗也早已證見到了。今者，1985 年 12 月出版的《中國古典文學論叢》第三輯，刊有劉輝先生的〈從詞話本到說散本——《金瓶梅》成書過程及作者問題研究之一〉，仍循徐朔方先生的此一意見，向前發展。除了同意徐氏之說「詞話本」源自說書人之口，至於「寫定」問題，則脫離「詞話本」下推到「崇禎本」；他認為「崇禎本」方是定本。更把寫定的作者推疑到李漁頭上。想來，可是越發的荒誕出轍了。

我要再說一遍，「《金瓶梅詞話》是一部模倣話本形成式寫成的說唱體小說」（與散文體小說相雜合），難道，此類夾入說唱的小說，只有說書人方有此才能嗎？提出此一認定者，未免膠柱鼓瑟矣！若以此論去推求作者，則又是刻舟而求劍，何可得也！

從今之《金瓶梅詞話》的各種錯誤情形來看，顯然的，「詞話本」的底本，來自多數人手中的稿本，由於付梓匆匆，未嘗經人總成編纂。是以造成重疊錯簡，再加上手民

之誤刻而未經校勘，遂有了這些錯誤現象。這樣推想，應是合理的，合邏輯的。這意見，我說了不少次了。

若是出於說書人之口，說問，這位說書人在那裡？

說書人在那裡？

按《金瓶梅》的抄本，就今已見到的史料來說，最早出現於萬曆二十四年（1596）。再以刻本《金瓶梅詞話》的東吳弄珠客序言時間來說，已是萬曆四十七年（1617）季冬，我們不必再向嘉靖二十六年（1547）李開先頭上推論，從萬曆二十四年到四十五年，亦整整二十年有奇矣。試想，此一抄本若是出於說書人之口，何以二十年間在明人的典籍中，尚無說唱《金瓶梅》一書的紀錄？雖然張岱在其《陶庵夢憶》中，寫有說唱《金瓶梅》的紀錄一則，時間已是崇禎七年。這時，「崇禎本」已很流行了。（最少有兩種已梓行）

我們從事考據工作，在立說之前，首應明瞭所立說的作品，處身的那個社會形成的歷史因素。此一問題，乃立論之基。等於蓋房子，光有建築材料不成，必須先有建築的基地。通常，我們必須先取得了建築基地，再去鳩工庇材，否則，不是海市蜃樓也可能誤建在別人的基地上，一訴諸法理，就步上「拆屋還地」的命運了。像徐朔方等人提出的「詞話本」源自說書人之口的說法，便是一句沒有根的話，是以其文乃「海市蜃樓」也。試想，「詞話本」如來自「說書人」之口，那麼《金瓶梅》這部書該已是多麼熱鬧的在社會間公開流行了。我要再重複發問：何以明朝的當代人沒有說唱《金瓶梅》的紀錄？

再說，《金瓶梅》是最早出現於萬曆年間的作品，我們研究它的成書與作者，又怎能不去了解嘉隆萬那個時弋的社會現狀？那個時代，淫穢的文字與畫圖，不干公禁，何以在社會上公開發售。這些話，鄭振鐸的〈談金瓶梅詞話〉也說到了。沈德符的《萬曆野獲編》不是說了嗎：「此等書必遂有人板行，一刻則家傳戶到。」這話正是那個晚明時代的文化情況。何況，萬曆時代的出版業極為鼎盛，晚明人的改纂風氣，更是歷代之最。所以我認為像《金瓶梅》這樣的書，正符合了那個社會的需要，不可能抄本流傳了二十餘年，方始有了刻本。若照晚明的出版實況來進而推想，像《金瓶梅》這樣的小說，縱然抄本流傳無全稿，也會有人為之敘全付梓的。居然無此情事，又怎能不向政治諷諭上想呢！此一問題，我已成書多種，這裡不贅述。

總之，我們研究古典文學的人，應請出證據去說話，提不出證據，不可憑臆想而瞎三話四。

崇禎本的淵源

有人懷疑「崇禎本」與「詞話本」可能是同時在明朝社會上流抄著的兩種不同版本。香港友人梅節先生在從事這兩種版本的校勘之後，有此懷疑。（他給我來信，大要提及。）由於我還未曾進行此一校勘工作，還不能肯定答覆梅先生，我是否同意此一推想。但從「崇禎本」之刪減「詞話本」中的戲曲小唱情事來看，「崇禎本」似是淵源於「詞話本」。更可以說它是在「詞話本」梓行之後，再進行改纂付刻的。至於「崇禎本」在改纂時，手頭是否還擁有一些不同於「詞話本」的散亂抄本？可就很難說了。但依情理推想，應是可能的。

劉輝先生很細心的拈出了「詞話本」第二十八回秋菊尋鞋的這段話：「……正是……都被『六十』（丁）收拾去，蘆花明月竟難尋。」尋了一遍回來，春梅罵道：『奴才，你媒人婆婆迷了路，沒得說了。王媽媽賣了磨，推不的了。』秋菊道：『好，省恐人家不知道，甚麼人偷了娘的鞋去了。我沒曾見娘穿進屋裡去。……』摘出秋菊的這句：「好，省恐人家不知（道）。」是抄本上的評語。

關於這個句子，雖然到了「崇禎本」已被刪去，但這七個字（原文「知」下無「道」字）在秋菊這段話中，我卻感受不到它不是秋菊的話。如把這七個字跟以下的十二個字連成一句：「好，省恐人家不知甚麼人偷了娘的這隻鞋去了。」則可以看成是秋菊聽到春梅罵她「……王媽媽賣了磨，推不的了。」可能春梅的聲音太大，就自言自語的說：「好，省恐人家不知甚麼人偷了娘的這隻鞋去了。」然後再向春梅說：「我沒曾見娘穿進屋裡去，……」，不也文氣通順嗎？

另一則二十四回中的這段文字：「後次大姐回房罵經濟：『不知死的囚根子，平白和來旺媳婦子打牙犯嘴，倘忽一時傳的爹知道了，淫婦便沒有事，你死也沒處死。幾句說經濟。』」劉先生認為這文中的「幾句說經濟」五字，也是「詞話本」誤把批語刊入正文。認為這五字是批語。

在我看來，這五字不像批語，只是缺文的半句話。我們看這段文字，業已寫是是「大姐回房罵經濟」，唯實用不著再加批語「幾句說經濟」。

如以「詞話本」的錯訛情形綜而觀之，這五字乃由於闕文所形成。我們可以這樣補上：「『……淫婦便沒事，你死也沒處死。』幾句話說得經濟一時不知如何回答。」（或者「幾句話說得經濟面赧心熱躲開去了。」）

評語，必須有評斷的意義。這五字無評斷意義，怎能看作評語。

不過，我仍不排除劉先生的這一看法。據有抄本的人，一面讀一面批，也是情理上的事。但尚須仔細尋求他處有無像秋菊這段話中的情形，若能再尋幾條確證，此一看法，

方能成立。否則仍難據以立說。

再按劉先生從「詞話本」中尋到了說唱例句，馮沅君早就說到了。至於訛誤錯亂等例句，我也說了不少遍了。要知道，「詞話本」既是以「詞話」為標題的小說，當然要夾雜說唱進來；用不著非來自「說書人」之口。「詞話本」的底本既是從多人手中得來，付梓時匆匆，又未有人綜合統一修訂，梓時又未校勘，當然會產生這樣的訛誤。斯亦情理之常也。

「第一奇書」本的淵源

張竹坡評批的「第一奇書本」，源自「崇禎本」，也早有定論。今劉輝先生疑竹坡另有底本，未必是「崇禎本」。看法是從第八十二回張竹坡的這段批語推想的。

原評謂此處插入春梅。予謂：「自酒醉，春梅關在炕屋，已點明春梅心事矣！」

關於這一評語所指的「原評」，確在「崇禎本」第八十二回，可是劉輝沒有看到。他說：「早於北京大學藏本刊刻的首都圖書館藏本，此處卻無任可評語。因此，我們有理由作出這樣的判斷：在『詞話』本沒有刊刻問世以前，《金瓶梅》還在抄本流傳時，有的抄寫者已經下了批語。……」我沒有見過他們「首都圖書館」的「崇禎本」藏本，不知是否無張竹坡說及的這句評語，但王汝梅與侯忠義編的《金瓶梅資料匯編》則從他們所據的「崇禎本」，摘出了這句評語。我手頭的日本內閣文庫藏本，第八十二回的這句評語，也赫然刻在其中，曰：「勢插入春梅，妙甚！」基乎此，則已堪證張竹坡的「第一奇書」，乃源自「崇禎本」也無所疑議。

既若是，則劉輝先生的此一「評斷」，無所附麗矣！

《金瓶梅》與李漁

在「第一奇書」的版本系列中，祇有「在茲堂」本，刻上了「李笠翁先生著」，可是，「第一奇書」是彭城張竹坡的評批本，由皋鶴堂梓行於康熙乙亥（三十四年）。不惟早有定論，今且尋得張氏族譜加以肯定。是以李笠翁連「第一奇書」也沾不到邊。至於《金瓶梅詞話》，抄本問世時，笠翁尚未出世，刻本於萬曆四十五年冬序刻（出版時間還要後），笠翁尚不到十歲；他出生於萬曆三十九年（1611），如何攀扯得上。

按劉輝先生的意見，打算把「崇禎本」的梓行，下推到崇禎末年甚或清代去。可是，劉先生卻忘了薛岡《天爵堂筆餘》的那條資料。就是依據我的說法，薛岡看到的刻本最遲也是崇禎三年前後。這時的李漁尚不到二十歲，有可能「寫定」「崇禎本」嗎？

再說，「崇禎本」的「繡像」（插圖），留下的刻工姓名如劉應祖、黃子立、洪國良，

都是明代的新安名手，鄭振鐸先生說：「黃子立又曾為陳老蓮刻《九歌圖》、《葉子格》。這可見這部《金瓶梅》也當是杭州版。其刊行的時代，則當為崇禎間。」按陳老蓮（洪綬）生於明萬曆二十七年己亥（1599），卒於清順治六年壬辰（1652）。他的《九歌圖》刻於崇禎十一年（1638），但其中刻工如黃子立（建中）這一名手家族，在萬曆二十年（1592）就在出版界活躍著了。再按「詞話本」刻本，最早不會上踰萬曆四十五年（1617）。我在前面說了，如據薛岡的那條史料（薛文作於萬曆末或天啟初）來說，薛岡看到的刻本最遲應是萬曆末天啟初。那麼，所謂「崇禎本」的梓行，最遲似不至於下延到崇禎十年以後去。若以沈德符的那句「此等書必遂有人板行，一刻則家傳戶到」的這話來推論，則「崇禎本」的版行，不可能遲於《金瓶梅詞話》十年以上。再說，崇禎紀年不過十六年有奇，可是「崇禎本」之《金瓶梅》竟有四種之多（今已發現者）。這一點，亦足證「崇禎本」之初刻，當在崇禎初或天啟末。斯一歷史因素，不能不顧及也。

（今之崇禎本如日本「內閣」及「天理」兩種版本，都有崇禎辟諱字，「檢」刻為「簡」。斯乃崇禎本之鐵證。）

這樣看來，李漁焉有寫定「崇禎本」的可能？

不可忽略的歷史因素

研究古典文學，首先想到的應是歷史因素。任何一件有血有肉的作品，都是時代的產物；無不映射了那個時代的社會現象。像《金瓶梅》這樣的一部描寫現實社會的小說，它的最早抄本，若不是夾有政治諷諭，在明朝嘉、隆、萬那個社會，是不可能遲遲二十餘年無人梓行的。若是騰諸於說書人之口，休說在嘉靖，在萬曆也應有紀錄可尋，今則無也。

說來，這些歷史因素，怎麼不顧及呢？忽略了這些歷史因素，立說就無根了。

刊於《國文天地》第 19 期（民國 75 年 12 月）

我的《金瓶梅詞話注釋》
——答大陸張遠芬先生

　　注釋一事，本來就不容易。注釋語體小說，尤難。何以？其中方言俚語，最難解。像《金瓶梅詞話》這部書，語言至為駁襍，解說更是難上加難。雖然，我的《金瓶梅詞話注釋》，耗費了四十萬言，不惟有不少不知何解而未注，自也有注釋了而注釋有誤或解說不夠完善之處。我在自序中已經說到。

　　這部書出版之後，先有旅美學人田宗堯教授寫了一篇評介（見《書目季刊》17 卷 1 期，民國 72 年 6 月學生書局出版），指出了幾攸有誤，如「何漏子」與「蛤蜊麵」、「大辣酥」等。今者，大陸上的學人張遠芬，又寫了一篇〈魏著《金瓶梅詞話注釋》辨正〉（刊於 1984 年 12 月《徐州師範教育學院學報》），竟列出了六十餘條予以「辨正」，非常感激。只是他「辨正」的意見以及所採說詞，過於主觀——亦即過於偏向他所謂的「嶧縣話」。遂不免有些「辨」而未「正」，反而錯了。是以我不得不予答覆。當然，他辨正得對，我也坦誠接納。學術上的問題，尋求的是真理，護不得短的。

　　例案如次：

> 【例】胳膊上走得馬，人面上行得人，不是那腘膿血搦不出來（的）鱉老婆！（二回）
> 魏解：俗話每指沒有膽氣的人，是一包膿血，意為沒有長骨骼也。……
> 芬按：「腘膿血」一詞在嶧縣十分流行，與「窩囊廢」同義，此與骨骼無關。另，在魯南蘇北罵人常用「鱉」字，如「鱉羔子」、「鱉龜孫」等。「鱉老婆」正是這種習慣的反映。

　　雲復：我的注釋，張錄文詞未全，下面還有一句：「鱉魚見人就把頭縮進腹中，拉也別想拉出來。潘金蓮則說她『不是』這一類。」應知這句「不是那腘膿血搦不出來（的）鱉老婆」，乃兩個比喻，「腘膿血」及「搦不出來的鱉」二詞。上詞就是指沒有骨頭，下詞就是遇事把頭縮進去。我的解說，並無錯誤，何勞「辨正」。

　　再說「腘膿血」一詞，在俺那皖北的說詞叫「濃包」；意為看起來膨膨脹脹，實際

上裡面只是膿血。喻人之徒有虛勢，今謂之「窩囊廢」。遠芬非要把這話說成是「嶧縣話」。可真是見過的世面太少了。

> 【例】第一要潘安的貌，第二要驢大行貨（子），第三要鄧通般有錢……（三回）
> 魏解：……意男子之陽物隨人行動如行貨。按器物的粗製品，亦稱行貨。此說或不是王婆這話的意思。若以語言推想，「行」可能「形」之諧音，「大行貨」，即「大形貨」；也即「大傢伙」之意。
> 芬按：從上面的解釋來看，魏先生似乎從未聽人說過這個詞。實際上，「行貨子」（俗讀作「熊黃子」）在魯南蘇北農村是使用率很高的詞之一。只要人們對某個人或某件事物不滿，張口就說：「這個熊黃子（行貨子）！」而在《金瓶梅》中，這個詞的使用次數也是極多的。所謂「行貨子」（熊黃子），就是「壞傢伙」或「壞東西」的意思。例句中的「大行貨（子）」（大熊黃子）確是指男子陽物，但通常并不專指此物，不好的人和東西都叫「行貨子」（熊黃子）。

雲復：關於「大行貨」一詞，我是這樣注釋的——

> 行貨，古指賄賂為行行貨。《左傳·昭公二十三年》：「吾告女所行貨，見而不出。」《孟子·梁惠王》篇「商賈」一詞集注：「行貨曰商，居貨曰賈。」此說可能本此，意男子之陽物隨人行動如行貨。按器物的粗製品，亦稱行貨。此說或不是王婆這話的意思。若以語意推想，「行」可能「形」之諧音，「大行貨」，即「大形貨」；亦即「大傢伙」之意。故以驢作比。所以下面西門慶說：「也曾養得好大龜。」龜者，男子陽物的形喻。

試看我的這條注釋，有何不妥？這句「大行貨」當然是從「行貨」一詞引申假借而來。王婆子以「驢」來比，業已指明，不加解說，讀者也能懂得。我只是加以說明「行貨」一詞的由來而已。

再說，在明人著作中，把行商買賣的貨物，謂之「行貨」，我在明刻《拍案驚奇》及《笑海叢珠》中，都曾見到。《金瓶梅》把「行貨」一詞，引申到男人身上，意指那男人是下流坏子。他回尚多。我的這條注釋，著意於這一回的這一句，意乃「大傢伙」之意，應無錯誤。張遠芬把它說成是他們嶧縣人口中的「熊黃子」（壞東西），可就不是王婆口中這句話的意思了。如把「驢大行貨」解釋成「驢的壞東西」，豈不是張遠芬錯得離譜了嗎？

> 【例】要做又被那裁縫勒掯，只推生活忙，不肯來做。（三回）

魏解：「勒掯」意指人急要，多抬價錢。

芬按：「勒掯」是強行逼迫的意思。乘機抬高自己物品的價錢，或趁人急賣而故意壓低別人物品的價錢，都可說是勒掯。但，這個詞不單用於買賣方面，凡強逼他人的行為都叫勒掯。如：「不管怎樣勒掯他都不說！」「你再勒掯也沒有用，我就是不給你。」

雲復：我同意張遠芬的這段解說，比我清楚。

【例】這咱晚，武大還未見出門，待老身往他家推借瓢看一看。（四回）

魏解：即這樣的晚了，北方語言。

芬按：錯。「咱晚」是「早晚」的諧音，作「時候」解。「這早晚」就是這時候的意思。

雲復：「這咱晚」一詞，就是喻說時間的口語，換一句話說，就是「天到這般時候了」。並不是「早晚」二字的諧音。「這早晚」作「這時候」，另有其詞，如該回（第四回第6頁反），有這麼一句「這早晚，多定只在那裡。」這句中的「這早晚」作「這時候」解。至於這一句：「這咱晚，武大還未見出門。」語意便是指的武大這天挑擔出門，比往常要晚。所以說：「這咱晚」，與後面的那句「這早晚」指的是「這時候」，語意迥然不同。

還有，每一句有每一句的語意，不能不概而論。

【例】婦人就知西門慶來了，於是一力攛掇他娘起身去了。（六回）

魏解：即幫襯著，敷衍著，或護弄著，不使出麻煩。

芬按：魏先生把句意理解錯了，句中是「他娘起身去了」，而不是「潘金蓮起身去了」。「攛掇」，在魯南人口中是「哄騙」、「慫恿」的意思。

雲復：關於這「一力攛掇」四字，我注的是第 3 頁正面第 10 行的語句，不是第 5 頁第 8 行的這四個字。不是我錯了，而是我忘了再把第 5 頁第 8 行的同一語詞，再進一步注釋，這是我的疏失。正好在此加以補充。謝謝張遠芬。

請看，這幾句：「……一面七手八腳，葫蘆提殮了，裝入棺材內，兩下用長命釘釘了。王婆一力攛掇，掙出一吊錢來與何九，打發眾火家去了。」試問，我的注釋語意（上錄），有何錯誤？缺失是沒有把下面第 5 頁第 8 行的同一語詞，也連帶解說。

按「攛掇」一詞，除了有慫恿、敷衍、誘導等意，也有幫忙之意。如本書第六十八回第10頁第10行，寫有「攛掇」二字，請看上下文：「西門慶起身，一面令玳安向書

袋內，取出大小十一包賞賜來。四個妓女，每人三錢，叫上廚後，賞了五錢；吳惠、鄭奉、鄭春，每人三錢；攬掇打茶的，每人二錢。丫頭桃花，也與了她三錢。俱磕頭謝了。」這段語詞中的「攬掇」二字，語意便是從中跑腿打茶的人。換言之，就是跑前跑後打茶的人役。在這段語意中，已經慫惠、誘導之意。

我的注釋，漏了這些，特在此加以補充。

【例】薛嫂道：「我來有一件親事，來對大官人說，管情中得你老人家意。」（七回）

魏解：「管情」意為一定，必定，應該，在語氣上，是極為肯定的肯定詞。今一作「敢情」。屬於燕語；亦即今之北平話。亦保證所說可以對限（兌現）之意。

芬按：「管情」，意思是「保准」。不能作「應該」、「敢情」解。魯南蘇北亦有此話，不可單以北平話視之。

雲復：「管情」可作「保證」解，我在下一句「管情一箭就上垛。」業已注說。謝謝張遠芬改正了我「兌現」二字的誤書。至於我解說這一詞是極為肯定的肯定詞，並無差誤。

【例】誠恐去到他家，三窩兩塊，人多口多，惹氣怎了？（七回）

魏解：意即沒有多少日子便抓得三兩件把柄或漏洞，使人多口雜惹起氣來了。

芬按：魏先生不懂這個詞。在一個大家庭裡，人口過多時，往往分成三伙兩伙，魯南俗話叫「三窩兩塊」。

雲復：我同意張遠芬的解說比我清楚。不過，此語並不限於魯南纔有。

【例】婦人道：「莫不奴的鞋腳也要瞧不成？」（七回）

魏解：指婦女們的應用物品，別人不應該看的東西。

芬按：錯。「鞋腳」，即鞋襪之類，并非專指婦女的用品。孟玉樓之所以不讓張四舅看，因為那是「奴的鞋腳」。

雲復：若依張遠芬的解說，「鞋腳」只是指的「鞋襪」。鞋襪有何不能看之理？這「鞋腳」二字，乃概指一切婦女應用物品。連褻帶都在內。所以孟玉樓說：「莫不奴的鞋腳也要看不成？」蓋「鞋腳」只是代詞。若是粗野的婦女，就會說：「莫不奴的褻衣月經帶你也要看嗎？」

【例】又做了一籠誇餡肉角兒，等西門慶來吃。（八回）

魏解：……此說「誇餡肉角兒」顯是南人口吻，所謂「誇」通常都是南人稱北人之詞，北人稱南人為「蠻」。所謂「誇餡」自是指北人愛吃的一種肉餡，蓋酢料與調味製法均不同。

芬按：錯。在嶧縣，有人把蒸饅頭的籠叫「籠誇」。「一籠誇」就是「一籠」的意思，根本不含「南蠻」「北誇」之意。

雲復：在俺那皖北一帶，只稱一籠，不加別的字。稱籠則加筐字，稱一籠筐。蒸籠一層層，俺那土話謂之「棋」。籠有兩棋三棋四棋。這同回第二頁第十行，稱「一籠」，不稱「一籠誇」。可見張遠芬的說法，待考。

【例】拾了本有，吊了本無，沒有丫頭便罷了，如何要人房裡丫頭服侍？（十一回）

魏解：喻意不明，待考。

芬按：這是魯南人常說的一句話。意思是：如果拾到錢或物，這是拾者命裡注定本應享有的；如果吊（掉、丟）了錢或物，則是丟者命裡注定本該沒有的。

雲復：張遠芬的解說，合乎事理。

【例】把門前供養的土地翻倒來，使位恰捯了一泡渾谷都的熱屎。（十二回）

魏解：「使位」二字，應是「便拉」二字之誤刻。……「拉恰捯了」不知何地口語。

芬按：魏先生的前一句是對的。原文應為「便拉恰捯了一泡渾谷都的熱屎」。嶧縣人所說的「拉」就是「拉架」，亦即「擺架勢」。「捯了」就是「漓了」，指掖態的東西灑出來，如：「桶裡的水都漓了出來了。」「一泡」在魯南蘇北是用於屎和和尿的數量詞。如「撒了一泡尿」、「屙了一泡屎」。全話翻譯出來就是：「把門前供養的土地爺翻倒來，便擺好架勢（拉恰）屙了（捯了）一泡渾谷都的熱屎。」

雲復：張遠芬的此一解說，合乎此語意。

不過，「便拉恰」作為「擺架勢」，似有問題。語意為：「把門前供奉的土地翻倒來便拉，恰捯了一泡渾谷都的熱屎。」特在此改正。

【例】賊淫婦，往常言語假撇清，如何今日也做出來了？（十二回）

魏解：意即今日的所謂的「假惺惺」，本心不是如此，嘴巴卻這樣說。

芬按：「假撇清」亦是魯南方言。「撇清」，是指為自己辯護，把自己從不潔的行列裡撇（離析）出來，聲稱自己清白。潘金蓮進入西門家後，整日說別人淫浪，而自己清白。而今潘金蓮也和小廝琴童通姦了，所以孫雪娥說她過去是「假撇清」。

雲復:張遠芬的解說,比我詳盡。不過,「假撇清」或「撇清」,也是我兒時常說的語言。

【例】謝希大道:「可是來,自吃應花子這等韶刀,哥剛才已是討了老腳來,咱去的也放心。」(十三回)

魏解:意即囉嗦。江浙人的口語。

芬按:嶧縣人也常說「韶刀」,如「這老頭韶韶刀刀」。意謂說話做事瘋瘋癲癲,不專指「囉嗦」。

雲復:「韶刀」一語,作為囉嗦、嘮叨之意,北方人絕無此語。魯南、蘇皖之北,悉作「嘮叨」或「囉嗦」,或「嘮嘮叨叨」,絕無「韶刀」一語。張遠芬說他們山東嶧縣有「韶刀」一語作嘮叨,若不是記錯了,那就是硬往他嶧縣拉。張遠芬的「新證」,把許許多多的語言,都拉到他嶧縣去。為了要強調《金瓶梅》是嶧縣人賈三近作,怎可如此不顧一切的去拉票捧場!

「韶刀」這話,在鎮江一帶,使用的最普遍。

【例】原來是那淫婦使的勾使鬼,來勾你來了。(十三回)

魏解:應為「勾死鬼」,北人俗語。意為本不應去,竟因此人而去,居然遭了劫難,便稱這個人為「勾使鬼」。

芬按:在嶧縣,只說「勾使鬼」,不說「勾死鬼」。「勾使鬼」,嶧縣人用此話來稱勾引人的人,沒有定要遭劫難的意思。

雲復:「勾使鬼」一語,極為普遍,全國中均有此語,應為「勾死鬼」或「勾死人」。《西遊記》第三回:「那兩個勾死人只管扯扯拉拉,定要拖他進去。那猴王惱起性來,耳躲中掣出寶貝,幌一幌,碗來粗細;略舉手,把兩個勾死人,打為肉醬。」注:「勾死人,迷信傳說中的勾魂鬼。後文第十一回作勾司人。」(臺北華正書局民國71年2月初版之《西遊記》)顯然的,此語之「勾使鬼」,亦即西遊記的「勾死人」或「勾司人」之一語數變。張遠芬,你不要動輒拿你們嶧縣話來作比,山東嶧縣在我國北方話的地域間,所占比例,未必能達千分之一。你可真是鄉巴老啊!

【例】見俺這個兒不成器,從廣東回來,把東西只交付與我手裡收著,著緊還打俏棍兒,那別的越發打的不敢上前。(十四回)

魏解:很難解出這句話的意思。揆諸語氣,似指老太監在世時,除了把梯己(體己)的財物給了李瓶兒,著緊時便誰也不給只留給自己,別人也別想沾上半點了。

「打俏棍兒」，當為玩花頭之意。

芬按：這句話很容易理解。花子虛有四個叔伯兄弟，只花子虛自己是花太監的嫡親侄兒。但，花子虛不成器，所以花太監從廣東回來只好把錢財交花子虛的老婆李瓶兒收著。花家四兄弟自然不甘心，總是千方百計想奪取這些錢財。著緊起來，花太監對花子虛也要打俏棍兒（小巧的棍子），那別的幾個兄弟越發打的不敢上前了。

雲復：張遠芬把「俏棍兒」解成「小巧的棍子」，未免望文生義。在我看來，這話並不這麼單純。如從語氣來看，這話的語意，顯然是老太監向花子虛要的一些花巧，換言之，這老太監為了不願把體己的金銀財寶給侄子，要給侄媳婦，遂不得不要些花巧的手段，用來拒絕嫡親侄子的需索。對於嫡親侄子都「打俏棍兒」，那別的三個堂房侄子，自越發的偎不上了。意思是可解的，只是「打俏棍兒」這話的語意出處，無法理解。

再說，這話出於李瓶兒之口，李瓶兒與那老太監的關係，非同尋常。要不然，那老太監派去廣南道，幹嘛要把侄媳婦帶去，一待就是半年。

【例】吳月娘在炕上跐著爐壺兒。（十四回）

魏解：「跐」字，字書無。揆語態，似是寫這時的吳月娘坐炕上，比鄰著溫酒的爐子。

芬按：錯。「跐」，是踏或蹬的意思，如「跐著門檻兒」。魯南蘇北，人人皆懂。

雲復：這個「跐」字是足旁一個比字，不是此字，如是「跐」字，就是張遠芬說的語意。再說，我們注釋語句中的字辭，應循上下文，不能光憑字辭去作解。我們看這個句子：「……擺了一張桌子。……當下李瓶兒上坐，西門慶拿椅子關席。吳月娘在炕上跐著爐壺兒，孟玉樓、潘金蓮兩邊打橫，五人坐定。」我們看這個坐次，吳月娘並沒有正式坐在桌子的坐位上，她只是「在炕上跐著爐壺兒」，若以當時情景來推想，吳月娘應是在西門慶的身後，坐在炕上，雙腿間「跐著爐壺兒」，協助西門慶敬酒，對面是上位的李瓶兒，兩邊打橫坐的是孟三潘五。所謂「爐壺兒」，顯然是酒壺與火爐連在一起的煖酒器。若照張遠芬這樣解釋，請問「爐壺兒」是什麼器物？吳月娘坐在何處？

我們讀書，認真細心之處，應在文句的語意上，怎可一字一辭去瞎猜。

【例】李瓶兒道：「他就放（屁）辣騷，奴也不放過他。」（十六回）

魏解：意指狐狸放射身上的狐臭，躲而避之。

芬按：「放屁辣騷」，不單指狐狸，有時也用來形容人，但主要是比喻人說難聽的話。李瓶兒的意思是：「（花大）就是說難聽的話，我也不會放過他！」沒有「躲

避」的意思。

雲復：張遠芬的解說，比我直接而且清楚。

【例】甚麼材料，奴與他這般頑耍，可不硌磣殺奴罷了。（十七回）

魏解：讀為「可塵」。意為無滋味，吃到口中就想吐。凡是對不喜歡的人，不喜歡的事，就會說：「唔，可塵死了。」

芬按：「硌磣」，是「寒磣」的意思。為自己的行為或替別人的行為感到羞恥，都叫「硌磣」。與滋味無關。

雲復：此語與「牙磣」同義。陸澹安的《小說詞語匯釋》已說到。「吃東西時偶然咬到砂子，牙齒覺得很難受。」那麼，「硌磣」意亦如此。意為難以消受。但也可作為羞辱之義使用。如《兒女英雄傳》第十五回：「他因此懷恨，前來報仇，趁著我家有事，要在人前硌磣我一場。」但《金瓶梅》的這一句及第六十回的：「麻著七八的臉蛋子，密縫兩個眼，可不硌磣殺奴罷了。」乃同一意義。這第十七回的這一句，是說花子虛不中用，使她不願意消受。第六十八回的鄭愛月，則說那張二官的長相，看到就夠了，都像咬到砂子磣了牙似的不敢咀嚼。

像這種詞語，喻意全看上下文，不能一概而論。

【例】你老人家只願家去坐著，不消兩日，管情穩扣扣教你笑一聲。（十九回）

魏解：扣，亦可作扣（？）讀呼骨切。……此言「穩扣扣」，自是指可以在蔣竹山身上搗亂完成；一定可搗得他亂得不可收拾。

芬按：錯，「穩扣扣」，是「穩拍拍」的誤刻。嶧縣人常用這個詞，是「穩當當」的意思，仍讀「拍」，不讀呼骨切。

雲復：實則，「穩扣扣」一詞，只是一個肯定的語詞，即「穩穩當當」不會出差錯生枝節的保證詞意。我的注釋引了廣雅的釋言、釋詁，旨在說明「扣」的使用。（參閱拙著《金瓶梅詞話注釋》上冊 173 頁）此一詞語，乃江浙人口中常說的口語，我已耳熟。張遠芬非要說「扣」是「拍」字的誤刻，硬拉到他們嶧縣去，硬要把它變成「穩拍拍」。我能再說什麼。

【例】張勝道：「蔣二哥，你這回吃了橄欖灰兒——回過味來了。打了你一面口袋——倒過蘸來了。」（十九回）

魏解：「倒蘸」意為水中倒影，可以自見己之形容。……此語確不易解，但據全語意及「倒蘸」一詞之意揣想，此語的解說意，當為「你印得出己的樣兒來了。」

面口袋在倒出面粉之後，仍舊內外都沾滿白粉，如果兜臉用面口袋打了一下，被打的人，勢必要用巾布擦拭，擦拭在毛巾上的臉樣，豈不是自見其眉目了。這兩句歇後語，都是比喻自己想通了，或自己看到了自己，對當前事實的利害，揣摩清楚了。

芬按：這兒也是誤刻，原文應為「打了你一面口袋——倒蘸過來了。」「蘸」就是「沾」，此處作「粘住」講，魯南人讀「針」，如「把郵票蘸在信封上」。蔣竹山只被魯華打了一拳踢了一腳就投降了，張勝認為制伏蔣竹山很容易，因而就用誇張性的比喻說：「只打了一面口袋，就蘸（粘）住蔣竹山，把他倒拉過來了。」這話是很容易理解的。

雲復：這是兩句語詞不同而語意相等的歇後語。「吃了橄欖灰兒」的歇後語，是「回過味來了」，那麼，「打了你一面（麵）口袋」的歇後語，便是「倒過蘸來了」。如照張遠芬這樣解說，則非歇後語，當然不對。

這兩句歇後語的意思，很容易明白，上一句是「回過味來了」，下一句則是「明白過來了」。指的是蔣竹山的上一句話：「（向張勝）我幾時借他銀子來？就是問你借的，也等慢慢好講。如何這等撒野？」因而張勝說了這兩句歇後語。張遠芬「辨正」我的著作，也不對照我注釋的書，仔細讀一遍，就信口臆說，多麼遺憾。

我再說一句，我的此一注釋是正確的。任何一位讀者，把我的注釋對照原書詞語一讀，就明白了。

「倒過蘸來」，就是認清了自己，想通了事態。

「蘸」乃「醮」的俗字，不讀「沾」。讀「椒」，祭事曰：「醮」。在此語，則是「沾」。

【例】那時八月二十頭，月色才上來，站在黑頭裡……（二十回）

魏解：陰曆月之二十日前後，入晚無月，北方人習謂之「月黑頭天」；或簡稱「月黑頭」或「黑頭」。

芬按：「月黑頭天」與句中的「黑頭裡」不是一個意思。句中已點明「月色才上來」，所以「黑頭裡」是「黑影裡」的意思。又，魯南蘇北人還把每月上、中、下旬的頭一兩天，分別稱為初頭、十頭、二十頭，這又與句中的用法相同。

雲復：上一辨正對。「黑頭裡」，應是黑影裡。

【例】屬扭孤兒糖的，你扭扭兒也是錢，不扭也是錢。（二十回）

魏解：……此語之意，當為此人（西門慶）性格彆扭，反正他都不如意。

芬按：錯。此語之意思：扭股兒麻糖，扭能賣錢，不扭也能賣錢。比喻李瓶兒，

鬧彆扭也要為西門慶占有，不鬧彆扭也要為西門慶占有，結果都一樣的。暗指李瓶兒上吊無用。

雲復：關於此一句扭扭糖的比語，喻意在「錢」字，諧「前」字也。我們看這一句比語的上下文。「潘金蓮便向玉樓道：『我的好姐姐，說好食菓子。一心只要來這裡，頭兒沒動，下馬威討了這幾下在身上。俺這個好不順臉的貨兒。你看他順順兒，也倒罷了。』這一段話意指李瓶兒挨了馬鞭子，是沒有順著西門慶叫她脫衣裳。可是，她在這不久前，也同樣的叫她脫了衣裳，挨了馬鞭子。這件事，全家人都知道。所以她說到這裡，為了要掩飾她也挨過馬鞭子的事，並不是「順順兒倒也罷了。」遂再改口說：「屬扭孤（股）兒糖的，你扭扭兒也是錢，不扭也是錢。」於是說她前些日子挨馬鞭子的事了：「想著先前，乞小婦奴才（指李嬌兒）壓（冤）枉造舌我。那一行院（指李桂姐。但未說完。）我陪下十二分小心，還乞他奈何的我那等哭哩！姐姐你來了幾時，還不知他性格哩！」這段話便是為了她也挨過馬鞭子的事，有所解釋。

按潘金蓮挨馬鞭子是為了她偷琴童，人所共知。可是，潘金蓮則把此事推在她寫了一封錦箋（落梅風）交給玳安帶到麗春院。被李桂姐看到，生了氣，撒了酒席，惹火了西門慶，不惟把帖子扯得稀欄，還當著眾人把玳安踢了兩靴腳。（見第十二回）等西門慶回家，獲知潘金蓮偷琴童，便與李瓶兒這天一樣挨了打。所以她向孟玉樓說了這一句扭股兒糖的比喻，意為西門慶動馬鞭子打人，為是不是近來的事，是以前的事，因為李瓶兒以前招贅了蔣竹山，惹惱了西門慶的性子。她挨了那頓馬鞭子，是因為她在漢子貪戀煙花正熱火的時際，寫信要漢子回家，惹火了漢子，使她挨了打。用這句扭股兒糖的歇後語，去比喻她與李瓶兒挨了馬鞭子，都是以前惹起的。潘金蓮正好借了李瓶兒挨打的事，說個比喻，把她偷琴童挨打的事，掩蓋上了。

試想，如照張遠芬的解說，距離小說的文義，豈不是太遠了。事實上，李瓶兒嫁到西門家來，西門慶三夜不曾進房，羞赧的上吊。並不是鬧彆扭。再說，西門慶早就占有了她。而李瓶兒之對西門慶，罄其所有的倒貼，無不出於心甘情願，從來也不曾彆扭過。這些事實，全一言一語寫在小說中。我們注解小說的語詞，若不全文貫通，怎能光憑空想去下筆。何況，歇後語的喻義在尾，所謂「解後」也。基乎此，我們就知道這句「屬扭孤（股）兒糖的，扭扭兒是錢，不扭也是錢。」其喻意在「錢」（前）字，不在「扭」字。關於「扭股兒」糖，張遠芬說得是，反正是糖，扭扭兒能賣錢，不扭也能賣錢。謝謝張遠芬提醒我，使我把這句話的喻意，解說得更詳細了。

【例】因問：「俺爹到他屋裡怎樣個動靜兒？」金蓮接過來道：「進他屋裡去，尖頭醜婦繃到毛司墻上——齊頭故事。」（二十回）

魏解：此一歇後語，意指西門慶與李瓶兒并頭睡在一起了。尖頭男子醜陋婦人，被硼（硼）彈在廁所的墻上，男子的頭再尖，也與醜婦人的並齊了。廁所墻是臭的，以「臭」諧「湊」，說完整來是：「湊在一起的齊頭（男女相并）故事。」

芬按：錯。「尖頭醜婦」是「尖頭的醜婦人」的意思，不包括男子，此指李瓶兒。「硼」是「碰」的異體。「毛司墻」是堅硬的，比喻西門慶。「齊頭」是「尖頭」的反義詞。說完整來是：「尖頭醜婦李瓶兒，碰到西門慶這個毛司墻上，變成齊頭的，也就了事了。」

雲復：凡是所謂歇後語，喻意都在末一句。那麼這句歇（解）後語的喻意在「齊頭故事」四字。意思是說，打過之後，便是兩人並頭睡在一起的事。此即所謂「齊頭故事」。如照張遠芬的解說，「齊頭」變成了「平頭」，「尖頭」硼到了「堅硬的」毛厠墻壁，不是成了「平頭」嗎！這樣一來，「齊頭故事」已不存在了。遂失去了這句歇（解）後語的解後喻意。自可想知張遠芬的解說是錯的。

這話出於潘金蓮之口，因為春梅問她「俺爹到她（李瓶兒）屋裡怎個動靜兒？」所以潘金蓮回答了這句比喻。說明白來就是：「打完了到她屋裡，除了兩個臭東西做那竝頭兒的故事，還能有其他啥動靜！」

所謂「齊頭故事」，指的就是男女頭竝頭的勾當。如照張遠芬的解說，「尖頭丑（醜）婦」只是指的一個婦人（李瓶兒），試問，如何能成「齊頭」？「齊頭」，必須二人以上相竝，方能謂之「齊」。若是一個尖頭的醜婦人，碰到堅硬的廁所墻上，最大的情形，是把尖頭硼成平頭，不是「齊頭」。這裡說「尖頭醜婦」，顯然指的是尖頭的男人，也是醜。換言之，「尖頭醜婦」的明喻對象，是西門慶與李瓶兒，意為這一對醜惡的男女，硼射到臭毛厠的墻上，尖頭（男人）醜陋婦人，也臭（湊）到了一齊頭，演齊頭故事去了。

再說，這話為什麼說是「硼到毛司墻上」？別的墻就不堅硬嗎？要想到，毛厠的墻之不同於別墻的特點，是毛厠的墻臭。這句話要用「臭」字諧「湊」，來比喻這一男一女湊（臭）成了「齊頭故事」。

「齊頭故事」，就是形容男女頭竝頭做那種事的故事。

【例】我不好罵出來的，怪火燎腿三寸貨，那個拿長鍋鑊吃了你？（二十回）

魏解：……「長鍋鑊」乃古代一種爬蟲的渾號。北方人食用的所謂「鍋貼」，長橢圓形，在蘇皖之北一帶，稱之為「鍋盇」，或為「鑊」字之方言音。……

芬按：錯。「鑊」，於此應讀「呼」，「夐」的意思。魯南蘇北，把用大鍋大火夐東西叫「呼」，如「呼山芋」，「呼豬頭」，「呼」有音無字，《金》的作者

就借用了「鑊」字。倒句的意思是：「哪個要拿長鍋把你烹了吃？」鍋多是圓的，但人是長的，因而烹人非用長鍋不可。「古爬蟲」云云，是魏先生的臆想。

雲復：所正是。

【例】不知怎的聽見，干恁個勾當兒。雲端裡老鼠——天生的耗。（二十回）
魏解：……所謂「耗」乃消耗之意。指老鼠天生的本性就是消耗人間糧米。因而此語的喻義是潘金蓮罵春梅與小玉在忙著提酒端菜伺候李瓶兒，責怪這兩人的這種行為是天生的賤坯，意思是為此忙著去巴結。
芬按：「耗」不是消耗，而是老鼠的別稱「耗子」。而「耗」又與「好」（愛好）同音，所以，「天生的耗」就是「天生的愛好（巴結人）」。

雲復：為我補充的「耗」諧「好」之音，以喻其義，甚是。

【例】說他爹怎的跪著上房的叫媽媽，上房的又怎的聲喚，擺話的磣死了。相他這等就沒的話說，若是別人又不知怎的說浪。（二十一回）
魏解：「說浪」，等於「說落」。意即嘮叨的沒完。或作責說之意。
芬按：錯。婦人放蕩謂之「浪」。原句的意思是：吳月娘與西門慶的淫行醜態，因為是吳月娘自己幹的就沒的話說，若是別人這樣，她又不知要怎的說別人浪了。

雲復：如照文句的語態夾看，顯然的，「說浪」二字，乃一辭組，非「說」字為動詞，「浪」字為形容詞。應為「說落」的諧音語。看來，我的注解沒有錯，張遠芬「正」錯了。

【例】李瓶兒被他滑了一交，這金蓮遂怪喬叫起來，說道：「這個李大姐，只相個瞎子，行動一磨趄子就倒了。」（二十一回）
魏解：「磨趄子」，北平人每說「泡蘑菇」，均為行動緩慢之意。
芬按：錯。「磨趄子」是「趔趄」的意思，指身體歪斜，腳步不穩。如「他打了個趔趄，摔倒了。」但，嶧縣人不說「趔趄」，只說「磨趄子」。

雲復：根據陸澹安及田宗堯的《小說詞語匯釋》，都把「趄」字及「趄趄趔趔」，解釋為遲疑不進的樣子。這裡說：「這個李大姐，只相個瞎子，行動一磨趄子就倒了。」這「磨趄」二字，顯然指的是遲疑了一下，就摔倒了。不過，我原注的「行動緩慢」，意不貼切，特在此更正。

【例】西門慶在房裡向玉樓道：「你看賊小淫婦兒，踩在泥裡，把人絆了一交，他

還說人踩泥了他的鞋。恰是那一個兒就沒些嘴抹兒。」（二十一回）

魏解：即嘴上抹油之意，喻人善於言詞。

芬按：錯。魯南蘇北稱人有本領叫「有抹兒」，手藝高叫「有手抹兒」；會說話叫「有嘴抹兒」。潘金蓮絆倒了李瓶兒，反說李瓶兒踩泥了她的鞋。西門慶不平，認為李瓶兒「沒些嘴抹兒」，所以才沒去反駁潘金蓮。

雲復：張遠芬的此一解說，比我清楚。不過，在我家鄉，總把善於言詞的人，說成「嘴上抹了油似的。」無「手抹兒」、「嘴抹兒」這類語言。

【例】俺每閒得聲喚，在這裡你也來插上一把子。（二十二回）

魏解：「閒得聲換」，意為閒得無聊，以打人作消遣。「聲喚」二字，詞義難明。「插上一把子」，意為插一手，或來一腳，介入之意。

芬按：錯。「閒得聲喚」，就是「閒得直叫喚」，屬常見俗語。「插上一把子」是指西門慶在來旺媳婦身上「插上一把子」，意為通姦。潘金蓮責怪西門慶說：「你家裡有六個老婆，還要跑妓院，狎書童，俺們在家守空房，閒得直叫喚。不想，你還跑到這裡（藏春塢）在來旺媳婦身上插上一把子。」沒有什麼難明之處，更沒有「來一腳」的意思。

雲復：說實在的，直到今天，我又把潘金蓮的這一番話，反覆的又讀了數遍，仍感於這幾句的文義連不起來。第一，這是潘金蓮發現到西門慶與來旺媳婦有了勾當，遂罵道：「賊沒廉恥的貨。你和奴淫婦大白日裡，在這裡端的幹的勾當兒。剛纔我打與那淫婦兩個耳（括）子纔好，不想他往外走了。原來你就是畫童兒，他來尋你？你與我實說，和這淫婦偷了幾遭？若不實說，等住回，大姐來家，看我說不說。我若不把奴才淫婦打的脹豬，也不算。俺每閒的聲喚在這裡來。你也來插上一把子。老娘眼裡卻放不過，……」第二，這段話中的「俺每閒的聲在這裡來，你來也插上一把子。」在這大段語言中，委實解不出意義何在？雖然張遠芬這樣解說，認為是責怪西門慶在六個老婆還有妓家相好之外，又要了來旺媳婦。話雖說得通，理卻不諧。何以？這話若是像張遠芬解釋的這個意思，像潘金蓮這個說話不留情的人物，就會直說：「你如今卻又把奴才媳婦丁八上了，老娘眼裡卻放不過。」試看「你來也插上一把子」這句話，語意顯然指的是分外介入，這話對西門慶來說，使用不上。仔細推敲，這話可能如此：「你卻又安插了一個進來。」指他又要了來旺媳婦，所以再說：「老娘眼裡放不過。」

《金瓶梅》的文句，像這樣令人難明之處，多得不勝枚舉。至於「閒得聲喚」，又怎能是人閒時會閒得「直叫喚」？非也。

【例】在後邊，李嬌兒、孫雪娥兩個看答著，是請他不請他是？（二十三回）

魏解：「看答著」，即一邊看守一邊答應。等著差遣之意。

芬按：錯。「答」是某些動詞的語助詞，無義。如「丟答光了」，「提答個包兒」等等。所以，「看答著」就是「看著」，不含「答應」和「等著差遣」的意思。

雲復：所正是。

【例】你每有錢的都吃十輪酒，沒的俺每去赤腳絆驢蹄。（二十三回）

魏解：意為配合不上，窮富不相配。驢在馬類中最卑下，故以驢蹄上有角質，人無。雖自認窮得赤腳（沒鞋穿），也比驢蹄高貴。所以下面說：「把大姐組都當驢蹄了；看成。」

芬按：「赤腳絆驢蹄」是魯南一帶的俗語。意思是軟的碰不過硬的，并無貴賤之意。相反的，此處卻是孫雪娥甘敗下風的表示。吳月娘、孟玉樓等輪流請酒，孫雪娥沒有錢不敢參與，便說自己這個赤腳不敢與驢蹄相磕、至於「把大姐姐都當驢蹄了；看成」魏先生又點錯了句讀。「了」是「子」的誤刻。原文應為「把大姐姐都當驢子看成了」。這是魯南蘇北的一種習慣語式，「看成」即「看待」。

雲復：孫雪娥的此一比喻，在心意上確是窮人比不過富人之說，不是軟的碰不過硬的。事實上，孫雪娥與其他六人，乃貴賤貧富有別，並無軟硬之差。在小說的情節上，在這兩句話上，都已表明。（六房只有孫雪娥是西門家的丫頭收房。）

「赤腳絆驢蹄」乃比喻，喻意是引申的，不是直接的。

【例】這老婆一個獵古調走到後邊。（二十三回）

魏解：形容忙不迭的走了出去，或忙不迭的就走。純粹是匆忙行動的情態形容詞，所謂狀態詞。筆者兒時常聽此語。

芬按：「獵古調」是「趔股調」的諧音，意思是迅速地抽腿（趔股）轉身（調）。此是魯南方言。

雲復：此語在北方話中，極為普遍。我並沒有解釋錯。但張遠芬的「迅速抽腿轉身（調）」的解說，未免形容太過。實則只是形容匆忙行動的形態。

【例】原來你是個大滑答子貨，昨日人對你說的話兒，你就告訴與人。（二十三回）

魏解：意為肚裡放不住話的直滑筒子。如今日說的「直肚腸」、「直腸子」。

芬按：嶧縣人以吃煎餅為主。烙煎餅時，如果鐵子涼，就會烙出又厚又粘又破的煎餅。嶧人稱這種煎餅為滑答子，常用以比喻行為低劣、靠不住的人。

雲復：陸澹安、田宗堯的《小說詞語匯釋》均解釋為滑頭或靠不住的人。這些解說，比我的注釋更合語意。

至於張遠芬非要把這話拉到他嶧縣去，未免執著太甚。

【例】那婦人道：「賊猴兒，你遞過來，我與你。」哄的玳安遞到他手裡。（二十三回）

魏解：「我與你哄的」，意為我賞你一些哄孩子買糖錢。占玳安便宜之意。

芬按：魏先生又點錯了句讀。正確的標點應是例句中的標法，「哄」在引號之外。「哄的玳安遞到他手裡」，即「騙的玳安遞到他手裡」。

雲復：這裡我句讀錯了。

【例】婦人道：「賊短命兒，你是城樓子上雀兒——好耐驚耐怕的蟲蟻兒！」（二十四回）

魏解：鳥雀蟲蟻均為小動物的總稱，「城樓上的雀兒」見得人多了，已經不怕人了，形容陳經濟膽子大，連他的小腳都敢偷捏，不會怕！當真心小的蟲蟻兒一樣。

芬按：錯。在魯南蘇北，把小鳥稱作蟲蟻，大鳥、昆蟲、螞蟻和其他小動物皆不稱蟲蟻。「蟲蟻」是「雀兒」的同義詞，構成了一個歇後語。魏先生的末一句話不知何意。

雲復：此話乃普遍性的口語，非僅魯南蘇北方有此語言。不必把此一口語的範圍縮小。

我的末一句，是解釋語意。解釋潘金蓮此話的語態。何錯之有？

【例】李瓶兒道：「媽媽子一瓶兩瓶取了來，打永不渾的，勾誰吃？」（二十四回）

魏解：意指東西太少，打水只是從水面挖，不把水桶沉到水底去，如何能打滿桶水，弄得水渾。

芬按：錯。「打水不渾」是魯南方言，意思是麵粉太少，打攪到水裡去，也不會讓水發渾。常用來比喻東西太少，不夠消用。與用桶打水無關。

雲復：此語也是極普遍的，遍及全國，非方言也。至於語意的解說，我同意是用東西打拋在水裡，水都不會渾。可也不是指的「麵粉」。石頭也可以說。總之，意指東西太少。

【例】你恒數不是爹小老婆，就罷了；你是爹的小老婆，我也不怕你！（二十四回）

魏解：恒，常也。往長遠說，你也做不了爹的小老婆。

芬按：錯。「恒數」是「橫豎」的諧音，作「反正」解。例句前半段的意思是，你反正不是爹的小老婆。沒有「長遠」的意思。

雲復：張遠芬的解說，比我更符文義。

【例】這陳經濟老和尚不撞鐘——得不的這一聲。（二十五回）

魏解：……老和尚不撞鐘則已，要撞就是「得不的」一聲。「得不的」形容撞鐘擊出的聲響。

芬按：錯。這個歇後語的意思是，老和尚接到了長老不讓撞鐘的命令——早巴望著這一聲了。「得不的」是「巴不得」的意思，不是「形容撞鐘擊出的聲響」。

雲復：「得不的」乃盼望之意。我並沒注錯。把「得不的」一詞與「巴不得」諧音，乃由打鐘聲之音諧義而來。

【例】玉樓道：「嗔道賊臭肉在那裡坐著，見了俺每意意似似的，待起不起的。」（二十五回）

魏解：等於文雅詞的「腼腆」，今語之「不好意思」的態度。

芬按：錯。至今魯南蘇北仍流行「意意似似」一語，作「猶猶豫豫」解，與「腼腆」的含義不同。

雲復：此語乃我兒時常說常聽之詞，非「猶猶豫豫」，乃「腼腼腆腆」也。原文是來旺媳婦，說她「意意似似」的，「原來背地有本帳。」當然是「腼腼腆腆」地。

【例】到明日蓋個廟兒，立起個旗杆來，就是個謊神爺。（二十六回）

魏解：意為隨便撒謊，沒有神的廟；喻話無法聽也。沒有神的廟，如何求得庇護！

芬按：錯。這是宋惠蓮罵西門慶的話，說西門慶最愛說謊，如果給他蓋個廟，立起個旗杆，他就可以在廟裡當個謊神爺。

雲復：張遠芬的解釋比我清楚，而且入理。

【例】一鍬撅了個銀娃娃，還要尋他娘母兒哩？（三十七回）

魏解：歇後語的意思是說，要看看他娘再說。這一喻意，中原一帶人，通常說「槽頭買馬，看母。」

芬按：錯。這句話是意思是，得了個銀娃娃，還想進一步得到他娘。比喻人貪心不足。

雲復：所正甚是。

【例】你若與他凹上了，愁沒吃的，穿的，使的，用的？（三十七回）

魏解：意指女願與男合。

芬按：不確。在魯南一帶，不正當的結交上叫「凹上」，非專指男女。

雲復：看來，「凹上」一詞，似非俚語。張遠芬總要把一些口語，拉作他嶧縣或魯南、蘇北的方言，未免太鄉巴佬。

【例】等子獅子街那裡替你破幾兩銀子買下房，你兩口子亦發搬到那裡住去吧！（三十八回）

魏解：「等子」意為著著，「等子」必是方言。第第三十五回第四頁，有一句「你休虧子這孩子」，乍看「子」字或為「了」的誤刻，但一見此句「虧子」，當意之為江南方言。用「子」作語詞之處，本書很多。

芬按：在魯南一帶，「等著」、「虧著」、「看著」、「吃著」等等，在口語中皆變讀為「等子」、「虧子」、「看子」、「吃子」。魏先生認為是江南方言，不知何據？

雲復：在動詞之下加「子」作語詞，乃吳越人的口語，證據甚多。如讀過馮夢龍編的山歌，就會發現在那些山歌中，十句有八句如此。「你五月端午先掛子荷包去」、「只有鐵槍磨針那得針變子槍」。不必多拾了。

像張遠芬舉的那些「等子」的說法，魯南人不會這樣說的。

【例】西門慶道：「怪奴才，八十歲媽媽沒有牙——有那些唇說的！」（三十八回）

魏解：此歇後語，意在你那兒來的那麼多的話語；沒的事也說出些事來。

芬按：魯南蘇北，「媽媽」讀「馬馬」，是老婦人的通稱，不作母親講。八十歲的老婦人沒了牙齒，只好用嘴唇說話。「唇」與「陳」意近，所以，「唇說」就是「陳說」的意思。

雲復：此語的「說」字之下加「的」字，即足以證明「唇」字沒有「陳」字的諧音意義。此意乃是說落人之愛嚼說人。沒有了牙齒，還有唇去嚼說。

【例】月娘道：「那裡看人去？恁小丫頭，原來這等賊頭鼠腦的，倒就不是個咍咳的。」（四十四回）

魏解：一作「台孩」。《瓶外卮言》說：「按即學好之意。今人猶有此語，擬元

代語也。越諺作佁儜，或台孩。」引《燕子箋‧試窘》：「我看這副嘴臉，也不像是台孩發迹矣。」但揆諸全句語意，似為說夏花兒是個沒出息的或上不得數的人。下面說「原來是個俗孩子」，意指夏花兒庸俗，一錠金鐲子就動了心了。

芬按：在嶧縣，「哈咳」讀「哈孩」，形容小孩善良老實。如：「這孩子長就是一副哈孩樣兒。」「這小孩哈哈孩孩多喜人。」句中「不是個哈咳的」一語意思，是「不是個善良老實的」。

雲復：在北方話的口語中，有「富富泰泰」（一稱「富泰」）及「泰泰憨憨」等詞，全是從外貌來誇說的貌相「憨厚」之意。張遠芬把它誤到一起了。

再說，根據吳月娘的這句話的語態來看，這話不是指的外貌，而是內心。前面已經說了：「那裡看人去？」所以當他們發現了夏花兒竟是偷金鐲的人，遂說：「原來這等賊頭賊腦，倒就不是個哈咳的。」意為：「竟然是個不上進或沒出息的東西。」姚靈犀引出的《燕子箋》，業已寫明。何必再正。

【例】西門慶說：「我今日不知怎的，一心只要和你睡。我如今殺個鷄兒央及你央及兒。」（五十回）

魏解：此語的歇後，在「央及」二字，「央及」諧意「養鷄」。此說「殺個鷄兒」吃，則必先「養鷄」。所以說要想殺個鷄兒吃，則必先「央及你」「養鷄」。

芬按：錯。「央及」是請求的意思。句中「央及你央及兒」，就是「央及央及你」，亦即「求求你」。

雲復：「央及」二字是「請求」之義，人人能懂。西門慶的這句請求語詞，之所以說：「我如今殺個鷄兒央及你央及兒。」正是用「養鷄」二字「央及」二字的諧音而來。西門慶的這句話，再說清楚些，就是：「我如今殺個鷄，央及「請求」你養鷄（央及）兒。」何以要「殺個鷄」再「央及」李瓶兒「養鷄」？那就是，除了「養鷄」諧音「央及」（請求）之意外，最後的「央及兒」三字，乃諧音要李瓶兒飼養他的「鷄兒」（「鷄」，亦喻男人陽物）也。我注釋這個句子的時候，只注意到諧音諧義之處，沒有寫得如今這樣清楚。特在此加以補充之。

再說，張遠芬準未能想到「央及」與「養鷄」相諧之意。蓋《金瓶梅》難讀也。也怪我點出了，卻未明說。

【例】常言：路見不平，也有向燈向火。（五十一回）

魏解：喻意是總有看不過的人會衝著真理說話。此指西門大姐聽過金蓮的亂罵，遂為李瓶兒說了幾句幫襯話，所以作者用了這麼一句俗語，意為行路人如發現路

途不平坦，就會想著燈火的照亮。用以比喻西門大姐從中插言。

芬按：錯。在魯南，這句話的完整說法是：「路見不平，有向燈的也有向火的。」意思是兩方發生了矛盾，旁觀者們，有的偏向這一方，也有的偏自那一方。「燈」和「火」，比喻矛盾的雙方，并不是「想著燈火的照亮」。

雲復：按「向燈向火」這句話，是作者插入的說詞，說來是指西門大姐聽了潘金蓮亂造李瓶兒的閒言，心中不服，當時並未表示意見，事後，她就把潘金蓮的這番讕言，轉告了李瓶兒。這話只是說「路見不平，也有向燈向火。」（火下沒有「的」，張遠芬卻加上一個「的」字，文意就變了。）意思是說，也有打抱不平的。凡是打抱不平的，總向著被欺的那一方。換言之，總向著有理的那一方，斯所謂「向燈向火」也。

「燈火」一物也。在暗中，同是光明之體，「向燈向火」原無選擇之別。在第五十一回的這一情節中，只有潘金蓮一方在發讕言詆毀李瓶兒，並無爭執。當然不合於張遠芬的未據原出而全憑己意揣想的說法。

【例】我你兩個，當面鑼對面鼓的對不是。（五十一回）

魏解：意為一見了面就頂嘴，你說我不對，我指你有錯。

芬按：錯。這句話的意思是：「我們兩個，面對面的對質。」

雲復：此語所正是。

【例】想必兩個不知怎的有些小節不足，哄不動漢子，走到後邊戳無路兒！（五十一回）

魏解：這是吳月娘批評潘金蓮與李瓶兒鬥嘴的言詞，認為潘金蓮的戳舌，戳得沒有路了，便拿他出來墊舌根……。

芬按：錯。「戳無路兒」是嶧縣方言，「戳壺漏」的諧音，有兩解：一作動詞，意為戳紕漏，惹是非，如「他最愛戳無路兒！」二作動詞，意為「搗蛋鬼」，如「這小孩兒是個戳無路兒！」魏先生沒見過這個詞，便誤認為「戳得沒有路了」。

雲復：按「戳無路兒」一語，陸澹安、田宗堯的《小說詞語匯釋》，都解為「無中生有的挑撥」。此解甚切文義；也切合小說情節的這一言詞。張遠芬動輒拉作他們嶧縣話，不禁令人搖頭。他不知道有些語言的範圍，流行的地域是多麼廣濶啊！勘有所謂「方言」僅止於一城一縣的。

【例】哭兩聲丟開手罷了，只願扯長絆哭起來了。（六十二回）

魏解：意為拉腔兒哭個沒有休止。

芬按：錯。「扯長絆」是「拉長時間」的意思。魯南蘇北，哭一陣兒，叫哭一絆。哭一長陣兒，叫哭一長絆兒。

雲復：我總覺得張遠芬在自製說詞。把「哭一陣子，又一陣子」，或「哭一歇兒又一歇兒」，說成「哭一絆」或「哭一長絆兒」。不像語詞。

再說，我的注釋，「錯」在何處？沒錯。

【例】月娘收了絹便道：「姐夫，去請你爹進來扒口子飯。」（九十回）

魏解：斯亦南方人的語態，北方食麵，在口語中，不會說「進來扒口子飯」，「扒口子飯」，顯然是指米飯。

芬按：錯。魯南人常說「扒口子飯」，因而不是南方語態。北方人食麵，也用「扒」，如吃麵條叫「扒麵條」，吃泡的煎餅叫「扒爛煎餅」，顯然不是單指米飯。

雲復：類似這種情形，北方人習說：「叫你爹進來吃點兒喝點兒。」或「叫你爹進來喝口湯水吧！」絕少說「扒口子飯」的。因為北人吃飯，不是說吃，就是說喝，不說「扒」。我在江南數十年，江南人常說「扒」，「扒」完了沒有？我在皖北長到十五、六歲，未說過也未聽過「扒飯」。皖北，亦魯南同一言語區域也。

【例】你如今不禁他下來，到明日又教他上頭上臉的，一時捅出個孩子當誰的？（七十二回）

魏解：如不禁止他囂張著，就會教他變成個戴出頭面的小老婆，（或越發張致的頭臉崢嶸起來）一時捅出個孩子來算誰的。

芬按：「上頭上臉」是魯南方言，在他人面前言行超越了自己的身份，就叫「上頭上臉」。

雲復：我不贊同張遠芬對於「上頭上臉」一語的解釋。究竟還是我的注釋對？還是張遠芬的「辨正」對？由讀者選擇。

【例】金蓮點著頭兒，向西門慶道：「哥兒，你濃著些兒罷了。」（七十三回）

魏解：你還是把癤子裡的膿留住別擠出吧！意為別剖白——別解釋……

芬按：魯南蘇北人常說「濃」，是「努」的借用字，意為堅持、將就。如「濃一會兒吧」！「這樣濃下去，怎麼得了？」此與癤子無關。

雲復：不錯。「濃」是「努」字的假借詞。

【例】小賊歪剌骨，把他當甚麼人兒，在他手內弄判子！（七十五回）

魏解：意為在我手中弄鬼；判，鬼判也。

芬按：「判」為「剌」之誤刻。「剌子」是魯南一帶兒童的一種玩具，木頭刻成，兩頭尖，大小粗細如中等的胡夢卜。剌子放在地上，兒童用棍敲其一端，視其飛出遠近和撿回來投中目標決輸贏，稱為「打剌子」。「弄剌子」喻指耍手段。

雲復：按「弄判子」一詞，查陸澹安、田宗堯之《小說詞語匯釋》均寫為「弄剌子」，所引例句，也全是《金瓶梅》第七十五回的這一句。認真研判，應說「弄剌子」乃「弄判子」的誤刻。《金瓶梅詞話》是「弄判子」。蓋「弄判子」有文義可解，即「弄鬼」之意；「判」，鬼判也。「弄判兒」，耍鬼也。「弄剌子」則無文義可解。張遠芬則強作說詞，說「剌子」是魯南一帶兒童的玩具。他描繪的這種玩具，我們宿縣人謂之「梭」，形如梭也。玩時謂之「打梭」。魯南、蘇北則謂之「打戛」，以聲命名。未聞曰「打剌子」。縱然如此，也用不到這句話詞的文義上去。以此推想，顯然是崇禎本刻錯了，把「判」字刻成「剌」字了。《金瓶梅》一書的流傳，向以崇禎本為底本，張竹坡本依據崇禎本，也刻的最多。遂以訛傳訛至今。解釋小說詞語者，只是望文會義，文句的字義，往往忽而不論。如今，該是更正此字的時候了。

大家以為然否？

【例】婦人道：「拿來等我自家吃，會那等喬劤勞旋蒸勢賣的，誰這裡爭你哩！」（七十五回）

魏解：意為用不著那樣的勞累著裝模作樣賣架勢，「誰在這裡爭你哩！」

芬按：「喬劤勞」是「假殷勤」的意思。「旋蒸勢賣」是魯南俗語「旋蒸熱賣」的誤刻。魯南人讀「現」作「旋」，是臨時的意思。「熱賣」是「趁熱賣」，即「臨時蒸了臨時賣」。這是孟玉樓指責西門慶根本不愛自己，眼前的假殷勤是臨時裝出來的。

雲復：所正是。

【例】隨他去罷，不爭你為眾好，與人為怨結仇。（七十五回）

魏解：大妗子勸吳月娘不要爭竟這些了，隨他去罷。要不然（不爭）！你為了大家好，又何必招惹人怨忌呢？

芬按：錯。「不爭」是「沒料到」的意思。全句意為「隨他去罷。沒料到你是為眾人好，卻與人（潘金蓮）為怨結仇起來。」

雲復：所正是。

【例】叫劉婆子來瞧瞧，吃他服藥，再不頭上剡兩針，由他自好了。（七十五回）

魏解：意為頭上扎兩針；灸兩針。

芬按：是扎兩針，不是灸兩針，在魯南一帶，「用針扎」當說成「用針剡」。「剡」讀多。如小雞有病，老奶奶們會說：「在雞冠上兩針，出出血就好了。」

雲復：在我家鄉，也稱「剡」（去聲）兩針。至於灸兩針，也是一樣的說法。反正是扎針。

【例】我不知道，還當好話兒側著耳朵兒聽他，是個不上蘆蒂的行貨子。（七十六回）

魏解：意為扎不上蘆葦掃把的下流貨。連扎掃把的材料都不夠。

芬按：「蒂」是「蓆」的誤刻。人死了，沒有棺材，也要用蘆蓆包起來。而禽獸是從不用蘆蓆來包的。魯南人在罵人時常說：「你是個不上蘆蓆的行貨子。」意為「你是個不入人倫的禽獸。」

雲復：所正是。

【例】伯爵道：「好，好，老人家有了黃金入櫃，就是一場事了，哥的大陰騭。」（七十七回）

魏解：意為有了錢就可以入棺了。

芬按：《大明一統志》：「金鉅山在揚州府南七里，山多葬地。諺云：『葬於此者，如黃金入櫃』，故名。」所以，「黃金入櫃」是恭維死人安葬的話。

雲復：所正是。陸澹安、田宗堯的《小說詞語匯釋》，均有《大清一統志》引述。我寫注釋時，未得此參考書。

【例】常言：要好不能夠，要歹登時就。（七十八回）

魏解：應勸人和諧，不應勸人不和。

芬按：錯。此為魯南一帶俗語，是說人與人的關係，要處好是很困難的（要好不能夠），要惡化馬上就能做到（要歹登時就）。

雲復：所正比我解說的好。不過，此一語詞的流行，並不限於魯南，乃一普遍性的語詞，全國皆有。

【例】你老人家怪我差了，我趕著增福神著棍打？（八十六回）

魏解：意為我貪財也不是這樣貪法，為了去追趕財神爺願意挨棍子呀！「增福神」，

財神也。

芬按：錯。此句後半段意為：我還能趕著增福神用棍打嗎？原句中有兩個「著」字，前一個是時態助詞。後一個「著」字，魯南人讀「章」（第一聲），有時作「用」解，如在本句中；有時作「投放」解，如「湯裡著點鹽」。

雲復：所正是。

雖說，張遠芬為我「辨正」的這六十餘條，大多數他辨正得並不正確，而他確是為我改正了許多錯誤。這一點，我是非常銘感的。還期他繼續「辨正」。

但有一點，我要奉告張遠芬的是，不要強把語詞拉到你們嶧縣去，要知道語言的形成與流行，是普遍性的。嶧縣有此語詞，他處也有。還有「方言」的異點，在說話時的讀音與語態上，一入文詞，便只有在音聲與襯字上去求。張遠芬則動輒說是他嶧縣「方言」，則大謬矣！

（張遠芬的此一「辨正」，還有二、三，我迄今未見，由他「辨正」自樂吧！）

· 小說《金瓶梅》·

讀夏志清著〈論金瓶梅〉

留美學人夏志清先生有兩部名世的英文著作,一是《論中國現代小說》,一是《論中國古典小說》。前者由劉紹銘先生譯成中文,業由傳記文學社出版,後者由何欣先生譯成中文,尚未出版,但已發表了一部分。其中第五章〈論金瓶梅〉的中文譯稿,我曾向何欣先生索來拜讀過,非常敬佩夏先生的才高學富。以及論文中的獨到之見。尤其文意氣勢雄壯,虎虎生風也。

十餘年來,我一直在《金瓶梅》書中盤桓,是以對《金瓶梅》一書的故事情節以及人物穿插,略有所諳。近擬將手頭零星論及《金瓶梅》的散篇,再成一書,因將當年研讀夏先生這篇論文的意見,稍加整理,提出商榷意見如次:

一、……徐渭是位著名的劇作家,當然對《金瓶梅》中介紹的那些流行詞曲十分熟習,雖然我們會提一個疑問?就是他那種古怪的天才是否可能寫出這樣一本修養如此低劣心性如此庸俗的書來。除了這點內在證據外,《金瓶梅》的作者似乎很少可能是當時著名的文人。(第154頁,英文本第168頁)

如照夏先生這一段文詞的說法,他認為《金瓶梅》一書,是「一本修養如此低劣心性如此庸俗的書」,其「作者似乎很少可能是當時著名的文人」。可是,在這段文詞以下的不過數百字距離中,夏先生卻又這樣寫了:

二、在晚明時期,這些散套和小令非常普遍,許多詞曲選印行出來以滿足一般人的需要。《金瓶梅》的作者,一位偉大的詞曲文學形式的鑑賞者,可能……(第155頁,英文本第169頁)

我們把這兩段文詞對照起來,便見到夏先生《金瓶梅》作者的評價,前後不過十分鐘的時間(以字數作行文時間計),判斷竟如天壤之別。

可能所有讀此文者,都會大惑不解吧?

三、僅次於流行的詩詞,作者又費很大心機選用流行的故事。在差不多每一情況中,這種故事的插入均貶損了這部小說的長度。很幸運地,較長的中間部分,即

從第九回到第七十九回，受到這類故事的連累較少。具有一部嚴肅的小說，它具有較大興趣。但是最後廿一回（我們有理由懷疑它們是否出於自前七十九回的作者之手），只不過是用選來的故事縫織成的一條奇特的棉被而已。雖然迄今為止只有少數故事能查證來源。（第155頁，英文本第167-170頁）

夏先生的這一大段話，有兩處我不明白。第一、何以「選入了流行的故事」的「插入均貶損了小說的長度」？第二、何以「從第九回到七十九回，受到這類故事的連累較少」？竊以為此一問題，首應說明版本，因為「詞話本」與「崇禎本」的第一回不同。若以「詞話本」論，第一至八回雖大半抄自《水滸傳》及其他，但已成《金瓶梅》的整體，我認為並無「連累」。且九至七十九回抄來的這類故事也不少。但六十回的篇幅又怎能與前八回並論。還有，夏先生的這句比況：「最後廿一回……只不過是選來的故事縫織成的一條奇特的棉被」，我不能明白它比喻的喻義。

四、就其散文部分而論，《金瓶梅》的刪節本（指崇禎本）只有在第一回和五十三─五十五回同較早的版本有重要不同處。（第156頁，英文本第170頁）

根據版本的事實，「崇禎本」之大不同於「詞話本」之處，是第一回以及小令散套的被刪，回目下證詩的代換，至於沈德符說的「五十三回至五十七回」五回，只有原五十四回至五十五回任醫官看病的重疊處改了，其他無重要修改。夏先生的此一說法與事實大有出入。

五、（李瓶兒）她嫁給一個庸醫蔣竹山。（第156頁，英文本第171頁）

按《金瓶梅》第十七回到第十九回寫到蔣竹山時，從未說他是「庸醫」。不但蔣竹山自己說他是「太醫院出身」，連西門慶都口口聲聲把蔣竹山稱之為「蔣太醫」；足證這位蔣竹山是太醫院出身不誤。等於今日的醫學院出身，正式醫生。

再說，蔣竹山為李瓶兒看病，所述病理亦非寫趙某那樣。而且是藥到病除。夏先生說蔣竹山是「庸醫」，不知根據何種版本？

六、懺悔的李瓶兒重回西門慶時，已是個脫胎換骨的人，不再具有她原先那種殘酷無情和寡廉鮮恥的性格。（第156頁，英文本第171頁）

像夏先生說的李瓶兒嫁到西門家之後的性格，乃所有讀《金瓶梅》的人都能感受到的情形。但李瓶兒何以會有這樣大的轉變？應是〈論金瓶梅〉的研究者，必須去深入了解提及一筆的要務。可是夏先生缺少這一筆，所以我讀到此處，深感失望，失望於夏先

生之〈論金瓶梅〉，亦常人心眼也。

　　七、西門慶有好幾個星期（weeks）為瓶兒之死悲痛萬分。（第157頁，英文本第171頁）

　　李瓶兒死了，西門慶的哭天搶地，從人性的常態上看，西門慶確是動了真情（他處均無）。可是，西門慶之為瓶兒「悲痛萬分」竟「有好幾個禮拜」之久嗎？請夏先生一讀第六十四回第一頁反面，玳安向傅夥計說的那番話，就會否定了你夏先生的這句話。

　　八、雖然他（指西門慶）還繼續尋找愛情的俘虜，但有個時期他要依賴（一個神秘的印度和尚給他的）春藥以保持其性能力。（第157頁，英文本第171頁）

　　夏先生的這一段論述，我要分成三個問題請教：(1)西門慶尋找的女人，是「愛情俘虜」嗎？(2)西門慶吃胡僧的春藥以助長其性高潮是「保持其性能力」的「依賴」嗎？若照夏先生的這一說法，西門慶的性能力是靠胡僧的春藥「保持」的呢。(3)西門慶在家庭中的六位妻妾之間，雖與潘金蓮接觸的多些，曾經受到吳月娘的責備，卻未「驚訝」漢子是「潘金蓮性飢渴」的「犧牲」者。西門慶之死雖是潘金蓮性飢渴害的，像吳月娘等人則至死也不知道漢子之死之多吃了胡僧藥促成速亡的原因。不錯，西門慶之死，乃「犧牲」於潘金蓮的「性飢渴」，卻非「諸妻妾感到」的「驚訝」。再說西門慶之死，也不全是潘金蓮的責任。夏先生已經寫到：「西門慶回家到潘金蓮屋裡，他已經同王六兒縱慾過度而疲憊不堪。」（關於此一問題，我則認為西門慶之於婦女，所憑恃的說是他那異於常人的性能力。他在《金瓶梅》中從出現到死，從來沒有發現性能力已經消失或減弱。胡僧藥只是助長他加甚縱慾而及早死亡的故事安排而已。到了《肉蒲團》，便把胡僧藥的效果，改成了手術之一。我沒有看出胡僧的春藥是西門慶用來「保持性能力」的。這一點，特別提供夏先生參考。）

　　九、（清河縣屬今之山東省）（第160頁，英文本第174-175頁）

　　按「清河縣」在宋、明、清以至民國，都不屬於山東省轄區，它屬於河北大名。但在《金瓶梅》中，它則屬於山東東平府。

　　此一小問題，幾乎所有讀《金瓶梅》的人都誤以為清河是山東屬。想不到夏先生也不例外。

　　十、……但從原先他送給蔡京的豐厚的禮物，只能買到一個小小的軍官的位置觀之，我們懷疑西門慶是否會以如此巨大代價買到這樣一個結果未卜的榮銜。（第160頁，英文本第175頁）

說起來，西門慶賄賂來的這個「提刑千戶」，是《金瓶梅》的作者特意捏造出的一個職位。宋有「提刑」，卻非「千戶」；明有「衛所千戶」，則非掌「提刑」。按《金瓶梅》中的西門慶，買來的官是「錦衣」衛所的「千戶」（先副後正），此乃明朝的特有職官。可是錦衣衛的衛所職在京畿，不在外縣。今西門慶的衛所在清河，自然是特意捏造的了。

不過，此一正副千戶，均為五品之秩，一正一從。官秩職司都不小啊！在明朝，縣令、府判均為七品，連巡按御史都是七品。知府是五品，千戶與知府同秩，還是小官兒嗎！何況西門慶還是「錦衣千戶」呢。夏先生以為西門慶的「千戶」是不入流的九品以外嗎？

再問：「結果未卜的榮銜」一語，也不懂何所指？請益之。

十一、西門慶之死是整部小說中最令人厭惡的一景。（第 161 頁，英文本第 176 頁）

夏先生的這一句話，沒有說明何以使他「厭惡」的原因。不過，凡是認真讀了《金瓶梅》的人，準能意味到《金瓶梅》的作者是一位擅長描寫死亡的大手筆。從武大之死（抄自《水滸》）到陳經濟之亡，不下十次之多，作者處理的手法都不一樣。西門慶之死也是一個大場面的描寫。我弄不清這一景何以會使夏先生最感厭惡？我很想知道。因為我沒有了解到這裡。

盼望夏先生能專從此一「厭惡」，發揮出一篇大文章出來。深所盼焉！（如是潘金蓮坐上西門慶肚復的那一幕，乃誇大描寫也。）

十二、潘金蓮被寫成一個性的目標，但甚少有屬於她自己的已發展的性格。（第 163 頁，英文本第 179 頁）

如以「性」來論《金瓶梅》的婦女，幾乎每一位與西門慶有染的女人，都是目標。一般人之所以只看到了潘金蓮，正因為潘金蓮的性洛在作者筆下凸出，她發展了一己的性格「妒」。可以說，作者著墨於潘金蓮性格的自所發展，是《金瓶梅》這部小說，最合乎寫實主義的情節。夏先生說「甚少有屬於他自己的已發展的性格」？我則不以為然。

雖說，讀小說自有仁智之異，然事實既在，我們總不能違悖忽略。蓋潘金蓮在《金瓶梅》中，性格發展最凸出。

十三、他（西門慶）是個可愛的人物，愉快、慷慨、能有真正的感情。……他給予我們的印象時常是慷慨好施。（第 168 頁，英文本第 184 頁）

想不到夏先生對西門慶的看法有如此好感。

請問夏先生，西門慶的「真正感情」寫於何處？是哭瓶兒嗎？他的慷慨好施是指他周濟常時節嗎？接待官員貼銀子錢嗎？還有其他什麼？

十四、她（潘金蓮）的性格中罕有值得人同情的東西。（第171頁，英文本第187頁）

如果我們站在人物性格這一部分來評斷人物的話，潘金蓮則是一位最值得令人同情的人物。因為她是《金瓶梅》所有人物中死得最慘的一位。何以只有她死得最慘？還不是性格使然嗎！

潘金蓮的性格本質是妒，妒的產生是基於慾。潘金蓮在「性」的性格上，是「人盡可夫」，只要有人喜歡她，她都會答應。正如她的姊妹淘所說：「一夜沒有漢子也不成的。」所以她被趕出西門家，領在王婆家待價而沽的短短時日中，還臨時與王潮上床成姦呢。當她見到武松又來了，居然忘了一切，自動獻上。試想，作者為潘金蓮塑造出的這一悲劇性格，終於使她慘死刀下，而且是在武大靈桌前活活當祭品宰殺——剖腹挖心。我對於作者塑造出的潘金蓮此一悲劇性格，至表痛惜與同情。

十五、西門慶在第一次勾搭之後就故意冷淡她（指潘金蓮），……（第171頁，英文本第187頁）

夏先生指的此一情節在第七、八兩回。

作者在此處突然插入了「說娶孟玉樓」的情節，如從第六回末與第七回開頭來看，此處似有改寫不銜的痕跡。但以書論書，此一情事，非本文要論者，別管它了。要論的是夏先生說西門慶「故意冷淡她（潘金蓮）」。查該書的作者並沒有寫上西門慶「故意冷淡」潘金蓮的筆墨，第七回一開頭就寫賣翠花的薛嫂提著花箱尋西門慶。見到西門慶便是「說娶孟玉樓」。第七回所寫，全是說娶孟玉樓的情節，是一篇獨立成章的短篇，而且情節完整。

那麼，何以作者在西門慶勾搭上潘金蓮又毒死了武大，正在慾火炙燃之際，幹嘛又平空插入說娶孟玉樓呢？若以小說而論，「金瓶梅」的作者之所以如此寫，乃塑造西門慶之於婦女的性格，只有「財」、「色」二字，並無「情」字存在。潘金蓮既已括拉到手，今既有人提到孟玉樓又有財又有色，西門慶的興趣自然轉移了。何嘗是「故意冷淡」？這情形，乃西門慶的性格使然。不知我這看法對不對？請教夏先生！

十六、潘金蓮雖使用巫術，但兩次流產後，一直未能有孩子。（第174頁，英文本第109頁）

按《金瓶梅詞話》寫到潘金蓮的懷孕，祇有一次，當然，小產也祇有一次。此一情

節寫在第八十五回。

今夏先生竟說潘金蓮流產過兩次。可能弄錯了。

十七、……西門慶雖有很多性經驗，但他認為潘金蓮是最能作他的床上伴侶。（第185頁，英文本第200頁）

夏先生的此一看法，並不正確。如果夏先生認真讀了《金瓶梅》，準不會把潘金蓮看作是西門慶床上的性伴侶。因為潘金蓮在性事上，不是西門慶的對手。西門慶第一次試驗胡僧藥的藥力，對象就不是潘金蓮；連第二個也輪不到。可想而知了。

這一骯髒的問題，我不想在此多說。

上面，我已把夏先生論文中的一些小問題，例摘了一十七條請教之。但夏先生的這篇論文中，還涉及一些有關小說藝術上的問題，茲就所見，再提商榷如下：

第一、《金瓶梅》的故事與情節問題

夏先生把《金瓶梅》的故事與情節「從敘述的性質」分做三個部分，一、第一回到第八回，二、第九回到第七十九回，三、第八十回到一百回。（僅綜其意，不錄原文）

我不了解夏先生根據何派理論，這樣區分《金瓶梅》的故事與情節。夏先生只說是「從敘述的性質而論」。他認為「第一部分深受《水滸傳》的影響……」夏先生就是這樣把第一至八回作為「第一部分」的吧！那麼第二部分呢！夏先生的意見是：「始於潘金蓮到西門慶家，止於西門慶之死，構成了這部小說中的一本小說」。至於夏先生之所以把第八十回至一百回的二十一回作為第三部分，並未作綜合說明，只說了他不滿於這部分改變敘述的雜亂。

關於此一問題，我提出以下幾個意見請教之。

《金瓶梅》的故事與情節，若據夏先生的說法「從敘述的性質而論」，以亦不能這樣輕輕兩刀就斷成三截。夏先生之所以不能把第八十回至一百回的二十一回所寫故事情節，理出頭緒來，正因為夏先生的這兩刀砍下去，已把《金瓶梅》的一個完整的故事情節，斬成三段，有尾無頭又無腰，如何能道出《金瓶梅》結尾的故事與情節呢！

不錯，《金瓶梅詞話》的第一至八回，大部分的故事情節抄自《水滸傳》（第七回不是）。但抄自《水滸傳》的故事，並不止乎此，以後還有。再說，凡所抄自《水滸傳》的故事情節，到了《金瓶梅》中，已是《金瓶梅》的軀體與血肉（雖有畸型地殘廢處，在結構上則是一體的）。那麼，如從小說的「敘述性質而論」，論故事也好、論人物也好，都應把《水滸傳》拋開，只應從《金瓶梅》立論。只有在論及《金瓶梅》的故事及人物淵源時，方有提到《水滸傳》的意義。

　　譬如《金瓶梅》中的西門慶與潘金蓮，雖從《水滸傳》移民而來，但從挑簾裁衣開始，在故事的血肉脈絡上，即已是《金瓶梅》的軀體，直到第一百回結束，都不能分割。像第一回及第七回，放在夏先生區分的第一部分中，作何論述？（就是第八回，也只有《水滸傳》中的部分影子。）潘金蓮在西門慶死後（第七十九回之後），到第八十七回死在武松刀下，還演出不少情節動人的故事。如以人物的架構而論，潘金蓮的故事，從第二回開始到第八十七回被殺身亡，方能算得是潘金蓮最完整的故事。從《金瓶梅詞話》的故事情節去區分，從「潘金蓮到西門慶家，止於西門慶之死，」也不能「構成了這部小說中的一本小說。」這樣說來，也就足以了解到第八十回到一百回這二十一回，更不能斷成一個「部分」去考量《金瓶梅》這部長篇小說的故事與情節；以及人物。

　　我們區分長篇小說的故事與情節，總不外一從故事的結構部分，二從人物的架設部分。像《金瓶梅》寫的是西門慶的身家興衰，那麼，整部《金瓶梅》的百回篇幅，故情情節的安排，都為西門慶的身家興衰而架設。這樣去看，就不會把西門慶死後的二十一回，看作是一堆雜亂的湊合或陳經濟與春梅為主角的故事。

　　雖然這一部分潘金蓮死後的十餘回情節，處理得結構鬆懈，且有「許多似不可能的事件」，更是「結束一本小說時一個非常不經濟和愚笨的方法。」（見第164頁，英文本第180頁）而我則認為這一部分，仍屬於從第一回到第一百回的一個整體。竊以為從西門慶死，以後的故事情節，作者全著眼於《金瓶梅》重要人物的下場交代。正如夏先生說的結束這本小說的方法，「非常不經濟和愚笨」而已。

　　上述乃是我個人意見，未必正確。敬請夏先生教正。

第二、《金瓶梅》人物的塑造問題

　　按小說是寫人的藝術，《金瓶梅》亦不例外。它成功的塑造了不少現實人生中的人物形象。其中的西門與潘金蓮及以吳月娘、李瓶兒等人，業已活生生的生活於現實人生社會。那麼論《金瓶梅》的人物，總得先說到他們；特別是西門慶與潘金蓮、李瓶兒等人。夏先生這篇論文，也寫到了。我最贊賞的是寫到李瓶兒的這一段：

> 李瓶兒對西門慶的偉大愛情同她對前兩個丈夫的殘酷是不容易調諧的；她在性格方面的改變，主要出自故事情節的需要，這樣她可以作為好爭強取勝與自私的潘金蓮的襯托。但從心理方面講，她能有這樣的蛻變似乎是不可信的，因為她一再告訴西門慶，她從他得到了性的滿足。他能滿足她，而以前無人能夠，從她這分感激中她成為一個關懷丈夫和熱情的妻子。（第173頁，英文本第189-190頁）

　　我認為夏先生的這文字，已發現了作者塑造李瓶兒的著眼點。遺憾的是夏先生只看

到了這個表層,尚未能進一步去揭開這一表層見及內部。所以夏先生懷疑李瓶兒的性格「蛻變」是「不可信的」。雖說夏先生已看到了李瓶兒在西門家的滿足感,乃西門慶是「醫儂的藥」。卻未能夠再進一步去向李瓶兒在西門家的生活上去尋求答案。這一問題,我在拙作《金梅梅劄記》(臺北巨流圖書公司民國 71 年 12 月出版)中,已記述了一些。

關於此一問題——李瓶兒性格的轉變。關鍵在她的健康日非。她失去健康的原因,在「性」的問題上。李瓶兒的「性」生活,是一位異於常人的女人。此一因素,關鍵在花老太監身上。東吳弄珠客序言中的「瓶兒以孽死」,就是指的這個。李瓶兒在西門家的好性子,之所以一再向潘金蓮忍讓!全由於她失去了健康,已經無競爭漢子的條件了。在第六十一回,作者業已明白寫出,為了篇幅,這裡不錄。

總之,我認為李瓶兒性格的蛻變,一是她慶幸她遇見了西門慶,已獲得了她所希望得到的「幸福」生活;一是健康日非,已無精神競爭,何必惹閒氣呢!得忍就忍;為了將息,一切以讓為先。

這是我對李瓶兒嫁到西門家,性格有所蛻變的看法。說來,未免有仁智之異。我只是提出拙見就教於夏先生已耳!

第三、《金瓶梅》的重要問題

認真說來,《金瓶梅》是部大書。我說它是部大書,並不是指的它篇幅長,而是指的內容涉及的問題廣袤而複雜。大多數東西方學者,都認為它是一部「寫實主義」或「自然主義」的小說,至於它是否符合西方的所謂「寫實主義」、「自然主義」的理論標準,不是本文要討論的問題。而我則認為它是一部現實社會的寫實小說。就今日流行之《金瓶梅詞話》來說,這一點,也是眾所公認的。

《金瓶梅詞話》既是一部現實社會的寫實小說,我們如果要去了解它的內涵,似乎應該把目光射向它的時代背景,去觀察它所存在的那個社會人生。像《金瓶梅》所寫的有關儒、道、釋三家教條在現實社會上的現實情態,都是我們應去了解的問題。三教合一論的問題,更須探討。

對於這些問題,夏先生的這篇論文,寫有這樣兩段話:

1.雖然《金瓶梅》的作者把這本小說置於佛家的因果報應的觀念上,但他自己講話時卻不是作為一個佛教信徒而是作為一個儒家信徒,對宗教上棄絕的必須深為惋惜。……(第 166 頁,英文本第 183 頁)

2.作為一本佛家小說而觀,《金瓶梅》裡那些和尚尼姑(還有道士)的人格卻是可疑的。除了一兩個有明顯的神聖性或魔力的神秘和尚外,幾乎沒有一個可以作為

宗教社團的有好聲名的代表。……（第 167 頁，英文本第 183 頁）

　　讀了夏先生這兩段論述，頗遺憾於夏先生未能站在「寫實」的藝術觀點，去讀《金瓶梅》這部書，所以他說了這兩段「理想主義」的希望之辭。若依夏先生的此一想法，難道《金瓶梅》應該是一部宣揚佛家教義的寶卷或道家的渡牒仙筏嗎？

　　和尚、尼姑、道士，都是人；秀才、進士、高官、縉紳，都是人；人中有聖人，和尚有高僧，道士有真人。這正是社會的現實情態。《金瓶梅》是一部現實社會的寫實小說，它的偉大處，就在於它為小說首開寫實主義的先河。何以夏先生竟要求它屬於某家的理想小說呢！

　　《金瓶梅》是一部難讀的書，我浸淫其間將近二十年了，猶自慚所知極微。雖然我在此提出了這許多不同於夏先生的問題而有所商榷。卻也不敢自信所說是對的。這祇是我在寂寞中強攀夏先生作個討論的對象而已。

　　儘管我提出了不少異議，而我卻深深贊同夏先生論文中的這句話：「《金瓶梅》這部作品是故意設計出來以迎合習慣於聽口頭講故事的各式聽眾。」（第 132 頁，英文本第 166 頁）斯言切中肯綮，令人擊節焉！

後記：

　　一、夏志清先生這部《中國古典小說》（*The Classic Chinese Novel*）的論文，英文本於 1968 年間即由美國哥倫比亞大學出版，中文亦早由何欣教授譯出；其中部分譯文已經發表。且全文已發表於 1984 年 10 月 5 日大陸方面出版之《知識分子》第 1 卷 1 期。

　　二、本文脫稿後曾請何欣兄校正一過。特此致謝。

刊於民國 76 年 5 月 13、14 日《臺灣日報》副刊

第三輯 由小見大篇

沈德符論《金瓶梅》一文中的
丘工部問題

一

　　說來，沈德符在《萬曆野獲編》中談到《金瓶梅》的那一番話，在行文上，自相矛盾，漏洞百出，我已論之又論，說之又說。但至今卻只有「馬仲良時榷吳關」之「時」，獲得眾家更正，然而沈德符的此一行文措辭上的時間不合語意，竟都略而不提，斯誠一大憾事。試問，此一問題，如不提出討論，豈不是魯迅、吳晗、鄭振鐸等人，之所以判定《金瓶梅》初版於萬曆三十八年，乃誤解了沈德符的文意嗎？此一問題，我們怎能置而不論！

　　再說，沈德符說他於萬曆三十七年間，向袁中道抄得《金瓶梅》全稿（其中缺第五十三回至五十七回 5 回）挈歸。可是袁中道寫於萬曆四十二年八月間的日記《遊居柿錄》，則說他「從中郎真州時，見此書之半」，意為還是萬曆二十六年隨同兄長住在真州時，見到此書的一半。換言之，袁中道於萬曆四十二年八月尚未見到《金瓶梅》全部，沈德符又如何能於萬曆三十七年間，向袁中道抄得全書？此一問題，我早在距今十餘年前，就提出了。參閱拙作《金瓶梅探原》。（臺北市巨流圖書公司民國 68 年 4 月出版）

　　同時，謝肇淛在其《小草齋文集》的〈金瓶梅跋〉一文中，也說他不曾得到全稿，從袁中郎（宏道）只得其十三。這些資料，均足以說明沈德符寫在《萬曆野獲編》中的這番話，乃無根的胡說。因而我判斷沈德符說他在丘工部處讀到的《玉嬌李》一書，也是飾詞。（參閱拙作《金瓶梅探源》中〈論玉嬌李〉一文──155-160 頁。）

　　今者，有幸讀到美國支加哥大學馬泰來先生的大作〈諸城丘家與金瓶梅〉一文，馬先生把丘志充（六區）的在官情形，考索甚詳。(一)丘志充萬曆三十一年（1603）舉人，

三十八年（1610）貢士，四十一年（1613）進士。(二)中進士後，可能派任工部主事，然後升為員外郎，至萬曆四十八年，或已升為工部郎中（正五品）。(三)天啟元年（1621）五月，由河南汝寧府知府升為磁州兵備副使（正四品——見《明熹宗實錄》卷 10）。足以想知丘志充應在萬曆四十七、八年間，即離京出任河南汝寧知府了。汝寧府志記丘志充任知府萬曆四十八年到任。天啟二年（1622）正月，又調四川監軍副使。（《明熹宗實錄》卷18）旋因病去職。天啟三年十一月，起補原任四川按察司副使於湖廣，分守荊西。再升湖廣布政司右參政。天啟五年十月，升河南按察使，遵化道。天啟六年七月，再調升山西布政使司右布政使懷來道。數年之間，已升至從二品。（見《明熹宗實錄》卷74）。(四)到了天啟七年正月，卻因賄賂當道，鑽謀京堂職，逮下鎮撫司究問，竟判死刑。崇禎五年棄市。

上情乃馬泰來先生考索出的有關丘志充的史料。

從上述史料看，則丘志充的離京出守，時間當在萬曆四十七、八年之間。馬泰來先生認為沈德符寫作談金瓶梅一文的年代，當在天啟元年或二年。我則認為此說的寫作年代還要後。可能，沈德符說這話時，已在丘志充入獄之後了。

二

按《萬曆野獲編》，初編於萬曆三十四年仲冬，計二十卷，既未付梓，亦未傳抄，到了十餘年後（萬曆四十七年），又續編了十卷，共三十卷。沈德符生於萬曆六年，卒於崇禎十五年，雖《萬曆野獲編》的初編二十卷，抵其故世時，已編成三十餘年，續編十卷，亦二十餘年。但在明代則未流傳，到了清代，方有鈔本佚於世間；朱竹垞嘗予風頌。到了康熙三十九年秋，始由浙之桐鄉人錢枋，為之多方搜輯，然以猥雜難考，無法復其舊觀。於是，錢枋便「割裂排纘，都為三十卷，分四十八門，庶便因類檢尋。」可以說，錢枋編定的《萬曆野獲編》，已非沈氏原編編目。何況，錢枋編定的這一本，也未付梓。再過一百二十餘年，到了道光七年，始由錢塘人姚祖恩據當時傳抄之本，重行整理付梓，又非錢枋所編之舊觀矣！但此為《野獲編》之初刻本。姚祖恩在校刊弁言中云：「傳鈔既久，訛脫滋多，解組索居，為之旁考群書，補綴萬一，讐校往復，再閱寒暑而後卒業，爰付剞劂以廣其傳。舊時軼失諸條，仍存其目，以待續補，未敢遽加刪節云。」基此數語，堪知道光七年的這部《萬曆野獲編》初刻本，亦後人補綴而成；刻本已三十四卷矣！

雖說，世間尚有沈德符五世孫沈振的抄本一部，據沈振在抄本上記言，他說明也是據錢枋的編定本為準則的。可以想知，我們今日所能讀到的《萬曆野獲編》，悉非景倩的原編。

《萬曆野獲編》的問世滄桑若是，其中史料之謠誤，以及其篇章之可信程度，能不令

人生疑乎哉!

行文至此,我們回頭再說沈德符論《金瓶梅》一文中的丘工部問題。

沈德符之所以提到「兵工部」,基於《玉嬌李》一書的問題。沈說:「中郎又云:『尚有名《玉嬌李》者,亦出此名士手,與前書各設報應因果,武大後世化為淫夫,上烝報,潘金蓮亦作河間婦,終以極刑。西門慶則一騃憨男子,坐視妻妾外遇,以見輪迴不爽。』中郎亦耳剽,未之見也。去年抵輦下,從丘工部六區得寓目焉。僅首卷耳,而穢黷百端,背倫滅理,已不忍讀。其帝則稱完顏大定,而貴溪分宜相構,亦暗寓焉。至嘉靖辛丑庶常諸公,則直書姓名,尤可駭怪。因棄置不復再展。然筆鋒恣橫酣暢,似尤勝《金瓶梅》。丘旋出守去,此書不知落何所?」關於這一段話,十年前,我曾論及。茲將前論沈說的三條,錄之如次,並加訂正前誤。

第一,沈德符第一次知道《玉嬌李》這部書的書名及其內容,是袁中郎告訴他的。如照沈德符所記的那段話的語氣來看,《玉嬌李》的事,應是沈在萬曆三十四年間,聽到袁中郎說到《金瓶梅》時,附帶提到的。(袁中郎隱居家鄉柳浪湖六年,萬曆三十四年秋方再入都)而袁中郎也是聽來的,「未之見也」。這裡,我們不禁要問:(一)袁中郎既是聞聽人說,還有繼《金瓶梅》一書所續寫的《玉嬌李》,自己並未讀到此書,怎會說:「尚有《玉嬌李》者,亦出此名士手」呢?(二)袁中郎幾時說過《金瓶梅》是什麼「大名士」所寫的呢?

第二,沈符說他後來在一位服務於工部的朋友丘志充處,讀到了《玉嬌李》這部書。他說:「去年抵輦下,從丘工部六區志充,得寓目焉。」我們弄不清他說的「去年」,是指的那一年?但據沈德符說,他向袁小修抄得《金瓶梅》的全帙,是萬曆三十七年,所以我們可在此設想袁中郎向沈德符提到《玉嬌李》的話,是在萬曆三十七年說的。(如照文辭看,所謂「又云」,自是指袁中郎說過《金瓶梅》的事之後,跟著又提及的應是萬曆三十四年了。)丘志充是山東諸城人,萬曆三十八年進士(應更正為萬曆四十一年進士),此說「丘工部」,自是指的丘志充中進士以後的事。那就是說,沈德符在聽到袁中郎在說到《金瓶梅》之後,又提到《玉嬌李》,後來,這部《玉嬌李》,竟居然被他遇到了。而且,沈德符也只是讀了首卷,即已知道內容。他說:「即棄置不復再展。」當然是沒有讀完,也沒有認真而仔細的讀過。卻能斷然的說:「筆鋒恣橫酣暢,似尤勝《金瓶梅》」。這些話,都不落實。

第三,沈又說:「丘旋出守去,此書不知落何所?」此書既藏於丘志充手上,丘因職務調動而出守去,該書縱不隨轅伴駕而去,也不見得此書便不存於丘氏。沈又未說明丘手頭的這一部也是借來的。就是借來的,也有個主,怎可斷然的說:「此書不知落何所?」既云:「此書不知落何所?」顯然已在斷言此書之不知所終。豈非明說此書之不

會流傳乎哉？

如今，當我讀了馬泰來先生的這篇〈諸城丘家與金瓶梅〉一文，馬先生業已考索清楚，沈德符在丘志充處見到《玉嬌李》一書，時間當在萬曆四十七年間，因為丘志充於萬曆四十八年即出任河南汝寧知府。沈謂「丘旋出守去」（丘不久離京出任外地太守），而丘志充的出任河南汝寧知府，是萬曆四十八年到任，自可基而確知沈德符在丘志充處讀到《玉嬌李》，乃萬曆四十七年間，應無疑問。當然，還應以沈說之可信為歸，來作此判斷。

正由於馬泰來先生已考證清楚，丘志充曾於天啟七年正月，因賄案被逮下鎮撫司獄論死，那麼，「此書不知落何所」的語意，便有了根據。丘志充既已因案下獄論死，當然，曾經存乎丘手中的「此書」，「不知落何所」矣？想來，沈德符寫於《萬曆野獲編》中的這一段論及《金瓶梅》的話，可能寫於天啟七年之後。此時，《金瓶梅詞話》業已梓出，未敢發行，另一部改寫本（即今之崇禎本《金瓶梅》）正在改寫梓行中也。

我在寫《金瓶梅的問世與演變》時，曾說《萬曆野獲編》的這番話，有後人偽纂可能。一因它的傳抄時久，且兩經編纂方行付梓，二因沈氏的《清權堂集》，也無片言隻字提及《金瓶梅》。今獲馬泰來先生考索出的丘志充結局，益加可疑沈氏此文之纂附可能更大。按沈氏敘說，續編十卷成於萬曆四十七年新秋，雖說「仍以萬曆冠之，其事亦有不屬今上時者」（指萬曆以前諸朝），總不致越出萬曆四十七年以外去。今如以馬泰來先生的推演說，沈氏此文應寫在萬曆四十八年之後。應是續編編妥之後再補寫的了。這樣看來，續編之後，還應該再有續編才對。沈德符卒於崇禎十五年，若是再有續編，似又不止這論《金瓶梅》一條，也不應無隻字提及。這一點，也是可疑這條論《金瓶梅》之文，乃後人纂附的重大疑竇的問題。

三

關於《玉嬌李》一書，曾疑此書乃虛構者，事實上似無此一說部。如今，在明人史料上，已有三人提及此書，除沈德符外，當有謝肇淛與張無咎。謝在《小草齋文集》之〈金瓶梅跋〉中說：「倣此者，有《玉嬌麗》，然而乖彝敗度，君子無取焉！」張無咎敘馮夢龍四十回《平妖傳》說：「他如《玉嬌麗》、《金瓶梅》，如慧婢作夫人，只會記日用賬簿，全不曾學得處理家政，效《水滸》而窮者也。」如以三人的語氣看，三人都曾閱讀過《玉嬌麗（李）》一書，否則，怎能下筆判斷？可是，「此種書」，又怎能無人板行？《金瓶梅》既已梓出，似不會無人梓行它的。

再說，沈德符筆下的《玉嬌李》，與謝肇淛與張無咎的筆下的《玉嬌麗》，有一字不同。一作「李」，二作「麗」。雖一字不同，推究起來，便有不少問題待考。

第一，在馬泰來先生考出諸城丘志充的「出守」時間，及宦場起落詳情之前（〈諸城丘家與金瓶梅〉一文未發表前），我們任誰都會認為沈德符的論《金瓶梅》一文，寫作時間在前，謝文張文在後。當我們讀了馬先生的〈諸城丘家與金瓶梅〉一文，方始了解沈文的寫作時間最後。那麼，沈氏筆下的《玉嬌李》而非《玉嬌麗》，可能是耳剽之誤。要不然，他讀到的乃另一抄本，不同於謝氏張氏所閱者吧？

第二，張無咎敘馮氏四十回《平妖傳》的寫作時間，明寫是「泰昌元年長至前一日」。按泰昌元年，祇有五閱月，即萬曆四十八年之八月一日至十二月二十九日。按該年冬至是十一月二十八日（據《明神宗實錄》紀載），則斯序作於萬曆四十八年十一月二十七日也。

（再者，我在〈論玉嬌李〉一文中，誤張無咎為陳無咎，特在此更正——文在拙作《金瓶梅探原》155-160頁。）

既可確定沈文的寫作時間在謝、張之後，那麼沈德符讀到的《玉嬌李》而非《玉嬌麗》，雖一字之別，亦足以令人懷疑沈德符之不曾讀到《玉嬌李》這部書，甚而也令人懷疑謝、張二人也未必讀到《玉嬌麗》這部書。總令人感於《玉嬌麗（李）》這部書的「出現」，是為了烘襯《金瓶梅》的內容，要她陪嫁而來。譬如，沈德符說《玉嬌李》的內容，乃《金瓶梅》的相反而各設報應因果者；謝說《玉嬌麗》乃模倣《金瓶梅》者；張則說《玉嬌麗》與《金瓶梅》，都是倣效《水滸》者。可以說三人所言，辭雖異而旨趣則一。都說明了《玉嬌李（麗）》的內容，是一部後續《金瓶梅》的小說。這樣一來，則《金瓶梅》的內容，乃援《水滸》而傳設出的西門慶與潘金蓮的故事，則已不容懷疑矣！所以我認為《玉嬌李》是《金瓶梅》的陪嫁丫頭。

我在《金瓶梅原貌探索》的十題中，已從《金瓶梅詞話》尋出不少情節上的漏洞，確定《金瓶梅詞話》乃改寫本，推想傳抄時代的金瓶梅，乃一政治諷諭小說，極可能不是西門慶身家興衰的故事。諸城丘志充的「出守」時間及其觸法下獄論死棄市的情形，不又是一件堪以證明沈德符等人語及《金瓶梅》之詖辭而有所蔽乎！

四

如果沈德符、謝肇淛、張無咎等人所言正確，他們都看到過《玉嬌李（麗）》這部小說，自是《金瓶梅》的後續。可是今天，我們確實還能讀到《續金瓶梅》，據一般說法，這部《續金瓶梅》的作者，是丁耀亢，丁也是諸城人。我在《金瓶梅的問世與演變》一書的第十章，推論《金瓶梅》作者問題時，第二節第四目說到《小草齋文集》，就提到《玉嬌麗（李）》一書，曾作以下推論：「丘志充（六區）是山東諸城人，萬曆四十一年（1613）進士，論年秩與資望都比謝在杭（肇淛）稚弱多了。但有一點是值得我們今日去探討的，那就是《續金瓶梅》一名《金屋夢》的這部書，作者是山東諸城人丁耀亢，

號野鶴。今之文學史家已這樣著錄了。(孫楷第《中國通俗小說書目》有著錄，記為丁耀亢作《金屋夢》。他人多援此說。)雖《金屋夢》的內容並不是沈德符口中的《玉嬌李》，可是「《金瓶梅》卻因此與山東諸城發生了淵源。難道丘志充也是他們其中的一夥嗎？」(頁143)正好，馬泰來論及諸城丘志充時，也疑到了這一問題，他說：「傳世《續金瓶梅》一書，一般皆以為丁耀亢(1599-1669)撰。而丁好友丘石常父志充藏有《金瓶梅》的最早續書《玉嬌麗》。《玉嬌麗》是否為《續金瓶梅》的原書，值得探討。」今之《續金瓶梅》，是否《玉嬌麗(李)》的原書，與沈德符的話一對，即知內容不同。謝肇淛說《玉嬌麗》是「倣《金瓶梅》」，今之《續金瓶梅》，也不是「倣《金瓶梅》」，而是「續《金瓶梅》」。沈德符說的《玉嬌李》的那些內容，全不見於《續金瓶梅》，書仍存世，可比對的。

至於《金瓶梅》的傳抄本，丘志充從何處得來？且得來的篇帙比袁中郎還多十之二(袁十之三，丘十之五)，更有《金瓶梅》的續書《玉嬌李(麗)》在他手上。何以丘志充能獲得此書的這多抄本呢？這一點，方是今天應去探討的一大問題呢！

沈德符說他聽袁中郎(宏道)說《金瓶梅》一書，祇有麻城劉承禧有全帙，未說丘志充手頭有《金瓶梅》，只說他手上有《玉嬌李》抄本。袁宏道(中郎)卒於萬曆三十八年九月，其時丘尚未中進士。在袁宏道於萬曆三十四年秋，向沈德符說到他聽說《金瓶梅》的作者還有一部《玉嬌李》的時期，丘志充還只是個舉人(丘是萬曆三十一年舉人)，除了三年晉京應試一次，尚無職官在身。真格是，他手上的《金瓶梅》與《玉嬌李(麗)》，從何處得來呢？謝肇淛只說從丘得到《金瓶梅》稿十其五，說到《玉嬌麗(李)》時，則未說是在丘處見到。說起來，這些問題可是有得查有得考了。

五

我曾在他文中說過，如把所有明朝人說到《金瓶梅》的史料，一一攤開，作一相互比並的研究，我們準會發現它們彼此之間，雖有相同之說，更有相異之辭。尤其沈德符的話，與袁中道(小脩)的日記《遊居柿錄》及謝肇淛的〈金瓶梅跋〉(《小草齋文集》)，一經比並對照，就會發現沈說之矛盾百出，魯迅、吳晗、鄭振鐸等人之把《金瓶梅》的初版，寫為「萬曆三十八年」，又怎能去責怪魯迅等人的誤讀了《萬曆野獲編》的沈文呢？如果不是我首先拈出了馬仲良(之駿)的「司榷吳關」之「時」，是「萬曆四十一年」，我敢說，到今天大家都得一仍魯、吳、鄭之說，會同意「《金瓶梅》初版於萬曆三十八年，《金瓶梅詞話》乃第二次之北方刻本」之說。可是，研究《金瓶梅》的學人，又怎能不採納我的意見，去批駁沈說之謬呢？

研究《金瓶梅》的作者，以及《金瓶梅》抄稿的來源，現發現的十一件明人史料，

乃一最直接的研判證據，這一部分，我已做了不少。遺憾的是，《金瓶梅》的研究者，竟未能著眼於此。尤其對於沈說，還有不少人視為圭臬，自難免立論難圓其說矣！

近數年來，馬泰來的〈麻城劉家與金瓶梅〉及〈諸城丘家與金瓶梅〉二文，給《金瓶梅》的傳抄源頭，提出了不少寶貴的資料，加上他發現的〈金瓶梅跋〉，給《金瓶梅》的研究，尋出了不少荒蕪於蔓草間的靡廊館娃之跡。厥功至偉。

還有，黃霖指出的屠隆是《金瓶梅》作者之說，我是第一位支持者。雖至今尚未獲得更多人的贊同，而我卻敢預見，馬泰來的研究，如再繼續尋踪下去，他可能亦將步上屠隆是《金瓶梅》作者之說的範疇，麻城劉家父子與屠隆有密切關係也。是以馬泰來在〈麻城劉家和金瓶梅補〉一文的結尾說：「正如拙文麻城劉家和《金瓶梅》所指出，『劉守有死後，書物自然皆歸劉承禧』，假如屠隆真的曾贈劉守有《金瓶梅》，日後亦為劉承禧所有。」那麼，馬泰來在此亦頗認為《金瓶梅》的到達董其昌手上，再到袁宏道手上，極可能是由劉承禧傳送出的。這情形，自與屠隆有關連了。

至於諸城丘家，與麻城也能尋得淵源。

按諸城丘家，丘橓是嘉、隆、萬三朝的名臣，萬曆十一年任左副都御史，曾偕中官張誠至江陵，籍張居正家。時劉守有任職錦衣衛，劉乃張江陵黨羽也。丘橓素與江陵有隙，籍張江陵時，張有老母已八十餘，有人勸丘橓寬之。丘傳云：「旋偕中官張誠，往籍張居正家。初橓為居正所挫，人謂持之必急。比抵荊州，張氏筐篋所寄，惟坐王篆，曾省吾數家，餘無連蔓者。」丘橓有子名雲章，嘉靖四十四年進士，曾任職深州，卒於官，年僅二十五歲。後以族子雲肇為子，舉萬曆二十六年進士，曾任廬州知府。丘志充乃丘橓族侄雲慷子，丘橓乃丘志充的族祖。我想，丘志充之與麻城劉承禧，可能相識。萬曆四十餘年之時，劉承禧正蔭職錦衣衛任千戶後升指揮，丘志充中進士後，任職工部，或有往還也。

上述這些問題，尚待吾人追索。

在此，附錄《萬曆野獲編》沈德符論《金瓶梅》一文，提供讀者諸君參研。

袁中郎觴政，以《金瓶梅》配《水滸傳》為外典，予恨未得見。丙午（萬曆三十四年）遇中郎京邸，問曾有全帙否？曰弟觀數卷，甚奇快。今惟麻城劉延白承禧家有全本，蓋從其妻家徐文貞錄得者。又三年，小修上公車，已攜有其書，因與借抄挈歸。吳友馮友龍見之驚喜，慫惥書商以重價購刻。馬仲良時權吳關，亦勸予應梓人之求，可以療饑。予曰：「此等書必遂有人板行，但一刻則家傳戶到，壞人心術，他日閻羅究結始禍，何辭置對？吾豈以刀錐博泥犁哉！」仲良大以為然，遂固篋之。未幾時而吳中懸之國門矣。然原本實少五十三回至五十七回，遍覓不

得，有陋儒補以入刻，無論膚淺鄙俚，時作吳語，即前後血脈，亦絕不貫串，一見知其贗作矣。聞為嘉靖間大名士手筆，指斥時事，如蔡京父子則指分宜，林靈素則指陶仲文，朱勔則指陸炳，其他各有所屬云。中郎又云：「尚有名《玉嬌李》者，亦出此名士手，與前書各設報應因果。武大後世化為淫夫，上丞下報；潘金蓮亦作河間婦，終以極刑；西門慶則一駭憨男子，坐視妻妾外遇，以見輪迴不爽。」中郎亦耳瞟，未之見也。去年抵輦下，從丘工部六區志充，得寓目焉。僅百卷耳，而穢黷百端，背倫滅理，已不忍讀。其帝則稱完顏大定，而貴谿分宜相構，亦暗寓焉。至嘉靖辛丑庶常諸公，則直書姓名，尤可駭怪；因棄置不復再展。然筆鋒恣橫酣暢，尤勝《金瓶梅》。丘旋出守去，此書不知落何所。（卷25）

刊於《中外文學》14 卷 6 期（民國 74 年 11 月）

《開卷一笑》的版本問題

近數年來，我們的《金瓶梅》一書，在國際間已成顯學；除了已在大學列出研究它的課程，還召開學術性的討論會（美國印第安那大學 1983 年 5 月舉行討論會三天）。據我所知，西方的英、法、德等國，都有從事該書研究的學人。日本學人對於此書的研究，更有其獨特的成就。如論版本，無不以日本學者的研究成果為圭臬。這兩三年來，大陸學人對於該書的研究，業已風起雲湧，幾乎每個月都有多篇討論的文章發表。其討論的問題，泰半著眼於該書的成書年代及作者。且已召開了該書討論會五天。正由於這兩個問題牽涉較廣，也因之發掘了不少塵封在鄴架上的冷書，都一一翻出展示於世人。《開卷一笑》這部書，便是這樣被翻出來的。

在《金瓶梅》作者問題上，首先翻到《開卷一笑》這部書，用以證明《金瓶梅》作者是屠隆的學人，乃上海復旦大學的黃霖。他指出《開卷一笑》上集卷五「一衲道人」所作〈別頭巾文〉，正是《金瓶梅詞話》第五十六回中的應伯爵口述水秀才所作的那篇〈一戴頭巾心甚懂〉，全文一樣。而且一衲道人就是屠隆的別號之一。遂因以推演《金瓶梅》作者是屠隆。此一問題，正在繼續發展。這裡不談作者是不是屠隆的問題，我只說有關《開卷一笑》的版本問題。

《開卷一笑》這本書，臺灣大學藏有一部，在扉頁中間直行刻「開卷一笑」四個字，框上橫額刻「賞心快筆」四字，雙線框內直線別為三欄，右欄上刻「屠赤水先生參閱」，左欄下刻「梅墅石渠閣梓行」。簡端有行草寫體字序文兩頁又半，文後題「三臺山人題於欲靜樓」。此序文業已說明乃某年春日：「偶遊句曲，遇笑笑先生於茅山之陽，班荊道及，因出一編，蓋李卓吾先生所輯《開卷一笑》；刪其陳腐，補其清新。凡宇宙間可喜可笑之事，齊諧遊戲之文，無不備載。顏曰《山中一夕話》。」從序者的這幾句話看，堪知《山中一夕話》乃由《開卷一笑》重加「刪補」而來。《山中一夕話》分上下兩集，每集各七卷。

臺灣大學的這部《山中一夕話》，在卷首刻有「卓吾先生編次」（壓兩行中的中線），下刻「笑笑先生增訂，哈哈道士較閱」兩行，各占一行。但卷二的「卓吾先生編次」僅餘「卓吾」二字，而卷三之「笑笑先生增訂」六字缺如，「哈哈道士較閱」則變為「一衲道人屠隆參閱」；卷四同卷一。卷五則又失去「笑笑先生增訂」及「哈哈道士較閱」

等字，餘下挖空的空白。卷六同卷一。卷七則缺「山中一夕話卷」六字，僅餘「之七」二字；其他同卷一。下集卷之一的卷首，僅餘「卓吾先生編次」六字，餘均缺如。卷之二缺「山中一夕話卷之二」八字。卷之三僅有「一衲道人屠隆參閱」一行，餘均缺如。卷之四缺「山中一夕話卷之四」八字。卷之五的卷首全缺。卷六僅餘「卓吾先生編次」六字。卷之七缺「山中一夕話卷之七」八字。八行，行十八字。版心黑魚尾，尾上刻「開卷一笑」四字，尾下刻「卷之…」三字。在行字第十四字旁刻頁碼，最後一字左旁刻一「上」字，下集刻一「下」字。但版心的「開卷一笑」四字，下集七卷均缺如。

再檢內葉，上集卷六第二十一、二十二兩頁，卷七第十五至十八四頁，下集卷二第十五、十六兩頁，卷七第一、二兩頁，悉為補刻，字形類崇禎間刻本，其他字形則類萬曆本。基於此一情形來說，顯然的，《山中一夕話》乃《開卷一笑》後的補刻本。

近者，臺北天一出版社影印了一套《明清善本小說叢刊》（國立政治大學古典小說研究中心主編），其中第六輯「諧謔篇」中，輯有《開卷一笑》及《山中一夕話》各一種。其中《山中一夕話》與臺灣大學所藏者同版。而《開卷一笑》則有不同於《山中一夕話》者。按：《開卷一笑》簡端，有李卓吾序文一篇，屠隆的〈一笑引〉一篇（文末署一衲道人題，左旁鈐朱文印兩顆，上印「屠隆」，下印「一衲道人」，悉為方形篆文），還有〈例〉言五則，亦題「一衲道人屠隆閱畢再識」，下鈐印章二，上朱文「屠隆」二字，下白文「赤水」二字：均方形。兩文全是寫體字，一笑引是行草，例言是楷書。其他尚有署名「海上髡僧慧顛書贈」之〈題解〉一篇，以及署名「幻生笑述」之〈附錄〉一篇。其目錄則稱「李卓吾先生開卷一笑集上目錄」，集上到卷七，集下則自卷八起到卷十四止。

每卷卷首均刻「開卷一笑集上卷之……」，上集七卷刻「卓吾居士李贄編集」及「一衲道人屠隆參閱」，兩行並列。下集七卷則將「卓吾居士李贄編集」改為「選輯」，稱為「下集」，不稱「集下」。其他版型悉同。

由此一版本看《開卷一笑》，可以肯定的說，這部書在初刻時，即已標明是李卓吾編，屠隆閱。從字形看，這部書應梓於萬曆末，但是否梓行於李、屠生前，就很難說了。李卓吾卒於萬曆三十年（1602），屠赤水卒於萬曆三十三年（1605）。不過，引文是寫體行草，是不是屠氏手跡，尚有待一步探索。

不過，從天一出版社影印的這部《開卷一笑》來看《山中一夕話》，等於包公手上的照妖鏡，一照即原形畢露。茲經核對，《山中一夕話》是《開卷一笑》的改頭換面，據原板而補刻挖纂而重印。首先，把書名改了，把「開卷一笑」改為「山中一夕話」。在印刷時，那上集七卷的版心「開卷一笑」未挖去，還殘留在「山中一夕話」上。到了下集七卷，方始把版心的「開卷一笑」四字挖去。所以《山中一夕話》的下集七卷，版心全是空白。

　　這位出版者，為了要向讀者表示：這部《山中一夕話》雖是根據李卓吾編的《開卷一笑》而來，竟在序言中謊言已「刪其陳腐，補其清新」。實際上，內文則一字未動。但又為了遮掩讀者耳目，居然把《開卷一笑》的目錄予以錯綜，譬如《開卷一笑》的卷三（計15條），《山中一夕話》置之卷一；《開卷一笑》的卷一（計11條），則置之卷三。文十一條，卻在「卷之三」下刻為「計十七條」。其他，所有內文文字並無變動。下集七卷的卷首目錄，又加了一個「新」字，而稱之為「新山中一夕話」。序文所說的「刪其陳腐，補其清新」，全是欺騙讀者的謊話。由此事例，足可證見明朝出版界的荒唐。

　　關於《開卷一笑》的版本問題，由於大陸的藏本兩部及臺灣大學的藏本一部，都是崇禎間的補刻本《山中一夕話》，其中有關於《開卷一笑》上的「卓吾居士李贄編集」及「一衲道人屠隆參閱」等字樣，到了《山中一夕話》已挖去改為「笑笑先生增訂」、「哈哈道士較閱」，只有兩處還殘餘「一納道人屠隆參閱。」是以研究者已無從予以正確的研判。因而黃霖先生把「笑笑先生」與屠隆聯想到一起。今將《開卷一笑》與《山中一夕話》兩相比對，則知「笑笑先生」乃《開卷一笑》之後的《山中一夕話》的出版騙子，可能就是「三臺山人」自己。這樣看來，這位笑笑先生，卻也很難與「蘭陵笑笑生」連成一起。

　　《開卷一笑》是明刊本，而且是萬曆間刊本，應是毫無問題的事實。「一衲道人」乃屠隆的別號，也無法否認。當然，說〈別頭巾文〉是屠隆的遊戲之作，似也無法否認。由別人把這篇文章錄入《金瓶梅詞話》，自亦情理之常。而我之認為屠隆會作《金瓶梅》，根據的不是這些，在拙作〈屠隆的罷官及其雕蟲罪尤〉一文中，已指出了。此文非議此。總之，《開卷一笑》提出了一個證據，證《金瓶梅詞話》之成書，應在萬曆間也。

附記：《山中一夕話》刻有「哈哈道士較閱」字樣，「較」自是避天啟諱。然而《開卷一笑》之「一衲道士屠隆參閱」之「參」字，亦閃避天啟諱也。按《開卷一笑》卷九有「萬曆中」字樣，蓋亦天啟以後之口吻也。另文已詳言之。

刊於 74 年 12 月 21 日國語日報《書和人》雙週刊

《開卷一笑》的編者

　　前曾論及《開卷一笑》的版本，證明了後印的《山中一夕話》乃《開卷一笑》的改頭換面，據原版重印本。重加新敘的「三臺山人」，可能是建陽余象斗，也可能是古吳馮夢龍。（該文刊於民國 74 年 12 月 21 日國語日報《書和人》雙週刊）至於《開卷一笑》的編者，是誰偽託了李卓吾？則未進一步追尋。

　　今者，在研讀馮夢龍各類編纂，遂發現《開卷一笑》的真正編者，乃馮夢龍偽託李卓吾者也。

　　茲一一舉證如次：

一、該書刻於天啟初

　　我在〈開卷一笑的版本〉一文中，認為該書刻於萬曆。而今，在該書卷九，讀到〈太倉庫偷兒〉一文，其中有「太倉庫於萬曆中，有偷兒從水竇中入」一語，即足徵此書之編成，當在萬曆以後。

　　按《開卷一笑》原刻「卓吾居士李贄編集」、「一衲道人屠隆參閱」。查李贄卒於萬曆三十年（1602）屠隆卒於萬曆三十三年（1605），怎能編集到像「太倉庫於萬曆中」這樣文句的作品？

　　顯然的，李卓吾編屠隆閱，全是偽託也。

　　從「太倉庫於萬曆中」一語觀之，此書最早也只能刻於天啟初。

二、馮夢龍是該書編者的證據

　　該書有李卓吾〈敘〉一篇，一衲道人屠隆之〈一笑引〉一篇，海上髮僧慧顛書贈之〈題辭〉一篇，一衲道人屠隆閱畢再識之〈例〉一篇，幻生笑述之〈附錄〉一篇。在這些篇章中，我們可以尋到一些文句，與馮夢龍寫在他處敘引文句，不惟有其語態雷同處，且有引言慣用語。

(一)真與假之論

　　將認為真乎？假乎？真假各半乎？余思纏難解。第不施線索之木偶耳！（《開卷一

笑》李卓吾敘文）

　　碗大一片赤懸神州，縱生塞滿，原屬假合。若復件件認真，爭競何已？（《古今譚
概》痴絕部敘）

　　人但知天下事認真不得，而不知人心風俗，皆以太認真而至大壞。……則又安見
乎認真之必是，而取笑之必非乎？非謂認真不如取笑也，古今來原無真可認
也。……（《古今笑》自敘）

　　試觀古錄三則真假之論，其人生觀豈不是如出一人？託李卓吾敘於《開卷一笑》的
真假之論，認為人生只是一個「不施線索」的「木偶」；換言之，人生本假，固無真假
可認也。這與《古今譚概》敘中的「赤懸神州，縱生塞滿，原屬假合」的看法，毫無二
致。

　　所以馮氏文在《古今笑》自敘中說：「天下事認真不得，而『人心風俗』，都因為
『太認真而至大壞』。」豈非勸人不要認真，凡事當作笑談可矣。他認為「古今來原無真
可認也。」這番話，也與卓吾子敘《開卷一笑》的人生觀一樣。

(二)談言微中

　　太史公曰：「談言微中。」又曰：「道在稊稗矣！」（《開卷一笑》屠隆一笑引）

　　老氏云：「談言微中，可以解紛。」（《譚概》梅之熉敘）

　　談言微中，足以解紛。（《智囊補》之語智部總敘）

　　在馮氏編纂的文集中，有三次（只限於我見到的）引用到太史公司馬遷的這句話，亦
足證這是馮夢龍行文的習慣，這話是馮氏常用的。

　　按此語乃司馬遷寫於〈滑稽列傳〉，句云：「天網恢恢，豈不大哉！談言微中，亦
可以解紛。」司馬遷此語，意在說明「滑稽」也是治道。曾國藩曰：「言不特於六藝有
益於治世，即滑稽之談言微中，亦有裨於治道也。」此一敘引之引述太史公此語，亦在
說明笑話也有談言微中的時候，於是，「笑話」也是治道了。

　　（下云：「道在稊稗」，則非司馬遷語，老氏語矣！）

　　從上述連番引用太史公這句「談言微中」的話來看，自亦益足以證明《開卷一笑》，
也是馮夢龍編的書。

(三)金陵游客

　　在馮夢龍編寫的《魏忠賢小說斥奸書》之〈凡例〉第四條，寫有這麼一段話：

是書得自金陵游客，其自號曰：「莫莽臣」，不願以姓氏見知。曾憶昔年有〈頭巾賊〉、〈三正錄〉，秀才有上御史之書，御史有拜秀才之牘，金陵固異士藪也。……

從這段話中，我們知道這位「金陵游客」自號「草莽臣」。而「草莽臣」乃馮夢龍的筆名之一。早有近代之史學家謝國楨先生著《增訂晚明史籍考》卷二十四著錄中，按語到「草莽臣」乃出於《晉書》之〈皇甫謐傳〉，馮夢龍曾取以自號，認為該「草莽臣」即馮夢龍。（見《馮夢龍詩文集》福建海峽文藝出版社 1985 年出版）那麼，「金陵游客」自亦是馮夢龍的筆名，應無疑問。

按《開卷一笑》卷二，有一篇〈娼妓述〉，下署作者名字是「金陵游客」。想必這位「金陵游客」就是馮夢龍。基乎此，也足以想知馮夢龍可能與《開卷一笑》不能沒有關係。馮夢龍在萬曆末到崇禎初，一直在經營出版事業。直到崇禎三年入貢，選任了丹徒訓導，方始步上仕途；又作了一任壽寧縣令。所以我們可以因而推想《開卷一笑》乃馮氏編集，偽託李卓吾與屠赤水者。

何況，馮夢龍最愛編笑譚的書，如《古今譚概》（古今笑）、《笑府》（廣笑府）等等，都是馮氏認為一笑可以忘憂，可以鮮紛，且認為大家都笑，可使天下無事於億萬世。想來，《開卷一笑》又怎的不是馮夢龍編集者也。

(四) 別頭巾文

我們認為馮夢龍是《開卷一笑》的編者，這篇刻於《開卷一笑》卷五（上集）的〈別頭巾文〉，斯乃最直接而且有力的證據。

這篇文章被偽託是「一衲道人」（屠隆）作。

先勿論屠隆有無「一衲道人」這個筆名？但《開卷一笑》卻有一篇〈一笑引〉還有一篇〈例〉，都刻明「一衲道人屠隆」字樣。我們又怎能不承認「一衲道人」是屠隆的筆名。當然，可能連文章帶筆名，全是偽託。

偏偏的，這篇〈別頭巾文〉也刻在《金瓶梅詞話》第五十六回，由「羊洛敕里，起北赤子彙輯」、「建業大中　世德堂主人校鍥」之《繡谷春容》卷九，也刻有這篇文章，名〈別儒巾文〉。無文前的十句七律。

按《開卷一笑》，文有「萬曆中」字樣（下集卷 9），足證該書刻於萬曆以後。《繡谷春容》亦有「萬曆登極改元召」字樣（卷 12），亦足以證明該書也刻於萬曆以後。但只有《開卷一笑》署有作者名「一衲道人」；而且校閱者就是「一衲道人」名「屠隆」。乃明末享有盛名的文人，被譽為末七子之一，卒於萬曆三十三年（1605），上已述及。

但此一〈別頭巾文〉是否屠氏所撰？近尚未能尋得證據。可是，在馮夢龍編印之《魏忠賢小說斥奸書》的〈凡例〉文中，則說此文乃又號「草莽臣」之「金陵游客」所作，

除了作有《魏忠賢小說斥奸書》，還著有〈頭巾賦〉、〈三正錄〉等文。如果，〈頭巾賦〉就是這篇〈別頭（儒）巾文〉，則該文的作者乃馮夢龍。蓋號「草莽臣」之「金陵游客」即馮夢龍也。

在未能尋到證據確定崢霄主人所寫《魏忠賢小說斥奸書》之〈凡例〉中的金陵游客作的〈頭巾賦〉，非同於〈別頭（儒）巾文〉，則〈別頭巾文〉的作者，乃馮夢龍，應是肯定的。

在《金瓶梅詞話》、《開卷一笑》、《繡谷春容》這三部書之前的刻本中，若未能尋到還刻有〈別頭（儒）巾文〉，來證明這篇〈別頭（儒）巾文〉在《金瓶梅》傳抄萬曆二十四年（1596）以前就已經有了。則該文的作者是馮夢龍，也應是肯定的。

問題尚有：《金瓶梅詞話》、《開卷一笑》、《繡谷春容》這三部書，那一本梓行在先呢？此一問題，從上辭上，也能見出分曉。

按《開卷一笑》所刻，文辭只有一字有誤，即「思量為你一世驚驚赫赫」中的「量」字，誤刻為「良」，其他則無。下面，我以《開卷一笑》為主，錄出異辭，作一比對。

1.「偏戀我頭三十年」，《詞話》誤「偏」為「徧」。

2.「宗師案臨，膽寒心震」，《詞話》是「膽怯心驚」。

3.「算來一年四季」，《詞話》奪去「算來」二字。

4.「祭丁領票，支肉半斤」，《詞話》則為「祭下領支肉半斤」。誤「丁」為「下」，且在「領」字下奪一「票」字。

5.「南京路上陪人幾次」，《詞話》則改「南」為「東」。

6.「東齋學霸惟吾獨尊」，《詞話》則改「東」為「兩」。

（以上六條，《繡谷春容》無此情形。）

7.「既不許我少年早發，又不許我欠屈待伸」，《春容》則是「既不許我少發，又不許我久屈待伸」。在「我」下奪「年早」二字。

8.「官府見了，不覺怒嗔，皂快通稱，盡道廣文」，《春容》則為「官府見了，不覺起怒，皂快通稱，盡道廣文」。

（以上兩條，「詞話」無此情形。）

從上錄三書之〈別頭（儒）巾文〉所刻文辭之異辭情形來看，顯然的，《開卷一笑》梓行在前，後兩書則梓行在後。這道理，一論章句修辭即明。

譬如「既不許我少年早發，又不許我久屈待伸。」乃賦體的儷句，少了兩字，則非儷矣！再如「官府見了，不覺怒嗔，皂快通稱，盡道廣文。」斯亦賦體文辭的韻句，「嗔」與「文」乃同韻相叶，改為「不覺起怒」，則不叶韻矣！基此事例，足可想知《開卷一笑》所刻，乃本文之原句。其刻當在前也。

　　再說《詞話》（金瓶梅）之刻。把「膽寒心震」刻為「膽怯心驚」，「算來一年四季」少了「算來」兩次，不關緊要，這裡可以略而不論。可是，把「南京路上陪人幾次」，改為「東京路上」，把「東齋學霸」改為「兩齋學霸」。這種改纂的意圖，則是更其明顯的為了遷就《金瓶梅詞話》的歷史背景（宋徽宗年代），不得不把「南京」改為「東京」；既改「南京」為「東京」，卻又不得不改「東齋」之「東」字，不改，上下文重了兩個「東」字，就是修辭上的缺點了。這樣看來，《金瓶梅詞話》的梓行，似亦在《開卷一笑》以後。

　　話再說回來，除了能在這三本書之前的刻本中，尋到了這篇〈別頭（儒）巾文〉，否則，我的此一判斷，應是不爭之論。

　　同時，《金瓶梅詞話》是改寫本，梓行於天啟年間。《開卷一笑》與《繡谷春容》這兩部刻本，就是最直接而有力的證據。

　　我們把問題探索到這裡，不但《開卷一笑》的編者是馮夢龍，已有了明確的證據，「一衲道人屠隆」及「卓吾居士李贄」全是馮氏子猶偽託，連〈別頭巾文〉乃馮夢龍所作，也能從「南京路陪人幾次」的這句話，也足以確定此文乃南方人所寫。要不然，怎會一次次在南京路上去「陪人」應考？

　　探討《金瓶梅》的作者與成書年代，尚有許多工作待做。可以說，我的研究推論出的《金瓶梅詞話》乃改寫本，梓行於天啟初年。本文所論亦直接而有力的定論也。

附記：我在〈開卷一笑的版本問題〉一文中，疑《開卷一笑》是萬曆間刻本，今已證明應在萬曆之後。再按《開卷一笑》刻「一衲道人屠隆參閱」之「參」字，顯然是辟天啟皇帝諱特把「校」改作「參」字。這一點，在後印之《山中一夕話》上，已見端倪，則改刻為「哈哈道士較閱」，「校」刻為「較」，辟天啟帝諱也。堪以證明刻於天啟年間。

　　　　再者，頃接友人沈尚賢先生寄贈影印「小聽颿樓」藏之屠隆書之行草七言詩卷，見詩後自署一衲道人屠隆，足證「一衲道人」乃屠隆別號，已獲確證。

· 小說《金瓶梅》·

《五色石》與《八洞天》
——說版本與成書

在孫楷第編《中國通俗小說書目》中之明清小說甲部，列有《五色石》八卷，《八洞天》八卷兩種。雖未肯定注明是何時刊本，卻列在清人系列中。且在《八洞天》目下，加了一條按語，說：「按此書與《五色石》疑皆清徐述夔撰。以禁書總目有『徐述夔五色石』知之。」又說：「述夔原名賡雅，江蘇東臺人，乾隆戊午舉人。」若此說正確，則該兩書之成書當在清康熙中末葉，蓋乾隆戊午乃乾隆三年（1738），此時徐述夔方中舉，以年齡三十上下推之，則《五色石》之成書與梓行，或不致上逾康熙三十年。

可是，《五色石》一書之八卷，其首四卷曾經由署名「哈哈道士」者，另加序言改名《遍地金》印行者。按「哈哈道士」的這篇〈題於三臺山之欲靜樓〉九字，與明刻《山中一夕話》敘文〈三臺山人題於欲靜樓〉之辭意同。再查《山中一夕話》也有「哈哈道士編」字樣。這樣看來，則已證明《遍地金》乃《山中一夕話》乃同時代印行的書。想來似無疑義。

關於《山中一夕話》，乃天啟間改頭換面之《開卷一笑》；按《開卷一笑》版行於萬曆末或天啟初，原書署名「李卓吾編次」（或纂輯），「屠隆參閱」等字樣。《山中一夕話》之內容，全是《開卷一笑》之原版印刷，缺板則加以補刻，僅有第一、三兩卷之內容顛而倒之，另改書名與敘文。其他全部相同。只能說是天啟間補刻之《開卷一笑》，不能另定書名曰《山中一夕話》來蒙騙讀者。我已寫過短文〈開卷一笑的版本問題〉，刊於民國 74 年 12 月 21 日出版之《書和人》第 533 期（國語日報）。那麼，基此觀之，則《五色石》之成書版行，當在明代，不應在清代也。

再按「三臺山人」乃明末之出版家余象斗之別號，如「哈哈道士」、「笑笑先生」，似均為余象斗之化名。但也許是馮夢龍。推想《遍地金》之從《五色石》原刊本中取其前四卷而另訂書名曰《遍地金》，則與《山中一夕話》之改纂《開卷一笑》之書名而另加敘說，蒙騙讀者是新書的情形完全一樣。他如「三臺山人」與「哈哈道士」這兩個名字，既然兩書（《山中一夕話》與《遍地金》）均有，即已證明該兩書——《山中一夕話》與《遍地金》之改纂易名，乃同一人，可能是余象斗，也可能是馮夢龍。

《遍地金》四卷，有大連圖書館藏本，余未能見而校之。而《開卷一笑》與《山中一夕話》兩種明刻本，早由臺北天一出版社印出（輯入《明清善本小說叢刊初編》）。我已相對校勘，證明二書本為一書，乃三臺山人之改纂者也。推而想之，可能《遍地金》也是改纂本。據孫目所記，《五色石》之原刊本，大連圖書館有藏，盼有人取而相對校勘之。兩書一對，自可立辨。

《五色石》乃明刊，上海復旦大學之黃霖教授，早經提出。黃先生作〈金瓶梅作者屠隆考續〉一文（刊1984年《復旦學報》第4期），摘出了各卷引子後的正文開頭部分，凡述及宋元時代，悉冠宋元朝代名，述及明代時，則悉以「成化」或「正統」、「嘉靖」書之，不加明代名稱。以此推想《五色石》八卷，乃明人作品。此一證說，極為正確。可以說是無可爭論。毋須再對版本，亦堪可肯定矣！

我手頭的《五色石》，乃日本明治十六年服部誠一評點本，無可據而置喙。然所據之《八洞天》，則似為順康間刊本。蓋其中行文述及明代史實背景，則在年號上加上「明朝」字樣，如卷四第2頁有文曰：「此事出在明朝景泰年間，北真定府地方。」（他處尚有，不多錄。）堪證此乃清人口氣。基乎此，可以肯定《八洞天》八卷，乃清人作品矣。

不過，按孫目所記，此書在大連圖書館尚藏抄本（殘存第一卷），北京大學圖書館也藏有抄本。還應查對這兩種抄本，述及明朝時代故事時，加不加「明朝」二字？我剛纔引到的文辭加「明朝」二字，乃日本內閣文庫藏本。此本之刻於清代，殆無疑議也。其原作是否清人作品？則尚待探索。

按《八洞天》之敘者，自稱「五色石主人題於筆鍊閣」，《五色石》之敘者，自稱「筆鍊閣主人題於白雲深處」。從兩文署名題處來看，顯然的，二而一者也。但無論《八洞天》之作者是明人還是清人，或由明入清之逸老逸少，則日本內閣文庫改藏之《八洞天》刊本，乃清順（治）康（熙）間之刻，蓋敘文有句曰「佳胤勿產敗德之門」，句中之「胤」字未辟諱，文中之「玄」字，亦未辟之。即堪證此刻之不在乾隆，最遲亦在康熙初葉。那麼，《八洞天》之不可能是徐述夔所作，則可肯定；《五色石》之非徐述夔作，亦當然矣！

由於這兩本書的版本，我不能全部得來比對，關於版本問題，我也只能述說至此，無法再深一步推論。但我卻基乎此一問題，聯想到「三臺山人」是不是余象斗這個人物？此人在明末出版界，是一位相當活躍而印書頗多者。從《山中一夕話》之「哈哈道士」與「笑笑先生」，到《遍地金》之「哈哈道士」敘於「三臺山」之聲氣互通等情看來，則《金瓶梅詞話》之「蘭陵笑笑生」與「欣欣子」問題，又怎能不令人相互聯想呢？如今，此一問題卻又與馮夢龍聯上了關係。尚待進一步探索矣！

雖然，黃霖先生的初步聯想是粘不上了；即「哈哈道士」之非屠隆筆名（參閱拙作〈開

卷一笑的版本問題〉一文）。然而我們已發現到的《山中一夕話》與《遍地金》的改纂與題敘名號問題，良有頗多等待我們進一步追索余象斗及馮夢龍的工作可做。今者，大陸上的學人正如火如荼的在探究《金瓶梅》這部書。特在此提出此一問題。也許，余象斗、馮夢龍與《金瓶梅詞話》之改寫出版，有些關係呢？斯吾所疑也。

刊於民國 75 年 9 月 7 日《中華日報》副刊，76 年 5 月 10 日重校訂

· 小說《金瓶梅》·

關於崇禎本的問題

　　明代小說《金瓶梅》，祇有兩種刻本，一是《新刻金瓶梅詞話》，一是《新刻繡像批評金瓶梅》；前者被稱為「萬曆本」（實則是天啟刻），後者被稱為「崇禎本」。

　　「詞話本」祇有一種，「崇禎本」則有四種。

　　關於「崇禎本」的四種刻本，日本學人鳥居久靖的〈金瓶梅版本考〉，列出的先後梓行次第是：(1)孔德學校藏本（今歸北京首都圖書館）(2)內閣文庫本（今仍藏日本內閣文庫）(3)天理圖書館藏本（今仍藏該館）(4)馬廉藏本（今歸北京大學圖書館藏）。

　　按這四種崇禎本的重要行款是：

1.孔德本（今首都本）

　　A.書題：「新刻繡像批評金瓶梅卷之○」

　　B.附圖 50 葉又半頁，計 101 幅。（據劉輝考）

　　C.本文行款半葉 11 行 28 字。5 回一卷。

　　D.敘失去，無評語。（孫楷第《中國通俗小說書目》）

2.內閣本（尚有同版一部藏東京東洋文化研究所）

　　A.書題「新刻繡像批評金瓶梅卷之○」

　　B.附圖 50 葉計 100 幅。（是否同於孔德本？待考）

　　C.本文行款半葉 11 行 28 字，5 回一卷，20 卷，100 回。（與孔德本同）有眉評行批。

　　D.首東吳弄珠客序，次廿公跋。（均佚去）

3.天理本

　　A.書題「新刻繡像批評金瓶梅卷之○」

　　B.附圖 100 葉計 200 幅。

　　C.本文行款半葉 10 行 22 字。有眉評行批。5 回一卷，20 卷，100 回。

4.馬廉本（北圖本）

　　A.書題「新刻繡像批評金瓶梅卷之○」

　　B.附圖 100 葉計 200 幅。

　　C.本文行款半葉 10 行 22 字。有眉評行批。

　　（眉評之行款不同。留後再論。）

　　從上列版本型態觀之，可以說這四種刻本，實際上則是兩種版本的分刻。日本內閣本與北平孔德本（首都本）是同一版式的刻本；日本天理本與中國馬廉本（北圖本）是同一版式的不同刻本。問題是這四種版本的梓行先後次第，卻未必是日本學人長澤規矩也與鳥居久靖所排列的那個次第。

　　首先，我們探討「孔德本」與「內閣本」的問題。

　　第一，有評語與無評語。

　　按「內閣本」，在評語方面，有眉評，也有行批。至於「孔德本」（首都本）則無評語。孫楷第的《中國通俗小說書目》如此說。近人劉輝的〈金瓶梅版本考〉（收入 1986 年 6 月遼寧人民出版社出版之《金瓶梅成書及版本研究》）則證此書有評語。遺憾的是，劉先生未能進一步去作比對的工作。該本評語的行款等等，是否與日本「內閣本」同？本文則無從置喙。祇有暫付闕如矣！但已肯定「孔德本」（首都本）也是有評語的。

　　第二，印刷的清晰與漫漶。

　　關於日本「內閣本」的印刷情形，我手頭有影本，有膽子說它「印刷清晰，連評語中的小字行批，都極為清楚。」至於北平的「孔德本」（首都本），我雖不曾親眼見到，卻見到劉輝文中的書影。行款雖與日本內閣本相同，印刷卻極其漫漶。光憑這一點，亦足以判定是後印。如果，眉評的評語若有挖除現象，那就更加可以判定該本乃後印本。極可能是日本「內閣本」的同版再印刷。

　　這一點，還請劉輝先生再去求證考校一番。

　　其次，我們再來探討「天理本」與「馬廉本」（北圖本）。

　　第一，行款與眉評。

　　按「天理本」與「馬廉本」（北圖本），本文行款相同，都是十行二十二字，上已述及。（連各行起止字，都相同。從第一回第一頁作例說。）但眉評的行款則不同。「天理本」是四字一行，「馬廉本」（北圖本）是兩字一行。鳥居久靖的〈金瓶梅版本考〉，曾經列舉。

　　一部炎涼　　景況盡此　　數語中（天理本第一回）

　　一部　　炎涼　　景況　盡此　數語　中（馬廉本第一回）

　　這情形，也足以證明乃兩種不同的刻本。問題是誰先刻誰後刻呢？由於此兩刻本，藏處天各一方，一在日本奈良，一在中國北平，又無影本比對。可就不易研判了。

　　「天理本」我曾親眼看過。且手頭尚有一部分影印頁可作參閱。至於「馬廉本」（北圖本），我祇存有鄭振鐸當年校勘時，印出的一頁書影（第一回首葉印在民國 24 年 5 月 20 日

出版的《世界文庫》第 1 輯上）。從書影看，字跡比「天理本」潔淨些。印刷似乎比「天理本」早些。兩書非同一刻本。但無法以印刷的清楚與模糊來判斷出版先後的。也無法以眉評的行款，來判定梓行時間的誰先誰後？想來，此一問題，祇有暫置勿論。

至於這四種刻本的兩種行款的本源，是誰先誰後？我們卻能尋出理由來加以判斷。

第一，從卷秩與回目起刻看。

「天理本」（包括馬廉本）是按回作首頁起刻，頁碼是每回自成一組，全書一百回則有一百組獨立的頁碼。「內閣本」則是五回一卷，按卷作首頁起刻，頁碼也是以卷為一組。論氣派「內閣本」則不如「天理本」大方。似是後刻。

第二，從評語刻字來看。

譬如「天理本」第三十回第五葉，寫到來保在京城翟謙家應對時，翟管家要來保回去之後，告訴主人西門慶為他尋一女子。眉評云：「蔡京受私賄，擅私寵，作私恩，已畫出一私門矣。而翟謙私人，又致私情，託私事，以私易私。一絲不亂，作者排笑至矣！」這一段話，在「內閣本」上，則把「寵」刻作俗字「寵」，把「託」刻為「托」，把「亂」刻為「乱」；還有「擅私寵」的「擅」字誤作「私」字，已不成語矣。比較起來，也沒有「天理本」鄭重。也似乎是後刻。

第三，從字體上看。

如從字體上看，「天理本」與「馬廉本」（北圖本）的字形，較比接近天啟年間的版本，「內閣本」字體稍趨乎方，看去距離萬曆年間的字體，變化大些。推想它是後刻本。

關於此一問題，除了日本「內閣本」與北平「孔德本」，可以別出先後——「內閣本」先印，「孔德本」後印，兩者乃同一版本，「天理本」與「馬廉本」（北圖本）則必須兩本對照比勘，方能判出誰先誰後來。本文也祇能述說到這裡而已。前言「天理本」在先「內閣本」在後，祇是推想。

有一點則是可以肯定的，日本的這兩部「崇禎本」——「內閣本」與「天理本」，全是刻於崇禎年間的刻本，因為這兩個版本的第九十五回，那位原是西門家的夥計，因代主人送禮蔡太師也謀得一個驛丞之職，後來升為「巡檢」的吳點恩，凡是寫到「吳巡檢」的地方，全把「檢」字改刻成「簡」字。這情形，顯然是避崇禎皇帝的諱，方始刻「檢」為「簡」的。斯一證據，足釋劉輝之疑。請劉輝先生一查「首都本」與「北圖本，是否也把「檢」字改刻為「簡」？若是，則亦崇禎間刻本。

再說，北平「首都本」附圖後的回道人題辭，從字體看，似是清朝人再印該本時，補刻上去的。這一點，請劉輝先生再作考量。

由小見大篇

點　茶

　　《水滸傳》第二十四回（百回本）寫到「王婆受賄說風情」，「西門慶到她茶局子來，說：『乾娘，點兩盞茶來。』王婆應道：『大官人來了，連日少見，且請坐。』便濃濃的點兩盞薑茶，將來放在桌子上。」到了《金瓶梅》照舊把這番話原樣抄錄了過來。祇把「兩盞薑茶」，改為「一盞桃松子泡茶。」我寫《金瓶梅詞話注釋》時，這樣注：「從此語言，可以想知當時茶局子所賣之茶，非今日茶館之茶。乃唐宋烹茶之法，配以各類香料，沸水點攪。」在注另一句「點茶」，我則說：「取茶曰『點』，不像今日的所謂『泡茶』、『砌茶』，而是『點茶』。可以想知這時的茶，是用各種甜食點品配合而成的。因而有各種名色。」

　　近讀明人雜書，在託名李卓語評點的《四書笑》上，讀了這樣一則說辭：「劉燁善滑稽，與劉筠聚會飲茗，問左右：『湯滾也未？』皆言已滾。筠曰：『僉曰鯀哉！』劉燁應曰：『吾與點也。』」按「僉曰（於）鯀哉！」出《尚書・堯典》；「吾與點也！」則出《論語・先進》。此一問答的諧音滑稽，是把「滾」與「鯀」二音相諧，大家都說水滾了，即水沸了，水開了。劉筠遂假此「皆言已滾」，套取《尚書・堯典》語：「僉曰（於）鯀哉！」用以想諧「皆言已滾」之意。劉燁則接答：「吾與點也！」意為水滾了，我為大家去烹茶。音雖與論語先進語相諧，意卻不同。《四書笑》上的笑話，率多此類的滑稽詞語。

　　不過，這一則滑稽之辭，評點者說：「宋時呼『烹茶』為『點茶』，其法皆與今異，碾茶為屑，雜和諸香為餅。最上者如大小龍圓，總似今之香茶餅耳。不知點出是何滋味？」可證「點茶」的說詞，也不是明朝人的語言。

　　按《四書笑》一書，既託名於李卓吾評點，顯然的，其成書當在明末。梓行於崇禎五年（稍後）的薛岡著《天爵堂筆餘》，載有論《金瓶梅》一文，其中曾提到《四書笑》，認為應付坑灰。亦足證《四書笑》一書流行於天啟崇禎間。既然此書認為「點茶」非明人語言，兼且說明在明朝時已稱「點茶」為「烹茶」。自可想知《金瓶梅》與《水滸傳》上寫的「點茶」一語，乃小說家為宋朝人物穿插入的宋人語詞。若是看來，則《金瓶梅》

中的語言,值得探討的問題是更多了。

在《金瓶梅》中,還寫有一種「香茶」,當是《四書笑》說到的「香茶餅」。亦可基此而想知,《金瓶梅》中的「香茶」,還是當時社會上流行的一種薰口食品,一如今日的口香糖。

此一問題說到此處,那麼我注釋的那句:「王婆便去點兩盞茶」,注云:「取茶曰『點』,不像今天所謂的『泡茶』……」似應將「取茶曰點」照《四書笑》的話,予以改正為「宋時呼烹茶為點茶」。亦堪知在明朝時候,已稱「點茶」為「烹茶」矣。

行貨（子）

讀古典小說,尤其是語體的所謂「白話」小說,最惱人的便是其中的俚語。像「行貨」或「行貨子」這個詞,如以字義來說,委實沒有什麼難懂之處。所謂「行貨」自是指的可以由甲地運到乙地的貨物。加「子」謂之「行貨子」,乃方言語詞也。

若依上述字義來說,則無不可以迎刃而解。如:

(一)《拍案驚奇》（三）「一個人走將進來,將肩上叉口也似一件東西往庭中一摔,叫道:「老媽,快拿火來收拾行貨。」

(二)《笑海叢珠》（三）「康定年中,有販賣油傘小商經過（某神祠）,虔誠祝求之,曰:『大王為神至靈,倘能下雨數日,某之行貨當獲厚利。卻回之日,當以豬頭酬謝。』但另一販賣腴帶（今之香腸類）商人,則苦於陰雨連綿,亦過而祝之曰:『如此連綿陰雨,某之行貨,其何以堪?乞大王賜晴明數日,某當以羊頭酬神。』」（錄大意）

試看這上述兩種明人作品,所指的「行貨」,都是可以攜之行動的物品。蓋人世間可以買賣的貨物,不外兩類,一類是可以移動的,一類是不可移動的。那麼,可移動的,便謂之「行貨」。其詞甚明,其理至當。不過,人類的語言,往往會作引申使用。因而這「行貨」二字,在人類語言中,遂有了另些意義。這一類的語言,我們往往在小說中讀到。如:

(一)《水滸傳》（二十四回）:「第一件潘安的貌,第二件驢兒大的行貨,第三件……」（《金瓶梅》第三回雷同,「行貨」加「子」。）

(二)《金瓶梅》（二十三回）:「他是忎不是材料的處窟行貨子。」

(三)《金瓶梅》（五十八回）:「沒腳蟹行貨子,藏在那大人家,你那裡尋他去。」

我們看上錄的三條,都是把人當作「行貨」來比;第一條則更加甚其詞。把人身上的東西,也比作行貨了。田宗堯先生編的《中國古典小說用語辭典》,例說「行貨」一詞,引王安石〈寄舅氏詩〉一首:「世人莫笑老蛇皮,已化龍鱗衣錦歸;傳語進賢饒八舅,於今行貨正當時。」詩句中的「行貨」,也意指人。至於人之被列為商品,可以買

賣，古已有之，至今未廢。想來，人自也可以看作「行貨」。

古把「行商」謂之「行貨」。如《孟子·梁惠王上》：「商賈皆欲藏於王之市。」朱熹《集註》：「行貨曰商，居貨曰賈。」再按《新方言·釋言》：「今吳越謂器物楛窳為行貨。」那麼，在《金瓶梅》中，用到「行貨（子）」之處，無不意指此人品格之低劣。雖說男人的那話兒，固無從以優劣擬，終然屬下流物也。由此推想，非常顯然，《金瓶梅》中寫到「行貨（子）」的時候，蓋悉為女人罵男人品格下流的劣等貨之意。

我的《金瓶梅詞話注釋》註到「行貨（子）」一詞時（第1冊第29頁），曾引朱熹註〈梁惠王〉的話，認為此說本朱子所說的「行貨曰商，居貨曰賈。」，意男子之陽物隨人行動如「行貨」。我又註謂：「按器物的粗製品，亦稱行貨。」王婆在這句話中，明明指的是男子的陽物為「大行貨」，顯然意為「大傢伙」。可是，大陸方面的張遠芬先生，在辨正我的《金瓶梅詞話注釋》時，則說：「……魏先生則似乎未聽人說過這個詞。實際上，『行貨子』（俗讀作熊貨子）在魯南、蘇北農村，是使用率很高的詞之一。只要人們對某個人或某件事物不滿，張口就說：『這個熊黃子（行貨子）！』而在《金瓶梅》中，這個詞使用的次數也是夠多的。所謂『行貨子』（熊黃子），就是『壞傢伙』或『壞東西』的意思。例句中（指第三回王婆那句話）的『大行貨子』（大熊黃子）確是指男子陽物，但通常並不指此物，不好的人和東西，都叫『行貨子』（熊黃子）。」

張遠芬的這一「辨正」，可以說是「強作解人」，讀者只要一讀我的註釋（第1冊第29頁）原文，就會發現張先生的話，全是廢話。我的這條註釋，明明註的是王婆的那句話，王婆口中的「大行貨子」，明明指的是男子陽物，如何能像張先生所說是「壞傢伙」？「行貨」乃器物的精製品，我已註上了。何勞張先生再說一遍！以「行貨」來貶稱某人的不成材料，基乎新方言之說，乃吳越人的口中俚語也。魯南、蘇北無此語態。

「五盜將軍」與「五道將軍」

按《三國典略》有云：「崔季舒未遇害，其妻晝魘，云：『見人長一丈，徧體黑毛，欲來逼己。』巫曰：『此是五道將軍，入宅者不祥。』」《留青日札》則謂：「今謂五道將軍盜神也。余意出於《莊子·胠篋篇》之盜亦有道論。」按此篇有云：「跖之徒問於跖曰：『盜亦有道乎！』跖曰：『何適而無有道邪？夫妄意室中之藏，聖也；入先，勇也；出後，義也；知可否，智也；分均，仁也。五者不備而成大盜者，未之有也。』」余曩注《金瓶梅》，亦引此說。

近讀明刻《繪圖三教源流搜神大全》，其中記有「五盜將軍」一則，曰：「五盜將軍者，即宋廢帝永光年間五盜也。於本地方作亂為盜，後景和三年，帝遣大將軍張洪破而殺之於新封縣之北。後五人又作怪，降祟於死者之鄉。祭之者皆呼為五盜將軍，即今

時之所謂盜神是也。一，杜平；二，李思；三，任安；四，孫立；五，耿彥正。」按此說之「未廢帝永光年間」，即南朝劉宋之前廢帝子業，生於宋文帝元嘉二十六年（449），初即位時改元永光，未久即又改元景和。在位未一年，即被臣下左右弒，年僅一十七歲。此說「後景和三年帝遣大將軍張洪破之」，事實上，劉宋之前廢帝，並無景和三年紀元；再所謂「大將軍張洪」，查宋書亦無其人。不知此說是從何傳錄而來。五盜之名，宋書更無其人矣！

《金瓶梅》第二回，王婆向西門慶說的這句：「他是閻羅大王的女兒，五道將軍的妹子。」既寫明是「五道將軍」而非「五盜將軍」，看來《金瓶梅》中的此語來處，應是指的「五道將軍」。蓋「五道將軍」乃盜神也。

再說「五道將軍」之稱，應是源於《莊子》的〈胠篋〉。按「胠篋」指出的盜之「五道」，乃盜應有道，有此五道，方能成其大盜。《莊子》的此說，按在展跖頭上，換言之，此說應為展跖之盜道；展跖，乃我國論盜之首。且以「盜」字冠其名之上而不書其姓氏，謂「盜跖」。該「盜跖」一辭，早成盜者的專用名詞。基是想來，則「五道將軍」乃展跖也。

展跖乃盜者之神，應毋庸疑。

至於《三教源流搜神大全》之說看來似是民間傳說，或有淵源。但如以之與史乘印證，再基傳說之故事以理論之。則所謂「五盜將軍」之為「盜神」說，怕是爭競不過「五道將軍」展跖。所以我認為「盜神」應是展跖；「五道將軍」自是推崇展跖的「封」號。

秀才取漆無真

口語是表達小說的工具，如果口語不清，那就不能懂得了。

按《金瓶梅詞話》，雖然是一部口語特出的小說，但由於錯訛太多，卻往往不能懂得。我注釋它的時候，就不時遇到這種情形。譬如第四十五回應伯爵說的這段話：「你兩個明日絕早買四樣好下飯，再著上一罈金華酒，不要叫唱的，他家裡有李桂兒、吳銀兒，還沒去哩。你院裡叫上六名吹打的，等我領著送了去。他就要請你兩個坐，我有（在）旁邊，那消一言半語，管情替你說成了，找出五百兩銀子來，共搋一千兩文書，一個月滿，破他三十兩銀子，那裡不去了。只當你包了一個月老婆。常言道：『秀才取漆無真』。進（錢）糧之時，香裡頭多上些木頭，蠟裡頭多攙些柏油，那裡查賬去。……」這番話中的「常言道：『秀才取漆無真』」，我就不懂是何處方言。所以在注釋時，只好說：「此一歇後語，不知何意？待考。」之後，在田宗堯先生編著《中國古典小說用語辭典》中，查到這樣，口語卻變成了「秀才無假，漆無真。」田先生注謂：「秀才需要考試，所以做不得假。可是漆中羼假，一般人看不出來。這是叫人作弊的話。」

雖說這句「秀才無假，漆無真。」到了崇禎本就是這樣改的，但《金瓶梅詞話》中的「秀才取漆無真」是怎樣誤的呢？可就令人煞費推敲了。

我寫《金瓶梅劄記》時，也曾記到這一口語。從訓詁上去探討了一番。按「漆」字可作「城池」解，許氏說文：「漆，一曰漆，城池也。」段注：「城隍有水曰池，城池謂之漆。」因而推想「秀才取漆無真」，意為派秀才去攻城陷地是不可能的。但認為這一解說並非成語意義，成語都是人們常用的俚語，把「漆」字當作「城池」義，未免太文了些。深感未得其義。

近接在美友人吳曉鈴先生來信，指出這句「秀才取漆無真」應為「秀才無假」，此說「醫無真」。不知何者為正。

話再說回來，像「詞話本」中的這句「秀才取漆無真」六字，在辭語的組織上說，此一語句相當完整，並不是不成語的句子。而且，它與「秀才無假，漆無真。」或「醫無真」，在文辭組合上，已有很大距離，不像是從「秀才無假，漆無真。」或「醫無真」一語誤差而來。所以香港友人梅節先生在比對校勘這兩個本子的時候，懷疑「崇禎本」的底本，非由今見之「詞話本」而來。

從明朝當代人記到《金瓶梅》的史料來看，抄本流傳頗廣，湖廣（湖北）、江浙、山東，都有人獲得部分抄本。沈德符也說他雖未把手頭的底稿，售與梓人，卻也另有底稿付刻了。那麼，「崇禎本」的底本，來源與「詞話本」不同；非從「詞話本」而來。也是可能的。

不過，此一問題之探索，乃一大工程。香港友人梅節先生正在校勘，相信必有創見。拭目待之焉！

附記：此一問題，香港友人梅節先生認為全句應為「秀才無假醫無真」，在《閒居集》記有此語。與吳曉鈴先生所告同。可是，「叚」字可誤刻為「取」，而「醫」字如何誤刻為「漆」也？仍令人疑而不解。

欣欣子是誰？

直到今天，尚無人道出欣欣子是誰？只推想他與「笑笑生」可能是同一人。但欣欣子則是指出《金瓶梅》的作者是「蘭陵笑笑生」而且承認彼此是朋友的人。

正因為欣欣子在「笑笑生」頭上冠以「蘭陵」二字，於是四十餘年來，凡是研究《金瓶梅》的人，只要涉及作者，就免不了要在「蘭陵」二字上著眼。「山東人」甚而必定是山東嶧縣人的說法，悉基是而萌生。看來，「蘭陵」二字有如兩個蒙驢眼的眼罩，一經蒙上驢眼，便被驅入磨道，懍懍茫茫地在磨道上去繞圈子去吧！

如今，我在此作一大膽的假設：

欣欣子與蘭陵笑笑生，也可能是馮夢龍的偽託。

我把話說到這裡，勢必有人感到此說「荒唐」。

我相信，準有人會說：「《金瓶梅》在萬曆二十四年（1596）間就傳抄問世了，這時的馮夢龍年方二十二歲，怎麼可能寫得出像《金瓶梅詞話》這樣的書？」

可是，凡是認真讀了我的《金瓶梅劄記》與《金瓶梅原貌探索》的朋友，準能感於我的此一假設，是有立說基石的。蓋《金瓶梅的問世與演變》，到了《金瓶梅詞話》，已是第二次改寫本了。

我之所以假設馮夢龍偽託欣欣子寫了這篇敘言，可以舉出以下的理由及證據：

馮夢龍愛「笑」

我們從馮夢龍編印的各種書目來看，含於「笑」字類者，頗具規模，不亞於《三言》。如《古今譚概》、《古今笑》、《笑府》、《廣笑府》，都是馮氏推出改頭換面一印再印又再印的書。他在《古今笑》敘中說：「……孰知電光石火，不足當高人一笑也。一笑而富貴假，……一笑而功名假，……一笑而道德亦假，……一笑而大地山河皆假，……吾但有笑而已矣；……吾益有笑而已矣。野蕈有異種曰『笑矣乎』，誤食者，輒笑不止。人以為毒，吾願人人得『笑已乎』而食之，大家笑過日子，豈不太平無事億萬世？」又以化名「韻社第五人」題《古今笑》說：「……笑能療腐乎？子猶曰：『固也，夫雷霆不能奪我之笑聲，鬼神不能定我之笑局，混沌不能息我之笑機。眼孔小者，吾將笑之使大，心孔塞者，吾將笑之使達。方且破煩蠲忿，夷難解惑，豈特療腐而已哉！』」又說：「不分古今，笑同也；分部卅六，笑不同也。笑同而一笑足滿古今，笑不同而古今不足一笑。倘天不蠲、地不塌，方今方古，笑亦無窮，即以子猶為千秋笑宗胡不可？」真是愛「笑」之至。（疑《開卷一笑》亦馮氏敘刻，已專文論之。）

他又在《笑府》、《廣笑府》中敘謂：「古今來莫非話也，話莫非笑也。」又說：「不話不成人，不笑不成語，不笑不話不成世界。」且認為「古今世界一大笑府。」是以人世間之人，「或笑人，或笑於人；笑人者亦復笑於人，笑於人者亦復笑人，人之相笑寧有已時？」故曰：「布袋和尚，吾師乎！吾師乎！」

馮氏敘《今古奇觀》化名曰：「笑花主人」。雖源於禪家語之「拈花微笑」，然亦未嘗離於「笑」也。

那麼，我們感於「欣欣子」與「笑笑生」之淵源乎此一愛「笑」心態，良是一大印證吧！

行文用辭及語氣

〈太平廣記鈔小引〉有語云：「嗚呼！昔以萬卷輻湊，而予以一覽徹之，何幸也！昔

以群賢綴拾。而予以一人刪之，又何僭也！」再〈太平廣記鈔序〉有語云：「如山居飲潤之人多癭，而反笑世人之項何細也！則與欣欣子敘中之「觀其高堂大廈，雲窗霧閣，何深沈也；錦屏繡縟，何美麗也；鬢雲斜嚲，春酥滿胸，何嬋娟也……」等語類。他如〈大霞新奏發凡〉有語云：「如龍之驢東切，娘之尼姜切，此平韻之不可同於北也。白之為排，客之為楷，此入韻之不可發於南也。」則又類於欣欣子敘之「然樂極必悲生，如離別之機將興憔悴之容，必見者所不能免也；折梅逢驛使；尺素寄魚書。所不能無也。……」

上例乃馮氏行文用辭頤氣的習慣語。故相類。

敘文的慣例

A.「韻社第五人題於蕭林之碧泓」（題《古今笑》，該書成於萬曆四十八年間）

B.「古吳後學馮夢龍題於茜溪之不改樂庵」（《曲律敘》，該書成於天啟乙丑（五年）間。）

C.「隴西可一居士題於白下之栖霞山房。」（《醒世恆言》敘，該書成於天啟丁卯（七年）間。）

D.「吳門馮夢龍題於松陵之舟中」（《智囊》補自敘，該書成於崇禎甲戌（七年）間。）

上錄四例，則與：

「欣欣子書於明賢里之軒」何異？

基於上述之這多例證看來，推想「欣欣子」的這篇敘文，乃馮夢龍化名所偽託，可以說業已八九離十不遠矣。

〈別頭巾文〉的證言

在《金瓶梅詞話》第五十六回，應伯爵口述了一篇〈別頭巾文〉。內容敘述一位秀久試不中的無限感慨。他要把這頂儒生巾踹破，還是去學種田吧。但已被這儒生巾誤了三十年了。由於這篇文章，在晚明出版物中，尚有同樣的兩篇。可以依據來研判《金瓶梅詞話》的成書年代。

黃霖先生首先指出此文在《山中一夕話》（卷5）中，署名「一衲道人」，而《山中一夕話》刻有「一衲道人屠隆參閱」字樣。因而疑指此文是屠隆所作；進而推想屠隆是《金瓶梅》的作者。此一問題，我已寫了〈開卷一笑的版本問題〉，證明《山中一夕話》乃《開卷一笑》的改頭換面再印本。《開卷一笑》則刻有「卓吾居士李贄編集」及「一衲道人屠隆參閱」字樣，簡端還有李贄的序，屠隆的引等文。但卷九之〈太倉庫偷兒〉一文，刻有「太倉庫於萬曆中，有偷兒從水竇中入」一語，足徵此書之編成，當在萬曆以後。所謂「李贄」之編，「屠隆」之閱，悉屬偽託，殆無疑問。（李卒於萬曆三十年，屠卒於萬曆三十三年）至於《開卷一笑》，究係何人偽託李、屠二名士？稍後再論。然卷五所集之〈別頭巾文〉，則與《金瓶梅詞話》第五十六回應伯爵所唸之〈一戴頭巾心甚懂〉一文同。此文在《開卷一笑》中，署名「一衲道人」。至於「一衲道人」是屠隆筆名？

〈別頭巾文〉是否屠隆所作？尚待探索。本文限於篇幅，僅能略論梗概。

近讀《馮夢龍詩文集》中之〈魏忠賢小說斥奸書凡例〉，其第四例云：「是書得自金陵游客，其自號曰：『草莽臣』，不願以姓氏見知。曾憶昔年有〈頭巾賦〉、〈三正錄〉，秀才有上御史之書，御史有拜秀才之牘。金陵固異士藪也。」這段話說到的〈頭巾賦〉一文，想來，可能就是〈別頭巾文〉。蓋〈別頭巾文〉即賦體也。

如從上錄這段話來看，文中所指的〈頭巾賦〉、〈三正錄〉，也是這位「金陵游客」所作。指明這位編寫《魏忠賢小說斥奸書》的「金陵游客」。在這本小說之前，還有〈頭巾賦〉與〈三正錄〉二文。〈三正錄〉是怎樣一篇文字，本文不去考索，但〈頭巾賦〉應是這篇〈別頭巾文〉似不致有錯。

按〈別頭巾文〉，今已見到者，計有三處。除了《金瓶梅詞話》第五十六回及《開卷一笑》卷五，尚有《繡谷春容》卷九。若論刊出先後？《開卷一笑》有「萬曆中」三字，堪證該書梓行當在天啟間，《繡谷春容》乃「建業大中世德堂」刻之寫體字，上下兩層版式，其梓行年代當在崇禎間。《金瓶梅詞話》再晚，其梓行年代，亦不會下於天啟三年。這樣看來，《開卷一笑》卷五的〈別頭巾文〉，卻又很難與《金瓶梅詞話》中的〈別頭巾文〉別出先後來。極可能它們是同時代梓行的。《開卷一笑》乃馮夢龍梓行，偽託李贄與屠隆的一部笑話集。此一問題，當以專文論述，此處從略。但此二文，當係同一時期纂入書中的可能性較大。至於此文的來源如何？究係何人所作？雖無確切證據，但如以《開卷一笑》的刻本，寫明此文是「一衲道人」作，而又寫明「一衲道人」是屠隆的筆名，光是這一點，自也能以理則推繹出〈別頭巾〉一文的寫作年代。

第一，該文作者既已偽託是「一衲道人屠隆」作，縱非屠隆所作，此一偽託也足以證明該文非萬曆以前的作品。蓋凡偽託事例，大多以己之作品，偽託為古人所作。非比今日，往往以前人作品，偽託為己作。所以然，自可以此之偽託屠隆情事，推論此一〈別頭巾文〉，不可能是萬曆以前的作品。當然，此一〈別頭巾文〉的作者，當以偽託者的成分最大。斯情理也。

第二，今者更有《魏忠賢小說斥奸書》的〈凡例〉，隱約的指出了〈頭巾賦〉乃化名「金陵游客」之「吳越草莽臣」馮夢龍所作。那麼，刊登〈別頭巾文〉之《開卷一笑》，乃馮夢龍編集印行。想來，這篇偽託是「一衲道人」作的〈別頭巾文〉，應是馮夢龍，所作而偽託屠隆者，應無疑問。

第三，雖說《魏忠賢小說斥奸書》之〈凡例〉寫到的〈頭巾賦〉，是不是《開卷一笑》中的〈別頭巾文〉，尚無實證肯定。但《開卷一笑》乃馮夢龍編集梓行。《魏忠賢小說斥奸書》也是馮夢龍編集梓行；〈別頭巾文〉也是賦體。那麼，若以此一事理推論，可證兩者實為一文。斯亦事理的必然。

第四，也許有人要說：《開卷一笑》與《金瓶梅詞話》所取資之〈別頭巾文〉，也可能是前人的作品。但在未能見到比《開卷一笑》與《金瓶梅詞話》更早之出版物，刊有〈別頭巾文〉的證據，則我的此一論述，應是極有力的直接證言。證實《金瓶梅詞話》乃馮夢龍參予之改寫本也。

再按《開卷一笑》與《金瓶梅詞話》的這一〈別頭巾文〉，兩者略有異辭。茲錄之比對如次：

（上錄《開卷一笑》句，下說《金瓶梅詞話》異辭。）

(一)一戴頭巾心甚歡；《詞話》之「歡」作「懽」。

(二)偏戀吾頭三十年；《詞話》誤「偏」為「徧」，「吾」作「我」。

(三)宗師案臨，膽寒心震；《詞話》作膽「怯」心「驚」。

(四)思良為你，一世驚驚嚇嚇；《詞話》正「良」之誤，改為「量」。

(五)算來一年四季，零零碎碎；《詞話》缺「算來」二字。

(六)祭丁領票，支肉半斤；《詞話》則為「祭下領支肉半斤」。除奪「票」字外，且訛「丁」為「下」。

(七)南京路上，陪人幾次，東齋學霸，惟吾獨尊；《詞話》則改「南」為「東」，改「東」為「兩」。

從以上該兩書異辭情形來看，顯然的，《金瓶梅詞話》是改寫過的。如「南京路上，陪人幾次，東齋學霸，惟我獨尊。」乃明朝人的語氣，「南京路上陪人幾次」，指連年到南京（應天榜）去參加秋闈，「陪人幾次」，意為一次次都是落榜回來。《金瓶梅詞話》為了適應宋徽宗的時代背景，遂把「南京」改為「東京」，為了免於「東」字上下語犯重，遂改「東齋」為「兩齋」。至於「宗師案臨，膽寒心震」改為「膽怯心驚」，以及「祭丁領票」誤為「祭下領」，可以推想是手民之誤不論它了。總之，從異辭之改動情事來說，《金瓶梅詞話》之寫成，應在《開卷一笑》之後。最早也祇能與《開卷一笑》列在同一時期。不可能成書於《開卷一笑》之前。看來，亦泰昌、天啟初改成者也。

在沒有證據肯定〈別頭巾文〉在萬曆二十四年（1596）以前，即梓行問世，則本文之推論，當為直接而有力的證言。

附記：據日本學人大塚秀高的《中國通俗小說書目》，記述《魏忠賢小說斥奸書》時，說此書乃杭人陸雲龍刊，認為「金陵游客」是陸雲龍。尚待考索。

· 小說《金瓶梅》·

讀書須疑篇

讀書第一要「精」（讀《金瓶梅》例說之一）

不久前，我講了一堂有關讀書的問題。雖然古人說過「開卷有益」這句話，如果你「開卷」只是胡亂翻翻，縱然一篇篇讀了，也只是囫圇吞棗的讀，莫知所云然的讀，還是得不到「益」的。所以胡適先生說：「讀書第一要精。」

讀書求精，又談何容易。「求精」要先有相關學識的基礎，也等於宋儒王荊公說的「致其知而後讀」所謂「致其知」，就是廣求知識。再進一步說，就是對相關的學識，不惟要向博上追求，更得向深處探索。必須先有了這門學問的相關知識，方有能力去閱讀這一門學問的相關書籍。那麼，「開卷有益」這句話，纔會有了「益」的效果。

話雖如此，縱有相關知識，讀書如不精到，開卷亦難有其益也。譬如近代的歷史學家吳晗，乃馳譽國際的明史學家。早年（民國 22 年）寫了一篇〈金瓶梅的著作時代及其社會背景〉一文，他根據了沈德符的《萬曆野獲編》那一則說到《金瓶梅》的話，考證出《金瓶梅》乃萬曆間作品，不可能作於嘉靖，傳說了數百年的王世貞為報父仇，作《金瓶梅》浸以砒霜，毒死嚴世蕃的說法，乃無稽之談。此一考據，雖在文學與史學上有其劃時代的成就，可是，他判定《金瓶梅》初版於萬曆三十八年，則是犯了讀書不精的錯誤。此一錯誤，那位大意的文學史家鄭振鐸，更是大言炎炎的把金瓶梅的初版年月，寫為「萬曆三十八年」列入他編訂的《中國文學年表》。而且，此一錯誤，連共黨尊為「大師」的魯迅，也犯了同樣的人云亦云。更可駭怪的是，此一錯誤，竟被東西方學人沿襲了四十餘年呢！

說起來，使這幾位大家犯錯的那番話，是這樣寫的：

> 袁中郎觴政，以《金瓶梅》配《水滸傳》為外典，予恨未得見。丙午（萬曆三十四年）遇中郎京邸，問曾有全帙否？曰：「第觀數卷，甚奇快。今惟麻城劉延白承禧家有全本，蓋從其妻家徐文貞錄得者。」又三年，小修上公車，已攜有其書，因與借抄挈歸。吳友馮猶龍見之驚喜，慫恿書商以重價購刻；馬仲良時榷吳關，亦勸予應梓人之求，可以療飢。予曰：「此等書必遂有人板行，但一刻則家傳戶

到，壞人心術。他日閻羅究結始禍，何辭置對？吾豈以刀錐博犁泥哉！」仲良大以為然，遂固篋之。未幾時而吳中懸之國門矣！

吳氏等人之所以判定《金瓶梅》初版於萬曆三十八年，根據便是上錄這段話。

從語意上看，沈德符確是說他於萬曆三十七年向袁小脩抄得了《金瓶梅》全書，帶回家之後，有兩位朋友見到，勸他把稿本賣給出版者，可以獲得不少錢。沈德符雖然沒有出售，還密藏了這部稿本。但未幾時吳中就有了刻本在公開發售了。光是從這一段話的語意看，確可判定《金瓶梅》在萬曆三十八年就有了刻本。可是，一涉及讀書第一要精的問題，就不能光從文辭上的語意去判斷了。應知文辭上的語意，還有可疑處啊！宋儒張載說：「讀書先要會疑，於不疑處有疑，方是進矣！」像上錄沈德符的這段話，就有不少問題，需要去一一推究。

第一，袁氏兄弟肯把《金瓶梅》稿本借給沈德符抄錄嗎？

第二，沈德符有此財力抄錄嗎？

第三，抄錄此一卷帙龐大的稿本，需要多少人工？

第四，馬仲良「時榷吳關」之「時」是何時？

以上四個問題，魯迅、吳晗、鄭振鐸等人，都沒有去疑，只依憑了這段文辭的語意，便作為圭臬，立了論點，下了判斷。所以他們的判斷是錯誤的。這錯誤，就錯在讀書不精。

關於上疑的四個問題，頭三個問題，先不必管它，光是第四個問題的馬仲良時榷吳關之「時」，便否定了他們說「《金瓶梅》初刻於萬曆三十八年」的錯誤。因為馬仲良（之駿）是萬曆三十八年進士，萬曆四十一年以戶部主事之職，派到蘇州滸墅關監收船料鈔，任期一年。試想，勸沈德符把《金瓶梅》稿本賣給出版者的馬仲良，萬曆四十一年開始到吳地，吳晗等人說《金瓶梅》初刻於萬曆三十八年，其論斷無從附麗矣！

再說，沈德符的這段話，說他於萬曆三十七年向袁小脩（中道）抄得《金瓶梅》原稿挈歸。可是袁小脩的日記《遊居柿錄》，寫於萬曆四十二年八月間的一則日記，則說明他還不曾讀到《金瓶梅》全稿呢！沈德符又如何能在萬曆三十八年向袁小脩抄得《金瓶梅》全稿？還說其書只缺五十三回至五十七回五回呢？

至袁氏兄弟與沈德符的友情如何？我們竟不能在袁氏三兄弟的文集中，尋到片語隻字提到沈德符。縱然彼此相識，亦無深厚友情。我猜想，袁氏兄弟當日縱有《金瓶梅》原稿，也未必肯借他抄錄。

像我說的上述這些問題，如吳晗，是明史學家，怎能說他缺乏研讀《萬曆野獲編》的相關常識，只是他在下筆寫那篇〈金瓶梅的著作時代及其社會背景〉的時候，僅著眼

於《清明上河圖》與王世貞家的關係，志在否定王世貞是《金瓶梅》作者的誤說，因而忽略了沈德符論《金瓶梅》這段話中的許多小問題。至於鄭振鐸，此人一向讀書不夠精到，他的興趣在搜求資料上，只能算得是一位文學史料家，他的著作，似還列不到文學史家的行列。如他這篇〈談金瓶梅詞話〉，以之與吳晗的那篇〈金瓶梅著作時代研究〉一文相比論，〈談金瓶梅詞話〉的學術價值，可就遜色多了。

鄭振鐸的〈談金瓶梅詞話〉一文，有不少未加探研而妄言的武斷之詞。譬如他說：「但我們只要讀《金瓶梅》一過，便知其必出於山東人之手。」此說的理由何在呢？他又說：「那末許多的山東土白，決不是江南人可以措手其間的。」他這兩句話，是多麼不合邏輯，而又是多麼的武斷呢！試問，山東省地域遼闊，全省一百零八縣，還有三個省轄市。語言之異，不要說是一個省，就是一個縣，也有城鄉的不同，城東城西與城南城北的差異。往往魯東人的土白，魯西人聽得吃力，南北亦然。鄭振鐸說《金瓶梅詞話》中的語言是「山東土白」，指的是「山東」何處的「土白」？不能認為《金瓶梅》中有「俺」有「俺每」，就說是「山東土白」。其實，稱「我」為「俺」的地區，不止山東一省，蘇、皖之北，以及河南、山西、也稱「我」為「俺」，可以說，凡是說「北方話」系統的地區，都有《金瓶梅》中的那些口語（土白），怎能強指是山東一省的土白？「土白」也不能泛指是「山東」全省者也。惜乎鄭振鐸的這句不合邏輯的話，居然被世界上研究《金瓶梅》的人，誤用了四十餘年而不疑；豈不怪哉！

說起來，這都是基於他們讀書不精到，以及相關知識不夠豐富的關係。換言之，還是讀書不夠細心；如果讀書細心，就不會說出這句不合邏輯的費辭了。

讀書第二要「博」（讀《金瓶梅》例說之二）

宋儒王荊公的那句：「致其知而後讀」，就含有「要博」的意思。胡適先生說：「讀一書而已，則不足以知一書。」又說：「多讀書，然後可以專讀一書。」我認為多讀書還是指相關的書。儘管每一種書都難免有我們原來不知而需要知道的事事物物，可是書太多了，我們讀不了那麼多，我們只能選擇我們需要讀的書去讀。也就是我說的「相關的書」——與我們的研究問題相關範圍的書，或是誘引我們發生興趣的書。所以我們讀書的博，應博在這方面，不可毫無選擇的去博。

胡適先生談讀書時，認為專攻一技一藝而他無所知的人，就是一根旗杆，孤單可憐；廣泛博覽而一無專長的人，祇是一張薄紙，禁不起風吹雨打。胡先生認為理想中的學者，是既能博大，又能精深。精深是他的專門學問，博大是他的旁搜博覽。博大要無所不知，精深要惟他獨尊無人能及。「他用他的專門學問做中心，次及於直接相關的各種學問，次及於間接相關的各種學問，次及於不很相關的各種學問……」好比埃及的三角金字塔，

根既廣而頂又高。也等於另一宋儒程頤說的:「譬如為九層之臺,須大做腳始得。」換言之,讀書求博,就是奠定穩固的基礎。

說到這裡,我又不得不以我的研究範圍例說。

在〈讀書第一要精〉的這一文中,提到了沈德符的《萬曆野獲編》引發出的問題,居然連魯迅、吳晗等人也因讀書未精而判斷錯誤。按沈德符的這番話,後面還有提一段到另一部書《玉嬌李》的事。

此一問題,我曾寫一專文,〈論《玉嬌李》〉,推斷世上無此書。文在《金瓶梅探原》第155-160頁。顯然的,我寫這篇短文時,閱讀的範圍太狹,因而有些問題,未能正確判斷。但我在這篇論述中的疑點,則是正確的。如今,可以補充的是,(一)《玉嬌李》這部《金瓶梅》續書,除了沈德符提到,尚有謝肇淛在〈金瓶梅跋〉中提到,以及萬曆末年敘馮夢龍《平妖傳》的張無咎也提過。(二)但有一字之異,後二人說是《玉嬌麗》。說來雖非孤證,但此書《玉嬌李(麗)》之存在事實,仍是問題。

由於沈德符說《玉嬌李》這部書,也是「穢黷百端」而又「背倫滅理」的,且「筆鋒恣橫酣暢,尤勝《金瓶梅》。」所以我認為:「按明朝社會的淫亂,到了萬曆末期,可說已糜爛至極。淫書春畫,氾濫無禁。文士之筆,雖每以佛家因果自戒,卻又大多在妻室之外,尚蓄有侍妾。兼且在友朋聚飲之間,亦不忘備有侍酒伎優。若此時代,所以《金瓶梅》在未付梓前,即已輾轉流抄,騰乎文士之口,書乎文士之手。《玉嬌李》之筆鋒,其恣橫酣暢,既尤勝《金瓶梅》,自不會無人予以轉抄流傳,後世不是還有《續金瓶梅》與《隔簾花影》等書的出現,都是本於《金瓶梅》的流行而因應產生的嗎?試想,如有《玉嬌李》其書,那有因為藏書人邱志充之『出守去』,於是『此書』即『不知落何所』的道理!再說,沈德符怎能確定世上也不見得祇有邱志充那一部稿本吧!」今者,雖已知道在明朝人的筆下,已有三人提到《玉嬌李》這部書,但如以當時的社會風尚以及文風來看,當時是否有這部書的存在?尚待進一步推演。仍應存疑。

不過,沈德符寫在《萬曆野獲編》中的這一段話,究竟寫在何年?過去,我只能根據「丘工部」一詞,推想此文寫在萬曆四十一年丘志元中了進士之後,究竟後於多少年,未能肯定,如今,卻有了證據了。

去年,美國芝加哥大學的馬泰來先生,寫了一篇〈諸城丘家與《金瓶梅》〉,考證了丘志充曾在萬曆四十八年外放河南西寧府知府,到了天啟六年,已升任山西布政使。但在天啟七年,竟因行賄涉罪被捕,判了死刑,崇禎五年棄市。此一史料,不惟我曾懷疑到的「丘旋出守去,此書不知落何所」的語意問題,得到了註腳,則沈德符此一文體的寫作年代,也有了正確的暗示。這句「丘旋出守去,此書不知落何所」的語意,自是寫在丘志充的被判死刑之後。最早也不會早於天啟七年,遲呢!要遲在丘志充於崇禎五

年棄市之後了。

此一問題，也正說明了讀書第二要博的重要。若不是馬泰來先生在《縣志》以及《明熹宗實錄》間，尋到了丘志充的官場升沈史料，今還未能確定沈氏此文寫於何年呢！

同時，馬泰來先生的此一考證，更引發了另一問題，那就是我一向在懷疑的，《萬曆野獲編》的這段論《金瓶梅》的話，是不是沈德符所作？如今，問題更濃了。

第一，根據《萬曆野獲編》的沈德符兩篇自序，我們確知《萬曆野獲編》初編二十卷，脫稿於萬曆三十四年（1606），續編十卷脫稿於萬曆四十七年（1619）。那麼，這篇《金瓶梅》的文字，居然隱喻了丘志充獲罪入獄之後（天啟七年，1627）。怎麼能列入《萬曆野獲編》？

第二，沈德符卒於崇禎十五年，他的《萬曆野獲編》，在他有生之年並未付梓。到了清康熙二十九年，錢枋把傳抄的數篇彙集起來，重行釐定編目，編目已非原作，而且也未梓行。直到道光七年，方由姚祖恩在廣東刻出，已三十四卷矣。試想，《萬曆野獲編》的出版情形，竟是如此坎坷，其內容與沈氏原作的出入，實難推想。

基於以上兩種情形來看，若說《萬曆野獲編》中的這一段說到《金瓶梅》的話，非沈德符手稿，乃後人之纂附。可能性極大。再說，乃沈氏之自製「詖辭」，成分就更大了。

像上述的這番研判，若無馬泰來先生尋出的這一系列的史料，這些話我就說不出若是充實的。

當然，我們如能再讀到其他相關的史料，我們研判的話，就會說得更加充實。

關於此一問題，徐朔方寫《金瓶梅成書初探》，他為了要證明他認為《金瓶梅》原是唱本因而方有「詞話」之名，說：「沈德符《野獲編》卷二十五將《金瓶梅》列於詞曲之下，可見他對詞話二字的重視。」徐氏的這幾句話，就是不了解沈氏《萬曆野獲編》的編纂與梓行情形，更可以說他忽視了我在《金瓶梅探原》中的〈沈德符與金瓶梅〉這篇短文。要不然，他便是強其辭以證。實際上，他這話是證不上他的論點的。因為他不能證明《萬曆野獲編》卷二十五的這則《金瓶梅》之放在「詞曲」之下，乃沈德符的原因。可以說，這種論證，是一點作用也沒有的。

讀書更需要的還是智慧，如無超人的智慧，讀得博也用不上。再換一句話說，如缺智慧，讀得細心也精到不了。做學問，需要推理，智慧不夠，推理亦難精確。譬如徐朔方的《金瓶梅研究》，竟認為《金瓶梅》一書，原是在民間流行的唱本。由李開先從事寫定了的。居然還有人起而附和，委實令人感到奇怪；《金瓶梅》如確像徐朔方等人推想的那樣，此書最遲應在嘉靖二十年（1541）前後，便在說書人口中流傳著了，沈德符說：「此種書必遂有人板行」，這是事實，但又何以到了萬曆四十五年（1617）之後，方有刻

本問世？這之間居然有七十餘年無人板行。這一點就是明朝嘉（靖）隆（慶）萬（曆）那個時代，不可能有的事。再說，《金瓶梅》一書如在嘉靖中葉，便在說書人口中流傳著了，也不可能沒有人寫入筆記或其他任何文字。記述說唱《金瓶梅》的《陶庵夢憶》，已是崇禎七年（1634）矣！

我認為徐朔方等人如有智慧，如有認知明代史實的相關知識，就不會產生「李開先寫完《金瓶梅》」的說法。

讀書精博在細心（讀《金瓶梅》例說之三）

誠然，讀書如不細心，如何能精？求精，必須細心。

但人的智慧，明暗是不定時的，而人的情緒，也是不能長時靜止的。所以我們在閱讀時，無論多麼細心，也難免有體會不到或吟味不到的時候。若是情形，便有賴於大家夥去共同鑽研。古諺有云：「眾志成城。」這話用在讀書上——尤其學術研究，卻也適當。也許同一問題，發生了爭執，表面看來頗傷情誼，但事實上，卻大有助於讀書的精到獲得。也等於說是「真理愈辯愈明」的道理。蓋彼此的爭辯，往往會指出了彼此細心不到之處。《紅樓夢》一書的研究，之所以如此豐收，正因為參予研究的人眾多，集眾心於一，就比一個人的細心要收穫得多。

譬如我在《金瓶梅》一書的研究上，業已花去了十七年的時間，我的理論目標，指出《金瓶梅》一書的原始內容，乃政治諷諭的主題，改寫過的《金瓶梅詞話》，還殘存著有關政治諷諭的文辭。雖在《金瓶梅的問世與演變》以及《金瓶梅劄記》、《金瓶梅原貌探索》等書，業已指出不少，卻未能發現第六十五回中的兩個人名「何其高」與「陳四箴」更足以作為我這論點的直接證據。直到黃霖先生提出，我纔恍然大悟。想來，這兩個名字我已在閱讀時，見過不少次了。卻一次也不曾想到這兩個人名，正是我指出的「政治諷諭」問題兩大證人。說起來，還是讀書不夠心細。

明神宗寵愛鄭貴妃，有廢長子立鄭氏妃生第三子的意圖，從萬曆十四年吵起，一直吵到這位皇太子常洛死，還沒有吵完。在萬曆十七年冬，大理寺評事雒于仁上陳一疏，直指皇帝犯了酒、色、財、氣四病，其中的色病，就是指的明神宗太寵鄭貴妃了。當時人稱雒于仁的這一奏章，謂之〈四箴疏〉。那麼，《金瓶梅》第六十五回中的「陳四箴」這個名字，自是從雒于仁上陳酒、色、財、氣四箴疏而來。而且在「陳四箴」的名字上面，列了一個名叫「何其高」的人，連在一起，豈不顯然是讚美雒于仁的上陳四箴疏是何其高義的舉動嗎！此一問題，我如能細心閱讀，早就體會到了，我的前幾本書，在論證上，就要充實多了。

近讀戴不凡《小說見聞錄》（木鐸出版），其中寫有〈《金瓶梅》零札六題〉，在第

六題說到《金瓶梅》所寫紡織業史料時，提到第三十三回湖州客人何官人急於將絲線貨物發兌，要五百兩，西門慶以四百五十兩成交。戴不凡居然把五百兩銀子價值的絲線，誤成了五百兩重量的絲線，遂判定說：「則當時絲線價，當為每兩售銀一兩。」當時的絲線售價竟高達一兩銀子一兩絲線，怎麼可能？

此一情節，在《金瓶梅詞話》第三十三回，寫得極為清楚。西門慶應允以四百五十兩銀子成交之後，說：「我兌了四百五十兩，教來保取搭連，眼同裝了（銀子）。今日好日子，便僱車輛搬了貨來，鎖在那邊房子裡就是了。」後來，又著來保僱來染絲，又僱了一個夥計（韓道國）在獅子街開張舖面，發賣各色絨絲，一日也賣數十兩銀子。試想，西門慶兌出四百五十兩銀子，只買來五百兩重的絲線，還用得著吩咐來保「僱車輛」去「搬貨」嗎？五百兩重的絲線，只不過三十幾斤，也開不成「各色絨絲」舖啊！雖然前面寫著「湖州一個客人何官兒，門外店裡堆著五百兩絲線，急著著要起身家去，……」這裡寫的「五百兩」而是指價值數目，非絲線的重量，如果是絲線的重量，也不必說是「堆著」。可見戴不凡讀書的不夠仔細。

儘管戴不凡已把《金瓶梅》三十三回的此一情節讀疏忽了，居然還有人跟著錯下去。有一位名叫蔡國梁的《金瓶梅》研究者，竟也採用了戴不凡的此一錯誤說法。他在〈金瓶梅反映的明代城市經濟生活〉一文中，也這樣說：「西門慶稱湖州客人急於脫手五百兩絲線，殺價四百五十兩銀子（三十三回），則知當時絲線價至少一兩售銀一兩。」也未寫明是從戴不凡的說法來的。

不錯，《金瓶梅》第三十三回的這句「門外店裡堆著五百兩絲線」的話，是有語病的，應是「五百兩銀子的絲線」。但下文已寫明「僱車搬貨」，又怎的不仔細一讀呢！

《金瓶梅》的傳抄來源，牽涉到麻城人劉承禧。這位劉承禧字延伯，在當時是一位蔭職於錦衣衛的千戶，後曾升至指揮。他的父親劉守有字思雲，也是一位蔭職，曾任張江陵宰輔時代的錦衣衛都指揮。到了萬曆十六年方行解職。這些史實，美國芝加哥大學的馬泰來先生，寫了一篇〈麻城劉家與金瓶梅〉，把劉氏父子的身家情況，寫得極為清楚。可是中共杭州大學的徐朔方，竟在兩篇文章中，說劉守有是湯顯祖的進士同年。

按湯顯祖是萬曆十一年進士，這時的劉守有已是錦衣衛的指揮，論年齡，湯顯祖中進士時年三十四歲，劉守有大概五十左右。再說，《明清歷科進士題名錄》，所載明清歷科進士姓名，並無遺漏，一查即知。不要說劉守有非湯顯祖的進士同年，劉守有也不曾參加過進士之試，他只是以祖之勳業，先蔭職錦衣衛千戶，再一步步升到錦衣衛都指揮。徐朔方先生一再說劉守有是湯顯祖的進士同年，不知何所據？

另一位論《金瓶梅》的人，當他說到《金瓶梅》的作者及故事梗概時，居然連「故事梗概」也說錯了。他說：「西門慶將潘金蓮納為妾之後，又與潘金蓮的婢女私通，亦

將她納為妾。」事實上,春梅在《金瓶梅》中的西門家,名義上始終是潘金蓮的丫頭,西門慶並未收春梅作妾。又說:「西門慶與李瓶兒私通,花子虛氣得病重而死。西門慶因事外出,李瓶兒又勾搭上醫生蔣竹山。」這番話,都與《金瓶梅》的情節,大有出入。第一,西門慶雖已與李瓶兒訂了婚娶之期,卻突然因為楊提督被劾下獄問罪,只得馬上在行為上收斂起來,關上大門,花園停工,多日不敢出門。第二,雖「因事」卻未曾「外出」。讀書實應更為細心,最好將故事梗概弄清楚。

像上述的這些讀書不細心的情事,文章大多刊載於中共大專院校的學報上,作者不僅是教授,而且是名人。他們讀書竟是如此的馬虎,又何止遺憾於其個人也。

胡適先生說讀書,提出了「眼到、口到、心到、手到」之說。竊以為「心到」最為重要,心到方能眼到,心不到,眼如何能到,心與眼如未到,則手與口也到不了。換言之,心如不到,讀書如何能精呢!可見讀書之精在細心。

考據的問題（讀《金瓶梅》例說之四）

清代桐城派的治學原則,主張的是訓詁、義理、辭章、考證。考證最重要的是證據,所以又稱「考據」。故凡所考據的事,要用證據說話,有一分證據說一分話。就是去推演作判斷,也不能離開證據。就是有了證據,也往往觀點有異。當然,作考證的人最辛苦的是尋求證據,為了尋求證據,真可以說是「上窮碧落下黃泉」,即是這樣,卻還往往忽略了,或已過目竟未能入乎心,未能入乎心,便不能著乎手。近來,我就疏忽了一件證據,雖然如此,我的推演,卻仍有立說的價值,可見考證之難。

下面我們引述一件證據:

明末人薛岡,浙江寧波人,屠隆同鄉,在他所著《天爵堂筆餘》卷二,寫有一條記述《金瓶梅》的話。

這一段話引錄如下:

> 往在都門,友人關西文吉士以抄本不全《金瓶梅》見示。余略覽數回。謂吉士曰:「此雖有為之作,天地間豈容有此一種穢書,當急投秦火。」後二十年。友人包岩叟以刻本全書寄敝齋,予得盡覽。初頗鄙嫉。及見荒淫之人,皆不得其死,而獨吳月娘得善終,頗得勸懲之法。但西門慶當受顯戮,不應使之病死。簡端序語有云:「讀《金瓶梅》而生憐憫心者,菩薩也;生畏懼心者,君子也;生歡喜心者,小人也;生效法心者,禽獸耳。」序隱姓名,不知何人所作?蓋確論也。所宜焚者,不獨《金瓶梅》,《四書笑》、《浪史》,當與同作坑火。李氏諸書,存而不論。

　　薛岡的這番話，給予《金瓶梅》的研究者，提供了兩個消息，一是他讀到抄本的時間及讀到刻本的時間距離。二是抄本與刻本的內容有無出入？此兩問題，我們先去探索重要人物「關西文吉士」是誰？（包岩叟可存而勿論）

　　首先，要弄清楚「關西文吉士」五字的讀法，關西文、吉士？還是關西、文吉士？我先查尋《明代進士題名錄》，在萬曆年間查到了陝西三水縣有四位文姓進士，一是二年甲戌科的文運熙，二是十一年癸未科的文在中，三是二十九年辛丑科的文在茲，四是三十八年庚戌科的文翔鳳。進一步查《陝西三水縣志》，中央圖書館的這本《三水縣志》是抄本（孫星衍撰），文在茲的本傳極簡，全文僅三十字。「明文在茲字少公，萬曆辛丑進士，聰穎過人，目數行下，長古文辭，工八分楷字。」再進一步查考《明神宗實錄》，陝西三水的這四位進士，悉無庶吉士的選任紀錄。尤其萬曆二十九年辛丑這科的庶吉士，實錄所記甚詳。但《三水縣志》卷十〈科貢〉十三，確是記有「文在茲，字少元（與傳文不同），在中胞弟，登許獬榜進士。初授翰林院庶吉士，不二載以終養歸卒。」若是此一記錄無誤，則薛岡在京都「關西文吉士」處見到不全抄本《金瓶梅》，應是指的文在茲，比我推想到的文太青翔鳳，要有力得多。因為有了這一條證據。

　　文在茲既是萬曆二十九年（辛丑科）的進士，薛岡又稱文在茲為吉士，時間當在萬曆二十九年或三十年間讀到「抄本不全《金瓶梅》」，那麼，再下推二十年，正好是萬曆末年的泰昌元年，或天啟元年二年，甚至是三年。這樣推算下來，薛岡讀到的刻本，應是現存的《金瓶梅詞話》無疑了。可是，問題也不這麼單純。因為現存的這部《金瓶梅詞話》，與薛岡讀到的刻本，符契不上。如從薛岡這話（上引文）中所說的刻本情形，他讀到的刻本只有東吳弄珠客的序，並無欣欣子的序。他文中引錄的序文文句，是東吳弄珠客的話，他說是「簡端序語」，自然指的是第一篇序文。把東吳弄珠客的序文放在簡端（第一篇）的刻本，是崇禎本，這個刻本沒有欣欣子的序。所以薛岡又說：「序隱姓名，不知何人所作？」我們想，如果薛岡讀到的刻本是我們今天讀到的《金瓶梅詞話》，他怎麼會說：「序隱姓名，不知何人所作？」欣欣子筆下的「蘭陵笑笑生」雖不是真實姓名，總是個名字吧。薛岡若是讀到了刻本上的欣欣子這篇序文，行文似不致如此。這樣看來，我們就很難據以認定薛岡讀到的刻本是《金瓶梅詞話》了。

　　劉輝先生的〈北圖藏山林經濟籍與金瓶梅〉一文，就是根據了這個疑問，推想在現存《金瓶梅詞話》以前，還有一部刻本，刻於萬曆四十五年，這一刻本只有東吳弄珠客序，到了萬曆四十七、八年，方有了加上欣欣子序文的刻本。此一推想，雖不無理由，卻忽略了這部書的刻工時間與投資，都不是簡單的問題。這本書如果在萬曆四十五年冬就有了刻本，不到兩年就有了另一家搶著去翻刻，那就證明此書極有銷路。果如此，則《金瓶梅詞話》似不致僅有一種刻本的三部傳世？崇禎本還有四種刻本呢。雖然薛岡的這

一段有關《金瓶梅》的說詞，提供了我們研究《金瓶梅》作者的一些消息，如今看來，仍然迷霧重重，難窺匡山全貌。是以我還不願放棄，「文吉士」是文太青的推想。

考據是一門最迷人的學問。應考據的任何一個問題，都有它的迷宮，等待你鑽進去再鑽出來。要不就別鑽進去，一旦鑽了進去，就得付出耐心與辛苦以及智慧去尋求出路，走不出，就得死在迷宮裡。就如本文提及的這件資料，便有如此多的問題，尚有不少問題，本文還未提到呢。

研究《金瓶梅》的正確方向

前　言

　　（首先，我要說明的是，本文的論點，指的外緣研究，非對內在言也。）案《金瓶梅》一書，自萬曆二十四年（1596）傳抄問世以來，抵今已近四百年[1]。四百年來，它的腳步一直走在坎坷的道路上。

1. 傳抄二十餘年方有刻本問世。何以「此種書」竟無人刊行[2]？自是受了政治因素的阻礙。（參閱拙作《金瓶梅的問世與演變》時報公司印行）

2. 第一次刻本《金瓶梅詞話》，雖於萬曆末天啟初刻出，卻又未公開發行。是以此一刻本，竟在問世間被湮沒了三百餘年，抵民國 21 年（1932）始被發現。今存世者，僅有三部[3]。

3. 第二次改寫重刻，於崇禎初年發行，雖在崇禎亂世，但十年餘年間，即有四種刻本之多[4]。嗣因朱明易姓，此書之流行，再受影響。

4. 第三次刻本是清朝彭城人張竹坡，再據崇禎本加以評點，以「第一奇書」的名號，「苦孝說」的掩護，重行梓版問世。但不久即遭公令查禁[5]。

5. 由於此書寫有男女性事，雖在年朝末干公禁，卻頗受君子詬病，咸認應付秦火。時至今日，社會開放，而此書則仍被視為禁忌。可以說，直到今天，它還未能步上平坦之途。

1　袁宏道於萬曆二十四年十月間，在寫給董其昌的一封信上，說到《金瓶梅》一書。是現有史料最早提到《金瓶梅》的一件。

2　沈德符在《萬曆野獲編》中曾說：「此種書必遂有人板行，一出則家傳戶到。」

3　《金瓶梅詞話》雖梓行於天啟初，但在此明期則未發行，是以明朝人談到《金瓶梅》者，無人提到《金瓶梅詞話》上的欣欣子序文。直到民國 21 年（1932）在山西發現了《金瓶梅詞話》，世間方知有欣欣子與蘭陵笑笑生。存於世的《金瓶梅詞話》，僅有三部另二十三回。我國有一部，其他均在日本。

4　崇禎本《金瓶梅》，存於世者，現有四種刻本，每種都有不同版本存在。

5　清康熙三十四年（乙亥）梓行的「第一奇書」本，在清朝被列為禁書。但在有清之二百餘年間，此書刻本有二十餘種之多。

　　雖說，《金瓶梅》一書自問世到今日，命運坎坷且迭受指摘。但由於它在小說門類中，有其偉大的藝術成就，是以他不僅是我國明代的四大奇書之一，更是國際間為寫實主義首開先河的巨構。近半年世紀以來，《金瓶梅》已是國際間東西方學人特別注目的大書，尤其近十年來，國際間研究《金瓶梅》的學者，越來越多了。

　　研究《金瓶梅》的學者，他們研究的外在問題，不外三事：一、版本；二、成書年代；三、作者。這三個問題，如前賢日本學者長澤規矩也、鳥居久靖，我國學者吳晗、鄭振鐸等人，已著有卓越成就。但仍有不少問題，尚待吾人繼續深入探索，一一予以正誤並加補充。應為未來從事《金瓶梅》一書的研究者，開闢一條正確的方向，方不致再陷後人還停滯在猜謎的階段。下面，我們一一討論這三個問題。

一、版本問題

甲、《金瓶梅詞話》

　　關於《金瓶梅詞話》的初刻本之梓行年代，連日本的版本學家鳥居久靖，都襲用了鄭振鐸的初版於萬曆三十八年（1610）的誤說。至萬曆丁巳（四十五）年東吳弄珠客序的那一本，則臆說是北方刻本，初刻本應是萬曆三十八年間「吳中懸之國門」的那一部。此一說法，全是由於他們沿用了沈德符的《萬曆野獲編》，推臆出來的。此一臆說，業已誤導了四十年了[6]。

　　我已尋出了兩件史料，否定了鄭振鐸的此一臆說之誤。第一，沈德符在《萬曆野獲編》這篇論及《金瓶梅》一文中，提到的「丘工部」六區，名志充，山東諸城人，乃萬曆四十一年進士。沈德符稱之為「丘工部」，自是指的丘六區中了進士之後，選派工部任職，方可稱之為「丘工部」。顯然的，沈德符寫在《萬曆野獲編》中論《金瓶梅》的那些話，寫作的時間應在萬曆四十一年之後。第二，沈德符文中提到的那為「司榷吳關」勸他應梓人之求可以療饑的馬仲良，名之駿，河南新野人，雖是萬曆三十八年進士，他「司榷吳關」的時間，則是萬曆四十一年至四十二年。益發可以證明沈德符寫在《萬曆野獲編》中論及《金瓶梅》的那番話，仍萬曆四十一年或四十二年間事。自可基而想知《金瓶梅》不可能在萬曆三十八年出版也。

　　自從我提出了這兩件史據，鄭振鐸等人的此一誤說，被錯用了四十年的《金瓶梅》初版刻餘萬曆三十八年之說，東西方的論者，始行一一更改[7]。

6　鄭振鐸於民國 23 年 7 月作〈談金瓶梅詞話〉一文，認為沈德符說「吳中懸之國門」的那本，初刻於萬曆三十八年，《金瓶梅詞話》乃第二次的北方刻本。

7　法國學人雷威安（Ander Levy）首先響應我的論據，文見拙作《金瓶梅的問世與演變》之附錄五。

今後，《金瓶梅詞話》的初刻本，就是這部《金瓶梅詞話》，應是不會再誤的了。不過，《金瓶梅詞話》的初版年代，我的論斷在天啟初年說，似還有人在疑疑惑惑，彳亍于亍不敢下筆同意。卻又尋不出辯駁的史據，是以他們還在懸疑著。此一問題，留在後面再說。

乙、崇禎本《金瓶梅》

崇禎本《金瓶梅》乃據《金瓶梅詞話》本改寫而成。兩書俱存，不必疑猜，一經比對，即行判然，然該一刻本之梓行年代，則仍未能確定。雖經鄭振鐸據書中插圖之刻工姓名，全是崇禎間曾為陳老蓮刻《九歌圖》和《葉子格》等插圖的刻工，推想此刻當是崇禎間刻於杭州者。但究在崇禎之早期？中期？末期？則未能明言。

今者，此一崇禎本《金瓶梅》，存世版本，尚有四種：(一)《新刻繡像批評金瓶梅》，北平首都圖書館藏。(二)《新刻繡像批評金瓶梅》，日本內閣文庫藏及東京大學東洋研究所藏。(三)天理大學藏。(四)北京大學圖書館藏。這四種版本，業經日本學人鳥居久靖及今在北海道函館大學執教的荒木猛參證判定，是四種不同的刻本。鳥居久靖且判定北平首都（原孔德）圖書館之藏本，印刷較早，其次是內閣文庫本，天理圖書館及北京大學圖書館之藏本居末[8]。

至於這些版本的梓行年代，鳥居久靖的〈金瓶梅版本考〉，曾引另一版本學家長澤規矩也之說，長澤氏認為內閣文庫藏之崇禎本《金瓶梅》，以字樣判斷，疑為天啟中之南京刊本[9]。今者，又有日本北海道函館大學之荒木猛作：〈《新刻繡像批評金瓶梅》（內閣文庫藏本）出版書肆之研究〉一文，推定該一版本，由出版之書肆研判，其出版時間，當在崇禎末[10]。那末，此一內閣文庫藏本，既經鳥居氏判為「孔德本」（今改為北京大學圖書館）之後的刻本，則崇禎本之初刻梓行時間，當在崇禎初年，殆無疑問。崇禎紀年一共只有十六年餘，在此短短十餘年之間，由《金瓶梅詞話》改寫成的《金瓶梅》，竟有四種刻本之多。其第一種初刻本，應在崇禎初年，自也是證言之據。

如今，我們又有了一則明人薛岡在其所著《天爵堂筆餘》中論及《金瓶梅》的史料，說明他在讀了《金瓶梅》之不全抄本二十年後，讀到《金瓶梅》的完整刻本。經考證薛岡讀到《金瓶梅》抄本的時間，是萬曆三十八年，下數二十年，乃崇禎初年（三年前後）[11]。

8　鳥居久靖著〈金瓶梅版本考〉，見日本《天理大學學報》18 輯（昭和 30 年 10 月）。
9　同上注，見第 346 頁。
10　荒木猛著〈新刻繡像批評金瓶梅（內閣文庫藏）出版書肆之研究〉，原刊 1983 年 6 月號東京出版之《東方》書評雜誌。任世雍譯文，刊於民國 73 年 3 月號《中外文學》。
11　拙作〈金瓶梅的新史料探索〉，刊於民國 73 年 11 月 19、20 日《中華日報》副刊，並於同年 12 月 9 日在第六屆中國古典文學會議上發表。

那麼，崇禎本《金瓶梅》的最早梓行時間，應為崇禎初年（不可能踰越崇禎三年）亦足可肯定。

我曾判斷《金瓶梅詞話》梓行於天啟初年（約在天啟三年前後），因詔修《三朝要典》（挺擊、紅丸、移宮三案），該刻本未敢發行，嗣後遂有「崇禎本」之改寫梓行[12]。

若從上述推論來看，不惟史蹟昭然，而且足跡不亂，可以說崇禎本《金瓶梅》的初刻，梓行於崇禎初年，似已毋須再寫作解說。

二、成書年代

至於《金瓶梅》的成書年代？崇禎本的《金瓶梅》，可以不必說了。今天，我們所能據以研判的，應是《金瓶梅詞話》，那麼，《金瓶梅詞話》成書於何年呢？

「聞為嘉靖間大名士手筆」。這是明朝當時人沈德符寫於《萬曆野獲編》中論及《金瓶梅》的語言之一[13]。把《金瓶梅》說成是嘉靖間的作品，沈德符的話是第一人道出。

此後，論及《金瓶梅》者，則大都援用沈氏的此一說法，加以發展、演變，且為王世貞編了一則為父報仇的故事；更有許多不同的傳奇，在世間流傳。彭城張竹坡且以「苦孝說」直指王世貞是《金瓶梅》作者。這些傳奇說法，雖是清朝人編造的，又何嘗不是沈德符這一句讕言的濫觴！

關於《金瓶梅》是嘉靖間作品之說。自民國二十一年《金瓶梅詞話》出現之後，吳晗寫了一篇〈金瓶梅的著作時代及其寫作背景〉，鄭振鐸寫了一篇〈談金瓶梅詞話〉[14]，這兩篇論述的推論，足以否定了誤傳踰三百年的「嘉靖間作品」的說法。不過，他兩人都把《金瓶梅》的成書年代，置之於萬曆中期，說：「《金瓶梅》的成書時代大約是在萬曆十年到三十年這二十年（1582-1602）。中。退一步說，最早也不能過隆慶二年，最晚也不能後於萬曆三十四年（1568-1606）。」（吳晗說）鄭振鐸也假設於萬曆三十年左右。此一問題，我則持有不同看法。

第一，《金瓶梅詞話》是改寫本，我的此一研究推論[15]，應是肯定的。可以說，《金瓶梅詞話》的內容，已非袁中郎時代閱讀到的那個傳抄本。我們論斷《金瓶梅》的成書年代，絕不能以《金瓶梅詞話》為立論之據。

12　此一問題可參閱拙作《金瓶梅的問世與演變》一書之第五、十兩章。

13　見《萬曆野獲編》卷25。

14　吳晗著〈金瓶梅的著作時代及其社會背景〉一文，刊於民國22年10月10日出版之《文學》季刊創刊號。鄭振鐸著〈談金瓶梅詞話〉刊於民國23年7月《文學》。

15　參閱拙作《金瓶梅的問世與演變》（民國70年8月臺北時報出版公司印行）、《金瓶梅箚記》（民國72年12月臺北巨流圖書公司印行）、《金瓶梅原貌探索》（民國74年3月臺北學生書局印行）。

第二，《金瓶梅詞話》既是改寫本，自可肯定在《金瓶梅詞話》之前，還有另一種《金瓶梅》底本。可以說，《金瓶梅》到了《金瓶梅詞話》，已有了兩種稿本。先無論這兩種稿本的異同如何？而我們在論及《金瓶梅》的成書時，都應分開來說。不能以今之《金瓶梅詞話》與其以前的《金瓶梅》底本，混為一談。這一點，應是我們今後研究《金瓶梅》必須遵循的一條正確路向。

第三，我的研究，業已判斷《金瓶梅詞話》是泰昌元年方始改寫完成梓行的版本，所據史料是寫於該書第七十回、七十一回兩回的一年兩冬至，隱喻了泰昌與天啟兩個元年[16]。此一研判，雖還有人持疑，也有人不願贊同。但如依據明朝論及《金瓶梅》的九人史料，一攤開來作比並推繹，詳細研究，準會發現這其中有些說詞，有相互矛盾之處，也有彼此共同之處。

甲、相互矛盾之處

1. 沈德符說他於萬曆三十七年間，向袁小脩抄得《金瓶梅》全稿（其中缺少五十三回至五十七回五回）挈歸[17]。

2. 袁中道（小脩）在其萬曆四十二年八月的日記《遊居柿錄》中，說他尚未讀到《金瓶梅全稿，還是萬曆二十六年在真州跟隨哥哥中郎時，「見此書之半[18]」。

3. 謝肇淛於萬曆四十一年之後，在其所著《小草齋文集》（〈金瓶梅跋〉）中也說，《金瓶梅》尚無全本，他手上的抄本只有百分之八十；「於中郎得十其三，於丘諸城得十其五，稍為釐正。而闕所未備，以俟他日。[19]」（從上述三人的說詞來看，沈德符的話，可就有了問題了。袁中道與謝肇淛都說他們在萬曆四十二年，尚未讀到全本，沈氏如何能在萬曆三十七年向袁中道抄到全稿？）

乙、彼此共同之處

1. 袁中道：「……大約模寫女兒情態俱備，乃從《水滸傳》潘金蓮演出一支。所云金者，即金蓮也；瓶者，李瓶兒也；梅者，春梅婢也。……」（日記《遊居柿錄》）

2. 沈德符：「……中郎又云：『尚有名《玉嬌李》者，亦出此名士手，與前書各設報應因果。武大後世化為淫夫，上烝下報；潘金蓮亦作河間婦，終以極刑；西門慶則一騃憨男子，坐視妻妾外遇，以見輪迴不爽。』中郎亦耳瞟，未之見也。……」（《萬曆野獲編》卷25）（以上兩則所述，其共同之處，指所聞之《金瓶梅》，悉為從《水滸

---

16 參閱拙作《金瓶梅的問世與演變》第七章。
17 見《萬曆野獲編》卷25，金瓶梅條。
18 見《遊居柿錄》（新興書局版），第979條。
19 見《小草齋文集》卷24，〈金瓶梅跋〉（中央圖書館漢學中心有複製本）。

傳》支出之潘金蓮故事也。)

3. 袁中道:「……舊時京師,有一西門千戶,延一紹興老儒於家;老儒無事,逐日
　記其家淫蕩風月之事,以門慶影其主人,以餘影其諸姬。……」(《遊居柿錄》)

4. 謝肇淛:「……相傳永陵中有金吾戚里,憑怙奢汰,淫縱無度,而其門客病之,
　採摭日逐行事,彙以成編,而託之西門慶也。……」(《小草齋文集》卷24)

(以上兩則所述其共同之處,指《金瓶梅》一書之寫作來源同也。)

5. 沈德符:「聞為嘉靖間大名士手筆。」(《萬曆野獲編》卷25)

6. 屠本畯:「……按《金瓶梅》流傳海內甚少,書帙與《水滸》相埒。相傳嘉靖時,
　有人為陸都督炳誣奏,朝廷籍其家。其人沈冤,託之《金瓶梅》。……」(《山林
　經濟籍》)

(以上兩則,則共指《金瓶梅》一書,應作於嘉靖。)

　　我們如從上述的六則明人對於《金瓶梅》一書的說詞來看,他們之所以說法有同有
異,且有極端矛盾衝突之處,這也正說明了《金瓶梅》一書之在明朝當時,並未普遍流
行,正如《山林經濟籍》所說:「《金瓶梅》流傳海內甚少。」傳抄時,只在文士間秘
密進行,刻成《金瓶梅詞話》之後,也未流行。是以至今我們只能見到《金瓶梅詞話》
的刻本一種,連明朝同時代人薛岡,也只見到崇禎初年的刻本,並未見到《金瓶梅詞話》
[20]。再說,所有明朝人論及《金瓶梅》者,尚無一人提到欣欣子與蘭陵笑笑生。那麼,
我判斷《金瓶梅詞話》於天啟初年刻出後,恰好遇上「詔修三朝要典」的聖命,因而不
敢發行。後來,有人把《金瓶梅詞話》中的政治隱喻刪去,重寫了第一回,再行梓版發
行。於是,崇禎本的《金瓶梅》,在崇禎的十餘年動亂中,還有了四種不同的刻本。符
節了沈德符之說:「一刻則家傳戶到」;可是,沈氏這句話的上一句:「此種書必遂有
人板行」,卻符不上了。因為《金瓶梅》自傳抄以來,不惟二十餘年沒有人梓行,甚而
流行也只限於文士之間。怎能符節「此種書必遂有人板行」呢?

　　所以我推斷《金瓶梅詞話》梓行於天啟初年,雖經刻出,也未敢公開發行。

　　再說,袁宏道有一封寫給謝肇淛討還《金瓶梅》借書的信函,我已考證出此一信函
乃偽託[21]。若與《萬曆野獲編》沈德符的那段漏洞百出的話相提並論,可以想知明朝人
論及《金瓶梅》的說詞,不惟有偽纂之處,必也有隱諱之節。想來,不是很顯明嗎?

　　總之,關於《金瓶梅》的成書年代問題,我們必須分作兩個階段研究。(一)傳抄時
代的《金瓶梅》,(二)即今之《金瓶梅詞話》。(三)傳抄本的《金瓶梅》作於何年?有未

20　參閱拙作〈金瓶梅的新史料探索〉(臺北學生書局印行之《金瓶梅原貌探索》附錄五)。

21　參閱拙作《金瓶梅審探》中〈論袁宏道給謝肇淛的這封信〉,第53-69頁(臺北商務印書館印行)。

寫完？(四)《金瓶梅詞話》改寫過程如何？完稿於何年？雖說，這些問題，我已耗去不少精力，成書三種，費辭不下五十萬言，但仍待各方賢者賜正。

三、作者

有關《金瓶梅》的作者，在過去三百多年來的時代裡，世上一直傳說是王世貞，兼且編了不少五花八門的故事。自民國 21 年發現了《金瓶梅詞話》，有了欣欣子的序文，指出作者是蘭陵笑笑生，雖已有了這個名字，但這位蘭陵笑笑生究竟是誰？卻仍是個謎。正由於這蘭陵笑笑生還是個謎，是以至今，研究《金瓶梅》的人，對於作者是誰？仍在猜謎階段。

過去，被猜的對象頗夥，計算起來，幾踰十人。但除了一些只是順口溜說，未曾提出論述者外，尚有五說囂然世間。

1.朱星的仍持王世貞說。[22]
2.吳曉鈴、徐朔方的李開先說。[23]
3.張遠芬的賈三近說。[24]
4.黃霖的屠隆說。[25]
5.芮效衛（David Roy）的湯顯祖說。[26]

以上五說，都有或長或短的論文發表。雖然，戴不凡也曾提出作者可能是金華人的說法，卻未正式闡述，只是從少許語言上，提出意見而已[27]。自還算不上一說。我在《金瓶梅探原》時代（民國 68 年（1979）以前），也只指出作者是一位長於北方的江南人，或具有南人生活習尚的北方人而已。下面，僅就上述五說，略抒管見如下：

(一)王世貞說

關於王世貞一說，竊以為吳晗與鄭振鐸兩位的論述，足以否定了作者是王世貞之說（上節所述）。那麼，今之仍持王世貞之說者，就必須先把吳、鄭兩位的論據，一一批駁，不僅批駁，還應一一予以摧坦，然後，方有餘地去建立你的論述。這是考據上的基本原

---

22 見朱星著《金瓶梅考證》（1. 1980 年 10 月天津百花文藝出版社印行。2. 1983 年 9 月臺北木鐸出版社印行）。
23 見徐朔方著〈金瓶梅是李開先寫定〉一文，（1980 年 3 月《杭州大學學報》第 1 期）。
24 張遠芬著《金瓶梅新證》（1984 年 1 月山東齊魯書社印行）。
25 黃霖著〈金瓶梅作者屠隆考〉（1983 年 5 月上海《復旦大學學報》第 3 期）。
26 芮效衛（David Roy）著〈湯顯祖乃金瓶梅作者說〉（1983 年 5 月 12 日至 14 日，美國印第安那大會金瓶梅小說討論會發表）。
27 見 1983 年 4 月木鐸出版社出版之《小說見聞錄》，〈《金瓶梅》零札六題〉。

則，「先破而後立」也。那麼，我們如以此理論來看朱星的《金瓶梅考證》，卻發現朱星只是在自說自話，因為他不曾批駁吳、鄭兩位業已否定了《金瓶梅》的作者不可能是王世貞的論據。雖說，朱星耗費了不下五萬言的篇幅，來專論此一問題，卻無一題提出了有力的論據，兼且以《萬曆野獲編》的濫言為則，真可說是無足論矣！

可以說，「王世貞說」之不能成立，已無討論的餘地。

(二)李開先說

認為《金瓶梅》的作者是李開先者，是吳曉鈴與徐朔方。而我，只讀到徐朔方的〈金瓶梅的寫定者是李開先〉一文，他這篇近二萬言的論述，提出的主要論點是：《金瓶梅詞話》原是說書人口中的說唱詞話，經過一位作家加工寫定的；寫定的這個作家就是李開先。

何以，會選定李開先是《金瓶梅》的寫定者呢？第一，因為李開先是山東人。第二，《金瓶梅詞話》第七十回刊有李開先的戲劇《寶劍記》，第三，李開先的《寶劍記》是《水滸》故事，《金瓶梅》也是《水滸》故事。大體如是。

首先，我們要問的是：如果說《金瓶梅詞話》的原稿，來自多位不同的說書者之口，那就等於說《金瓶梅詞話》早在嘉靖中葉，就在社會上騰之於說書人之口了。那麼，何以明朝嘉靖、萬曆時人無說唱《金瓶梅》的紀錄？張岱雖在《陶庵夢憶》記了一條「（楊）與民復出寸許界尺，據小梧用北調說《金瓶梅》一劇，使人絕倒。……」時間已是崇禎七年了。再說，《金瓶梅詞話》若是李開先寫定，它的問世時間，最遲也應在嘉靖三十年前後（1552），而《金瓶梅詞話》之梓行時間，卻在萬曆末年（1620）。從寫成到梓行，之間竟有近六十年之久，無人出版。沈德符說：「此種書必遂有人板行，一刻則家傳戶到。」因為嘉靖、萬曆那個淫靡的社會，最需要像《金瓶梅詞話》那樣的書。怎會無人板行？但事實上，《金瓶梅》一書的問世，最早紀錄是萬曆二十四年（1596），我們在前面已說了又說[28]。

再說，《水滸傳》早在嘉靖初年，即已問世。李開先可據《水滸》故事寫《寶劍記》，萬曆間的蘭陵笑笑生自然也會據《水滸》故事寫《金瓶梅》。更是不必辯說的了。

說來，徐朔方的「李開先寫定說」，連個理論基礎也無有，何須多所費解。

至於吳曉玲的「李開先說」，雖未見及文字，他在美國卻演講多場，朋友們曾來信告知所講梗概，口頭上也有朋友向我略述。從吳氏演講時，期期乎指摘徐朔方的〈金瓶梅是李開先寫定說〉一文，是在閒談中聽了他的說詞，然後行之於文的，自可想知他們的立論點是共同的了。

28　同註1。

(三)賈三近說

張遠芬的「賈三近說」，也是基乎賈三近是山東嶧縣人的意念，進而演繹出來的。近來，我讀了他所寫的論著《金瓶梅新證》[29]，全書不過十萬言，竟以近五萬言的篇幅，選釋《金瓶梅詞話》中的語言，而且肯定的說，那些話全是他們山東家鄉嶧縣話。我想張遠芬一定年紀不大，且足跡所至未遠，對於趙元任先生這一系統的語言研究，也不曾涉獵，遂產生若是看法。實則，他選擇的那些話，乃我國的「北方話」語系，不僅齊、魯、豫，以及燕、薊、晉、陝，流行那些話，他如蘇、皖之北，甚而川黔雲桂，也說那些類同的語詞，日本語言學者橋本萬太郎，曾經列出圖表，用色彩區別[30]。這些有關我中華語言的調查，趙如蘭（元任先生女公子）更是做得既多又細。翻檢一下趙如蘭博士的研究，亦能得之。此一問題，不多說了。

至於張遠芬的《新證》，最值得一說的，應是他拈出的欣欣子序中的「明賢里考」。張氏把欣欣子序末的「書於明賢里之軒」的「明賢里」一詞，別成二詞來說，推理「明賢」二字，乃南朝齊之廢帝東昏侯蕭寶卷的本名。由於蕭齊的遠祖「居東海蘭陵縣中都鄉中都里」，本屬蘭陵人。遂進而基是聯想到此一「明賢里」乃暗指「蘭陵」，蘭陵乃「蕭明賢」的祖籍也。張遠芬便因此一穿鑿，把「明賢里」與「蘭陵笑笑生」聯想到一體。遂說這「欣欣子書於明賢里之軒」等字，就是嶧縣人賈三近的暗示，乃「蘭陵笑笑生」（賈三近）在蕭明賢的故里「蘭陵」（嶧縣）所作（之《金瓶梅》也）。想來，此一推想，可以說是既巧且妙。但卻未免穿鑿幽深而附會杳遠矣！

若以修辭學理，來看這「書於明賢里之軒」數字，顯然的，「明賢里」三字乃一辭，非二辭。正如張遠芬引錄的《南史·齊高帝本紀》中的這句話：「其先本居東海蘭陵縣中都鄉中都里」一樣，「明賢里」、「中都里」，所指者，悉為所居之里巷，蘇州府可能有「明賢里」，其他鄉縣，也可能有「明賢里」，絕非泛指「蕭明賢」的祖籍「蘭陵」也。如果是張遠芬的那種聯想的「暗示」，則應寫作「書於明賢之里小軒」。蓋張遠芬的說法，則「明賢里」應為「明賢」之「里」也。再說，以「里」來代一郡之地，亦似屬少見。

他如張遠芬之「金華酒考」，強調金瓶梅中的「金華酒」，即唐詩中的「蘭陵美酒」。可是，明朝人馮時化的《酒史》，則寫明「金華酒」即浙江金華產也。明人既如此說，今人怎能否定。

再說，著作像《金瓶梅詞話》這樣一部大書，作者應有寫作動機。張遠芬的《新證》

29　同註24。

30　此圖失記刊於日本何一雜誌。待補。

則未道及。賈三近官至左都給事中，既未失意於名場，亦未失意於官場。似無寫作《金瓶梅》一書的衝動。看來，賈三近不可能是《金瓶梅》的作者。

(四)屠隆說

黃霖提出「屠隆說」。雖然他的初稿〈金瓶梅作者屠隆考〉一文，僅從明本《開卷一笑》中的〈別頭巾文〉，並尋出了「一衲道士」即「屠隆」等資料。仍不易讓人信服「笑笑先生」就是「笑笑生」。而我，則認為屠隆較之傳說中的十餘人，更有可能寫作《金瓶梅》。所以我支持此說。

第一，屠隆生於嘉靖二十年——或二十一年（1541-2），卒於萬曆三十三年（1605），《金瓶梅》最早傳抄於萬曆二十四年（1596）。在其生存時間上，可以配合。

第二，屠隆是萬曆五年（1577）進士，在官僅七年，即遭罷黜（萬曆十二年免官）。且被黜的原因，涉於詩酒放蕩，且出於挾仇誣陷。罷免的罪名，則又是前職曠廢。可以說是「必欲逐之」。

第三，屠隆出身貧家，二十為諸生，三十五歲中進士，曾困頓名場十五年。在官七年無罪而罷，家居二十年（自萬曆十二年至三十三年），賣文為活。在生活情況上，有其寫作《金瓶梅》一書的可能。

第四，屠隆的真正罷官原因，如從他在《白榆集》與《棲真館集》上的詩文觀之，可以蠡知起因於他於青浦令任內，正好遇上皇長子常洛誕生，他一時衝動，寫了〈賀皇長子誕生〉等文四篇，逆鱗了皇上的心情。遂在調京任禮部儀制司主事時，遭仇口誣陷，而羅辭黜逐。當屠隆洞悉遭黜底因後，一再向友人表示他是受了「雕蟲一技」之累。對於他的無罪而罷，雖有人同情，要他傚效司馬遷之〈報任安書〉，李陵之〈答蘇武書〉，使己之冤抑著之竹帛而不朽。他則表示此非上策，不願如此做。但對罷官事，雖「不能受」，卻「不能怒」。而且說，候蟲之鳴待時，「時未至而喑喑無聲，時至而嘒嘒不已。」這些，都充分的顯示了屠隆有寫作《金瓶梅》的可能[31]。

不過，屠隆可能寫作的《金瓶梅》，應是《金瓶梅詞話》以前傳抄的那部《金瓶梅》。

(五)湯顯祖說

美國支加哥大學的芮效衛，前歲五月在印第安那大學的《金瓶梅》小說討論會上，發表論文〈湯顯祖是金瓶梅作者說〉。他在論文中例說了三十條，指湯顯祖是《金瓶梅》的作者。雖然他依據了徐朔方的《湯顯祖年譜》，東拉西扯的穿鑿附會了幾達三萬言的篇幅，但可以立說者，則一條也無。我在《金瓶梅的問世與演變》一書中的創說，如入

---

31 參閱拙作〈論屠隆罷官及其雕蟲罪尤（屠隆寫作金瓶梅之可能動機）〉一文——見臺北學生書局民國74年3月出版《金瓶梅原貌探索》附錄二。

話之劉邦寵戚夫人廢嫡立庶的故事，堪與明神宗之寵鄭貴妃有廢長立幼的史實，有所隱喻的說法，芮效衛也據以用在湯顯祖的生存年代上。想來，把明神宗的宮闈事件與《金瓶梅》牽連到一起，那是我所創說的「政治隱喻」。

湯顯祖的劇作，向被譽為是注重辭藻華美的辭章派大家，換言之，湯顯祖的作品風格，最講究的是辭藻典麗。試問，《金瓶梅詞話》是何類的作品？正如李日華所詬病者：「市諢之最穢者也。[32]」光是這一點，也就難與湯氏拉上關係。

日本學者八木澤元著《明代劇作家研究》一書[33]，論及湯氏的人品時，曾考說他一生不二色。意為除所娶正房妻子之外（湯曾續娶），未嘗涉足歡場，尤其是與其當代其他士子不一樣的是：「不娶妾」。那麼，從人品上說，也無法把湯顯祖與《金瓶梅》拉上關係。

芮效衛在這篇論文中，提到了《金瓶梅》的作者之所以把小說的展示場地放在「清河」，那是由於中國人之每以「河清」作為天下太平的象徵。「俟河之清」也。（大意如此）可是，芮效衛卻不知「清河縣」的命名由來，是由「清河」（河水是清的）而來，乃「黃河」之對，非基乎「河清」而命名。若去一查《清河縣志》，我們則可發現清河這地方，在漢高帝時即置郡了，安帝時且改之為「甘陵國」。自漢以還，清河曾兩封為國，九置為郡。封王封侯者，抵明已有數十，虛封者尤夥。北宋時王則之亂的貝州，故城就在清河。若基此而想，自可獲知《金瓶梅》的作者之所以把小說的故事，放在清河縣演出的意想矣[34]！所以，我猜想傳抄時的《金瓶梅》，可能不是西門慶的故事。這是題外話了。

總之，芮效衛的「湯顯祖說」，是很難成立的一說，光是湯顯祖的文品與人品這兩個先決的問題，他就尋不出理論與以周圓。

四、研究《金瓶梅》應走的正確方向

前面，我已把近五十年來，研究《金瓶梅》的「版本」、「成書年代」以及「作者」等問題的各家陳說，簡略的述論了一個梗概。雖我述論，難免囿於我一己的主觀，但研判資料，不可違悖理則。再說，關乎學術研究，不僅要具備超乎常人的智慧，更應具備豐饒的相關知識。否則，勢難臧事。尤其重要的是，首應讀通你研究的那部原著吧。

說來，《金瓶梅詞話》是一部不易讀通的大書。我自認我這十五年來，雖已仔細研

32　見李日華《味水軒日記》卷7。
33　見羅錦堂譯《明代劇作家研究》第七章（1966年9月香港龍門書店出版）。
34　參閱拙作《金瓶梅原貌探索》中，〈武松、武大郎、李外傳〉一章。

讀了十餘遍之多，卻仍感於尚多語言，不能理解。此一問題，我在《注釋》及《劄記》兩書中，已明言之矣。我之所以孜孜不懈的寫了三十萬言的《金瓶梅劄記》，又寫了近二十萬言的《金瓶梅原貌探索》，目的期把這部書的錯綜問題，一一摘出，提供國內外所有研究該書的作者，作為參考。可以說，我這是老蠶吐絲結繭的工作，凡所成就，非已所期。譬如，我提出的問題：

(一)《金瓶梅詞話》是改寫本

1.此一問題，應是我的正確研判。今後，凡是研究《金瓶梅》的「成書年代」及「作者」是誰的學人，就不能籠統的以《金瓶梅詞話》作為論據。因為《金瓶梅詞話》已非傳抄時代的原著。

2.至於《金瓶梅詞話》以前的傳抄本《金瓶梅》，有未寫完？其內容與《金瓶梅詞話》有多大出入？是不是西門慶的故事？尚有待我們繼續追究。我在《金瓶梅原貌探索》中提出的研究，主要的目的乃提供此一問題。

(二)《金瓶梅詞話》的成書年代

1.《金瓶梅詞話》是改寫本，應是確定的。那麼《金瓶梅詞話》改寫於何時？成書於何時？梓行於何時？應是我們研究的一個重要問題。

2.此一問題，我已提供了（三部著作，行文已踰五十萬言，前面已說到）不少資料，雖判定《金瓶梅詞話》改寫完成於萬曆四十三年（1615），梓行於天啟初年（1621-23）。史蹟斑斑，證據鑿鑿。《金瓶梅詞話》是《金瓶梅》的初刻本。東西學人不是已經承認了嗎？

(三)《金瓶梅》的作者

說到《金瓶梅》的作者，問題可就多了。前文業已說到。至於作者究竟是誰？我雖然支持屠隆一說，尚有待進一步探索尋據。但無論如何？有一個問題我們必須確定。那就是，我們研究《金瓶梅》的作者究竟是誰的時候，絕不可專指《金瓶梅詞話》，因為《金瓶梅詞話》是改寫本，如論作者是誰？應分作兩個階段看：一是《金瓶梅詞話》，二是《金瓶梅詞話》以前的那不全抄本《金瓶梅》。這一點，方是研究《金瓶梅》作者應遵循的一條正確路向。

遺憾的是，直到今天，凡是研究《金瓶梅》作者的論著，則率指《金瓶梅詞話》。關於這一問題，我在《金瓶梅探原》時代，也是如此。到了《金瓶梅的問世與演變》，我已修正了。

至於《金瓶梅詞話》還保存了傳抄時代之《金瓶梅》的原貌多少？我在《金瓶梅原貌探索》中，雖已提出了不少問題，則仍有待我們繼續探索。這一點，更是今後我們研究《金瓶梅》的作者，應走的一條正確路向。

五、餘語

有關《金瓶梅》一書的研究，比年以來，逐見熱烈。美國與日本，已有大學專開此書作為研究課程了。大陸方面，也出版了多種有關《金瓶梅》的專論，上已述及要者。看來，本文論及的幾個問題，在不久的將來，勢必有個完善的結論產生。特預期焉！

我一再說，我的《金瓶梅》研究，有如老蠶吐絲結繭，其目的並不是吐絲供人織布作衣穿著，而是為了自然的孳生，成蛾生子也。遺憾的是，這些年來，我在辛勤中完成的成果，時被一些自大夸飾者，棼絲成衣，著之於體，連那繭絲的來源，也隻字不題，儼然以開山鑿河者自居。若是情形，則非我這老蠶所期矣！

說起來，我的《金瓶梅》研究，乃是由吳晗、鄭振鐸兩人的研究孳生出來的。早在《金瓶梅探原》中，即已明言。應知道術貴本，源如無本，焉能流長！我之所以在此說了這些感慨的話，正有所期於國際學人的《金瓶梅》研究，應貫乎立本也。

附記：本文在中國古典文學第一屆國際會議席上提出，經國立中興大學文學院院長余玉照教授提示，本文所論，純係外緣研究，題目不能含蓋，且有行文之處，亦未顧及。所示極是，乃據更正並加注。特在此說明並致謝忱！

錯了就認錯
——答大陸學人徐朔方先生

●**臺灣新聞報編者案**：《西子灣》副刊於民 74 年 1 月 29 日曾刊出魏子雲先生大
作〈學術研究與批評〉一文，答大陸學人徐朔方先生〈評魏著金瓶梅的問世與演
變〉者（徐文刊長春《吉林大學學報》1985 年第 1 期）。徐氏在讀到本刊魏先生這篇〈學
術研究與批評〉一文後，又本（76）年一月在其原刊學報第 1 期，再寫〈答臺灣
魏子雲先生〉一文，今魏先生又懇切寫作此文，建議徐先生放棄原持之「金瓶梅
李開先說」之錯誤立論，及早回頭。并說：「不遠而復，往哲是與，迷途知返，
先典攸高。」蓋學術立論，應有歷史為基也。

蘇俄化的形式主義

　　同一問題的學術研究，因各持意見相左而論辯，乃古今中外常有的事。此種論辯，
所本者不外兩端，一是證據，二是理則。認真說起來，也只是證據一端而已。蓋理則也
得本乎證據推演，於是，雖是同一證據，卻也因為各人的理則意念有異，因而推演出來
的論點，便產生了對立，出現了論辯。如《東萊博議》之辯左氏傳，東坡之〈留侯論〉、
王世貞之〈藺相如完璧歸趙論〉二文之辯史遷者。若是，胥為理則之辯。（此例甚多，不
必枚舉。）那麼，徐朔方先生的〈評金瓶梅的問世與演變〉以及〈答辯〉，也都是理則之
辯；當然，拙作《金瓶梅的問世與演變》，也是理則之論。更有證據為之基。正如徐先
生讀後所見：「此書的研究者大都以沈德符《野獲編》卷二十五和公安三袁的有關記載
作為討論的起點。」惜乎徐朔方先生未能尋出證據替他說話，未能把證據一攤開來，便
否定了我的「立論」。又未能以人之矛攻人之盾的有力理則，推翻了我的「立論」。只
是提出一些自己不同意的觀點，一一道之。既非證據，亦乏理則。通篇旨趣，建立在「必
須予以批判」，免得「在海外漢學界（一定）有影響」。所以我認為徐先生的這篇評文，
是「未免太蘇俄化的形式主義」。共黨社會的批評，不是先決定了「肯定之」或「否定
之」，而後再千士諾諾之嗎！

也許這是我對徐先生的誤解。在我則總是感於憑著徐先生的聲名與學養,不應該寫得如此浮泛而祇循意念行文。既名之曰「評」,怎能不以理則析之呢!

索引派非「索隱派」

至於我說徐先生是「索引派」（非索隱派）,因為〈評金瓶梅的問世與演變〉一文,只是把我這本書的內容,作了一個「索引」,並未提出證據也未縷出理則,或推翻或否定,不過索引來一段段,表示不能同意。這不就是「索引派」嗎?

徐先生不能同意《金瓶梅的問世與演變》的索引之處,不外二端,一是他不同意我對《萬曆野獲編》卷二十五論及《金瓶梅》這段文詞的詮釋,二是他不同意我的《金瓶梅》是有關政治諷諭的小說。至於徐先生提出的他不同意的論點,也祇是索引了他對《野獲編》這段話的解說與我不同。至於他的「解說」,對,還是不對?則有關於立場問題,以及學養問題,不便字斟句酌的去爭論。我只提出了何以吳晗、鄭振鐸、魯迅等人,竟會根據《野獲編》的話,斷定《金瓶梅》初版於萬曆卅八年?還不是由於《野獲編》的這段話,在行文上有問題嗎?想不到徐先生在答辯此一問題時,不作正面解答,竟大大褒揚了我的此一「時權吳關」的正確發現,改正了前人的誤說之功。斯乃徐先生答辯文之避重就輕而引流他注也。本人深表遺憾!

無法置辯的政治諷諭

《金瓶梅詞話》是一部關乎政治諷諭的小說,僅以《金瓶梅詞話》來說,也是無從置辯的。欣欣子的敘文已經說明了。可是徐先生不同意我的「政治諷諭」說,但又提不出否定的證據,也說不出強有力的道理。所以又在答辯文中說:「我從來沒有對此（指欣欣子敘文「寄意時俗」語）表示異議。爭議的焦點是『寄意於時俗』的程度是否已經使得小說成為影射小說。」因為徐先生《金瓶梅》研究,持論是「成書是嘉靖」說,底本來自「說書人」之口,寫定者是「李開先」。與我的持論說法,相差約八十年上下。當然不能同意我的說法了。

不過,徐先生應該站在他的持論點上,提出了「成書嘉靖」說的證據。如有「證據」,則我所有的《金瓶梅》研究,便一筆勾銷,還用得著徐先生來「爭議」我持論中的「王冠」嗎!問題是,徐先生持論的「成書嘉靖」說,「底本來自說書人」說,「李開先寫定」說,至今尚無人舉出萬曆二十四年（1596）以前的歷史,曾有人提到《金瓶梅》這部書的片語隻字。相反的,沈德符的這句:「此等書必遂有人板行,一刻則家傳戶到。」已說明了晚明社會的文化實情。何以徐先生不曾考量《野獲編》說的這一歷史因素呢?

再說,廿公跋中的這句「《金瓶梅》傳,為世廟時一巨公寓言,蓋有所刺也。」我

想，這個「刺」字的淵源及意義，徐先生應該懂得。乃源於《三百篇》之詩序也。按此一「刺」字，在詩序中的意旨，率為政治之諷諭，且所刺乃當政者，直指國君者亦夥。鄭衛之詩，刺乎宮闈者，何止一二數也。可見廿公之「蓋有所刺也」之旨趣何在矣！

此一政治諷諭問題，我已長編累牘踰百萬言，徐先生也說到了。在此何必再再復誦，我祇希望所有從事《金瓶梅》一書的研究者，千萬別忽略了相關的歷史因素啊！

錯了就認錯

從事學術研究，貴在立論；立論必須有基地；基地乃歷史也。譬如徐朔方先生、吳曉鈴先生以及其他附麗「《金瓶梅》成書嘉靖」說之應聲諾諾者，並沒有在嘉靖或以前，尋到有關《金瓶梅》一書的任何紀錄。揆諸嘉、隆、萬那個淫靡的社會，連誨淫的圖畫都不干公禁，像《金瓶梅詞話》這樣內容的書，如已騰諸「說書人」之口，能無人記諸文字嗎？能無人梓行嗎？事實上《金瓶梅》的出版，最早已是萬曆末年，距離李開先的生活時代，近八十年矣！這一歷史因素，就是研究「《金瓶梅》成書嘉靖」說者無法否認的事實。敬請賢智的君子們想一想，此一歷史因素，從嘉靖二十六年（1547）到萬曆二十二、三年（1594、95）這一段時間，有何處可以作為「《金瓶梅》成書嘉靖說」的立論基地？

可怪的是，持論「《金瓶梅》成書嘉靖說」的論文，至今仍在大陸的學術論壇上，一篇連一篇的出現。卻又沒有任何人曾經提供了此一立論的「基地」——那就是《金瓶梅》曾經出現於嘉靖或以前的文字紀錄。

沒有立論基地的學術研究，其所論縱有煥彩，亦海市蜃樓，還能見得太陽嗎？

徐先生在此一論點上，業已付出不少精力，時間也用去不少了。可惜徐先生的上一立論之「《金瓶梅》成書嘉靖」說，乃沒有基地的空中樓閣。我勸徐先生以及其他的賢智之士，在沒有尋到《金瓶梅》一書曾在嘉靖或以前的時代，業已出現的紀錄，還是停止吧。試想，時間對我們是多麼寶貴。「不遠而復，往哲是與，迷途知返，先典攸高。」還是走回來，跟著我走吧！我相信，我的路沒有走錯，我的立論基地也堅實。

話說到此，我還得誠心誠意的謝謝徐先生為我指正的兩個錯誤。(一)謝肇淛的〈金瓶梅跋〉，寫的是「余於中郎得其十三，於丘諸城得其十五。」我把文詞誤為「得十其三，得十其五」；(二)關於屠隆罷官之明神宗實錄所記，雖為「丙寅」，我摘錄資料時，沒有看到「丙寅」二字，誤為「乙丑」。不是徐先生為我校出，我會永遠錯下去。真是感謝萬分。

錯了就認錯；公開認錯。說來，這也是教育者應有的風範，文過而飾非，小人也。

不過，徐先生指出我的兩個錯誤，縱未影響我的立論，總也是瑕點啊！

期乎大陸學人者

　　大陸學人之如火如荼於《金瓶梅》研究，非常令人興奮。人眾則勢必視界增廣而獲得寶藏也日多。極盼能有新的發現與新的創見。如有誰掌握了確證，證明《金瓶梅》成書於嘉靖，或其他什麼有力的見解，我決不堅持己見，準會放棄了自己的看法，翕然附從。惜乎大陸的學人，對於《金瓶梅》的論述，大多都是想到那裡就說到那裡，從來不去想想看，這想法有地方站嗎？站得住腳嗎？這一點，深深使我失望者也。

　　就像徐先生的「答辯」我者，還加了一個附題：「兼評他的《金瓶梅》屠隆說」。我尋不出他有一句話能駁倒我的那篇〈論屠隆罷官及其雕蟲罪尤（屠隆寫作金瓶梅之可能動機）〉一文所論（見拙作《金瓶梅原貌探索》附錄二）。在此我不費辭矣！

刊於民國 76 年 5 月 13 日《臺灣新聞報》

第四輯　附錄———論評與答辯

附錄一：麻城劉家與《金瓶梅》

馬泰來

　　《金瓶梅》成書後，初期只是抄寫流傳，參差散失，看到全書的人不多；如：謝肇淛（1567-1624）「於袁中郎（宏道，1568-1610）得其十三，於丘諸城（志充？）得其十五」，只看到全書的十分之八，謝氏提到「唯弇州家藏者，最為完好。[1]」屠本畯（1539？-1622）《山林經濟籍》亦謂：「王大司寇鳳洲先生家藏全書，今已失散。[2]」後來種種有關王世貞（1526-1590）是《金瓶梅》作者的傳說，可能就是因為王家藏有此書而生。另一藏有全本的劉承禧，卻沒有受到同樣重視[3]。

1　謝肇淛：〈金瓶梅跋〉，收入《小草齋文集》，天啟六年（1626）序本，卷24頁30下-31下。參看馬泰來：〈謝肇淛的〈金瓶梅跋〉〉，刊《中華文史論叢》，1980年第4輯，頁299-305。

2　《山林經濟籍》有兩種不同版本。其一分為「棲逸」、「達生」、「治農」、「訓族」、「奉養」、「寄興」、「澤游」、「玩物」八部，美國國會圖書館有藏，參看王重民：《國會圖書館藏中國善本書錄》，1957年本，頁659-660；此本無此段引文。另一分為「山部」、「林部」、「經部」、「濟部」、「籍部」，共二十四卷，參看阿英：〈明人筆記小話〉，收入《中國俗文學研究》，1944年中國聯合本，頁212-218；此本未見。引文據阿英：〈《金瓶梅》雜話〉，收入《夜航集》，1935年良友本，頁211-212。

3　戴望舒：〈關于劉延伯〉，收入《小說戲曲論集》，1958年作家本，頁91-92，據方志找出劉承禧生平大略，雖然未能深入，篳路襤褸，甚功甚偉。但張遠芬：〈新發現的《金瓶梅》研究資料初探〉，刊《徐州師範學院學報·哲學社會科學版》，1980年第4期，頁35，竟說「戴望舒先生曾經專門查考過《麻城縣志》，但結果一無所獲」，未知何指？至於師陀：〈從我的舊筆記而想起的及其他〉，收入《山川·歷史·人物》，1979年上海文藝本，頁24：「據說戴望舒先生解放後曾特意查《麻城縣志》，因為徐階的女婿是麻城人，好像沈德符曾在他的《野獲編》裡講到徐氏以《詞話》作嫁妝的話。然而他們得到的是失望。」顯然並未看到戴文。也未翻檢《萬曆野獲編》。

沈德符（1578-1642）《萬曆野獲編》有一段文字提及《金瓶梅》云：「袁中郎《觴政》
以《金瓶梅》配《水滸》為外典，餘恨未得見。丙午（1606）遇中郎京邸，問曾有全帙否？
曰：第睹數卷，甚奇快。今惟麻城劉涎白承禧家有全本，蓋從其妻家徐文貞錄得者。[4]」
其中「涎白」乃「延伯」之訛（詳下），徐文貞則是徐階（1503-1583）。近日張遠芬謂：
「劉承禧的岳父根本不是徐階，而是文震亨。」復設想袁、沈二人談話的情況：「袁中
郎說：『今惟麻城劉延伯承禧家有全本，蓋從其妻家文震亨錄得者。』由於同音字的關係，
沈德符把『延伯』聽成了『涎白』，把『文震亨』聽成了『文貞』。並且，他當即又把
『文貞』理解為已故宰相徐階，因為徐階死後的諡號就是『文貞』。幾年之後，沈德符再
來追記這段話，『文震亨』自然就成了『徐文貞』。[5]」相像力豐富，可是考證殊草率。
劉承禧是徐階曾孫婿，稱妻家無誤[6]。至於文震亨（1585-1645），是劉友王穉登（1535-1612）
孫婿，比劉晚二輩[7]。

劉承禧生平，附見民國《麻城縣志·劉守有傳》：「劉守有，號思雲，襲祖莊襄公
蔭，官錦衣衛，加太傅。神宗寵眷殊渥。子承禧，號延伯，亦襲職。好古玩書畫。弈葉
豐華，人認為邑之王、謝也。（原注：舊志）[8]」同書〈蔭襲〉：「劉天和（1479-1546），
諡庄襄，以平虜功，世襲錦衣衛千戶。孫守有、曾孫承禧、玄孫僑，均以世襲，仕至都
督。[9]」劉承禧雖然世襲錦衣衛千戶，仍參加武舉，萬曆庚辰（1580）武進士、會魁、榜
眼[10]。又據同書〈劉僑傳〉：「劉僑，字東卿。天啟辛酉（1621）襲高祖莊襄公天和錦衣
職。[11]」及下引吳廷〈快雪帖跋〉，劉承禧應是在天啟元年（1621）去世。

劉承禧是一大收藏家，和當時文士頗有交往。袁中道（1570-1623）《遊居柿錄》卷三
云：「（萬曆己酉，1609）偶於李酉卿（長庚，1595 進士）舟中晤劉延伯，出周昉《楊妃出

4　沈德符：《萬曆野獲編》，1959 年中華本，卷 25 頁 652。

5　張遠芬：〈新發現的《金瓶梅》研究資料初探〉，頁 34。

6　王世貞：「明特進光祿大夫柱國少師兼太子太師吏部尚書建極殿大學士贈太師諡文貞存齋徐公行
　　狀」，收入《弇州山人續稿》，崇禎本，卷 138 頁 20 下，稱徐階孫徐元春（1574 進士）女「受劉
　　承禧聘」。

7　顧苓：〈武英殿中書舍人致仕文公行狀〉，收入《塔影園集》，殷禮在斯堂叢書本，卷 1 頁 15 下：
　　「元配王氏，故征君王百穀先生女孫。」張遠芬誤讀文震亨〈快雪帖跋〉：「余婿於太原，故征君
　　所藏卷軸無不寓目」，為「今婿於太原故征君所藏卷軸，無不寓目」，以為「余婿」就是劉承禧。

8　《麻城縣志》，1935 年本，卷 9 頁 33 上。

9　《麻城縣志》，卷 8 頁 35 上。

10　《麻城縣志》，卷 8 頁 13 上。

11　《麻城縣志》，卷 9 頁 49 上。

浴圖》……又有《浴鸂鶒》一小圖，黃荃筆。」[12]

臧懋循（1580 年進士）編訂《元曲選》，即頗賴劉氏藏書。臧氏〈復李孟起書〉：「仆壬子（1612）冬，携幼孫就婚汝南。歸途出麻城，從劉延伯錦衣家借得元人雜劇二百種。[13]」〈寄謝在杭（肇淛）書〉：「還從麻城，於錦衣劉延伯家得抄本雜劇三百餘種，世所稱元人詞盡是矣。其去取出湯義仍（顯祖，1550-1616）手。[14]」〈元曲選序〉：「予家藏雜劇多秘本。頃過黃，從劉延伯借得二百五十種，云錄之御戲監，與今坊本不同。因為校訂，摘其佳者若干，以甲乙釐成十集。[15]」

有名的王羲之〈快雪時晴帖〉，亦曾歸劉承禧。此帖今藏臺北故宮博物院，附有下開題跋：「天下法書第一，吾家法書第一。麻城劉承禧永存珍秘。」「……此帖實畫者盧生携來吳中，余傾橐購得之。欲為幼兒營負郭，新都吳用卿以三百鍰售去。今復為延伯所有。……因延伯命題，並述其流傳輾轉若此。己酉（1609）七月二十七日，太原王穉登謹書。」「萬曆己酉（1609）八月十有九日，新安汪道昆（1544-1613）敬觀於秦淮之水閣……。」「余與劉司隸延伯寓都門，知交有年，博古往來甚多。司隸罷官而歸，余往視兩番，歡倍疇昔。余後偕司隸至雲間，携余古玩近千金。余以他事稽遲海上，而司隸舟行矣，遂不得別。余又善病，又不能往楚。越二年，聞司隸仙逝矣。……余亦傷悼不已，因輕裝往弔之。至其家，惟空屋壁立。尋訪延伯事，並所藏之物，皆云為人攫去。又問〈快雪帖〉安在，則云存，還與公，尚未可信。次日，往奠其家，果出一帳，以物償余前千金值，〈快雪帖〉亦在其中。復恐為人侵匿，聞於麻城令君，用印托汝南王思延將軍付余。臨終清白，歷歷不負，可謂千古奇事。不期吳門携去之物，復為合浦之珠。……天啟二年（1622）三月望日，書於楚舟，余清齋主人記。（印二：吳廷私印、江村）」[16]

袁宏道說劉承禧有全本《金瓶梅》，應是事實。但說錄自徐階家，則可能僅是推想。可能《金瓶梅》一書根本就是出自麻城劉家。

謝肇淛的〈金瓶梅跋〉，是今日所知最早評介《金瓶梅》的專文。謝說：「《金瓶梅》一書，不著作者名代。相傳永陵中有金吾戚里，凭怙奢汰，淫縱無度。而其門客病之，采摭日逐行事，匯以成編，而托之西門慶也。[17]」所謂「金吾戚里」，可能是指劉

12　袁中道：《袁小修日記》，阿英校點，1935 年上海雜志公司本，頁 57。

13　臧懋循：《負苞堂集》，1958 年上海古典文學本，頁 82。

14　《負苞堂集》，頁 92。

15　《負苞堂集》，頁 55。

16　收入《故宮歷代法書全集》，第 9 冊，1977 年本，頁 4-7。又見《石渠寶笈》，卷 10；《三希堂法帖》，第 1 冊。

17　謝肇淛：〈金瓶梅跋〉，收入《小草齋文集》，天啟六年（1626）序本，卷 24 頁 30 下-31 下。參

承禧父親劉守有的中表和兒女姻梅國楨。

梅國楨（1542-1605），字客生，號衡湘，麻城人。萬曆十一年（1583）進士，官至兵部右侍郎，總督宣大山西軍務。與李贄（1527-1602）友善，曾序李著《藏書》及《孫子參同》[18]。沈德符《萬曆野獲編》：

> 麻城梅客生（原注：國楨）大司馬，少登公車，高才任俠。其中表劉思云（原注：守有），亦大司馬（原注：天和）孫，時領緹騎，與江陵、吳門二相相昵，而好文下士。梅每遊京師，輒以羽林衛士給之，因得縱遊狎邪，如杜牧之為淮南書記時。嘗題詩倡館，有「門垂夜月梨花冷，簾捲東風燕子寒」之句，為時所膾炙[19]。

袁中道〈梅大中丞傳〉：

> 遊金吾戚里間，歌鍾酒咒，非公不歡。……下至三河年少，五陵公子，走馬章臺，校射平原，酒後耳熱，相與為裙簪之遊，調笑青樓，酣歌酒肆。……後房姬侍繁多，亦無華飾，頗有夏侯妓衣之誚。……公為孝廉時，時太宰宰王公為子覓禮經師。……王公明日往謁麻城劉大金吾守有，曰：「公邑有梅孝廉否？」劉公曰：「有之，不佞兒女姻也。」[20]

葉向高（1559-1627）〈梅少司馬神道碑〉：「女六人：長女為大金吾太子太傅劉僑母，四女適吏部尚書李長庚。[21]」梅國楨長女可能是劉承禧兄弟的妻子，也可能是劉承禧的繼室[22]。

看馬泰來：〈謝肇淛的〈金瓶梅跋〉〉，刊《中華文史論叢》，1980 年第 4 輯，頁 299-305。

18 〈梅國楨傳〉，見《明史》，中華點校本，卷 228 頁 5979-5982；張自烈：〈明少司馬衡湘梅公傳〉，收入《芑山文集》，豫章叢書本，卷 17 頁 14 下-26 上；及下引袁中道：〈梅大中丞傳〉，葉向高：〈梅少司馬神道碑〉。

19 沈德符：《萬曆野獲編》，卷 17 頁 449。

20 袁中道：《珂雪齋前集》，萬曆四十六年（1618）本，卷 16 頁 12 下-24 下。

21 見光緒《黃州府志》，卷 38〈金石〉，頁 86 上-94 下。按：此神道碑不見葉向高文集《蒼霞草》、《蒼霞續草》及《蒼霞餘草》，而文字與錢謙益（1582-1664）：〈通議大夫兵部右侍郎兼都察院右僉都御史贈副都御史梅公神道碑銘〉，收入《牧齋初學集》，四部叢刊本，卷 64，幾完全相同。此神道碑當為錢謙益代葉向高撰寫。《初學集》文，削去「長女為大金吾太子太傅劉僑母」句，疑《初學集》刊刻時，劉僑方被遣戍。劉僑事迹，見附記二。

22 劉僑不一定是劉承禧的兒子，也可以是猶子襲職。徐階曾孫女不會是劉承禧繼室。王世貞撰〈徐公（階）行狀〉時，徐氏年尚幼，故儀「受劉承禧聘」。稚女受聘為繼室的可能性至微。沈德符：《萬曆野獲編》，卷 23 頁 594：「梅衡湘司馬長女，嫠居有才色。結庵事佛，頗於宗門有入悟之處。即李卓吾所稱澹然師者是也。」如是，梅長女為劉承禧兄弟遺孀。但錢謙益：〈梅公（國楨）神道

梅國楨是「金吾戚里」,「縱游狎邪」、「調笑青樓」,不能不說和謝肇淛所說「凭怙奢汰,淫縱無度」的「金吾戚里」,有相近處。至於《金瓶梅》書名,音與「今評梅」同,或不僅是巧合。謝肇淛所記是傳說,並不一定完全正確。他說的「永陵」是明世宗朱厚熜,也就是說事情發生在嘉靖年間(1522-1566)。這和梅國楨生平不合,也和吳晗所考出《金瓶梅》成書不能早於隆慶二年(1568)不合[23]。

梅國楨的仇家似不少。後來攻擊李贄的人,有一些其實項莊舞劍,志在梅公。馬經綸(1589進士)〈與當道書〉,及李贄被謗與婦女交遊事:「且所謂麻城士女云者,蓋指梅衡湘守節之女言也。夫衡湘身冒矢石,為國討賊,凜凜大節,是當今一個有數奇男子。乃有女不能制,有家不能正,有仇不能報,有恥不能雪,必待諸公為伊抱不平,而慷慨陳言代為處分,世間曾有此理否?然則諸公自視何大,自待何有余,而視梅衡湘何輕,待梅衡湘何淺鮮不足齒數一至此極也。蓋此事起於麻城士夫相傾,借僧尼宣淫名目以丑詆衡湘家聲,因以敗壞衡湘之官,如斯而已。[24]」梅國楨被作為小說丑詆對象,殊有可能。

劉承禧看來不是一吝嗇之人。他肯將家藏秘本元雜劇二、三百種借給臧懋循:死前囑咐後人以物償吳廷千金值。但他所有《金瓶梅》一書,則似秘不示人。袁宏道知道劉承禧有全本《金瓶梅》,卻無法看到,僅從董其昌(1556-1637)那裡借來數卷[25]。王穉登是劉承禧友人。屠本畯說:「復從王征君百穀家,又見抄本(《金瓶梅》)二帙,恨不得睹其全。[26]」可見王穉登也未有全書。這是不是因為《金瓶梅》影射梅國楨,所以劉承禧不願此書廣為流傳?

可是近日張遠芬卻以為《金瓶梅》的初刻本是劉承禧付刻。張氏所據主要仍是沈德符的《萬曆野獲編》。「今唯麻城劉涎白承禧家有全本」,要印行全書,只有劉承禧才

碑銘〉,頁11下,則謂:「公次女澹然,早寡為尼,從卓吾問佛法,微言扣畫。」澹然是次女而非長女。或沈德符誤記。關於澹然,參看李贄:〈復澹然大士〉,收入《焚書》,1975年中華本,卷2頁79;〈與梅長公(之煥)〉,收入《續焚書》,卷1頁31。及下引馬經綸:〈與當道書〉。

23　吳晗:〈《金瓶梅》的著作時代及其社會背景〉,原刊《文學季刊》,第1期(1934),收入《讀史札記》,1956年三聯本,頁1-38。

24　馬經論:〈與當道書二〉,收入潘曾紘(1616進士)輯:《李溫陵外紀》,明刊本,卷4頁21下-22上。

25　袁宏道:〈「與」董思白〉,收入《錦帆集》,萬曆三十一年(1603)本,卷4頁18下:「《金瓶梅》從何得來?伏枕略觀,雲霞滿紙,勝于枚生〈七發〉多矣。後段在何處?抄竟當于何處倒換?幸一的示。」董其昌和劉守有亦有交往,見〈題劉金吾牛山讀書圖〉,收入《容臺詩集》,崇禎三年(1603)本,卷3頁37。

26　見阿英:〈明人筆記小話〉引。

有可能。「丙午（1606），遇中郎京邸⋯⋯又三年，小修（袁中道）上公車，已携有其書，因與借抄，挈歸。吳友馮猶龍（夢龍，1574-1646？）見之驚喜，慫恿書坊以重價購刻。馬仲良（之駿，1588？-1625）時権吳關，亦勸余應梓人之求，可以療飢⋯⋯遂固篋之。未幾時，而吳中懸之國門矣。」張氏以為「吳中懸之國門」是萬曆三十八年（1610）事，而根據王穉登〈快雪帖跋〉，劉承禧萬曆三十七年（1609）正在吳中[27]。

沈德符原文云：「未幾時，而吳中懸之國門矣。然原本實少五十三回至五十七回，遍覓不得，有陋儒補以入刻。無論膚淺鄙俚，時作吳語，即前後血脈絕不貫串。一見知其贗作也。」沈德符明明不以為「吳中」本所據是劉承禧的全本[28]。至於說「吳中」本刊於萬曆三十八年（1610），這是近人常犯的錯誤。沈德符說「未幾時」，並沒有說「小修上公車」、「馬仲良時権吳關」和「吳中懸之國門」，都發生在同一年。袁中道於萬曆三十八年（1610）赴京會試，並沒有問題，雖然他要至萬曆四十四年（1616）才成進士。馬之駿主権吳縣滸墅鈔關，則是萬曆四十一年（1613）的事[29]。所以《金瓶梅》的「吳中」本，應刊行於萬曆四十一年後，可能也就是今日所見萬曆四十五年（1617）東吳弄珠客序刻本《金瓶梅詞話》[30]。

總之，謝肇淛所聽聞「金吾戚里，凭怙奢汰，淫縱無度，而其門客病之，采摭日逐行事，匯以成編，而托之西門慶」的傳說，可能是說梅國楨。假如《金瓶梅》成書於梅國楨中進士前，則門客應是錦衣衛都督劉守有的門客。這也就是說《金瓶梅》成書於萬曆十一年（1583）前。梅國楨中進士後，即除固安知縣，未十年以平寧夏哱拜亂事成大名，有關他的傳說，便會說「大中丞某」，而不是「金吾戚里」了。當然，傳說不一定是事實，但麻城劉、梅二家和《金瓶梅》的關係，是值得繼續探究的。

27　張遠芬：〈新發現的《金瓶梅》研究資料初探〉，頁 32、34-35。

28　近人考證《金瓶梅》文章，引述沈德符時，常刪去不利一己說法的部分。張遠芬文是一例。朱星：〈《金瓶梅》考證（一）〉，刊《社會科學戰線》，1979 年第 2 期，頁 261，是另一例；參看黃霖：〈《金瓶梅》原本無穢語說質疑〉，刊《復旦學報·社會科學版》，1979 年第 5 期，頁 105。

29　民國《吳縣志》卷六〈職官〉：「明景泰三年，戶部奏設鈔關監收船料鈔。十一月，立分司於滸墅鎮，設主事一員，一年更代。⋯⋯張銓⋯⋯（萬曆）四十年任。馬之駿，仲良，新野人，進士。四十一年任。李佺臺⋯⋯四十二年任。」（頁 22 下，27 上）參看魏子雲：〈論明代的《金瓶梅》史料〉，原刊《中外文學》，第 6 卷第 6 期（1977），收入《金瓶梅探原》，1979 年巨流圖書本，頁 129。魏氏的《金瓶梅》研究，甚多大膽創見，如以為明代《金瓶梅》史料多不可信，《金瓶梅》之寫作動機為諷諭明神宗宮闈事，《金瓶梅》或出沈德符手。而以發現馬之駿主権吳關年份，最有貢獻。

30　參看法人 André Lévy（雷威安），"About the Date of the First Printed Edition of the *Chin P'ing Mei*", *Chinese Literature: Essays, Articles and Reviews*, 1.1 (1979), 43-47。雷威安雖未知馬之駿主権吳關年份，但已認為可能根本沒有近人所謂已失佚的萬曆三十八年（1610）本《金瓶梅》。

附記一：臧懋循〈寄謝在杭書〉說劉承禧所藏元雜劇三百餘種，「其去取出湯義仍手」。湯顯祖和梅國楨是同年進士（1583），大概因此而與劉守有認識。湯顯祖集內，有「劉思云錦衣衛客服餌，代諸詞客戲作」和「寄麻城陳偶愚，懷梅克生、劉思云」詩[31]，而沒有詩文提及劉承禧。湯顯祖可能是成進士後，在北京觀政禮部時，替劉守有校定元雜劇的。劉守有死後，書物自然皆歸劉承禧。

附記二：劉僑生平，見民國《麻城縣志·劉僑傳》：「劉僑，字東卿，天啓辛酉（1621）襲高祖莊襄公天和錦衣職。授元北鎮撫司。魏忠賢屬陷汪文言，以株累正人。僑不從，由是削籍歸。崇禎初，起用為五府都督。命訊喬允升、易應昌事；僑素知二人端方，力保全之。後委緝六部十三省事，僑極言耳目難信，且非政體所宜；忤旨，謫戍。都御史馮元颷疏僑忠直，宜還舊職。報可。未用而卒。（原注：省志）[32]」按馮元颷，崇禎十四年（1641）任右僉都御史[33]。忤魏忠賢事，亦散見《明史》，但沒有說明他是《明史》有專傳的劉天和的玄孫。《宦官傳·魏忠賢傳》：「（天啟）四年（1624），給事中傅櫆結忠賢甥傅應星為兄弟，誣奏中書汪文言，並及左光斗、魏大中。下文言鎮撫獄，將大行羅織。掌鎮撫劉僑受葉向高教，止坐文言。忠賢大怒，削僑籍，而以私人許顯純代。[34]」〈魏大中傳〉：「獄方急，御史黃尊素語鎮撫劉僑曰：『文言無足惜，不可使縉紳禍由此起。』僑頷之，獄辭無所連。[35]」〈楊漣傳〉記楊漣（1572-1625）劾魏忠賢二十四大罪，其一即為「北鎮撫劉僑不肯殺人媚人，忠賢以不善鍛，煉遂致削籍。[36]」至其結局，《奸臣傳·馬士英傳》謂：「故都督掌錦衣衛劉僑者，嘗遣戍，由周文江賄張獻忠，為偽命，為錦衣指揮史。及（左）良玉復蘄、黃，僑削髮逃去，（黃）澍持之急。而士英納僑賄，令汗澍。遂復僑官，削澍職。[37]」傳聞異詞，與《麻城縣志》不合。

1981 年 6 月 11 日初稿，6 月 30 日抄正

追記：

　　日前承芝加哥大學芮校衛（David Roy）教授告知，孫楷第的《也是園古今雜劇考》（1953

31　《湯顯祖集·詩文集》，徐朔方箋校，1973 年上海人民本，頁 166、690。

32　《麻城縣志》，卷 9 頁 49。

33　《明史》，卷 257 頁 6642。

34　《明史》，卷 305 頁 7818。

35　《明史》，卷 244 頁 6335。

36　《明史》，卷 244 頁 6326。

37　《明史》，卷 308 頁 7942-43。

年，上雜出版社），有劉承禧資料。翻檢後，發覺孫氏未提及梅國楨和劉家的親戚關係，但找出劉僑不是劉承禧的兒子。孫氏所據是麻城和黃州的方志。「劉守濟，以孫僑貴，贈光祿大夫。劉承�，以子僑貴，贈光祿大夫。」茲將劉天和五代和本文有關的，列表於下：

根據上表，劉守有並不是梅國楨的「兒女姻」。劉、梅二人甚相得，想應如沈德符所說是「中表」。梅國楨妻劉氏，亦可能為劉守有姊妹。

1981 年 9 月 9 日

原刊《中華文史論叢》1982 年第 1 輯

附錄二：諸城丘家與《金瓶梅》

馬泰來

一

沈德符（1578-1642）《萬曆野獲編》繼《金瓶梅》後又載：「中郎（袁宏道）又云：尚有名《玉嬌李》者，亦出此名士手。與前書各設報應因果……，中郎亦耳剽，未之見也。去年抵輦下，從丘工部六區志充得寓目焉。僅首卷耳……，丘旋出守去，此書不知落何所。」[1]

謝肇淛（1567-1624）〈《金瓶梅》跋〉：「此書向無鏤版，抄寫流傳，參差散失。……余於袁中郎得其十三，於於丘諸城得其十五，稍為釐正，而闕所未備，以俟他日。[2]」丘諸城，應即丘志充；現存《萬曆野獲編》為康熙庚辰（1700）錢枋輯本，丘字因清代避孔子諱改作邱。

丘志充的生平對考證《金瓶梅》一書早期的流傳極為重要。假如我們知道丘志充出守的年份，即可推算出沈德符撰寫有關《金瓶梅》一段文字的大約日期[3]。至於謝肇淛從丘志充借得半部《金瓶梅》的日期，更可幫助考訂《金瓶梅》刊本何時最早面世。可惜前人對此並未著意。

根據乾隆《諸城縣志·選舉表》：邱志充，字左臣，云嶙子。萬曆三十一年（1603）舉人，三十八年（1610）貢士，未殿試，四十一年（1613）進士，二甲六十名。仕至山西布政使司右布政使[4]。同書〈明洪熙以來誥敕表〉：「邱雲嶙，志充父，天啟□年封中憲

1　《萬曆野獲編》（北京，中華書局，1980），頁652。

2　《小草齋文集》（天啟丙寅葉向高序刊本），卷24，頁31下。

3　沈德符〈萬曆野獲編序〉署「萬曆三十四年丙午（1606）仲冬日」；〈續編小引〉署「萬曆四十七年己未歲（1619）新秋」。但該書並非在萬曆四十七年面世，書中有關《金瓶梅》的一段文字即撰寫於該年之後。

4　《諸城縣志》（乾隆二十九年刊本），卷21，頁21下、23上-24上。

大夫,河南汝寧府知府;天啟六年(1626)封通議大夫,河南按察使司按察使。[5]」《明史·職官志》:「京官滿一考,及外官滿一考而以最聞者,皆給本身誥敕。七品以上皆得推恩其先。……曾祖、祖、父皆如其子孫官。……生曰封,死曰贈。[6]」可知丘志充天天啟年間嘗為汝寧府知府(正四品),河南按察使(正三品)。

嘉慶《汝寧府志·官師》:(知府)丘志充,諸城人,進士,萬曆四十八年(1620)任。[7]丘志充,萬曆四十一年(1613)進士,如按照明代官員升遷的一般程序,大抵先為六部主事(正六品),然後升為員外郎(從五品),至萬曆四十八年離京出守時,應為工部郎中(正五品)。

明季兵亂,史籍多失佚,故方志記載常缺漏。如丘志充任何南按察使,不見雍正《河南通志》;任山西布政使,不見光緒《山西通志》。可幸地方官員自按察司僉事以上的任免,皆見《明實錄》。

《明熹宗實錄》卷十:「(元啟元年五月辛酉)升河南汝寧府知府兵(丘)志充為磁州兵備副使(正四品)。[8]」卷十八:「(天啟二年正月乙巳)調河南按察司副使丘志充為四川監軍副使。[9]」丘志充所監為徐如珂軍。

天啟元年,四川永寧土司奢崇明反,遣頭目樊龍、張彤據重慶。徐如珂時為川東兵備副使,與石砫女士官秦良玉攻復之[10]。徐如珂事後取文武將吏同事渝城者,撰《攻渝諸將小傳》;茲撮錄〈總理監軍道丘憲副毛兵小傳〉於下:

> 河南毛兵者,監軍丘憲副督以援渝,而伍家營兵,則其子弟兵也。督臣以蜀亂,請設總理監軍一員。詔河南憲兵臣丘志充領之。奉璽書得以上方行事,諸將自副帥以下,咸稟成焉。比至渝,短衣小帽,出入於行陳間,若不知其為監軍道者。……而監軍則可謂善將將者。望之若不勝衣,而遇大敵奮大勇,何桓桓神武也。事成而一病幾不起,遂謝事而去。豈犁庭掃穴,天意稍緩須臾耶?論者稱為功首不虛耳。[11]

《明熹宗實錄》卷四一:「(天啟二年十一月丙子)起補原任四川按察司副使丘志充於

5　《諸城縣志》卷24,頁4下。

6　《明史》(中華書局點校本),卷72,頁1736。

7　《汝寧府志》(嘉慶元年),卷14,頁10下。

8　《明實錄》(中央研究院歷史語言研究所影印本),冊125,頁532。

9　《明實錄》冊126,頁910。

10　參看《明史》卷249,頁6439-41、6447-48。

11　《攻渝諸將小傳》(臺北,臺灣學生書局,1969影印天啟四年序刊本),頁8上-10上。

湖廣，分守荊西。[12]」天啟四年《實錄》今佚。《明熹宗實錄》卷六四：「（天啟五年十月甲辰）升湖廣布政使司右參政丘志充為河南按察使，遵化道。[13]。丘志充應在天啟四年，自副使分守荊西道升右參政（從三品）。

宣統《湖北通志・職官》：邱志克（充）天啟二年分守荊西道[14]；二年應作三年。光緒《湖南通志・職官》：邱志克（充）崇禎時為左參政，分巡下湖南道[15]；誤。

丘志充僅起補副使，徐如珂頗為代抱不平，〈復邱六區大參〉謂：「渝城之役，惟弟與台臺肝膽相照，議論亦最相合，仰仗威棱，三旬底績……皆台臺主之，而弟輩特因人成事耳，中外共推以為功首，良非虛語。茲廟堂之上所以待首功者何如乎？病已痊而不即補，補而仍得原物，即近日加升一級，亦循資之轉，非不次之擢也。弟有概於中，往往向當事言之。而格於蜀功未敘，徒令人扼腕短氣耳。[16]」丘志充在湖廣雖不及兩年，宦迹頗顯。康熙《湖廣通志・名宦》：

> 丘志克（充），山東諸城人。先為河南副使，督兵援渝州，稱文武才。擢大參（參政），分巡湖南。精嚴廉正，風紀肅如。然喜延攬才雋之士，或詩文尤異者，輒倒屣折節。每集守令，勗之曰：「承平久矣，有志者當思報國。諸君優遊飾文治，竊為不取也。」升布政使。[17]

《明熹宗實錄》卷七四：「（天啟六年七月丁酉）升河南按察司按察使丘志充為山西布政使司右布政使，懷來道。[18]」自天啟三年起補副使（正四品），四年升參政（從三品），五年升按察使（正三品），六年升布政使（從二品），三年之內丘志充自副使至布政使，可謂不次之擢。但不及半年，即因行賄被逮。

《明熹宗實錄》卷八十：「（天啟七年正月辛未）逮山西布政使司右布政使、懷來道丘志充至，下鎮撫司究問，以東廠緝獲王家棟，供稱志充車載餉銀，鑽謀京堂也。[19]」「（丙子）鎮撫司具丘志充、王家棟獄詞。贓銀九千一百三十兩，命勒限嚴追，以助大工。隨以緝獲功，蔭魏忠賢弟侄一人錦衣衛指揮使，賜敕獎勵，仍賞銀幣羊酒新鈔。[20]」卷八

12　《明實錄》冊129，頁2140。

13　《明實錄》冊131，頁3056。

14　《湖北通志》（武漢，湖北通志局，1921），卷113，頁60下。

15　《湖南通志》（光緒十一年），卷120，頁7下。

16　《徐念陽公集》（《乾坤正氣集》，卷289-296），卷7，頁19下-20上。

17　《湖廣通志》（康熙二十三年），卷28，頁36下。

18　《明實錄》冊132，頁3611。

19　《明實錄》冊133，頁3869。

20　《明實錄》冊133，頁3875。

二：「（三月辛未）刑部具犯官丘志充、王家棟獄詞。俱著監候處決。」[21]

談遷（1594-1658）《國榷》卷八八，亦記：「逮山西懷來道古布政丘志充至，下鎮撫獄。以餉金三千托太醫院吏目王家棟營京堂，東廠迹之。論死。」[22]

丘志充行賄謀京堂事，在山東似頗流傳，蒲松齡（1640-1715）《聊齋志異·遵化署狐》即述此事，云：

> 諸城丘公為遵化道。……後二年，公遣於仆賷銀如干數赴都，將謀遷擢。事未就，姑窖藏於班役之家。忽有一叟詣闕聲屈，言妻子橫被殺戮；又訐公克削軍糧，夤緣當路，現頓某家，可以驗證。奉旨押驗。至班役家，冥搜不得。叟惟以一足點地。悟其意，發之，果得金；金上鏨有「某郡解」字。……公由此罹難。[23]

丘志充於天啟五年為遵化道，天啟七年被逮，事隔正二年。而乾隆《遵化州志·官職表》竟缺丘志充名。

丘志充於天啟七年（1627）論死，但延至崇禎五年（1632）始被處死。李清（1602-1683）《三垣筆記》：

> 王撫化貞、邱副憲志充，皆諸城人，又皆癸丑進士，一坐失陷封疆，一坐行賄謀升，同日棄市。亦云怪矣。[24]

王化貞生平，附見《明史》卷二五九〈熊廷弼傳〉。天啟二年（1622）廣寧失陷，王化貞至崇禎五年（1632）始被處死[25]。李清誤稱丘志充為「副憲」，當因懷來道一般為按察副使之故。

可見丘志充自萬曆四十八年（1620）任汝寧府知府後，一直在外省任官，至天啟七年（1627）被逮返京。沈德符謂：「去年抵輦下，從丘工部六區志充得寓目焉。……丘旋出守去。」因此，《萬曆野獲編》中有關《金瓶梅》的一段文字，大抵書寫於天啟元年或二年（1621-1622）。

---

21 《明實錄》冊 133，頁 3976。
22 《國榷》（北京，古籍出版社，1958），頁 5346。
23 張友鶴輯校：《聊齋志異（會校會注會評本）》（上海古籍出版社，1978），頁 244。青柯亭刊本，無此故事。
24 《三垣筆記》（中華書局，1982），頁 155。
25 《明史》卷 259，頁 6706。

二

謝肇淛的〈《金瓶梅》跋〉，是今日所知最早評介《金瓶梅》的專文[26]。文中云：「此書向無鏤版，抄寫流傳，參差散失。」撰寫在刊本《金瓶梅》面世以前。

謝肇淛說：「余於袁中郎得其十三，於丘諸城得其十五，稍為釐正，而闕所未備，以俟他日。」袁本《金瓶梅》，謝肇淛得之甚早。萬曆三十五年（1607）前後，袁宏道曾有信給謝，謂：「《金瓶梅》料已成誦，何久不見還也？[27]」丘本《金瓶梅》不可能和袁本完全無重複處，所以丘本應超過全書之半；「得其十五」，乃因先已「得其十三」之故。而謝肇淛何時得見丘本，正是考訂刊本《金瓶梅》面世上限的重要線索。

《明史》卷一八六〈文苑傳〉，記載謝肇淛生平至簡略，且誤謝為萬曆三十年（1602）進士。今撮錄錢謙益（1582-1664）《列朝詩集小傳・謝布政肇淛》於下：

> 肇淛，字在杭，長樂人。萬曆壬辰（1592）進士，除湖州推官，量移東昌，遷南京刑兵二部，轉工部郎中，管河張秋。……升雲南參政，歷廣西按察使，至右布政。[28]

按謝肇淛父汝韶在萬曆三十四年（1606）十月去世，謝肇淛時為南京兵部職方司主事[29]。萬曆三十七年（1609）服闋，補工部郎中，但在北京時日不多，即外放治河[30]。

謝肇淛〈王黃州《小畜集》跋〉：「去歲入長安，從相國葉進卿（向高）先生借得內府抄宋本，疾讀數過，甚快，因抄而藏之。……萬曆庚戌（1610）三月望日，晉安後學謝肇淛敬跋。[31]」《五雜組》卷十三：「內府秘閣所藏書甚寥寥，然宋人諸集，十九皆宋

26　參看馬幼垣：〈研究《金瓶梅》的一條新資料〉，刊《中國古典小說研究專集》，第一輯（1979），頁151-156，又收入所著《中國小說史集稿》（臺北，時報文化出版事業公司，1980），頁233-240；馬泰來：〈謝肇淛的《金瓶梅跋》〉，刊《中華文史論叢》，1980年第4輯，頁299-305；蔡國梁：〈謝肇淛的《金瓶梅跋》〉，刊《福建論壇》，1982年第4期，頁114-115、111。

27　錢伯城箋校《袁宏道集箋校》（上海古籍出版社，1981），頁1596-97。

28　《列朝詩集小傳》（上海古籍出版社，1983），頁1596-648。

29　謝肇淛：〈先考奉政大夫吉府左長史天池府君行狀〉，《小草齋文集》卷17，頁15下-17上，20上；曹學佺：〈明廣西方伯在杭謝公墓志銘〉，《曹能始先生石倉全集・石倉三稿》（明刊本），卷7，頁17下。

30　謝肇淛傳，最詳盡者見富路特（L. Carrington Gooddrich）主編、房兆楹助編：《明代名人傳》（*Dictionary of Ming Biography*, 1368-1644 [New York: Columbia University Press, 1976]），頁546-550，可惜誤謂謝在1608年服闋，1609年為南京刑部主事，繼為兵部主事，而任北京工部郎中則疑為1610年至1614年間事。謝國楨《明清筆記談叢》（上海古籍出版社，1981），頁23，謂謝肇淛「官至工部郎中」，尤誤。

31　黃丕烈：《蕘圃藏書題識》卷八，頁1下。又見《小草齋文集》卷24，頁17上下，刪去末二句題署。

版也。……吾鄉葉進卿先生當國時，余為曹郎，獲借抄得一二種，但苦無傭書之資，又在長安之日淺，不能盡窺東觀之藏，殊為恨恨耳。[32]」而葉向高〈小草齋文集序〉亦云：「余在綸扉，公方郎水部（即工部），日從余借秘書抄錄，錄竟即讀，讀竟復借，不浹歲而幾盡吾木天之儲。[33]」謝自謂「在長安之日淺」，葉謂「不浹歲」，謝可能在萬曆三十八年底即離京（長安，指京師北京，並非陝西西安）。

根據謝肇淛著述，萬曆四十一年（1613）至四十四年（1616）初，謝皆在外地治河。《五雜組》卷三：「萬曆癸丑（1613）四月望日，與崔徵仲孝廉登張秋之戊己山[34]。」〈殤女志銘〉：「以癸丑十二月六日寅時殤，其父肇淛時以水部郎治河張秋。[35]」〈護送福藩行記〉：「今上萬曆四十二年（1614）春三月，封皇子常洵為福王都洛，……肇淛河臣也，職宜繕堤岸，瀹淤滯，以導樓櫓。[36]」〈朝列大夫河東陝西都轉運鹽使司同知含吾馬公暨元配宜人劉氏合葬墓志銘〉：「丙辰（1616）之春，余治河安平而得代。」[37]

《山陵記》：「丁巳歲（1617）七月中元，臣肇淛視屯田篆[38]」可知在萬曆四十五年（1617）或以前，謝肇淛已返北京任工部屯田司郎中。但謝肇淛此次逗留北京的時日亦短暫。《明神宗實錄》卷五七二：「（萬曆四十六年七月甲寅）升……工部郎中……謝肇淛為雲南參政。[39]」及後升按察使、布政使，皆在廣西，未再為京官。

謝肇淛〈《金瓶梅》跋〉的「丘諸城」，無疑應是他的工部同僚丘志充。謝、丘二人共事的日子並不長久。在萬曆四十一年（1613）成進士以前，丘志充和謝肇淛認識的機會不大。而在四十一年至四十四年（1616）初，謝肇淛並不在北京。因此丘志充和謝肇淛相熟，並借予《金瓶梅》抄本，只可以是萬曆四十四年（1616）初到萬曆四十六年（1618）七月謝肇淛離北京往雲南以前三年間之事。這也就是說在萬曆四十四年前，尚無刊本《金瓶梅》傳世。

前撰〈麻城劉家和《金瓶梅》〉一文，已指出近人所謂萬曆庚戌（1610）「吳中」本《金瓶梅》子虛烏有[40]。沈德符謂：「丙午（1606），遇中郎京邸，……又三年，小修（袁中道）上公車，已攜有其書；因與借抄，挈歸。吳友馮猶龍（夢龍）見之驚喜，慫恿書坊

32 《五雜組》（中華書局，1959），頁382。
33 《小草齋文集》，序，頁3下-4上。
34 《五雜組》，頁84。
35 《小草齋文集》卷18，頁50下-51上。
36 《小草齋文集》卷9，頁42上下。
37 《小草齋文集》卷18，頁54下。
38 《小草齋文集》卷10，頁18上。
39 《明實錄》，冊121，頁10813。
40 馬泰來：〈麻城劉家和《金瓶梅》〉，刊《中華文史論叢》，1982年第1輯，頁115、120。

以重價購刻。馬仲良（之駿）時榷吳關，亦勸予應梓人之求，可以療飢。予曰：……吾豈以刀錐博泥犁哉？仲良大以為然。遂固篋之。未幾時，而吳中懸之國門矣。」袁中道在萬曆三十八（1610）在京會試，一般人遂以為「未幾時」亦在同年，而此「吳中懸之國門」的庚戌本即為《金瓶梅》的最早刊本。

其實馬之駿主榷吳縣滸墅鈔關的任期，史有明言。魏子雲根據民國《吳縣志‧職官》，已考出為萬曆四十一年（1613）[41]。不過，法國學者雷威安（André Lévy）以為《吳縣志》容有錯失，孤證不足為憑[42]。

去歲杪在上海圖書館看到凌壽祺纂修，道光七年（1827）序刊本《重修滸墅關志》。卷六〈榷使〉載有萬曆年間主榷滸墅關主事：

> 張銓，字平仲，北直大名人，甲辰（1604）進士。才識通敏，商氏樂其寬大。四十年（1612）任。

> 馬之駿，字仲良，河南新野人，庚戌（1610）進士。四十一年（1613）任。

> 李銓臺，字為興，福建惠安人，丁未（1607）進士。釐易奸蠹，關政澄肅。四十二年（1614）任。

馬之駿既在萬曆四十一年主榷吳關，吳中懸之國門的《金瓶梅》刊本，只能在該年以後面世。所謂萬曆庚戌（1610）刊本，並未存在，純出誤解沈德符文。

因此有萬曆丁巳季冬（1617 年 12 月-1618 年 1 月）東吳弄珠客序的《金瓶梅詞話》應該是《金瓶梅》的最早刊本。刊本流通後，謝肇淛即無訪尋釐正抄本的必要。我們可以精確地指出：謝肇淛是在萬曆四十四年（1616）至四十五年（1617）這兩年內，在北京自其工部同僚丘志充處借得《金瓶梅》抄本，並撰寫〈《金瓶梅》跋〉。

三

丘志充有子，名石常。乾隆《諸城縣志‧選舉表》：「邱石常，志充子。（順治二年）歲貢。[43]」同書〈列傳〉「武元武，子慎清。父石常，字子廩。器宇俊偉，嘗往來江淮吳越間，所交多奇雋，以歲貢授夏津訓導，勸學曆（勵）士，士多興起者。升高要知縣，

41　魏子雲：〈論明代的《金瓶梅》史料〉，原刊《中外文學》，第 6 卷第 6 期（1977），收入《金瓶梅探源》（臺北，巨流圖書公司，1979），頁 129。

42　André Lévy, "Recent Publications on the *Chin Ping Mei*", *Chinese Literature, Essays, Articles and Reviews*, 3.1 (1981), p.146.

43　《諸城縣志》卷 22，頁 2 下。

不赴，卒年五十七。詩文裒然成集。[44]」頗簡略。

鄧之誠（1887-1960）《清詩紀事初編》有丘石常傳，云：「丘石常，字子廩；筑海石山房於九仙山，因號海石。諸城人。副貢生，入清選利津訓導，升高要縣知縣，不赴官。卒於順治十八年（1661），年五十六。撰《楚村詩集》六卷、《文集》六卷，刻於康熙十二年（1673），凡詩五百一十二首，文九十七首。石常家世貴盛，少與兄子和及劉子羽、陳木公、戴賓庭讀書鐵水園，早著聲稱，與丁耀亢齊名。……大約石常與丁耀亢皆權奇好事，不屑計較名節，且視富貴甚輕。及其窮也，雖末職亦復甘之，不樂又復棄去。視殺身成仁為無濟於事。兩人才情行徑略同，故〈祝丁母八秩序〉云：『野鶴言滿天下無口過，交遍天下無朋禍，則以其與世推移，玩弄澹宕也。』是雖以稱耀亢，不啻自稱。……石常歿，耀亢有詩輓之，因得惟知石常卒年。」[45]

王士禎（1634-1711）《古夫于亭雜錄》卷五：「諸城丁耀亢野鶴，與丘石常海石友善，而皆負氣不相下。一日飲鐵溝園中，論文不合，丘拔壁上劍擬丁將甘心焉。丁急上馬逸去。[46]」王士禎和丁、丘皆相熟，所言應可信。王撰〈懷人絕句〉：「九仙仙人丁野鶴，挂冠仍作武彝遊，齊名當日邱靈鞠，埋骨青山向幾秋。[47]」所撰《感舊集》，卷六收有丁耀亢詩五首；卷七收有邱石常詩一首，即〈答丁野鶴〉：「傳來消息未堪論，誓老名山不出門。只當我今行腳去，水云興盡即歸村。」[48]

傳世《續金瓶梅》一書，一般皆以為丁耀亢（1599-1669）撰[49]。而丁好友丘石常父志充藏有《金瓶梅》的最早續書《玉嬌麗》。《玉嬌麗》是否為《續金瓶梅》原本，頗值得探討。

丘石常《楚村詩集》、《楚村文集》，海外無法得讀，國內容或有藏。書內可能有一些有關丘志充的材料，或可幫助追尋丘家所藏《金瓶梅》和《玉嬌麗》二書的來源及其作者。

《清詩紀事初編》錄有丘石常兩首《水滸傳》詩，不見近人馬蹄疾編《水滸資料匯編》；朱一玄、劉毓忱編《水滸傳資料匯編》則僅錄其一。今附錄於下。〈過梁山泊〉：

施羅一傳堪千古，卓老標題更可悲。今日梁山但爾爾，天荒地老漸無奇。

44　《諸城縣志》卷36，頁9下。

45　鄧之誠：《清詩紀事初編》（中華書局，1965），頁686-688。

46　《古夫于亭雜錄》（「嘯園叢書」本），卷5，頁12上下。

47　王士禎選，盧見曾補傳：《感舊集》（乾隆十七年序刊本），卷7，頁18下。

48　《感舊集》卷7，頁18下-19上。

49　丁耀亢生卒年有多說，此從李濟賢：〈丁耀亢生卒年考〉，刊《中國古代史論叢》，1982年第1輯，頁348-351。

〈為內人買水滸傳〉：

> 玉鏡臺前一架書，《西遊》、《水滸》及詩餘。挑針才罷傳杯酒，紅綻櫻桃念《奪魚》。

<h1 style="text-align:center">四</h1>

綜上所述，可以得出如下結論。

丘志充（1632卒），山東諸城人，子左臣，又字六區（或作六渠）[50]，萬曆四十一年（1613）進士。在京仕至工部郎中。萬曆四十八年（1620）外放河南汝寧府知府；天啟元年（1621）為磁州兵備副使；二年（1622）為四川監軍副使，助徐如珂復重慶，旋因病離職；三年（1623）起補湖廣副使，分守荊西道；四年（1624）為參政，分巡下湖南道；五年（1625）為河南按察使，遵化道；六年（1626）為山西布政使，懷來道；七年（1627）因行賄謀京堂，為東廠所悉，下鎮撫司，諭死；崇禎五年（1632），棄市。

丘志充藏有《金瓶梅》及其續書《玉嬌麗》的抄本。萬曆四十四年至四十五年（1616-1617）間，嘗借《金瓶梅》予工部郎中謝肇淛。謝肇淛以之並合前抄自袁宏道部分，仍缺十分之二；又撰〈《金瓶梅》跋〉。約在萬曆四十八年（1620），丘志充借予沈德符《玉嬌李（麗）》首卷。

丘志充所藏《金瓶梅》和《玉嬌麗》的來源，值得探討。他和當時文士似乏交往，二書可能俱得自故里。這就對二書同出一人之手，和作者為山東人的說法，有一定的支持作用。

自萬曆四十八年（1620）離京出守，迄天啟七年（1627）下獄、崇禎五年（1632）棄市，丘志充的行止皆明確可考。但入仕以前事蹟，今日尚一無所知。丘志充兒子丘石常（1604？-1661）的《楚村詩集》和《楚村文集》，或可提供一些資料。

此外，丘石常和同縣丁耀亢（1599-1669）至交友好，而今人皆以為《續金瓶梅》是丁耀亢所作。《玉嬌麗》和《續金瓶梅》的關係，亦需重新探討。

《金瓶梅》刊本面世，當在謝肇淛撰寫〈《金瓶梅》跋〉之後，不可能早於萬曆四十四年（1616）。有萬曆四十五年季冬（1617年12月-1618年1月）序的《金瓶梅詞話》，大抵就是《金瓶梅》的最早刊本，也就是沈德符所說的「吳中懸之國門」的本子。近人所謂萬曆庚戌（1610）刊本，並未存在，純出誤解沈德符文字。

---

50 與丘志充共事重慶之役的總兵杜文煥，有〈合州贈丘六渠、楊華毓兩觀察〉詩，見《太霞洞集》（福王崇禎弘光年間刊本），卷9，頁5上。

附：〈麻城劉家和《金瓶梅》〉

近日黃霖撰〈《金瓶梅》作者屠隆考〉[51]資料解說俱新。其中論點之一為「屠隆寫這小說與劉承禧，一是為了報恩，二是為了勸戒。而劉承禧正是《金瓶梅》最初稿本的獲得者」。黃氏證據主要是屠隆（1542-1605）〈與劉金吾〉函：

> 獨念明公疇昔周旋，義高千古。當不佞初被仇口，明公一日過不佞邸中，對長安諸公沖冠扼腕，義形於色。……及不佞挂冠出神武門，蹇驢且策，而兩兒子痘瘍適作。公曰：「君第行抵潞河，留八口京邸。薪水醫藥，余維力是視。」不佞遂行。明公果惠顯不佞妻孥甚至。而不佞之阻凍潞上，則又時使人起居逐客饋餉不絕，所以慰藉之良厚，又為治千里裝。不佞八口所以得不路餒者，明公賜也。[52]

黃霖以為：「屠隆與劉承禧不但是一般的交密，而且在屠隆遭到一生中最嚴重的打擊而最困難的時候，得到了劉的全力資助。」

雪中送炭、資助屠隆的「劉金吾」，其實是劉承禧之父劉守有。屠隆「挂冠出神武門」，事在萬曆十二年（1584）十月[53]，當時掌錦衣衛的是劉守有。

劉守有、承禧父子事迹，數見《明實錄》及《明史》，拙文〈麻城劉家和《金瓶梅》〉失錄，今補考於下。

《明史·刑法志》：

> 萬曆初，劉守有以名臣子掌衛，其後皆樂居之。士大夫與往還，獄急時，頗賴其力。守有子承禧及吳孟明其著者也。[54]

劉承禧仕至錦衣衛都督，而近人竟有謂「為較低級的武職」[55]，甚至是「一個文物商人」[56]，殊失考。

51　《復旦學報》（社會科學版），1983 年第 3 期，頁 31-39。

52　《栖真館集》（萬曆庚寅序刊本），卷 18，頁 11 下-12 下。

53　《明史》卷 288，頁 7388；《明實錄》，冊 103，頁 2856-57。

54　《明史》卷 95，頁 2339。

55　李錦山：〈《金瓶梅》最早付刻人淺探〉，刊《徐州師範學院學報》（哲學社會科學版），1983 年第 3 期，頁 38。李文辨證張遠芬謂劉承禧為文震亨婿說之誤，但又誤謂劉承禧為徐階婿，文震亨為王穉登婿。事實上，劉是徐階曾孫婿，文是王穉登孫婿；詳拙文〈麻城劉家和《金瓶梅》〉。

56　張遠芬：〈新發現的《金瓶梅》研究資料初探〉，刊《徐州師範學院學報》（哲學社會科學版），1980 年第 4 期，頁 35。張氏所提出的資料，〈快雪時晴帖〉諸家跋語，其實和《金瓶梅》一點關係也沒有。

劉守有為張居正黨[57]，居正歿，先後為御史毛在鵬、陳性學，給事中劉一相所劾，賴申時行等力解[58]。不獨如此，萬曆十二年十二月（1585）丙午，「升錦衣衛掌衛事都督同知劉守有為左都督，提督巡捕」[59]。

及至萬曆十六年（1588），劉守有始被革任回籍。《明神宗實錄》卷二○五：

> （萬曆十六年十一月）壬戌，貴州道御史何出光劾內侍張鯨，及其黨鴻臚寺序班邢尚智、錦衣衛都督劉守有，相倚為奸，專擅威福，罪當死者八，贓私未易縷指。上命張鯨策勵供事，刑尚智、劉守有等革任，余犯法司提問。[60]

> 壬申，刑部覆議張鯨、劉守有、邢尚智贓罪。尚智論死，守有斥，鯨被切責，仍令策勵供事。[61]

屠隆又有〈寄贈大金吾劉公歌〉[62]，這和〈與劉金吾〉函，皆應是寄與劉守有。

正如拙文〈麻城劉家和《金瓶梅》〉所指出，「劉守有死後，書物自然皆歸劉承禧」。假如屠隆真的曾贈劉守有《金瓶梅》，日後亦為劉承禧所有。

1984 年 3 月 4 日初稿，28 日補訂

原刊《中華文史論叢》1984 年第 3 輯

57　《萬曆野獲編》，頁 464、534、536。
58　《明史》卷 305，頁 7803；卷 236，頁 6143。《明實錄》，冊 102，頁 2454、2459、2800-2801。
59　《明實錄》冊 103，頁 2877。
60　《明實錄》冊 105，頁 3828。
61　《明實錄》冊 105，頁 3831。
62　《栖真館集》卷 2，頁 9 上-10 上。

附錄三：評魏著《金瓶梅的問世與演變》

徐朔方

《金瓶梅的問世與演變》（魏子雲著，臺灣時報公司1981年初版）是同一作者《金瓶梅探原》（1979）的改寫，問世以來在海外漢學界有一定影響。由於人為的組隔，我在今年秋應邀訪問普林斯敦才有機會拜讀。現在略作評論，兼以求教。

此書將《金瓶梅》敘述的北宋末年和明代末年兩相對比。它指出徽宗重和元年（1118）到宣和七年（1125）應是八年，而小說從第七十六回到九十九回只有七年，「如不算重和，則只有六年」（第99頁，後文引用此書只記頁碼，不標書名）。論文認為這是有意隱喻神宗萬曆四十八年和光宗泰昌元年同在1620年內。

《金瓶梅》全書一百回，敘事起於北宋徽宗政和二年（1112），迄於欽宗靖康二年即南宋建炎元年（1127）。第三十九回到七十七回止，約占全書十分之四的篇幅所敘事情都發生在政和七年（1117），下距汴京失陷還有十年。這一點在兩個方面發人深思。第一、假如《金瓶梅》如同某些研究者所設想的那樣，它有意以北宋滅亡的慘痛教訓隱喻明末朝政作為全書主題，為什麼反而把小說重心放在處於事件邊緣的政和七年，而不直接放在矛盾衝突更趨激化的以後幾年？第二、小說既然偏重政和七年到那樣過分的和程度，有密必有疏，在其他十五年的敘事中以「無話即短」的傳統說書方式僅僅略去一年並不足怪。像魏子雲先生那樣要求在其他六十一回中，十五年每年都得占有一定篇幅，那是不合理的。小說不是二十四史本紀式的大事年表。小說結尾部分在藝術上的主要缺點之一正是分散筆墨於泛泛的人事交代而不像以前那樣集中緊湊。由於其中有一年沒有寫到，就懷疑作者有意隱喻什麼，那多半只是主觀猜測。敘述北宋宣和年間的半官半商的家庭故事而略去一年，一般讀者無論怎樣精細也不會發覺，只有經過編年排比才會發現，很難指責這是小說的不足之處。事實上它和明神宗萬曆四十八年、光宗泰昌元年同在1620年內毫無相似之處。這一點將在後面再說。

明神宗萬曆四十八年和光宗泰昌元年同在1620年內，牽涉到明末宮闈內幕以及統治集內部傾軋的一系列事故。光宗朱常洛的生母原是一名宮女。神宗朱翊鈞寵愛皇三子福王朱常洵的生母鄭貴妃，屢次要廢長立幼而朝臣阻撓，這就是所謂冊立太子事件。君臣

僵持不下，鬧了十五、六年（1586-1601）才勉強解決。後來又發生妖書事件（1603）、福王之國事件（1614），梃擊事件（1615）和紅丸事件（1620）。朱常洛即位一個月而死亡。此書認為「《金瓶梅》本是一部諷諭明神宗寵幸鄭貴妃而貪財好貨又淫欲無度的小說，深寓諫諍之意」（第114頁）。此書又認為由政治上的禁忌，袁宏道在萬曆二十四年（1596）見過部分章節的小說抄本始終未能出版，後來刪去了有關的政治隱喻才在天啟初年（1621-）改寫成現在所見的《金瓶梅詞話》。至於它的作者，「如沈德符的父親沈自邠、會稽人陶望齡、晉江李卓吾，都有寫作此書的可能。『憂危竑議』（萬曆二十六年）以後的《金瓶梅》可能中郎兄弟與沈德符等人有過改寫的構想，終於在（萬曆）四十一、二年間改寫成了。……所謂崇禎本的《金瓶梅》，也改寫在天啟，梓行在天啟，參與改寫的人，極可能仍是沈德符與馮夢龍這原班人馬」（第145、146頁）。此書承認關於《金瓶梅》作者的上述推測目前只是「設想之詞」，日後將有「沈德符評傳」問世。

　　《金瓶梅的問世與演變》的結論大體說來就是如此。用一句簡單的話來概括，這就是《紅樓夢》索隱派在《金瓶梅》研究的還魂。就年代的考證而論，它認為今傳萬曆本《金瓶梅》的成書在天啟初年。

　　此書對研究者大都以沈德符《野獲編》卷二十五和公安三袁的有關記載作為討論的起點，深表不滿。其實此書在這一點並未例外。它的標新立異之處僅僅在於一般學者如實地從這些記載作出各自的引申，引申可能不同，而對它們本身文字的理解並無分歧，而此書卻別出心裁，認為這些記載文義不通，沈德符和袁小修故意迷人耳目，目的在於掩飾小說的政治隱射。索隱的寶塔就建築在這樣誤解的沙堆之上。

　　先看記載的原文。

　　《野獲編》卷二十五：

> 袁中郎〈觴政〉以《金瓶梅》配《水滸傳》為外典，余恨未得見。丙午遇中郎，問曾有全帙否？曰：第睹數卷，甚奇快。今惟麻城劉延伯承禧家有全本。蓋從其妻家徐文貞錄得者。又三年，小修上公車，已攜有其書。因與借鈔挈歸。吳友馮猶龍見之驚喜，慫恿書坊以重價購刻。馬仲良時榷吳關，亦勸余應梓人之求，可以療飢。余曰：此等書必遂有人板行。但一出則家傳戶到，壞人心術。他日閻羅究結始禍，何辭以對。吾豈以刀錐博泥犂哉。仲良大以為然。遂固篋之。未幾時而吳中懸之國門矣。

　　袁小修《遊居柿錄》第九八九則：

> 往晤董太史思白，共說小說之佳者。思白曰：近有一小說，名《金瓶梅》極佳。

予私識之。後從中郎真州，見此書之半。大約模寫女兒情態俱備，乃從《水滸傳》潘金蓮演出一支……以今思之……

接著此書分析說：「這則日記的時間，記於萬曆四十二年八月，這時，袁小修還說『……後從中郎（其兄宏道）真州，見此書之半。』按小修從中郎真州的時間，是萬曆二十六年（1598）。那麼，如依據袁小修的話推斷，他在萬曆四十二年（1614）八月，還未讀到《金瓶梅》全稿，沈德符又怎能在萬曆三十七年（1610）向袁小修抄得《金瓶梅》的全稿呢？」（第47頁）作者又根據李日華《味水軒日記》卷七「萬曆四十三年乙卯（正月）五日，伯遠攜其伯景倩（沈德符）所藏《金瓶梅》小說來」，斷言：「《金瓶梅》的全稿最早出現於萬曆四十三年（1615），持有人是沈德符」（第48頁）。按，這和作者的結論：今傳萬曆本《金瓶梅》作於或完成於天啟初年自相矛盾。

此書作者早在《金瓶梅探原》中就對《野獲編》的記載提出質疑：「沈德符得知世上有《金瓶梅》一書，是在袁中郎的〈觴政〉這篇文字中，見到袁將《金瓶梅》與《水滸傳》同列為外典。這時他還沒有見到《金瓶梅》一書。到了萬曆三十四年間在京城旅店遇見袁中郎，他向袁氏打聽《金瓶梅》這部書的時候，開口竟問曾有全帙否？從袁中郎回答他的話來看，可知袁氏當時並未攜有是書，既未攜有此書在身邊，自亦無從將書展示於沈氏。那麼，在這種情況之下，沈氏怎會說出『曾有全帙否』的問語呢？『曾有全帙否』的問語，應是在見到此書的部分之後，才會在心理上產生出的問話。否則，這句話如何會問得起來呢？」（第63頁）

魏著的一切結論以對《野獲編》和三袁有關記載的懷疑和否定作為前提。而懷疑和否定實際上只集中在兩句話上，即《野獲編》的「丙午遇中郎京邸，問曾有全帙否」和《遊居柿錄》：「後從中郎真州，見此書之半」。這兩句話文從字順，前後連貫，含意自明。只有誤解或有意曲解，才會發現它們前後矛盾或破綻百出。

先說第一句。萬曆二十三年，袁宏道曾寫信給董其昌：「《金瓶梅》從何得來？伏枕略觀，雲霞滿紙，勝於枚生〈七發〉多矣。後段在何處？抄竟當於何處倒換，幸一的示。」當時袁宏道在蘇州，和沈德符的家鄉嘉興很近。袁宏道的書信和他尋訪《金瓶梅》後段的努力，沈德符置身在三吳文人圈子裡，當然可能有所風聞。因此，當他十年後和袁宏道在北京見面時，就很自然地問起他可曾得到全書。儘管沈德符連前段也未曾過目，他這樣發問並沒有什麼不合情理。

第二句，從「後從中郎真州，見此書之半」，推論出「袁氏兄弟在萬曆四十二年（1614）八月以前，還只讀了《金瓶梅》的前三十回」（第125頁），完全和原文不符。原文說的僅限於萬曆二十六年在真州時。在此以後有沒有讀完全書，這則日記未加說明。因此，

此書第47頁:「他在萬曆四十二年(1614)八月,還未讀到《金瓶梅》全稿,沈德符又怎能在萬曆三十七年(1610)向袁小修抄得《金瓶梅》的全稿呢?」這個質問就完全落空了。

小說不是歷史。即使以歷史為題材的小說也未必可以按照歷史事實加以編年。《金瓶梅》不是歷史小說,北宋末年的歷史事實作為小說中人物活動的歷史背景,只要大體可信就行了。小說的好壞並不取決於此。這差不多是常識。

《金瓶梅》敘事大體上說從徽宗政和二年(1112)到欽宗靖康二年(1127)北宋滅亡止,前後十六年。小說的人物和故事情節的發展要合乎邏輯,在一定程度上應該經得起編年的考證。《金瓶梅》對此似乎並不例外,實際上卻在相當多的場合出現極其明顯的差錯。請以《金瓶梅詞話》第十回介紹李瓶兒的出身為例:

> 只因政和三年正月上元之夜,梁中書同夫人在翠雲樓上,李逵殺了全家老小。梁中書與夫人各自逃生。這李氏(瓶兒)帶了一百顆西洋大珠、二兩重一對鴉青寶石,與養娘媽媽走上東京投親。那時花太監由御前班直升廣南鎮守。因姪男花子虛沒妻室,就使媒人說親娶為正室。太監往廣南去,也帶他到廣南,住了半年有餘。不幸花太監有病,告老在家。因是清河縣人,在本縣住了。如今花太監死了……

根據同一回的交代:「花二哥他娶了這娘子兒今不上二年光景」,按說此時至少應該是政和五年,但上面那段引文記載的事情卻明明白白發生在政和三年一個秋天月夜之前。可見小說作者顯然無意於編年,無意於使它的敘述忠實於北宋的歷史真實,以影射晚明萬曆年間的歷史真實。

再舉非歷史人物和歷史人物各一例為證。

《金瓶梅詞話》第一回武松打虎。「武松將棒縮在脅下,一步步上那崗來。回看那日色漸漸下山,此正是十月間天氣。」武松來到武大家,「婦人(潘金蓮)道:叔叔青春多少?武松道虛度二十八歲。婦人道:原來叔叔到長奴三歲。」事在政和二年。第二回「才見梅開臘底,又早天氣回陽。一日三月春光明媚時分」,已經轉入次年。可是第三回潘金蓮回答西門慶:「奴家虛度二十五歲,屬龍的。」政和三年時,潘金蓮的年齡竟和頭一年相同。

第十二回劉理星替潘金蓮算命,說她是庚辰年出生,實際上應該是戊寅年。劉理星說「今歲流年甲辰歲」,實際上政和三年是癸巳年,四年是甲午年。無論哪一年都差了一大截。

上面說的書中的女主角,非歷史人物潘金蓮,下面再舉書中的配角,歷史人物蔡京為例。

第四十八回「曾御史參劾提刑官，蔡太師奏行七件事」。按照小說的前後文編年，這一回寫的是政和七年的事。吳月娘對西門慶說：「孩子且不消教他往墳上去吧。一來還不曾過一周。」據第三十回所寫，官哥出生於宣和四年戊申（第三十九回又寫成丙申），本回所寫應是宣和五年的事。曾御史說是「新中乙未科進士」，這和第三十九回官哥丙申年出生倒是符合的，實際上這一年是壬寅。蔡京奏行七件事：一、「罷科舉取士，悉由學校升貢」；二、「罷講議財利司」；三、「更鹽鈔法」；四、「制錢法」；五、「行結糶俵糴法」；六、「納免夫錢」；七、「置提舉御前人船所」。根據《宋史》〈徽宗本紀〉和〈食貨志〉，早的如罷科舉和更鹽鈔法在崇寧三年（1104），遲的如納免夫錢在宣和六年（1124）才實行。小說把前後二十年的政治措施糅合在一年之內。而講議財利司的設立，在徽宗朝有兩次，性質大不相同。一次在崇寧二年（1103）正月，蔡京執政之初，「即都省置講議司，自為提舉，以其黨吳居厚、王漢之十餘人為僚屬。取政事之大者如宗室、冗官、國用，商旅、鹽澤、賦調、尹牧，每一事以三人主之。凡所設施，皆由是出」。以上見《宋史》卷四七二〈蔡京傳〉。同書〈本紀〉則云下詔設置在前一年七月，三年四月罷。另一次則在宣和六年（1124），「詔蔡攸等就尚書省置講議財利司」（《宋史》卷179）。這時北宋王朝岌岌可危，軍費和向金人交納的巨額銀絹使財政陷於山窮水盡地步，不得不下令減免「不急之務無名之費」。小說改為「罷講議財利司」，和上面第一種相關，而一行一罷恰恰相反，未免有美化蔡京之嫌。據《宋史》卷四五三〈本傳〉，參劾蔡京的御史曾孝序原籍晉江，後來移居泰州。小說把他改寫成蔡京的政敵都御史曾布之子。曾布是著名散文作家曾鞏的兄弟，江西南豐人。曾孝序當時任官環慶路經略安撫使，小說則改為山東御史。

如上所述，可見《金瓶梅》的非歷史人物年代安排大體合理而有不少錯亂，歷史人物則經過虛構或改造，和史實頗有出入。本文並不認為這必然是《金瓶梅》小說的缺陷，而在於指出要對《金瓶梅》提到的史實進行編年，無異是刻舟求劍，削足適履，不可能得出令人信服的結論。

此書所謂「《金瓶梅詞話》中寫有萬曆朝以後的史事」（第 55 頁），主要指的是小說第八十八回「如今且喜朝廷冊立東宮，郊天大赦」，「一定指的萬曆二十九年冊封東宮的事了」（《金瓶梅探原》第 45 頁）以及「《金瓶梅詞話》的作者把重和元年與宣和元年合併起來紀年，豈不是有意地去隱指泰昌與天啟這個朝代嗎？」（第 101 頁）在此書作者看來，小說寫的北宋末年實際上指的就是明代末年。這種類比不僅毫無根據，而且不符合兩個朝代的主要事實。萬曆末年鄭貴妃擅寵，為了立太子引起長期爭論，光宗實際上受精神迫害而成病，即位一個月就死亡，但是北宋徽宗和欽宗之間並沒有這種爭議與隔閡，他們是父子兩代，不是萬曆到天啟的三代，情況並不相似。重和、宣和都是徽宗

的年號，這和萬曆四十八年、泰昌元年父子兩個皇帝的年號同在一年（實際上是萬曆、泰昌、天啟祖、父、孫三個皇帝同在一年）怎能相比呢？北宋末年以蔡京為首的所謂六賊掌權，直到滅亡，萬曆時期從太子事件發生以來卻找不出一個權相足以和嘉靖時的嚴嵩、萬曆初的張居正相比。北宋徽宗逃避責任，提前退位時，金兵已經兵臨城下，而晚明從萬曆去世後，天啟、崇禎二朝還有二十年光景。此書所說的影射和比擬只是出於作者主觀想像，缺乏客觀依據，難以令人置信。

此書自以為已經摘下《金瓶梅》頭上的王冠。它指責小說卷首由北宋卓田的那首詞〈眼兒媚·題蘇小樓〉引起的項羽虞姬、劉邦戚氏的故事「是一項戴不到西門慶頭上的王冠」（第109頁），「像西門慶這樣一位不識之無的僻野小縣城的地痞，怎能與項羽劉邦並論。特別值得一提的是，劉邦寵戚夫人廢嫡立庶的事，與《金瓶梅詞話》的故事更是風馬牛不相及」（第89頁）。因此它推想：「《金瓶梅詞話》之前，極可能還有一部涉及政治、描寫情色的《金瓶梅》，那部《金瓶梅》就是一個可以戴上劉項頭上那頂王冠的故事」（第111頁）。這裡雖然謙虛地自稱為「推想」，但實際上卻是此書不折不扣的「結論」。

本文認為這首詞以及隨之引申的項羽虞姬、劉邦戚氏的故事和小說的西門慶故事根本不是什麼「並論」或「比對」的關係。小說無非指出一個老生常談的教訓：即使像項羽劉邦那樣的英雄也過不了美人（情色）關，何況像西門慶那樣的庸眾，並沒有前後不相連貫的問題。

此書作者應該知道，這首詞以及「情色」二字正是話本「刎頸鴛鴦會」入話的開始。這篇話本說的是店小二張秉中和蔣淑珍私通，「後惹出一場禍來，屍橫刀下，命赴陰間」。按照此書的邏輯，市井小民張秉中、蔣淑珍也不能和帝王「並論」和「比對」，它原本豈不是也應該是一個影射帝后的故事了？

按照此書的邏輯，為避免直接諷刺萬曆皇帝及后妃和太子的故事，這首詞及小說開頭部分，至少在萬曆天啟時期應該被刪削，不可能流傳到現在。遺憾的是明明白白題為萬曆丁巳（四十五年，1617）東吳弄珠客作序的《金瓶梅詞話》恰恰流傳到現在，連同整個項羽虞姬、劉邦戚氏的故事在內。請問，這又當如何解釋呢？

此書主要問題已如上述，至於小說的年代和作者問題將另作討論，這裡不贅。

原刊《吉林大學學報》1985年5期

附錄四：漢語方言中的兩種反覆問句

朱德熙

提要：本文第一部分指出漢語方言裡的反覆問句有「VP 不 VP」和「可 VP」兩種類型。這兩種反覆問句互相排斥，不在同一種方言裡共存。第二部分追溯這兩種反覆問句的歷史，並且考察了兩種句式在五部明清時代的白話小說裡的分布情況。其中代表江淮方言的《西遊記》和《儒林外史》採用「可 VP」句式，代表山東方言的《金瓶梅詞話》採用「VP 不 VP」句式。《紅樓夢》和《兒女英雄傳》裡兩種句式並存，但這並不一定真正反映當時北京口語的實際情況。

本文還為《金瓶梅》第五十三至五十七回是南方人補作的舊說提供了語言學上的證據。

壹

1.0 許多漢語方言裡的疑問句都可以區分成特指問句、是非問句和選擇問句三種類型。反覆問句也是一種選擇問句。區別在於一般的選擇問句要對方在 X 與 Y 裡選擇一項作為回答，反覆問句則是讓人在 X 和非 X 裡選擇一項作為回答。反覆問句最常見的形式是：

(a)VP 不 VP？（去不去？／喝水不喝？）

(b)VP 沒有？（去了沒有？／看見沒有？／買票沒有？）

以下我們把此類反覆問句稱為「VP 不 VP」型。「VP 不 VP」型反覆問句在方言裡的分布很廣。北方官話、大部分西南官話、粵語、閩語以及大部分吳語裡的反覆問句都採取這種形式。

反覆問句還有另外一種形式，即 VP 前邊加上一個疑問副詞造成的問句。我們暫時把這種形式的反覆問句記為：

(c)FVP？

採取 FVP 型反覆問句的方言點，我們注意到的有以下一些：

一、吳語——江蘇省的蘇州、無錫、常熟、崑山（據趙元任《現代吳語的研究》）。

二、西南官話——雲南省的昆明、通海、箇舊、蒙自、會澤、曲靖、大理、思茅、
梁河。

三、下江官話——安徽省的合肥、蚌埠、靈壁、泗縣、五河、嘉山、鳳陽、全椒、
蕪湖、貴池、安慶、東流、六安、霍丘、臨泉、渦陽、潁上、阜陽（據《安徽方
言概況》）；江蘇省的淮安、鹽城、南京。

因為沒有做過系統調查，以上提到的方言點只是舉例性質，並不完全。現在選擇吳語裡
的蘇州話、西南官話裡的昆明話、下江官話裡的合肥話作為代表來介紹 FVP 型反覆問句。

　　1.1　蘇州話可在 VP 前邊加上疑問副詞「阿」[aʔ₁] 造成問句。例如：

1.1.1　耐阿曉得？（你知道不知道？）

1.1.2　耐看阿好？（你看好不好？）

1.1.3　阿要吃點茶？（要不要喝點茶？）

1.1.4　阿吃得落？（吃得下吃不下？）

1.1.5　俚阿是耐格兄弟？（他是不是你弟弟？）

「阿」在「曾」[zən₁] 字前頭出現的時候，兩個字就融合成一個音節「啊」[aŋ₁]。例如：

1.1.6　耐嚃吃飯了？（你吃飯了沒有？）

有人把這類問句解釋成是非問句[1]。從形式上看，這種問句是由主要動詞（本文所謂動詞是
廣義的，包括形容詞在內）的肯定式構成的，很像是非問句。可是就其性質來說，卻跟其他
方言裡由謂詞性成分的肯定式和否定式並列起來組成的「VP 不 VP」型反覆問句相當。
例如跟北京話比較，跟 1.1.1 相當的說法不是「你知道嗎？」而是「你知道不知道？」跟
1.1.2 相當的說法不是「你看好嗎？」而是「你看好不好？」我們採取這種看法的理由如
下：

　　第一，蘇州話的是非問句可以用「是格」作為肯定的回答。選擇問句不能這樣回答，
必須在問句提出的幾項裡選擇一項作為回答。「阿 VP」型問句的回答方式同於選擇問
句，不同於是非問句。例如：

1.1.7　耐阿曉得？——曉得格。

1.1.8　耐看阿好？——滿好。（很好）

1.1.9　耐阿吃得落？——吃得落格。

1.1.10 耐嚃吃飯了？——吃過哉。（吃過了）

只有當句子裡的主要動詞本身就是「是」字的時候，才能用「是格」回答：

1　趙元任《現代吳語的研究》127 頁；又汪平〈蘇州話裡表疑問的『阿、嚃、啊、』〉，《中國語文》
1984 第 5 期。

1.1.11 俚阿是耐格兄弟？——是格。

第二，蘇州話選擇問句後頭可以帶語氣詞「嘎」[tɕiaʔ˥]，例如：

1.1.12 耐是吃飯還是吃粥嘎？

1.1.13 耐實梗說到底是騙別人家，還是騙耐自家嘎？（你這麼說到底是騙別人，還是騙你自己呢？）

是非問句後頭不能帶語氣詞「嘎」。「阿 VP」型問句後頭可以帶「嘎」，跟選擇問句一樣：

1.1.14 耐阿吃得落嘎？

1.1.15 俚阿是耐格兄弟嘎？

1.1.16 耐阿去過歇嘎？（你去過沒有？）

第三，蘇州話裡沒有「VP 不 VP」型的反覆問句。換句話說，蘇州話裡不存在跟其他方言（例如北京話）的「去不去？」「去了沒有」相當的「＊去勿去？」「＊去了勿曾？」的說法。要表示這樣的意思，蘇州話只能說：「阿去？」「嚃去？」

根據以上三點，我們可以確定蘇州話的「阿 VP」是一種反覆問句。其中第三點特別值得注意。因為蘇州話裡的疑問句跟其他方言一樣，也包括特指問、是非問、選擇問三種類型。如果我們把「阿 VP」解釋為是非問句，那麼蘇州話裡就沒有反覆問句了。從蘇州話的疑問句的整個系統看，「阿 VP」型問句正好跟其他方言裡「VP 不 VP」型反覆問句相當。

1.2 昆明話可以在 VP 前邊加上疑問副詞「格」[kəɬ] 造成問句。例如：

1.2.1 你格認得？（你認得不認得？）等於「你可認得？」

1.2.2 你格上街？（你上不上街？）

1.2.3 你格說了？（你說了沒有？）

1.2.4 這條裙子格漂亮？（這條裙子漂亮不漂亮？）

1.2.5 他格是你弟弟？（他是不是你弟弟？）

1.2.6 你格是不相信？（你是不是不相信？）

昆明話的「格 VP」跟蘇州話的「阿 VP」一樣，也是反覆問句，因為：

第一，昆明話的是非問句可以用「是呐 [ʒ]」「是了 [lə] 麼 [mo]」作為肯定的回答。例如：

1.2.7 你認得他咯 [kɛ]？——是呐。

1.2.8 只有你們兩位去咯？——是了麼。

選擇問句不能這樣回答。「格 VP」式問句也不能這樣回答，除非主要動詞本身就是「是」字，例如：

1.2.9　你格是雲南人？——是吶／是了麼。

第二，「格 VP」在語氣詞的配搭上同於選擇問句，不同於是非問句。例如是非問句後頭可以用語氣詞「咯」[kɛ]（前引例句 1.2.7-8）[2]，「格 VP」跟選擇問句後頭都不能用「咯」。如果在選擇問句和「格 VP」式問句後頭硬加上一個「咯」，原來的「非是非問句」就會轉化成是非問句。例如：

1.2.10　吃飯還是吃米線咯？（你是問吃飯還是吃米線嗎？）

1.2.11　他格去咯？（你是問他去不去嗎？）

第三，跟蘇州話一樣，昆明話裡也沒有「VP 不 VP」型反覆問句。

由此可見，昆明話「格 VP」裡的「格」正好跟蘇州話的「阿」相當。這兩個虛詞不但分布相同，語法功能也一樣，都是反覆問句的標誌。

1.3　合肥話裡有一個跟蘇州話的「阿」、昆明話的「格」相當的虛詞「克」[k'əʔꜜ]（或讀 [kəʔꜜ]），例如：

1.3.1　你克相信？（你相信不相信？）

1.3.2　你來聞聞這朵花克香？（你聞聞這朵花香不香？）

1.3.3　你克吃炆蛋？（你吃不吃茶葉蛋？）

1.3.4　你克喜歡看電影？（你喜歡不喜歡看電影？）

1.3.5　他克是你兄弟？（他是不是你弟弟？）

「克 VP」的回答方式同於選擇問句，不同於是非問句。此外，合肥話裡也沒有「VP 不 VP」型反覆問句。可見合肥話的「克 VP」是跟蘇州話「阿 VP」、昆明話「格 VP」完全平行的反覆問句句式。

1.4　通過對蘇州、昆明、合肥三處方言裡的反覆問句的比較，可以看出這些疑問句裡的「阿、格、克」很可能同出一源。這個疑問副詞在明清白話小說裡寫作「可」。章太炎《新方言·釋詞》說：

> 「何」與「可、阿」同一聲，故問訊言何者，蘇州言「阿是」，通語言「可是」。

2　昆明話句尾語氣詞「咯」[kɛ] 本來是「可是」的緊縮形式。可以充任獨立的小句，例如：你不去，咯？（你不去，是不是？）
當它黏附在句尾上時，就變成語氣詞了：
你不去咯？（你不去啊？）
蘇州話的「阿是」也可以在句尾出現，例如：
耐好啊，騙我阿是？（你好哇，你騙我是不是？）（《海上花列傳》2·11）
因為沒有融合成一個音節，所以不能是語氣詞。

章氏認為蘇州話的「阿是」就是老白話裡的「可是」，這是不錯的。至於說「阿、可」與「何」同源，卻全無根據。就現代方言看，蘇州話的「阿」，合肥話的「克」都是入聲，因此這個疑問副詞有可能本來是入聲字，白話小說寫作「可」，只是借用字形，跟「可」字本身不一定有關係。

以下我們把蘇州話的「阿」、昆明話的「格」、合肥話的「克」一律寫作「可」，把 FVP 改寫為「可 VP」。

1.5　在我們考察過的方言裡，「可 VP」和「VP 不 VP」兩類反覆問句互相排斥，不在同一種方言裡共存。不過這是把這兩種格式作為反覆問句句式看待說的。實際上在「可 VP」型反覆問句的方言裡，「VP 不 VP」形式的結構不是沒有，不過不是作為疑問句句式存在的。例如在合肥話裡，「可好」和「好不好」兩種格式都有，「可好」是疑問句式，「好不好」是並列式詞組。「可好」可以組成疑問句，「好不好」就不行。只能組成下邊這樣的非疑問句：

1.5.1　好不好都要。

1.5.2　好不好不要緊。（好不好沒關係。）

昆明話也是這樣，比較：

1.5.3　你可相信？

1.5.4　相信不相信沒有得關係。（相信不相信沒關係。）

蘇州話裡並列式詞組往往用「V 了勿 V」的形式：

1.5.5　買了勿買隨便耐。（買不買隨你。）

1.5.6　去了勿去耐自家拿主意。（去不去你自己拿主意。）

在某些採取「可 VP」型反覆問句的方言裡，「VP 不 VP」不能組成疑問句，可是「可 VP」倒可以反過來組成非疑問句。最明顯的是合肥話：

1.5.7　隨你可去。（去不去由你。）

1.5.8　隨便可洗都行。（洗不洗都行。）

1.5.9　隨便可睡不要緊。（睡不睡沒關係。）

1.5.10 可知道這個事不要緊。（知道不知道這件事沒關係。）

在這一類方言裡，反覆問句句式和由動詞的肯定式與否定式構成的並列式詞組互相對立，二者形式不同，功能也不一樣。值得注意的是這樣的對立在某些「VP 不 VP」型方言裡也存在。例如陝北清澗話裡的反覆問句句式是「VP 也不」，動詞構成的並列式詞組是「VP 不 VP」，形式不一樣，比較：

1.5.11 你說也不？（你說不說？）

1.5.12 說不說就這的回事了。（說不說就這麼回事了。）

1.5.13 你明兒來也不？（你明天來不來？）

1.5.14 來不來你個人兒瞧的辦。（來不來你自己瞧著辦。）

清澗話裡對「VP 也不」問句的肯定回答的形式是「VP 也」，例如：

1.5.15 你去也不？──去也。

1.5.16 你明兒來也不？──我明兒來也。

「也」（[ε] 或 [iε]）是句尾語氣詞，可見「VP 也不」是句子平面上的構造。其中的「VP 也」和「不」分別代表兩個小句（更準確地說，是兩個謂語）。「VP 不 VP」則是由動詞構成的詞組，跟「VP 也不」不在同一個平面上。不過像清澗話這樣的方言比較少見，大部分「VP 不 VP」型方言裡的反覆問句和動詞並列式詞組同形，都是「VP 不 VP」，北京話就是這樣。

1.6 我們還沒有發現「可 VP」與「VP 不 VP」兩種句式並存的方言，只是注意到在某些「可 VP」型方言裡，有一種形式為「可 VP 不 VP」反覆問句，例如：

1.6.1 安徽東流：可香不香？（香不香？）

1.6.2 安徽合肥：可拿動拿不動？（拿得動拿不動？）

這是把「可 VP」和「VP 不 VP」兩種句式糅合在一起的一種混合形式。因為此類句式只在「可 VP」型方言裡出現，我們把它看成「可 VP」型反覆問句的一種變例。

貳

2.0 以上說的是現狀，現在再來看歷史。梅祖麟曾經指出反覆問句是從選擇問句演變出來的，其說大體可信[3]。南北朝時期的選擇問句有以下幾種形式：

(a)（為）VP_1 為 VP_2？

2.0.1 宏曰：「卿為欲朕和卿，為欲不和？」（《南齊書·魏虜傳》）

2.0.2 不知孚為瓊之別名，為別有伍孚也？（《魏書·董卓傳》裴注）

(b)為 VP 不？

2.0.3 汝意云何，為欲歸不？（《出曜經》，《大正藏》IV，691b）

2.0.4 汝食我肉，為得活不？（《大莊嚴論經》，同上 IV，322a）

(c)為 VP 不 VP？

2.0.5 今我欲問，身中之事，我為常不常？（《雜寶藏經》，同上 IV，493b）

「為 VP 不」到了唐末演變成「還 VP 不」「還 VP 也無」等形式。例如：

2.0.6 師云：「那個人還吃不？」洞山云：「行即吃。」（《祖堂集》2·10）

---

3   梅祖麟〈現代漢語選擇問句法的來源〉，《歷史語言研究所集刊》第 49 本第 1 分。1978，臺北。

2.0.7　和尚見樹橦子不？（同上 2・114）

2.0.8　又問曰：「行者還曾到五臺山也無？」師曰：「到。」（同上 2・30）

2.0.9　皇帝問：「諸佛還有師也無？」對云：「佛佛相傳，作摩無師？」（同上 4・18）

這就是現代清澗話「VP 也不」一類反覆問句的來源。「為 VP 不 VP」的「為」字脫落後變成了「VP 不 VP」，這種形式見於唐詩、敦煌變文和禪宗語錄[4]。例如：

2.0.10　春草年年綠，王孫歸不歸？（王維〈送別〉，《全唐詩》128・1303）

2.0.11　宣城太守知不知？一丈毯，千兩絲。（白居易〈紅線毯〉，同上 427・4703）

2.0.12　朱門處處若相似，此命到頭通不通？（杜荀鶴〈秋日湖外書事〉，同上 692・7957）

2.0.13　善惠卻問僧眾：「大雪山南面，有一梵志婆羅門僧，教學八萬個徒弟，曾聞不聞？」四部僧眾卻道：「聞之。」（《敦煌變文集》819）

2.0.14　師上堂云：「真實離言說。文字別時行。諸上座在教不在教？」又上堂云：「本自圓成，不勞機杼。諸上座出手不出手？」（《祖堂集》4・25）

2.0.15　充天布納到韶山。韶山勘曰：「聞你有充天之氣，是不是？」對曰：「不敢。」（同上 3・13）

現代大多數方言裡的「VP 不 VP」式反覆問句大極就是從這裡來的。

以上說的只是大致的情形。「VP 不 VP」型反覆問句演化過程裡的許多細節，目前還弄不清楚。

2.2　《金瓶梅》正好跟《西遊記》《儒林外史》相反，其中的反覆問句都是「VP 不 VP」型的。例如：

2.2.1　守門官深深唱了個喏，動問一聲，太師老爺在家不在？（18・452）

2.2.2　我有一樁事央煩你每，依我不依？（19・480）

2.2.3　先是一個問道：「你這舖中有狗黃沒有？」竹山笑道：「休要作戲，只有牛黃，那討狗黃？」（19・486）

2.2.4　吳道官發了文書，走來陪坐，問哥兒今日來不來？（39・1035）

2.2.5　你說他偏心不偏心？（39・1039）

2.2.6　娘每試嘗這豬頭，今日小的燒的好不好？（23・592）

2.2.7　月娘便問大姐：「陳姐夫也會看牌也不會？」（18・465）

4　蔣紹愚同志告訴我，「VP 不 VP」句式只見於王維、白居易、杜荀鶴等人的詩裡。李白、杜甫、韓愈、柳宗元的詩裡沒有這種句式。此外，《祖堂集》裡「VP 不 VP」型反覆問句只有八例，而「VP不」「VP 也無」兩種句式合計超過五百例，相去懸殊。

2.2.8　你管他不管他？（51·1340）

2.2.9　你灌了他些薑湯兒沒有？（19·500）

2.2.10　惠蓮道：「雇我養漢你看見來沒有？」（24·631）

2.2.11　韓道國問道：「你頭口顧（雇）下了不曾？」（51·1346）

2.2.12　月娘問道：「他吃了飯不曾？」（52·1387）

2.2.13　雪娥便往厨下倒了一盞茶與他吃，因問：「你吃飯不曾吃？」（25·640）

2.2.14　看我到明日對你爹說不對你爹說？（21·551）

2.2.15　你看賊小奴才油手把我這鞋弄的恁漆黑的。看我教他爹打他不打他？（28·733）

2.2.16　西門慶問道：「好吃不好吃？」（72·2071）

2.2.17　宋大巡題本已上京數日，未知旨意下來不曾？（77·2330）

2.2.18　春梅先問薛嫂兒，他家那裡有陪床使女沒有？（97·2885）

《金瓶梅》裡也有「可VP」型反覆問句，但為數極少，我們見到的只有以下十幾個例子：

2.2.19　一個人到菓子舖，問可有櫃子麼？（35·939）

2.2.20　你每可記的《玉環記》「恩德浩無邊」？（36·958）

2.2.21　銀子只湊四百八十兩，還少二十兩，有些段匹作數，可使得麼？（53·1427）

2.2.22　李瓶兒道：「這樣怪行貨，歪剌骨，可是有槽道的？……」（53·1431）

2.2.23　又問道：「你可要吃燒酒？」（53·1438）

2.2.24　誰想那經濟……一霎地醉了，齁齁的睡著了。琴童那裡叫得起來，一腳箭走來回覆西門慶道：「睡在那裡，再叫不起。」西門慶便惱將起來道：「可是個有槽道的？不要說一家的事，就是鄰佑（右）人家，還要看看，怎的就早睡了？」（53·1441）

2.2.25　劉婆便道：「錢師父，你們的敢花錢可該送與我老人家麼？」（53·1443）

2.2.26　哥，你會醫嗓子，可會醫肚子麼？（54·1449）

2.2.27　希大道：「九弟勝了。」吳典恩道：「他輸了，恁（怎？）地倒說勝了？賭一杯酒。」……於是填完了官著，就數起來：白來創著了五塊棋頭，常時節只得兩塊。白來創又該找還常時節三個棋子，口裡道輸在這三著了，連忙數自家棋子，輸了五個子。希大道：「可是我決著了？」指吳典恩道：「記你一杯酒，停會一準要吃還我。」（54·1453）

2.2.28　可曾吃些粥湯？（54·1467）

2.2.29　裡面可曾收拾？（54·1469）

2.2.30　太醫道：「……可是這等的？」迎春道：「正是這樣的。」（54·1470）

2.2.31　常時節臨起身，向西門慶道：「小弟有一事相求，不知哥哥可照顧麼？」（55·

1495）

2.2.32 西門慶道：「今日先把幾兩碎銀與他拿去買件衣服，辦些家活，盤攪過來。待尋下房子，我自兒銀與你成交，可好麼？」（56·1513）

2.2.33 你父親母親可安麼？（93·2769）

2.2.34 那吳氏娘子，你如今可省悟了麼？（100·2969）

2.2.35 西門慶因問溫秀才，書可寫了不曾？（67·1870）

2.2.36 安郎中道：「學生有失吊問，罪罪。生到京也曾道達雲峰，未知可有禮到否？」（68·1916）

2.2.37 太太久聞老爹在衙門中執掌刑名，敢使小媳婦請老爹來，未知老爹可依允不依？（69·1961）

這十九例裡頭，最後三例都是在「VP 不 VP」前頭再加「可」字，是「VP 不 VP」和「可 VP」的混合形式（看 1.6）。這三例分別見於六十七、六十八、六十九連續的三回中。其餘十五例裡有十二例集中在第五十三至第五十六這四回裡。其中五十三回五例，五十四回五例，五十五回五十六回各一例。同樣值得注意的是在這四回裡，「VP 不 VP」型反覆問句一共只出現了三次：

2.2.38 西門慶道：「小兒病症，大象怎的？有紙脈也沒有？」（53·1433）

2.2.39 當初有一個人吃了一世素。死去見了閻羅王，說我吃了一世素，要討一個好人身。閻王道：「那得知你吃不吃，且割開肚子驗一驗。」（54·1456）

2.2.40 月娘道：「你曾吃飯沒有？」（55·1493）

這樣看來，《金瓶梅》第五十三至五十六回跟全書其他部分不同，大概是用「可 VP」型方言寫的。明沈德符《野獲編》卷二十五《金瓶梅》條下云：

……然原本實少五十三回至五十七回，遍覓不得。這陋儒補以入刻。無論膚淺鄙俚，時作吳語，即前後血脈亦絕不貫串，一見知其贗作矣。

沈德符認為第五十三至五十七回不出於原作者之手，是旁人補的。這個說法正好跟我們考察句法得到的結論一致。只有第五十七回由於裡頭沒有反覆問句，無從驗證。不過沈氏把五十七回也包括在補作裡的說法可以從另外一個語法現象上得到證明。據北京大學中文系研究生劉一之同學的觀察，《金瓶梅》裡人稱式詞「咱」用作第一人稱包括式的共二百三十例。「咱」在五十三至五十七回裡一共出現了二十四次，除了一次用作包括式以外，其餘二十三次都用作第一人稱單數，而這二十三例裡有十六例見於五十七回。此外，「我們」「我每」在《金瓶梅》裡一般用作排除式。「我們」用作包括式的只有八例，其中有六例見於五十三回和五十四回；「我每」用作包括式的一例，也見於五十

三回。總之，從人稱代詞的用法看，五十三至五十七回也跟全書其他部分不同。這個現象正好可以跟「可 VP」型反覆問句在全書中分布上的特點互相印證。

第一人稱代詞複數不區分包括式和排除式以及反覆問句採用「可 VP」型兩點，說明《金瓶梅》第五十三至五十七回大概是南方人寫的。沈德符說這幾回「時作吳語」，看來確實有根據。除了以上指出的兩點之外，我們還可以為此再補充一條證據。第五十七回有兩處在動詞後頭用「子」字：

　2.2.41　西門慶就說且教他進來看，只見管家的三步那（挪？）來兩步走，就如見子活
　　　　　佛的一般，慌忙請了長老。（57‧1539）

　2.2.42　又有一只歌兒道得好：尼姑生來頭皮光，拖子和尚夜夜忙。三個光頭好像師
　　　　　父師兄並師弟，只是鏡鈸緣何在裡床？（57‧1548）

「子」跟「了」只差一筆，很容易寫錯。可是在相同的語法位置上接連寫錯兩回的可能就很小了。動詞後綴「子」是吳語的明顯的標誌。沈德符所謂「時作吳語」，可能就是指的這些地方[5]。最後引幾條與《金瓶梅》同時期的語言資料裡用動詞後綴「子」的例子：[6]

　2.2.43　我岑十四，生靠教書，今年道失子館。（〈錦箋記‧爭館〉，見《六十種曲》）

　2.2.44　鄔家先生是個餘姚人，有子好館，弗來載（哉）。（同上）

　2.2.45　我只撞彎子腰來際湊你。（馮夢龍《山歌》49b）

　2.2.46　我捉你當子天上日頭，一心只對子你。（同上，51b）

　2.3　《紅樓夢》和《兒女英雄傳》裡兩種反覆問句都有。不過《紅樓夢》裡「可 VP」型的句子出現的頻率比《兒女英雄傳》高得多。（由於篇幅的限制，例句略去不錄。）

5　呂叔湘先生來信說：

「你提到此五回中排除式與包括式第一人稱複數亂用，我因而想到似乎可以查查這幾回是否只有『們』沒有『每』。

我的印象是《金瓶梅》都寫『每』，只這幾回裡用『們』，還有一處是『門』。我手頭的本子無從查考，因為所有的『每』都改做『們』了。（雲注：這說法是不正確的。在這五回之外，也是「每」、「們」兼而用之。）

又，下詞語似是吳語：

五十三回（近尾）『看他口邊涎唾捲進捲出，一個頭得上得下。』同上『只是做爺的吃了勞碌了』。五十四回（中）『不好了，嘔出來了。拿些小菜我過過便好。』同上『他是上抬盤的名妓，倒是難請的。』」

呂先生的印象是對的。《金瓶梅詞話》裡人稱代詞和指人名詞的複數語尾多寫作「每」，可是這五回裡，「每」字僅出現三次，「們」字出現了三十六次（一次寫「門」）。除了這幾回以外，第四十二至四十六回的這結五回裡，「們」字也出現三十五次（一次寫「門」），但未見有「可VP」句式。

6　2.2.43-46 轉引自梅祖麟 "The etymology of the aspect marker tsi in the Wu dialect"（吳語情貌詞「仔」的語源），*Journal of Chinese Linguistics.*, vol.7 No.1, 1979。

現在把《紅樓夢》第三十至七十回、《兒女英雄傳》第六至二十回、第二十六至二十八回裡兩種句式出現的次數列表如下[7]。表裡把「可 VP」與「可 VP 不 VP」分開統計。

表一 《紅樓夢》第三十至七十回兩種反覆問句的出現次數：

回數	VP 不 VP	可 VP	可 VP 不 VP
三〇～四〇	21	18	6
四一～五〇	11	11	9
五一～六〇	15	8	5
六一～七〇	13	7	
	60	44	20

表二 《兒女英雄傳》第六至二十回、第二十六至二十八回兩種反覆問句的出現次數：

回數	VP 不 VP	可 VP	可 VP 不 VP
六～一〇	13	1	1
一一～一五	14	14	2
一六～二〇	21	11	2
二六～二八	17	4	
	65	30	5

按照上邊的統計數字，《紅樓夢》裡「VP 不 VP」與「可 VP」（包括「可 VP 不 VP」）出現次數的比率接近於 1（≈0.94），《兒女英雄傳》裡的比率約為 2（≈1.86），換句話說，《紅樓夢》裡「可 VP」型反覆問句的出現頻率要比《兒女英雄傳》高出一倍。由於我們沒有對全書進行統計，這個比值不一定完全符合實際情況，但是《紅樓夢》裡「可 VP」型問句用得比《兒女英雄傳》多，卻是可以肯定的。

值得注意的是《紅樓夢》後四十回裡「可 VP」型反覆問句的出現頻率明顯偏低，見下表：

表三 《紅樓夢》後四十回兩種反覆問句的出現次數：

回數	VP 不 VP	可 VP	可 VP 不 VP
八一～九〇	30	12	2
九一～一〇〇	34	4	1
一〇一～一一〇	23	5	1
一一一～一二〇	16	4	
	103	25	4

7　《兒女英雄傳》二十一至二十五回未統計在內，完全是偶然的，並非故意把這幾回刷去。

這四十回裡兩種問句出現次數的比率接近於 4（≈3.56）。

現在我們碰到了兩個問題：

第一，現代北京話的反覆問句是「VP 不 VP」型的，為什麼在用北京話寫的《紅樓夢》和《兒女英雄傳》裡會出現那麼多「可 VP」式問句？

第二，為什麼《紅樓夢》裡的「可 VP」式問句比《兒女英雄傳》多？為什麼《紅樓夢》前八十回（假定作為抽樣的四十回能夠代表前八十回）裡的「可 VP」式問句又比後四十回多？

我們現在還沒有辦法圓滿地回答這兩個問題，不過可以設想有以下兩種可能：

一、十八世紀北京話裡的「可 VP」句式來源於藍青官話，只在官僚階層和知識分子裡流行，存在的時間不太長，因此在現代北京話裡沒有留下痕跡。

二、由於一些流傳廣、影響大的白話小說（例如《西遊記》《三言二拍》裡的某些篇）是用「可 VP」型方言寫的，這種句式逐漸失去了原來的方言色彩，變成了能夠代表傳統白話小說語言風格的一種句式。一些本來並非「可 VP」型方言區的作者也模仿這種句式把它攙雜在自己的作品裡頭。高鶚、文康可能就屬於這一類。至於《紅樓夢》前八十回裡「可 VP」型問句特別多，那大概是因為曹家久居南京，曹雪芹幼年時也在南京待過，因此受了南京話影響的緣故。

總之，我們認為這兩部小說裡的「可 VP」型反覆問句並不反映實際口語，當時的北京話裡的反覆問句仍屬於「VP 不 VP」型。如果事實確實如此，那末我們似乎可以得出這樣的結論：「可 VP」和「VP 不 VP」兩種反覆問句無論在歷史上還是在現代始終互相排斥，不在同一種方言裡共存。當然，這個結論是否真能站住，還有待於更多的方言調查資料的驗證。

附記

北京大學陸儉明、劉勛寧、李小凡幾位同志為本文提供方言方面的資料。語言研究所劉堅、北京大學蔣紹愚、劉一之、王洪君、郭銳等同志為本文查閱文獻資料。沒有他們的幫助，這篇文章不可能在短短的一個多月裡趕寫出來。謹在此向他們表示感謝。

本文刊於 1985 年《中國語文》第 1 期

附錄五：北圖館藏《山林經濟籍》
與《金瓶梅》

劉　輝

　　屠本畯是《金瓶梅》刊刻問世前少數親見其抄本的讀者之一，在他編次的《山林經濟籍》一書中有過記載：「往年予過金壇，王太史宇泰出此，云以重資邁抄本二帙；予讀之，語句宛似羅貫中筆。復從王徵君百谷家又見抄本二帙，恨不得睹其全。」三十年代，阿英先生在〈金瓶梅雜話〉一文中，曾據明悙德堂刊二十四卷本《山林經濟籍》，全文勾稽出這則材料並公諸於世，引起人們的重視。然而，《山林經濟籍》一書，傳世甚少，頗難獲見。1957 年出版了王重民先生《國會圖書館藏中國善本書錄》，介紹美國國會圖書館所藏明末刻本《山林經濟籍》，可惜沒有屠本畯的這段跋語。重民先生在介紹此書時，還撰寫了一則提要，謂其書為「明末刻本」、「不分卷，十六冊，四函」。又說：

> 屠隆序云：「吾家田叔，博雅宏通，鑒裁玄朗，因編是集。大底林壑衙門為政，達生娛志，山經農種，一味安穩本色。即旁及品泉譜石，茶鐺酒槍，亦何非林下風氣？率爾寓興，豈留此作累心溺志之事哉！命曰《山林經濟籍》，良足封侯醉鄉，而樹勛南柯矣。」按：田叔，屠本畯字也，故第一種《山棲志》題：「吳興慎蒙輯，屠本畯校閱。」按是書為明末杭州印本。大抵用《五朝小說》、《名山勝概記》舊板，變化排纂，另立新名目，冀圖多售。而屠隆之序，屠本畯之名，則并出偽托也。全書凡八類，百零四種。其八類之目，曰棲逸，曰達生，曰治農，曰訓族，曰奉養，曰寄興，曰漫遊，曰玩物。卷內有「謝氏藏書」、「謝寶樹印」、「玉森氏藏書」、「顧氏藏書」、「求放心齋所藏」等印記。[1]

1　見《美國國會圖書館藏中國善本書錄》卷 6。

・233・

1983 年，又出版了王重民先生的《中國善本書提要》，同樣收有這則提要[2]。重民先生是著名的版本目錄學專家，他明確指出，這種不分卷、凡八類的《山林經濟籍》是部偽書，系書賈自出花樣，「另立新名目」，「屠隆之序，屠本畯之名，則並出偽托也。」由此，在海內外《金瓶梅》研究者的心裡，就產生了疑念：一是究竟有幾種《山林經濟籍》？二是阿英先生看到的載有《金瓶梅》這段跋語的《山林經濟籍》還在不在人世？

由於眾所周知的原因，阿英先生的藏書，早已封存，不得一見。就連載有專篇介紹《山林經濟籍》一書的 1944 年聯合版《中國俗文學研究》，也因印成後「還沒有發行，就遭到水患，全部浸毀了。外間極少流傳，以後也沒有再印。[3]」建國後，《中國俗文學研究》改名《小說二談》重新出版，阿英先生又把《明人筆記小話》這組文字給刪去了，故國內已屬罕見，無法探求其真偽。於是，屠本畯有關《金瓶梅》的這段記載，因原書未見，稱引者對它的來龍去脈，幾無所知，以致錯題為〈山林經濟籍跋〉；或者輾轉相引，無從印證。再不然，引用時就要加一段注，才好說明問題，如馬泰來先生在〈麻城劉家《金瓶梅》〉一文中就有這樣一段注：

《山林經濟籍》有兩種不同版本。其一分為「棲逸」、「達生」、「治農」、「訓族」、「奉養」、「寄興」、「漫遊」、「玩物」八部，美國國會圖書館有藏，參看王重民：《國會圖書館藏中國善本書錄》，1957 年本，頁 659-660；此本無此段引文。另一分為「山部」、「林部」、「經部」、「濟部」、「籍部」，共二十四卷，參看阿英：〈明人筆記小話〉收入《中國俗文學研究》，1944 年中國聯合本，頁 212-218；此本未見。引文據阿英〈《金瓶梅》雜話〉，收入《夜航集》，1935 年良友本，頁 211-212。[4]

即便是加了這樣的注，也未點明問題的癥結，因為並不僅僅是「兩種不同版本」，而是在內容上編排上都有很大差異的兩部同名書。

屠本畯編次的這部《山林經濟籍》真的絕世了嗎？沒有。它現在完好地保存在北京圖書館善本室。它的發現，不僅證實了屠本畯的確編過一部《山林經濟籍》，而且也印證了阿英先生的記載確鑿無誤。先是顧國瑞同志在北京大學圖書館找到了一部自娛齋刊不分卷本《山林經濟籍》，之後，我們又在北京圖書館看到了這部二十四卷本。本文撰寫時，顧國瑞同志提出寶貴意見，並在訂正史實上花費了辛勤勞動。在他所寫的〈屠本畯與《金瓶梅》〉一文中，將詳析不分卷本，故本文從略。找到了這兩部原書，多年來的疑念、迷惑，頓然冰消，諸多問題也可迎刃而解。阿英先生記載無誤，重民先生所考

2　見《中國善本書提要》〈子部·雜家類〉。

3　見阿英：〈小說二談序〉。

4　見《中華文史論叢》1982 年第 1 輯，117-118 頁。

亦確。原來他們各自忠實記載了自己所見到的一部《山林經濟籍》；各自恰恰又沒有看到對方所獲見的另一部《山林經濟籍》。阿英先生在介紹《山林經濟籍》的文末，有一則附記，云：「屠隆亦有《山林經濟籍》一種，內容分為『栖逸』、『達生』、『治農』、『訓族』、『奉養』、『寄興』、『漫遊』、『玩物』八部，未見。[5]」阿英先生所「未見」的，正是重民先生所見之不分卷本；而重民先生亦不知尚有另一部二十四卷本的《山林經濟籍》，故提要未曾談及。

一、屠本畯編次的《山林經濟籍》

屠本畯字田叔，又字幽叟，號漢陂，晚年自稱憨先生、憨憨居士、乖龍丈人、無蓋庵頭陀。鄞縣（今浙江寧波）人。生於嘉靖二十一年（1542）。隆慶六年（1572）授刑部檢校。遷太常期簿，歷南繕部郎中，出為兩淮運司移福建運司，拜辰州太守。萬曆二十九年（1601）「為同僚同鄉所陷」[6]，罷官歸里，宦海浮沉幾三十年。屠隆〈聞田叔罷官〉詩云：「薄宦二千石，危途三十年。[7]」里居二十餘載，晚年喜客益甚，八十餘仍健在，卒年不詳。有詩集《田叔詩草》、《老言》及《憨聾觀》、《茗怨談》等著述多種。《甬上耆舊詩》、《明史稿》、《鄞縣志》有傳。

明惇德堂刊本《山林經濟籍》，共分五部，即山部、林部、經部、濟部、籍部，二十四卷，分裝五冊。目錄及各卷首頁下書口皆有「惇德堂刊」字樣。前有李維楨（本寧）序、沈泰沖（靜然）萬曆己酉（1609）序、王嗣奭（右仲）萬曆丁未（1607）序，柴懋賢（士德）萬曆癸丑（1613）序。卷一「群書品藻」後又附屠隆子屠一衡（仲椒）序。署「甬東屠本畯幽叟編次，後學柴懋賢士德校訂」。阿英先生所見亦是惇德堂刊刻的二十四卷本，但沒有李維楨序。這篇序並見於《大泌山房集》，文字全同。李序明確提到「幽叟之為是籍」云云，也是屠本畯確為《山林經濟籍》編者的一個旁證。阿英先生所見與北圖館藏內容與編排幾乎一致，刊刻時間或有先後。但是，都與王重民先生看到的美國國會圖書館不分卷本是絕然不同的，不僅無「吳興慎蒙輯，屠本畯校閱」，亦無屠隆序，而且總目也全然不同。不分卷本八類總目，已見前引，二十四卷本總目則為：

山部

卷一：「敘籍原起」、「隱逸首策」、「群書品藻」、「書畫金湯」、「攄書」。

卷二：「山林友議第一」、「處約第二」。

5　見阿英《中國俗文學研究》〈明人筆記小話·山林經濟籍〉。

6　見《山林經濟籍》卷7〈集易防序〉。

7　見《甬上耆舊詩》卷19。

卷二：「隱覽第三」。

林部

卷四：「食時五觀第四」、「文字飲第五」、「閑人忙事第六」、「燕閑類纂第七」。

卷五：「書弦佩第八」。

卷六：「廣放生論第九」。

卷七：「卦玩第十」、「讀書觀第十一」。

經部

卷八：「燕史固書第十二」。

卷九：「曲部觔述第十三」。

卷十：「牡丹榮辱志第十四」。

濟部

卷十一：「瓶史索隱第十五」。

卷十二：「香壟第十六」。

卷十三：「茗笈第十七」。

卷十四：「野菜咏第十八・上」。

卷十五：「野菜咏第十八・中」。

卷十六：「野菜咏第十八・下」。

籍部

卷十七：「五子諧策第十九・金」。

卷十八：「五子諧策第十九・木」。

卷十九：「五子諧策第十九・水」。

卷二十：「五子諧策第十九・火」。

卷二十一：「五子諧策第十九・土」。

卷二十二：「圓閣談言第二十・上」。

卷二十三：「圓閣談言第二十・中」。

卷二十四：「圓閣談言第二十・下」。

所收內容及編排無異，為了說明問題，把兩種不同的《山林經濟籍》的部分細目對照排比如下：

北圖二十四卷	北大不分卷本
卷二：「山林友議第一」 　　　「周行篇」	奉養第五 　　　「希夷坐功圖」

「勝友友篇」

「處約第二」

「舊履篇」

「履約篇」

「尚簡篇」

卷三：「隱覽第三」

「勝概篇」

「幽事篇」

「曠懷篇」

「名圓」

卷四：「食時五觀第四」

「士君子食時五觀」

「文字飲第五」

「飲人」

「飲地」

「飲侯」

「飲品」

「飲趣」

「飲助」

「飲禁」

「飲闌」

「閑人忙事第六」

「燕閑類纂第七」

「得人惜之類二十七事」

「敗人意之類九十事」

「殺風景之類四十八事」

「招厭惡之類一百十七事」

卷五：「書弦佩第八」

「處方」

「褌木草」

「制炮法」

「艾觀」

「藥鏡」

「卻病」

「八段錦圖」

「坐功訣」

「胎息經」

「嘯息」

「服食方」

「文房器具」

「山游具」

「燕幾圖」

「茶具」

「茶疏」

「品泉」

「釀造」

「粥靡」

「制蔬」

「野蔌」

「法制」

「脯饌」

「五簋約」

寄興第六

「詩訣」

「詞評」

「曲藻」

「書法」

「辨帖」

「畫塵」

「書畫金湯」

「印史」

「琴箋」

「奕律」

「觴政」

「瓶史」

這兩部內容很不相同的《山林經濟籍》，不僅編排有異，而且惇德堂刊二十四卷本

載有屠本畯為輯入各種著述撰寫的序、跋、題、記。開卷「敘籍原起」，誠如阿英先生所言，實為屠本畯為是編所寫的一篇總序，摘引如下：

> 夫山林之士，離人群而寄傲；經濟之猷，銘大業以垂青。彼則依憑日月之光，分圭僭爵；此則攬擷烟霞之表，翔鶴潛虬，雖出處之殊途，而性情之一致。故乘軒者經洞壑以怡神，攬轡者睋林泉而頓足也。志之流派有八：曰典，曰疏，曰注，曰籍，曰記，曰書，曰箋，曰籲，總之曰志而已。夫挽頹風而維末俗者，救寧宇宙之經綸；懷獨行而履狂狷者，展錯山林之經濟，此籍之所繇以定名也……。
> 萬曆戊申修禊日屠本畯書於人倫堂

以下尚有屠本畯撰寫的為數甚多的序、跋、題、記。不分卷本或有取自惇德堂刊二十四卷本者，則全部刪除原有的序、題。所以儘管不分卷本也收留袁中郎的〈觸政〉，但並無屠本畯的這則跋語。重民先生斷為此書為偽托，所論甚當。而惇德堂刊二十四卷本係屠本畯所編次，也是無疑的。一真一偽，涇渭分明。

《山林經濟籍》是屠本畯罷官歸里後編次的，寫於萬曆三十五年歲末的王嗣奭序云：「屠先生閟叟，身絓圭組，心在雲壑。既初返服，若釋重負，於是輯《山林經濟籍》成，以示不佞。」在這篇序中，還轉錄屠本畯自己的話：「余奔走一官者，幾三十載，皮骨已空，今而余身始為余有也，而山林又為余身有也，余甚適之。嗜芹美曝，以公同志，青黃之文，漫云經濟耳。故所輯者，止於留連花鳥，商略風月，觸酒賦詩，呼白彈棋，莊語或可式里閭，而諧語聊以解人頤，猶家居而課米鹽，故敢比於千里之聚也。」由此可見，他在萬曆二十九年罷官歸里之後，大概就開始動手編輯這部《山林經濟籍》了，直到萬曆三十五年底，才基本完成。因王嗣奭在序中還說：「始『友議』，竟『談言』，凡若干篇，或創或因，或衷或翼，總以頤性靈而暢出林之趣也。」這裡的「友議」，當指「山林友議」，「談言」應即「圓閣談言」。對照前列總目，一在卷二，一在卷二十二至二十四，一首一尾，可證王嗣奭寫序時，此書業已編成。而最後編定則在萬曆三十六年。前引屠本畯「敘籍原起」寫於萬曆三十六年三月，卷三〈名圓序〉亦署為「萬曆戊申中秋日甬上屠本畯閟叟序」。而卷五輯錄他的著作〈艾觀〉之後，屠本畯又寫一則題記：「蘧公年五十而知四十九年之非是，武公年九十而思黃髮老之箴規，予齒垂六十有七，尚不知六十年之猶未是也。昏役無記，豈不虛生。」萬曆三十六年，屠本畯恰為六十七歲，皆可證是年《山林經濟籍》編定。至於《山林經濟籍》的付刻時間，有校閱者柴懋賢寫於萬曆四十一年的序在，「請懸都門，以俟知者」，其或已準備刊刻，主事者可能就是這位柴懋賢。竣刻行世，當在稍後。

屠本畯為什麼在罷官里居時輯集這部《山林經濟籍》呢？其主旨是「暢山林之趣」，

「盡幽賞之致」。已是混迹官場近三十年的一位老人，回首往事，官場之黑暗和僚友之間的相互傾軋，深有切膚之痛，「隆慶壬申，予在京師，為親知密友所擠，雖彎弓而得不下石。萬曆辛丑，予守辰陽，為同僚同鄉所陷，雖下井而得樂考槃」。迫使他「身絓圭組，心在雲壑」，嚮往隱逸山林的生活。就《山林經濟籍》所輯內容來看，也非常駁雜，專供隱居山林後生活消閑之用，借以消磨時光。這不僅是屠本畯所本人樂為，而且也和那個山人、名士繁榮的明季社會相合拍。

二、屠本畯為《金瓶梅》所作跋語

屠本畯為《金瓶梅》所作跋語，見「經部」卷八「燕史固書第十二」。在輯錄袁中郎〈觴政〉之後，寫了跋語。現依原文，移錄於後：

〈觴政·十之掌故〉

凡「六經」、《語》、《孟》，所言飲式皆酒經也。其下則汝陽王《甘露經》、《酒譜》、王績《酒經》、劉炫《酒孝經》、《貞元飲略》、竇子野《酒譜》、朱翼中《酒經》、李保績《北山酒經》、胡氏《醉鄉小略》、皇甫崧《醉鄉日月》、侯白《酒律》，諸飲流所著紀傳賦誦等為內典。《蒙莊》、《離騷》、《史》、《漢》、《南北史》、《古今逸史》、《世說》、《顏氏家訓》、陶靖節、李、杜、白香山、蘇玉局、陸放翁諸集為外典。詩餘則柳舍人、辛稼軒等；東府則董解元、王實甫、馬東籬、高則誠等；傳奇則《水滸傳》、《金瓶梅》等為逸典。不熟此典者，保面瓮腸，非飲徒也。

屠本畯曰：不審古今名飲者，曾見石公所稱逸典否？按《金瓶梅》流傳海內甚少，書帙與《水滸傳》相埒。相傳為嘉靖時，有人為陸都督炳誣奏，朝廷籍其家，其人沉冤，托之《金瓶梅》。王大司寇鳳洲先生家藏全書，今已失散。往年，予過金壇，王太史宇泰出此，云以重資遘抄本二帙；予讀之，語句宛似羅貫中筆。復從王徵君百谷家，又見抄本二帙，恨不得睹其全。如石公而存是書，不為托之空言也。否則，石公未免保面瓮腸。

屠本畯在寫這則按語之前，先是為《燕史固書》寫了一則「識」，解釋名為《燕史固書》的由來和輯入〈觴政〉的目的。「識」云：「〈觴政〉、〈酒鑒〉皆酒人之事，燕史所掌，稱《燕史固書》云。蓋古今名飲，推嵇、阮、山、王，彼四君子者，有所托而逃乎？夫名飲者，口不困於沉酣，言惟藉於醇謹，致每涉乎風雅，思復深於玄賞，然後可參上流。否則，一高陽酒徒，便可奪竹林玄幟矣。……於是廣為〈觴政〉、〈酒鑒〉，其中所列，恒自觀照，遵之可寡過矣。」緊接著他又寫了〈觴政同異篇〉，云：「予既廣〈觴

政〉，錢塘友人許才甫，復寄袁石公〈觴政〉來。……凡十二事可補予〈政〉之不及也。
客曰：二〈政〉將無異同？予曰：無害。兼收，以俟適酣味者。」

　　袁中郎的〈觴政〉，寫於萬曆三十四年（1606），其中〈酒評〉作為附錄，是萬曆三
十六年補寫的。屠本畯的《山林經濟籍》只收到〈飲具〉為止，未收〈酒評〉。可見，
許才甫寄給屠本畯〈觴政〉，其時當在〈觴政〉問世後不久，而在補寫〈酒評〉之前。
再聯繫屠本畯萬曆三十六年最後編定了《山林經濟籍》來看，他為《金瓶梅》所寫跋語
的時間，最早不能超出萬曆三十四年最晚不得遲於萬曆三十六年，很有可能就是萬曆三
十五年。其時，《金瓶梅》正處於抄本流傳階段，尚未刊刻問世。屠本畯本人也還沒有
見到一部完整的抄本全書，僅從王宇泰和王百穀那裡各見到抄本二帙。這裡，有必要先
談談持有《金瓶梅》抄本二帙的王宇泰和王百穀，然後再簡單追蹤一下這些抄本的來源
與流傳。

　　先談王宇泰。王肯堂（1549-1613），字宇泰，號念西居士。金壇人。十八歲中舉，萬
曆十七年（1589）己丑科進士，選翰林院庶吉士第一人。三年授檢討，時倭寇豐臣秀吉破
朝鮮，聲言內犯。宇泰疏陳十議，忤上意。萬曆二十年（1592）春，請告歸里。家居十四
年。萬曆三十四年（1606）吏部侍郎楊時喬荐補南京行人司副，萬曆四十年（1612）轉福
建參政，乞休未允，改分守寧紹道臺，力辭免。年六十五卒。《明史》、《金壇縣志》
有傳。精於歧黃之學，以醫名於世，所著《證治準繩》、《傷寒理境》，為醫家圭臬。
又與利瑪竇遊。他不僅好著書，而且好讀書、抄書、藏書，自云：「余幼而好博覽，九
派百家，無弗探也，遇會心處，欣然至忘寢食。[8]」這位博學多識、善收藏的王宇泰，肯
以重資購抄本《金瓶梅》二帙，是一點也不奇怪的。

　　王宇泰什麼時候、從何人手中購得《金瓶梅》抄本二帙，今已難以確考。但是，屠
本畯過金壇獲見這二帙抄本的時間，還是可以考知的。大致是在王宇泰萬曆二十年請告
歸里之後，屠本畯萬曆二十五年由南京轉赴福建之前。那麼，王宇泰購得抄本的時間還
要早一些。《金瓶梅》的研究者，一向認為袁宏道在萬曆二十四年從董其昌處借到的《金
瓶梅》抄本，是見於記載的抄本流傳的最早時間，現在看來，時間或許可以上推數年。
更值得注意的是，這位董其昌和王宇泰正是同年進士，並一起進了翰林院，兩人之間情
誼甚洽。王肯堂在《郁岡齋筆塵》裡就記載了這樣一件事：「余丙戌（萬曆十四年）秋七
月至吳江，得觀《澄清堂帖》，……字畫流動，筆意宛然，乃同年王大行孝物。後余在
翰林院，有《骨董持》一卷，視董玄宰（其昌），玄宰叫絕，以為奇特。[9]」王宇泰會不

8　見王肯堂：〈郁岡齋筆塵序〉。
9　同上，卷4。

會把抄本二帙《金瓶梅》拿給董其昌看呢？或者說他借給袁宏道的《瓶梅》抄本就來源於王宇泰呢？由於董其昌的《容臺文集》沒有一處記載《金瓶梅》，更不消說談到從王宇泰處借抄了，故一時難以確論。

但是，這並不妨礙王宇泰在《金瓶梅》的抄本流傳和成書過程中是位舉足輕重的重要人物，過去我們對他的研究實在是太缺乏、太忽略了。當我們了解到王宇泰精於醫，並拿他對一些病症的論述和處方來和《金瓶梅》中的處方相對照的時候，我們就不難發現他在《金瓶梅》成書過程中的重要地位。為了不使本文過於龐雜，當另屬文專論。

屠本畯提到的另一位《金瓶梅》抄本收藏者王稚登（1535-1612），字百穀。先世江陰人，移居吳門（今蘇州）。好交遊，善結納，位居明末布衣、山人之首，主詞翰之席者三十餘年。《明史》有傳。他與王世貞同郡而友善，他持有的抄本二帙《金瓶梅》或與王世貞家藏抄本全書不無關係。

三、「跋語」幾點啟示

屠本畯為《金瓶梅》所作跋語，從寫作年代說，晚於袁宏道，但早於袁中道、謝肇淛、李日華、沈德符、薛岡；從內容上說，袁宏道的記載比較簡略，而屠本畯的論述則較詳，涉及面也廣。因此，在有關《金瓶梅》的一批早期文獻史料中，它的重要地位是不言自明的。尤其是這則跋語，在《金瓶梅》的成書過程和作者——國內外《金瓶梅》研究者最為關注、論爭最多——兩個問題上，提供了新的線索，頗有啟迪。現依原文順序，擇其要者，略述於後。

「書帙與《水滸傳》相埒」

屠本畯說：「書帙與《水滸傳》相埒」，「語句宛似羅貫中筆」，都是拿《金瓶梅》與《水滸傳》相比較。有關《金瓶梅》抄本卷帙的記載，僅見於屠本畯的跋語和謝肇淛的〈金瓶梅跋〉。儘管屠、謝二人都沒有見到過抄本全書，「恨不能睹其全」，都屬於推測之辭。然而，與現存《金瓶梅詞話》相比較，屠本畯的推測大體是相符的。至於謝肇淛說：「書凡數百萬言，為卷二十，始末不過數年事耳。[10]」則稍有距離。細檢《金瓶梅詞話》為書十卷，一百回，近八十萬言，可知屠說之相近。屠本畯既然沒有見到完整的抄本，何以他的推測和刻本基本相符呢？很有可能他從王宇泰和王百穀處看到的各抄本二帙，內容是不相同的，說不定是首尾各二帙。否則，他很難做出這樣較為合乎實際的判斷。

屠本畯的「書帙與《水滸傳》相埒」的判斷，給了我們這樣的啟示：處於抄本流傳

10　見謝肇淛：〈金瓶梅跋〉，轉引自《中華文史論叢》1980 年第 4 輯，頁 300。

階段的《金瓶梅》和刊刻後的《金瓶梅詞話》，卷帙基本上也是相埒的。換句話說，「詞話」本保留了抄本的本來面目，並未經過文人作家寫定這道工序。這裡，我們還可以作一個逆向考查，拿經過文人作家寫定過的「古本金瓶梅」、「第一奇書」本和所謂的「崇禎本」與「詞話」本相比較，無論是內容，還是文字，都有較大的差異。而有沒有經過文人寫定，對於了解「詞話」本一書的性質，甚為重要，也是探索《金瓶梅》作者問題的一把鑰匙。恰好，屠本畯的這則跋語，也談到了作者問題。

「相傳嘉靖時」，「其人沉冤，托之《金瓶梅》」

有明一代，第一個記載《金瓶梅》作者的是屠本畯。他說：「相傳嘉靖時，有人為陸都督炳誣奏，朝廷籍其家，其人沉冤，托之《金瓶梅》。」文字雖短，內容卻很豐富。既談到《金瓶梅》的作者，又涉及《金瓶梅》的內容，首次指出《金瓶梅》是一部時事小說。明代記載《金瓶梅》作者的共六家，歸納起來，說法有三種；從時間上說又可分為前後兩個階段，三人寫於抄本流傳時，三人寫於刊刻面世之後。其中以屠本畯的說法最有影響。現依時間先後順序，略為勾稽，對照如下：

(1)萬曆四十二年袁中道說：

> 舊時京師，有一西門千戶，延一紹興老儒於家。老儒無事，逐日記其家淫蕩風月之事，以西門慶影其主人，以餘影其諸姬。[11]

(2)萬曆四十四年謝肇淛說：

> 相傳永陵（嘉靖）中，有金吾戚里，凭怙奢汰，淫縱無度，而其門客病之，採摭日逐行事，匯以成編，而托之西門慶也。[12]

(3)《金瓶梅詞話》刊刻之後，約在萬曆四十七年，沈德符說：

> 聞此為嘉靖間大名士手筆，指斥時事，如蔡京父子則指分宜，林靈素則指陶仲文，朱勔則指陸炳，其他各有所屬云。[13]

(4)《新刻金瓶梅詞話》欣欣子序：

11　見袁中道：《游居柿錄》卷9。

12　同註10。

13　見沈德符：《萬曆野獲編》卷25。

竊謂蘭陵笑笑生，作《金瓶梅傳》，寄意於時俗，蓋有謂也。[14]

(5)廿公跋：

《金瓶梅傳》為世廟（嘉靖）時，一鉅公寓言，蓋有刺也。[15]

不難看出，沈德符和廿公都承襲屠本畯之說，認為作者是嘉靖時人，指斥時事之作。袁中道與謝肇淛又為一種，云為影射主人風月淫縱。唯有欣欣子，指為蘭陵笑笑生。六家中有五家都說作者是嘉靖時人，對其作者身份則說法不一，或為「大名士」，或為「巨公」，或為「門客」。由於屠本畯謂作者被陸炳所誣奏，沈德符又進一步發揮，認為小說中的人物有些就是現實朝廷中的權臣化身，而作者是「大名士」，再加上屠本畯明確記載「王大司寇鳳洲先生家藏全書」，這幾種因素組合在一起，至清康熙年間，張潮托名謝頤，在「皋鶴堂批評第一奇書金瓶梅序」中，就把《金瓶梅》的作家坐實為王世貞，張潮之後，尚不乏種種附會。於是《金瓶梅》的作者是王世貞一說，影響數百年，幾成定論，即如今人，亦有篤信不疑者。平心而論，其責任不在屠本畯，也不在沈德符，因為，人們恰恰忽略了至關緊要的兩個字：屠說「相傳」，沈云「聞此」。「相傳」和「聞此」意味深長而又非常顯近，它啟示我們：早在萬曆年間，屠本畯已經無法指出《金瓶梅》作者的真實姓名了。因此，不從《金瓶梅》小說本身的研究出發（我們認為這是最有說服力的內證），而是光在作者問題上兜圈子，難免要走進死胡同。如果《金瓶梅》的作者真是王世貞，或者是嘉靖間的一位大名士，為什麼出生在嘉靖年間的屠本畯會一點不知道呢？這難道不是一個很富有啟迪性的問題，值得我們去深思嗎？

不過，近年來有的同志，認為《金瓶梅》係屠隆所著[16]。這就與屠本畯編次的這部《山林經濟籍》以及他所寫的這則跋語直接有關了，不能不在此提及。屠本畯與屠隆同里同宗，屠隆與屠本畯及其父屠大山關係又相當親密，《山林經濟籍》中也輯有屠隆的《婆蘿園清話》，屠隆為屠本畯的《霞爽閣空言》所寫序亦收在本書卷二十四中，更何況屠隆的兒子屠一衡還為《山林經濟籍》寫了序言。設若《金瓶梅》係屠隆之大作，屠本畯絕不會不知道，他更不必跑到金壇王宇泰那裡，看他收藏的二帙抄本，亦斷然不會寫出「相傳為嘉靖時，有人為陸都督炳誣奏，朝廷籍其家，其人沉冤，托之《金瓶梅》」這樣的話來。僅此一點，屠隆之作《金瓶梅》一說，就難以站得住腳了。

「云以重資遘抄本二帙」

14　見文學古籍刊行社 1957 年本。

15　同上。

16　見黃霖：〈《金瓶梅》作者屠隆考〉，《復旦學報》1983 年第 3 期。

屠本畯說：「《金瓶梅》海內流傳甚少」，後面又敘述王宇泰「云以重資遘抄本二帙」，這實際上是一個問題的兩個方面，屠本畯道出了它們之間的因果關係。正因為抄本《金瓶梅》在海內很少流傳，物以稀為貴，所以王宇泰也只能出重資僅僅購得抄本二帙。屠本畯所說的這個事實，對於我們了解《金瓶梅詞話》是在一種什麼情況下付刻的，很有啟迪。他起碼告訴我門：當是時，書賈已覺察到《金瓶梅》抄本的昂貴價值，既然有人肯出重資買去二帙，那麼，會來付刻，必當獲得重利。這裡，我們還可以參照沈德符在《萬曆野獲編》中的那段記載，當他從袁中道手裡，借抄到較為完整的《金瓶梅》抄本，於萬曆四十二年帶回蘇州時，他的好友馮夢龍當時就「慫恿書坊，以重價購刻」，無奈沈德符沒有同意，只好作罷。僅僅過了三年，即萬曆四十五年，「吳中已懸之國門矣」。一個肯出重資購買，一個要以重價購刻，看來，《金瓶梅》這部「奇書」的文學及社會價值，在萬曆中期以後，不僅受到文人士大夫的注意，而且亦為書賈所青睞。它已由早期抄本流傳時「秘而不宣」的封閉狀態，進入到社會所急需、人們要爭購的活躍時期。因此，僅僅在萬曆末年及其稍後的不長時間內，《金瓶梅詞話》就連續刊刻了三次。

它的初刻本，就是萬曆四十五年東吳弄珠客序刊本《金瓶梅詞話》。這個刻本的特點有二：一是坊賈看到有利可圖，很可能是拼湊抄本，匆匆趕刻，未經或者說來不及請文人作者修改寫定；二是只有弄珠客序而沒有欣欣子序和廿公跋。關於後一點，有沈德符和薛岡的記載為證。沈、薛是目睹《金瓶梅》抄本和刻本而又作了記載的兩個《金瓶梅》早期讀者，沈德符是人們熟知的，薛岡從他的友人包岩叟那裡得到的刻本全書《金瓶梅》的時間，正是《金瓶梅》初刻本剛一問世的時候[17]。從他們的記載中，絲毫看不到欣欣子序的影子。因為，如果他們看到了這篇序，揆之常理，他們對於這位至關重要的作者，絕不會一筆未涉，反倒撇開蘭陵笑笑生，另出「聞此為嘉靖間大名士手筆」一說，或如薛岡「序隱姓名，不知何人所作。[18]」這未免有點說不過去。其實，細細品味薛岡所說「序隱姓名」的這篇「序」，指的正是只提「作者」二字而不提姓氏名誰的弄珠客序。現在我們可以得出這樣的結論：萬曆四十五年刊本《金瓶梅詞話》，只有弄珠客序，而無欣欣子序；而現存《新刻金瓶梅詞話》，為萬曆四十七年以後所翻刻，因有原刻在前，故特標明「新刻」，這就是《金瓶梅詞話》的第二個刻本。也只有到了這個刻本，才加進去了欣欣子序及廿公跋。明代屬於《金瓶梅》詞話本系統的還有另一個刻本，我們不妨叫它第三個刻本，就是日本棲息堂藏本《金瓶梅詞話》，它的第五回末尾

17　見薛岡：《天爵堂文集》卷6，北京圖書館藏。
18　見薛岡：《天爵堂筆餘》卷2，北京圖書館藏。

部分有十行文字與現存「詞話」本明顯有異，故可斷定為另一個刻本。

　　總之，屠本畯為《金瓶梅》所作跋語，或提供了新的史料，或勾勒出新的線索，或可與同時代人的記載相佐證，這對於我們深入研究「金瓶梅」的成書過程和作者問題，無疑都是有有裨益的。當然這些線索，還有待我們去追蹤，去作進一步地探求。

原刊《文獻》1985 年第 2 期

附錄六：論《金瓶梅詞話》的政治性

黃　霖

　　《金瓶梅詞話》在一些人的心目中只是一部有名的「淫書」，如今要論它的政治性，豈非是故作驚人之筆？

　　否！事實上早在它流行之初，人們就指出了它的政治性。沈德符的《萬曆野獲編》明確說它是一部「指斥時事」之書。最早透露有《金瓶梅》一書消息的袁中郎〈與董思白書〉說得比較含蓄，稱它「勝於枚生〈七發〉多矣」。眾所周知，〈七發〉一文是針對「太子」一類統治者「久耽安樂，日夜無極」，乃至「久執不廢，大命乃傾」而發出的諷諫。《金瓶梅》勝於〈七發〉，那究竟是何等樣的小說？與以上說法類似的，詞話本欣欣子序結尾處曰：「笑笑生作此傳者，蓋有所謂也。」廿公跋語一開頭就說：「蓋有所刺也。」看來，萬曆間的第一批讀者心裡大都明白，《金瓶梅詞話》並不只是一部「穢書」，而是有其現實政治意義的。其矛頭指向誰？從他們躲躲閃閃的言詞中不能不令人懷疑：這是否涉及到位高於嚴嵩、陶仲文、陸炳之流而不敢明說的最高統治者？

　　正因為當時人沒有明說，就給後世留下了一道難題。到清代，張竹坡「第一奇書」本取代了詞話本、天崇本流行之後，「苦孝說」也就占了上風，於是把《金瓶梅》的政治性引進了「清明上河圖」一案之中，搞亂了人們的視線。清末民初，資產階級評論家們一般都把它作為一部「真正社會小說」（狄平子《小說叢話》），強調「其筆墨寫下等社會、下等人物」（夢生《小說叢話》）。不錯，《金瓶梅》的客觀描寫主要側重在普通的社會、平常的人物，因而隨著西方藝術理論的傳入，人們在分析這部作品時，要麼以自然主義的框框加以否定，要麼以現實主義的角度去肯定其「表現的社會」。到目前為止，一般文章在分析「《金瓶梅》是一部現實主義小說，它所寫的是萬曆中年的社會情形」（吳晗語）時，基本上遵循著吳晗、鄭振鐸兩先生在三十年代所走的道路，似乎早已忘記或者不屑一顧《金瓶梅》當年具體有所「指斥時事」這等事情了。

　　在這裡請不要誤會，我不是說用現實主義的理論來分析一部小說的客觀的典型意義是不必要的。恰恰相反，我認為這還是目前衡量一部作品價值的重要原則。《金瓶梅詞話》的價值的確表現在這部作品具體、深刻而富有特徵性地暴露了那一個令人窒息的社

會。在這裡，的確使人感受到作者對統治這一社會的政治集團的強烈不滿，表現了作品的政治傾向性。但是，作品的客觀意義與作家主觀的創作意圖往往並不完全一致。而在我國漢民族的文學史上，從來有一種重視怨刺諷諭的傳統。這在詩文領域內表現得非常突出，而小說創作不能不受其影響。「寓言」、「寄意」，從來是小說家們崇奉的信條。因而，探求作家當時創作的主觀意圖，實在是研究中國古典小說的一個重要方面。可是，自從王國維氏根據西方唯心主義的美學觀而對「讀小說者，遺以考證之眼讀之」（《紅樓夢評論》）有所非議之後，評論家們往往不屑於「以考證之眼讀之」，唯恐有沾上一點「索隱派」的嫌疑。其實，讀中國古典小說必須以兩眼讀之，一以理論之眼讀之，一以考證之眼讀之。所謂「內學」與「外學」應當結合起來，該考證時考證，該論說時論說，其結合的基礎是實事求是，一切當從研究作家和作品的實際出發。在探求《金瓶梅詞話》的政治性時，也不例外。我們在分析其作品所反映的客觀的一般意義的同時，也有必要考證作者當時有所刺的具體對象，從而更全面、正確地認識這一部小說。

對此，我們不能不注意到臺灣魏子雲先生提出的政治諷諭說。魏先生在《金瓶梅的問世與演變》、《金瓶梅審探》等論著中指出，《金瓶梅》的最初創作是與諷諫神宗皇帝寵幸鄭貴妃以及常洛太子冊立事件有關的。這一見解一經提出，即有人表示反對，如美國耶魯大學的鄭培凱先生即撰寫了〈酒色財氣與《金瓶梅詞話》的開頭〉一文，在臺灣《中外文學》第 12 卷第 4 期與上海《中華文史論叢》1983 年第 4 輯上先後發表。文章以「釐清《金瓶梅》研究道路上的障礙」為己任，給魏先生戴上了一項「索隱派」的帽子而加以全盤否定。我琢磨了魏、鄭兩位的文章之後，覺得鄭文的材料十分豐富，令人敬佩，魏先生的說法固然有難以令人苟同之處（詳後），但就其諷諭神宗宮闈事件這一見解來看，實在是閃光的，甚至可以說這是《金瓶梅》研究史上的一個突破，決不能輕易否定的。

我們還是從《金瓶梅詞話》頭上的「王冠」說起吧。魏先生曾撰〈金瓶梅頭上的王冠〉（見靜宜文理學院中國古典小說研究中心編《中國古典小說研究專集》二）一文，將《金瓶梅詞話》第一回開頭所引的「丈夫只手把吳鈎」一詞以及接下去的解說，喻作「戴在帝王頭上的王冠」。這是因為這段文字講的是項羽、劉邦一流帝王的「情色」故事，特別是劉邦因寵戚夫人而欲廢嫡立庶與明神宗之寵鄭貴妃而欲廢長立幼十分相似，這些故事就如一頂「王冠」，戴不到「像西門慶這樣一位不識之無的僻野小縣城的地痞」以及《金瓶梅詞話》的頭上去的。再加上，《金瓶梅詞話》正文之前的「四貪詞」分別詠酒、色、財、氣以作勸戒，這與萬曆十八年大理寺左評事雒于仁上酒、色、財、氣四箴諷諭神宗比較相像。因此，魏先生認為，最初的《金瓶梅》乃是一部政治諷諭之作，後來為免迫害，才改成現在的《金瓶梅詞話》。這些就是留下的沒有刪去的痕迹。鄭先生的文章，

則引述元明以來的戲曲俗調、短篇小說中大量的以酒色財氣為戒的材料，從而說明《金瓶梅詞話》中的「四貪詞」只是承襲了元明以來通俗文學的傳統而已，並斷言與雒于仁的〈四箴疏〉無關。至於《金瓶梅詞話》第一回開頭的一首引詞及其解說，鄭先生指出它來源於《清平山堂話本》中的〈刎頸鴛鴦會〉，並說「楔子」或「入話」與正文故事所敘的人物的身分不同，在我國古代小說中所在多有，並不奇怪，因而不存在著政治影射的問題。在這裡，我覺得魏、鄭兩位的論爭牽涉到兩個比較關鍵的問題：一、「楔子」或「入話」之類與正文的關係究竟如何？二、《金瓶梅詞話》的創作與當時的歷史是否「絲毫無關」？

就第一個問題來看，魏先生點到了《金瓶梅詞話》的引詞、入話等所含的特別意義，是其目光敏銳之處。然而，他有一個「兩次成書說」橫在胸中，把現存的《金瓶梅詞話》看成是後來的改寫本，於是他認為這項「王冠」只能戴在最初的《金瓶梅》頭上，而強調「委實冠不到《金瓶梅詞話》的故事上去」，以及「如何能戴到西門慶的頭上去呢」？這就明顯地留下了一個漏洞。誠如鄭先生所指出的，我國古代小說的「入話」等與正文故事沒有「森嚴社會等級觀念」。它們只是在所表達的內容、思想上有著某種相通之處，不論其前後描寫的人物身分有什麼高低的不同。酒色財氣之病，特別是「情色」二字之累，「今古皆然，貴賤一般」（《金瓶梅詞話》第一回引子語），西門慶與項羽、劉邦在這裡難道沒有相通之處嗎？因此，這頂「王冠」戴在西門慶頭上也是合適的，冠於《金瓶梅詞話》之前也是恰當的。但是，《金瓶梅詞話》的作者，在當時為什麼偏偏選擇這樣的故事、詩詞來作為入話和引詞呢？乃至為什麼要編寫這一部「只愛說情色二字」的小說呢？這是鄭先生所沒有顧及的問題。我認為，這恐怕都不是作者無緣無故、隨隨便便地從元明通俗文學中拈來湊數的。說明這一問題的例子不必另找，就以鄭先生指出的《金瓶梅詞話》第一回開頭來源於《清平山堂話本》中的〈刎頸鴛鴦會〉來說吧。《金瓶梅詞話》正文開頭云：

詞曰：

丈夫只手把吳鈎，欲斬萬人頭。如何鐵石打成心性，卻為花柔。請看項籍并劉季，一似使人愁；只因撞著虞姬戚氏，豪傑都休。

此一只詞兒，單說著情色二字，乃一體一用。故色絢於目，情感於心，情色相生，心目相視。亙古及今，仁人君子，弗合忘之。晉人云：「情之所鍾，正是我輩。」「如磁石吸鐵，隔礙潛通。無情之物尚爾，何況為人終日在情色中做活計」一節……

接著，就是項羽與虞姬、劉邦與戚夫人的故事。隨後，又是一段議論：

說話的，如今只愛說這情色二字做甚？故士矜才則德薄，女衒色則情放。若乃持盈慎滿，則為端士淑女，豈有殺身之禍？今古皆然，貴賤一般。如今這一本書，乃虎中美女引出一個風情故事來，一個好色的婦女，因與破落戶相通，日日追歡，朝朝迷戀，後不免屍橫刀下，命染黃泉，永不得著綺穿羅，再不能施朱傅粉。靜而思之，著甚來由！況這婦人他死有甚事？貪他的，斷送了堂堂六尺之軀；愛他的，丟了潑天關產業。驚了東平府，大鬧了清河縣，端的不知誰家婦女？誰的妻小？後日乞何人占用？死於何人之手？

正是：

說時華岳山峰歪，道破黃河水逆流！

我們再看〈刎頸鴛鴦會〉。它開頭是一詩一詞。其詞即是《金瓶梅詞話》引的「丈夫只手把吳鈎」，隨後說道？

右詩詞各一首，單說著「情、色」二字。此二字乃一體一用也。故色絢於目，情感於心，情色相生，心目相視。雖亘古迄今，仁人君子，弗能忘之。晉人有云：「情之所鍾，正在我輩。」慧遠曰：「順覺如磁石遇針，不覺合為一處，無情之物尚爾，何況我終日在情裡做活計耶？」如今則管說這「情、色」二字則甚？

接著「入話」是步非烟的「奸情」故事，正文為「蕩婦淫娃」蔣淑珍的故事。這這兩則故事，都是寫「婦人」性貪情色，與人私通而最後被殺。然後，也是一段議論：

故知士矜才則德薄，女衒色則情放。若能如執盈、如臨深，則為端士淑女矣，豈不美哉？惟愿率土之民，夫婦和柔，琴瑟諧協。有過則改之，未萌則戒之。敦崇風教，未為晚也。

今將這兩段文字對照，至少有兩點可注意：

一、《金瓶梅詞話》與〈刎頸鴛鴦會〉開頭的前後兩段議論幾乎完全相同，顯然是前者照搬後者的。但是，其中真正的「入話」故事卻被《金瓶梅詞話》徹底調換了。一般說來，〈刎頸鴛鴦會〉入話與正文的步非烟與蔣淑珍的兩則「情色」故事，與《金瓶梅詞話》也有相通之處，假如稍加壓縮、潤色，也完全可以移來作為《金瓶梅詞話》的入話而不必另起爐灶，再換上項劉故事。而《金瓶梅詞話》的作者偏偏沒有這樣做，竟不避首尾一首詞和兩段議論的重複，卻就將中間的入話故事換上了項羽「只因寵著一個婦人」而毀了霸業和劉邦「只因也寵著個婦人」而想廢嫡立庶以致最後釀成慘劇。這就有力地說明了作者在當時是有所抉擇和考慮的，決不是從〈刎頸鴛鴦會〉那裡隨手拈來，

敷衍成章的。在這裡或許有人會說，《金瓶梅詞話》的作者之所以換成了項劉的故事是由於引詞中提到的是項劉，這樣做就顯得順理成章。但事實上假如作者不動腦筋，隨手抄錄的話，完全可以不選這首引詞，而只引〈刎頸鴛鴦會〉「入話」後一詩一詞中的一首詩，然後將故事照抄下去。後來馮夢龍《警世通言》中的〈蔣淑貞刎頸鴛鴦會〉就是這樣做的。因此，我們說，《金瓶梅詞話》的作者之所以這樣作，決不是漫無目的，隨便搬來的，而是在構思全局時把它們作為整部作品的一個有機部分而重新組織、加工的。

二、兩書的最後落腳點很不相同。〈刎頸鴛鴦會〉只是為了「敦崇風教」，希望「夫婦和柔琴瑟和諧」而已。而《金瓶梅詞話》則重在宣揚「貪他的，斷送了堂堂六尺之軀；愛他的，丟了潑天閧產業。」而且，特別加了「今古皆然，貴賤一般」八個字。這是否意味著小說即使對於當今至貴者也是適用的呢？總之，我認為《金瓶梅詞話》卷首的入話之類與正文是有密切關係的，既不贊成說這頂「王冠」冠不到詞話本頭上去，也不同意說這些只是隨便地繼承通俗文學的傳統而已。我們要研究這頂「王冠」，不能只是在那些「引詞」、「入話」的字面上兜圈子，不能只用其他小說戲曲的情況來作簡單類比，而必須聯繫小說整體，以及聯繫到第二個問題，即《金瓶梅詞話》的創作與當時的歷史是否「絲毫無關」？看一看這頂「王冠」是「空中樓閣」，還是歷史的產物？

我認為，《金瓶梅詞話》成於萬曆十七年至二十四年之間，很可能是萬曆二十年動手編寫的（詳見拙作〈《忠義水滸傳》與《金瓶梅詞話》〉與〈金瓶梅作者屠隆考〉）。這個年代，是淫風特盛的時代。這股風，實際上是從皇宮中颳起來的。成化時，萬貴妃寵冠後宮，群小皆憑以竟進，方士胡僧等紛紛以獻房中秘方驟貴，一時諫諍風紀之臣，爭談穢媟。武宗、世宗、穆宗衣缽相傳，多信媚藥，以致佞倖進獻成風。其中如沈德符在《萬曆野獲編》中認為《金瓶梅詞話》所影射的陶仲文，即於嘉靖間進「紅鉛」得倖：「嘉靖間，諸佞倖進方最多，其秘者不可知，相傳至今者，若邵、陶則用『紅鉛』，……然在世宗中年始餌此及他熱劑，以發陽氣，名曰長生，不過供秘戲耳。至穆宗以壯齡御宇，亦為內官所蠱，循用此等藥用，致損聖體，陽物晝夜不仆，遂不能視朝」，死時才三十六歲，不比差不多同樣致死的西門慶多活幾年。接下來就是《金瓶梅詞話》出現的萬曆朝。其時神宗之好淫，比之乃祖有過之無不及，幸御嬪妃尚嫌無味，猶試男寵：「選重髻內臣之慧且麗者十餘曹」，與之「同臥起」，「內廷皆目之為十俊」。（《萬曆野獲編》）這事發生在萬曆十年以後。據正史所載，稍前，於萬曆八年十一月，張居正曾奏請「皇上亦宜戒游宴以重起居，專精神以廣聖嗣」；九年春，直隸巡按御史范鳴謙也疏請聖上「起居以時，嗜欲以節」。其後，十一年冬，給事中萬象春也奏言「保身、節用」二事，同一月，吏科給事中鄒元標「進無欲之訓」。十七年三月南京吏部侍郎趙志皋於邸報中見神宗自道「朕自去年以來，動火頭眩，不耐勞煩」云云，就上疏略曰：「皇上……得非

九重之內可以自肆，將逸欲而不之儆乎？萬幾之暇欲以自娛，將耽樂而不之節乎？嬪婉在側，而袵席之愛不能自割乎？聲樂在御，而麴蘖之好不能自克乎？有一於此，皆足以損真伐和，耗傷元氣，元氣傷，則致疾蓋有由矣。」於是也勸皇上戒「嗜欲」。略舉以上數例，即可從背面窺見二十歲前後的神宗如何貪欲嗜色。皇帝醉心於淫色，不但使整個社會風氣日趨淫靡，而且直接給朝廷政治帶來了危害。萬曆十四後，正是由於神宗迷戀「情色」，寵幸鄭貴妃而升起了一個廢長立幼、動搖「國本」的念頭，於是圍繞著冊立東宮問題，引起了一場震動全朝廷、長達十幾年的異常激烈的鬥爭。在萬曆二十年《金瓶梅詞話》成書前後，正是這場鬥爭的一個高潮。

這件事還得從頭說起。本來，神宗的王皇后無子。萬曆十年，神宗私幸慈寧宮宮人王氏後得長子常洛。這位王氏宮人的年齡比神宗大。神宗只是一時高興，竟有了孕。要不是太后抱孫心切，神宗還不一定認帳。迫於母命，神宗於四月冊封了王氏為恭妃，八月就生下了這個一生倒楣的常洛。十四年正月，最得寵的鄭氏生了皇三子常洵（第二子一歲時夭折），二月即冊封為貴妃，名位竟在恭妃之上。這時，長子常洛叫名已有五歲，皇上一無冊立東宮的迹象。於是中外頗疑皇上將立三子。當時的宰相申時行等連續兩次聯名上疏懇請冊立東宮，以重「國本」。皇帝的答覆是：「元子嬰弱，少俟二三年舉行。」接著，戶科給事中姜應麟上疏請求冊立太子，並強調正名定分，明確指出當「首進恭妃，次及貴妃」。這下觸怒了神宗，說：「惡彼疑朕立幼廢長。」這正是不打自招。應麟就此被謫為山西廣昌縣典史。但這件事太后不太高興。一天，帝入侍，太后問起此事。帝曰：「彼都人子也。」太后怒曰：「爾亦都人子。」帝惶恐伏地不敢起。這是因為內廷呼宮人為都人，太后亦由宮人進。正因此，神宗雖欲立三子而有礙於太后名分，不敢斷然廢長子。他內心充滿著矛盾，而臣子們不斷上疏，指斥宮闈。這使他十分惱火，形成了「交章言其事，竄謫相踵，而言者不止」（《明史·福王常洵傳》）的惡性循環。每年總有幾位不怕死的臣子上疏冊立太子，隨著的就是降職、罷官、打屁股。其中比較直接觸痛皇帝心病的，如萬曆十四年十月禮部祠祭主事盧洪春上疏規勸皇帝不要太貪袵席的歡樂，應該為國保重身體，結果受到了廷杖六十、削職為民的處罰。萬曆十七年大理寺左評事雒于仁的〈四箴疏〉更為厲害。他直接規勸皇帝戒除酒色財氣四病。關於色戒，雒于仁就這樣說皇帝：「寵十俊以啟倖門，溺鄭妃靡言不聽，忠謀擯斥，儲位久懸，此其病在戀色也。」疏文最後，特地寫了「酒箴」、「色箴」、「財箴」、「氣箴」四箴以獻。這篇〈四箴疏〉，可以說是當時對神宗最全面而嚴厲的批評，在社會上產生了很大的影響。關於冊立太子的事鬧到萬曆十八年，皇帝總算說：「若明歲廷臣不復瀆擾，當以後年（即萬曆二十年）冊立。」可是到了十九年秋，工部主事張有德疏請準備明年冊立儀禮時，皇帝又反覆無常，大發雷霆，不但罰了張有德俸薪三月，還怪臣子瀆擾，把原

訂二十年春冊立的詔諭又改為二十一年舉行。到了二十年正月，禮科給事中李獻可偕六科諸臣僚奏請予教皇子，結果也惹怒了皇帝，「隆獻可職，調外任，余具奪俸」。接著就如《明史紀事本末·爭國本》所記：「大學士王家屏具揭申救，封還御批。上怒。給事鍾羽正、舒弘緒、陳尚象、李固策、丁懋遜、吳之佳、楊其休、葉初春，御史錢一本、鄒德泳、賈名儒、陳禹謨，主事董嗣成交章申救，削籍降調有差。科臣孟養浩疏最後上，加杖一百。家屏三疏乞歸，許之。吏部主事顧憲成、張嘉禎等廷推家屏忠愛，不宜廢置，請召還。上怒，憲作削籍，嘉禎謫羅定州州判。十一月，禮部尚書李長春屢請冊立，疏十有四，不報，尋罷去。」二十一年到了，皇帝又變卦了。他說，「朕雖有今春冊立之旨」，但據祖訓，「立嫡不立庶」，現在皇后年齡尚少，等幾年再說。於是天下大嘩，廷臣諫者章日數上，輔臣們力請追還前議，一直搞到十一月才充明年出閣聽講。到二十二年二月，十三歲的皇長子常洛才出閣講學，臣下於心稍安。於是這股「爭國本」的浪頭趨向低潮，但也時有催請冊立，觸怒皇上之事。一直折騰到萬曆二十九年十月，才草草完成了冊立之禮。《金瓶梅詞話》的作者，假如是像屠隆那樣的曾任京官、關心朝政而又被迫去國者，此時此際，難道能對這樣舉世洶洶的大事無動於衷嗎？

萬曆間的神宗皇帝嗜「情色」，以致釀成了爭建儲這一政治漩渦，衝擊了朝野十幾年乃至幾十年（接著「梃擊」、「紅丸」、「移宮」三案，乃是此事件的繼續），真正動搖了明王朝的「國本」。「色」在這位皇帝身上表現得固然十分突出，而「酒色財氣」中的另外三病，他也相當嚴重。雒于仁所陳四箴，完全基於事實。請看萬曆二十年正月御史馮從吾抗疏言：「不知鼓鐘於宮，聲聞於外，陛下每夕必飲，每飲必醉，每醉必怒，左右一言稍違，輒斃杖下，外庭無不知者。天下後世，其可欺乎！」就此一例，即可見其酒、氣兩端。至於神宗之貪，也實驚人。中官張鯨橫肆無憚，其黨羽或除名，或論死，而鯨竟不罪，外議謂鯨以金寶獻帝獲免。神宗後遣內官采榷，極盡搜括之能事，故現代名史學家孟森曾評這位皇帝曰：「怠於臨政，勇於斂財」，「行政之事可無，斂財之事無奇不有」，「帝王之奇貪，從古無若帝者」（《明清史講義》）。《金瓶梅詞話》的作者，作為這樣一個皇帝統治下的臣民而又追求作品有所「寄意」的小說家，此時此際，難道對此能不聞不問，無動於衷嗎？

當然，歷史是歷史，作品是作品。戶者創作這部小說時，或許是關心現實政治的，或許確是對時事無動於衷；或許《金瓶梅詞話》的「王冠」是作者有意識地概括整部作品的主旨而針對時政，有所諷諭，或許只是偶然巧合，並非有意作政治譏刺。為了判明孰是孰非，就有必要進一步將歷史與作品聯繫起來加以考察，看一看當時的「時事」在《金瓶梅詞話》中有沒有反映？對作者究竟有沒有影響？

歷來的研究者公認，《金瓶梅詞話》明作宋朝紀年，實寫明代事實。特別是經過了

吳晗先生的考證之後，大家更明白作品中的「太僕寺馬價銀」、「皇莊、皇木」，以及「小令」流行等都是刻有明代萬曆中期的「時代痕迹」。而當時轟動天下的「冊立東宮」事件，在《金瓶梅詞話》中也有反映。魏子雲先生在《金瓶梅審探》中指出的，第八十七回寫武松到安平寨去時，「不想路上，聽見太子立東宮，郊天大赦」。接下去第八十八回陳經濟的母親張氏也說：「喜者，如今且喜朝廷冊立東宮，郊天大赦」。這裡寫「冊立東宮」，顯然與宋史的時間不合。宋代徽宗冊立太子在政和五年，而《金瓶梅詞話》中的這兩段故事是編在徽宗重和元年，可見《金瓶梅詞話》中的「冊立東宮」一事不是由宋代故事搬演而來，而是小說作者在萬曆二十、二十一年左右創作時，受到當時盛傳的皇帝要冊立太子的時代浪潮的衝擊後，不自覺地表現於筆下的。除此之外，我發現《金瓶梅詞話》第六十五回出現了一個值得注目的人名：「陳四箴」。他是山東兩司八府中的右布政。排在「陳四箴」名單前面的是左參政「何其高」，後面的是右參政「季侃廷」。這三個名字排在一起，不能不使人覺得與雒于仁陳四箴以及其他人為了冊立太子之事幾次三番地侃侃諫諍於朝廷的事有所關聯，眾所周知，《金瓶梅詞話》的人名中有一類是實有其人的真名，而另有大量編造的人名是有所寓意的，如應白爵（白嚼）、字光侯（光喉）、謝希大（攜帶）、字子純（嘴唇）、常峙節（時借）、吳典恩（無點恩）、卜知道（不知道）等等。這裡的「何其高」、「季（几）侃廷」之類的名字一望而知，十分明顯。而「陳四箴」這個名字，也當為雒于仁陳四箴之後的產物。因為在雒于仁之前，對於「酒色財氣」四病、儘管如鄭培凱先生所引證的那樣在通俗文學裡多有描寫，但似乎沒有為此作「四箴」的。至於為「酒色財氣」作四箴而又陳之於朝廷的，恐怕就是這個雒于仁吧？因此，我認為《金瓶梅詞話》的作者之所以能造出「陳四箴」這樣一個名字決非偶然，至少說明他是把雒于仁「陳四箴」這件事是放在心上的。再看他將「陳四箴」與「何其高」、「季侃廷」之類的名字編在一起，更足以說明作者對雒于仁「陳四箴」這件事情所持的態度了。因此，我們可以說，《金瓶梅詞話》與當時的歷史並不是「絲毫無關」，作者對當時的時政也沒有無動於衷。看來，整部作品對「四貪」的批判，特別是對貪戀情色的鞭撻，是有的放矢，有所寓意的。這正如《金瓶梅詞話》作者的朋友或即是作者自己在序言中所說的：「蘭陵笑笑生作《金瓶梅傳》，寄意於時俗，蓋有謂也。」而它卷首的那頂「王冠」，正是全書主旨的形象概括和點睛之筆，可作引子讀，也可作縮影看。

這樣，我們也就可以劃清這樣的界限，即說《金瓶梅詞話》有政治諷諭之意，決不是牽強附會的「索隱」，而是揭示了事物的真相。因為一，我們是從品的整體出發來肯定其政治諷諭之意，而並不作簡單比附。我認為《金瓶梅詞話》針對神宗宮闈事件，有政治性，並不是說西門慶就是明神宗，或者說小說中的某人某事即影射明代某人某事。

上文指出的小說中的「陳四箴」及「冊立東宮」等，也只是作為作者不自覺地留下當時時代的痕迹來說明問題，而並沒有把它們作為小說有政治性的主要依據。我之所以認為《金瓶梅詞話》有政治性，主要是從整部小說所反映的主題思想來看的。這部小說，主要描繪了西門慶等的「酒色財氣」之事，而最突出的是寫色懲淫。作者在寫淫色時，儘管受了當時某種思潮的影響，在具體描摹時有時顯津津有味，但從總體來看，顯然把它放在「勸戒」的位置上的。他之所以「善惡並采，淫雅染陳」，並充分地寫「淫」，根本上還是為了達到「示勸懲，備觀省」的目的（屠隆《鴻苞·詩選》）。小說的這一主題思想，正是與當時驚動天下的神宗好淫色，寵鄭妃，以致有「貪他的，斷了堂堂六尺之軀；愛他的，丟了潑天關產業」的危險相關聯。因此說，《金瓶梅詞話》是有現實政治性的。

二、我們是將作品主題、社會歷史及小說引子三者聯繫起來看問題，而不是孤立地抓住一點，不及其餘。本來，歷史上寫色懲淫之作不少，小說引子寫帝王「貪愛女色，致於亡國捐軀」（《古今小說·新橋市韓五賣春情》）也所在多有，我們不能籠統地說寫懲淫一定就是針對皇帝，寫到帝王一定就是政治影射。一切還得從具體出發。像《金瓶梅詞話》這樣一部小說，主要寫懲淫及戒四貪，其創作的年代又正是神宗因四貪及好淫色而在冊立東宮問題上搞得最糟糕、鬧得最厲害的時候，而作為小說的引子又偏偏寫了既扣緊小說內容，又切合當時時事的故事，這就不能不使人感到作者之所作所為並不是與歷史偶然巧合，而是良有深意，作了精心結構。當然，《金瓶梅詞話》懲淫色、戒四貪的客觀意義和主觀創作意圖，都不一定僅僅是針對神宗之荒怠，但這裡無論如何是包含著「指斥時事」，譏刺君王的重要因素，因而它確是「勝於枚生〈七發〉多矣」。總之，《金瓶梅詞話》這部有名的「淫書」，也正是一部具有強烈現實政治意義的「有為之作」。寫淫與諷政的統一，也就使這部小說成了名副其實的「奇書」。

原刊《學術月刊》1985 年第 1 期

附錄七：《金瓶梅》用的是山東話嗎？

張惠英

　　圍繞《金瓶梅》（本文據以討論的是 1963 年 8 月日本大安株式會社影印的明萬曆本《金瓶梅詞話》）的作者問題，有很多推測。有的從「蘭陵笑笑生」的「蘭陵」上做文章，以為作者當是山東人。因而《金瓶梅》的語言，一般也都認為是山東話。本文試從方言研究的角度，提供有關事實，供大家研究。當然，筆者見聞不廣，失察處請方家指正。

一、山東話質疑

　　我們從《金瓶梅》用語中兩大特點即入聲已消失，濁音已清化，可以斷定，這書用的基礎方言是北方話。（五十三至五十七回是由另一作者補入，本文討論時不包括這五回）因此，不搞方言研究的同志，說《金瓶梅》用的是山東話，雖不夠確切，但也無大錯，因為山東話屬於北方話，是北方話的一種。

　　我們說，《金瓶梅》用的山東話這種說法的不確切處，有以下兩點：

　　(一)有些日常用語，雖然山東話常用，但河南話也說，河北話也說，所以就不能說是山東話，而是北方話通語。如「達達（稱呼父親）、花裏胡梢（花裏花梢）、這咱晚（這早晚）、那咱晚（那早晚）、多咱（多早晚）扯淡、拾掇、扁食（餃子）、癩痦（羅鍋）、搊、搊扶、溺尿、姥姥、俺」等，山東話也說，河南話也說，河北話也說；其中「扯淡」一語，杭州話也說：「扯淡，杭人謂胡說。」（波多野太郎《中國方志所錄方言彙編》第二篇 95 頁）

　　(二)有些日常用語，和山東話對不上。也就是說，這些詞語，可能不是山東話。

　　我們知道，山東方言內部也有不同，不可一概而論。這裡用來跟《金瓶梅》用語作比較的，主要是三種材料：一是任均澤收集的《魯西方言詞彙》（《方言與普通話集刊》第三本、第六本，文字改革出版社）；二是山東諸城丁耀亢的《續金瓶梅》（天一出版社影印上海春明書局排印本）；三是山東曲阜師範學院中文系等編的《山東方言詞彙初步調查報告》和《嶧縣方言調查報告》（油印本）。現舉「庫、拔步床、毛司、黃芽菜、肉圓子、卵、廚下、老娘、抹牌、斗牌、晚夕、贖一貼藥、凹」等詞語為例，並加以說明。

1.**庫**。《金瓶梅》用「庫」指為死者燒的紙房、紙用具。例如：

> （西門慶）因向伯爵說：今日是他六七，不念經，替他燒座庫兒。……西門慶與李瓶兒燒了紙，抬出庫去，教經濟看著大門首焚化。（六十七回23頁上至下）

> 一更時分，方才道場圓滿，焚燒箱庫散了。（六十八回3頁上，又見八十九回9頁下）

今山東聊城說「扎材（扎采）」：「名詞，指死人後發送靈柩時紮的紙人、紙馬、紙樓等。例：您舅死的時候有老些扎材。」（《方言與普通話集刊》第六本59頁）

今上海崇明話則說「庫」，是名詞；還說「扎庫」，是動賓詞組。福建漳平話也說「紙庫」。

2.**拔步床、白步床、八步床**。《金瓶梅》用以指一種時髦闊氣的床。例如：

> 這位娘子……手裡有一分好錢，南京拔步床也有兩張。（七回1頁下。又六十二回20頁上作「白步床」，九十一回8頁下作「八步彩漆床」。）

例中已透露，「南京拔步床」當是南京名產。而山東鉅野話稱一種床前有廊的富家床鋪為「頂子床」，無「拔步床」的說法（黃保真同志告知）。今崇明話則有「拔步暖床」的說法。

3.**毛司**。《金瓶梅》用以指毛廁。例如：

> 等我把淫婦剁做幾戳子，掠到毛司裡去。（二十八回9頁下。又見二十回3頁上）

按，丁耀亢的《續金瓶梅》作「毛廁」：「小玉日常在後院子毛廁上小便。」（三回20頁）

山東鉅野話說「茅子」。魯西、河南洛陽、河北魏縣等地也說「茅子」（《方言與普通話集刊》第三本43頁。又第六本87頁、106頁、117頁）。山西平遙話也說「茅子」（侯精一同志告知）。南昌話、浙江象山話則說「茅司」（《中國方志所錄方言彙編》第七篇350頁）。今河南汲縣話作「茅肆」（《方言與普通話集刊》第三本26頁）。「茅司、茅肆、毛司」後字輕讀，可以算作同音。

4.**黃芽菜**。《金瓶梅》既稱「白菜」，也稱「黃芽菜」。例如：

> 一甌黃菲乳餅並醋白菜。（二十回4頁上）

> 一碗黃芽菜並炒的餛飩雞蛋湯（四十五回3頁上）

山東以產大白菜著名。《續金瓶梅》只稱「白菜」：「熬了些稀湯，沒油的兩根白

菜，吃了一碗，就放下了。」（十一回66頁）

山東、北京等地，都說「大白菜，白菜」。江浙一帶則說「黃芽菜」。

5.**肉圓子**。《金瓶梅》用以指肉丸子。例如：

一碗山藥燴的紅肉圓子。（四十五回3頁上。又見六十七回10頁上）

山東聊城等地說「丸子」：「娘，給你這些錢買個饃饃、買碗丸子五的。」（《方言與普通話集刊》第六本54頁「五的」條下例，「五的」是「作代詞用，相當於普通話『什麼的』。」）又見同書第三本37頁「刀」下例：「我給你刀（即挾）個丸子。」北京話也說「丸子」。江浙地區則說「肉圓（子）」。南昌話、蘇北話也說「肉圓子」（姚振武、劉堅同志告知）。

6.**卵**。《金瓶梅》用以指男陽。例如：

空生有卵鳥嘴。（二回4頁上）

今山東聊城、荷澤，河南洛陽則說「蛋」，不說「卵」（《方言與普通話集刊》第六本29頁、75頁）。老北京話也以「蛋」為禁忌語而迴避說「蛋」。今浙江地區和南昌話多說「卵」。

7.**厨下**。《金瓶梅》用以指廚房。例如：

武大買了些肉菜果品歸來，放在厨下。（一回14頁下。又見五十八回13頁上）

今山東嶧縣話稱廚房為「厨屋、鍋屋」（《嶧縣方言調查報告》）。山東巨野話也說「厨屋、鍋屋」（黃保真同志告知）。山東安丘話說「飯屋」（《方言與普通話集刊》第八本56頁）今吳語口語則說「灶下」。吳語作家寫的《三言》《二拍》多用「厨下」。

8.**老娘**。《金瓶梅》用以指接生婆。例如：

月娘道：我說是時候，這六姐還強說早哩。還不喚小廝來快請老娘去。（三十回7頁上。又見七十九回22頁上）

山東嶧縣話，「老娘」是稱呼外祖母（《嶧縣方言調查報告》）。「膠志」也謂「老娘」指外祖母（《中國方志所錄方言彙編》第八篇136頁）。山東煙臺話稱接生的為「收生婆」（錢曾怡《烟台方言報告》180頁，齊魯書社）河北灤州，浙江鎮海、象山等地則稱接生婆為「老娘」（《中國方志所錄方言彙編》第四篇254頁、327頁，第七篇72頁、394頁）。崇明話則說「老娘婆」。杭州話也是「老娘婆」（《中國方志所錄方言彙編》第三篇205頁）。

9.**抹牌、斗牌**。《金瓶梅》用以指玩牌。例如：

　　　　每日和金蓮、瓶兒兩個下棋抹牌，行成伙兒。（二十三回 12 頁上。又見二回 6 頁下等
　　處）

　　　　那日斗牌，贏了陳姐夫三錢銀子。（五十二回 16 頁下）

　　魯西玩牌叫做「揖牌」（《方言與普通話集刊》第三本 41 頁）。河南獲嘉一帶，都說「抹
牌」（賀巍同志告知）。徐州也說「抹牌」（李申〈徐州方言詞彙續稿〉，載《方言》1984 年第 3
期 228 頁）。上海地區，如崇明，玩紙牌叫「斗牌」，老北京話也說「斗牌」（陳剛同志告
知）。

　　10.**晚夕**。《金瓶梅》用以指晚上。例如：

　　　　比及到晚夕，西門慶又吃了劉桶齋第二貼藥。（七十九回 17 頁下。又見同回 19 頁下等
　　處）

　　山東嶧說「晚上」（《嶧縣方言調查報告》），濟南話也說「晚上」（《漢語方言詞彙》
22 頁，文字改革出版社）。

　　11.**贖一貼藥**。《金瓶梅》用以指抓一副中藥。例如：

　　　　自去贖一貼心疼的藥來。（五回 6 頁上。又見同回 7 頁下「贖得藥來」，八十五回 1 頁下
　　「贖取兩貼」等）

　　抓中藥時的動詞作「贖」，量詞作「貼」，是吳語口語。

　　12.**凹**。《金瓶梅》用以表示勾搭上的意思。例如：

　　　　你若與凹上了，愁沒吃的穿的使的用的？（三十七回 7 頁上）

　　今安徽巢縣話說「凹」（去聲），折合成北京話是 wa，是使勁兒夠上、挂搭上的意
思（劉士濤同志告知）。和《金瓶梅》用例意思相通。今山東話資料中還未見此用語。

二、吳方言舉例

　　《金瓶梅》一書使用了一些吳方言語。所謂吳語，內部也有這樣那樣的差異。我們這
裡姑且把它分做兩個大的區域，一是以蘇州、上海為中心的蘇、滬吳語；一是浙江地區
吳語。下面在舉例說明時，盡量照顧到這種內部差異。現舉「田雞、常時、多、都、丁
香、人客、原舊、房下、膀蹄、白燁、下飯、搋、碣」為例加以說明。

　　1.**田雞**（即青蛙）

伯爵道，你過來，我說個笑話兒你聽。一個螃蟹與田鷄結為弟兄，賭跳過水溝兒去便是大哥。田鷄兒跳跳過去了，螃蟹方欲跳，撞遇兩個女子來汲水，用草繩兒把他拴住，……田鷄見他不來，過來看他，說道，你怎的就不過去了。蟹云，我過的去，倒不吃兩個小淫婦撠的怎樣了。（二十一回13頁上）

北方話口語說「青蛙」，或說「蛤蟆」（既可指蛤蟆，有的指青蛙）但不說「田鷄」。上海地區口語「田鷄」，只指青蛙，口語不會說青蛙。例如「捉田鷄」「吃田鷄肉」等言中，不能把「田鷄」換成「青蛙」。而且，上海地區「蟹」字單稱，不能叫作「螃蟹」。相反，北方話只說「螃蟹」，不單說「蟹」。《金瓶梅》上例中，「田鷄」只一種說法，「螃蟹」則既作「螃蟹」，又作「蟹」，可見其既用北方方言，也流露有南方方言，當然，此處單用「蟹」也可能是文言的襲用。

2.常時（即時常、常常）：多（即都），都（即多）

(1)人見他這般軟弱樸實，多欺侮他。武大並無生氣，常時迴避便了。（一回9頁上）

(2)（應伯爵娘子兒應二嫂）向月娘拜了又拜，說俺家的常時打擾這裡，多蒙看顧。……月娘道，姑娘好說，常時累你二爹。（四十三回10頁下至11頁上）

按，北京話只說「時常」，不說「常時」；上海地區則相反，口語只說「常時」，不說「時常」。這種詞序的不同反映了方言的不同。《金瓶梅》中「常時節」這個人名兒，恐怕就是從「常時，常時節」這個習慣說法而來。

還有，例(1)的「多欺侮他」，「多」即「都」。上海地區，「多、都」同音 [ɕtu]。《金瓶梅》書中，「多、都」相混，不只此一處，可謂尋常習見，如：

(3)空中半雨半雪下來，落在衣服上，多化了。（三十八回9頁上）

(4)（張勝）又問，你今年都大年紀？經濟道，廿四歲了。（九十四回3頁上）

按，例中的「多」即「都」，「都」即「多」，「多、都」相混只能在吳語及別的「多、都」同音的方言區。「廿，廿四，廿幾」等的說法也是吳語口語，北方話說「二十，二十四，二十幾」等。

3.丁香（即耳環）

耳朵上兩個丁香兒。（七十七回16頁上）

北方話今說「耳環」。《金瓶梅》多作「環子」，只此一處作「丁香兒」。今浙江溫嶺

話把耳環正說成「丁香」（李榮〈溫嶺方言的連讀變調〉，載《方言》1979 年第 1 期 6 頁）。

4.**人客**（即客人）；**房下**（對人謙稱自己的妻妾）；**原舊**（即仍舊）

(1)昨日蒙哥送了那兩尾好鰣魚與我，送了一尾與家兄去，剩下一尾對房下說，……原舊紅糟兒培著，……或遇有個人客兒來，蒸恁一碟兒上去。（三十四回 5 頁上）

北方話說「客人」。浙江寧波話則說「人客」。受寧波話影響，上海有些人也說「人客」。又浙江蕭山話、象山話也說「人客」（《中國方志所錄方言彙編》第七篇 264 頁、303 頁）。

例中「房下」用於對人謙稱自己的妻妾，也見於凌蒙初的《二刻拍案驚奇》卷 22，484 頁（古典文學出版社。下同）。所以「房下」一語可能流行於浙江。

例中「原舊紅糟兒培著」，「原舊」是仍舊的意思。今上海地區吳語口語常說。《金瓶梅》書中，除了「原舊」，也作「原」，都是仍舊的意思。例如：

(2)不消兩日，把身上綿衣也輸了，……依舊原在街上討吃。（九十三回 6 頁上）

「原舊、原」的這種用法，在吳語作家寫的《三言》《二拍》中也常見到。（「不消」也是吳語口語，此不詳。）例如《醒世恒言》卷二八，591 頁（作家出版社。下同）：

(3)坐了一回，原走出去。

按，「原走出去」，是仍舊走出去的意思。又《二刻拍案驚奇》卷三六，705 頁：

(4)又恐怕日後番悔，原來取去，所以故意說個「不敢沾手」，他日好賴。

按，「原來取去」是仍來取去的意思。

5.**膀蹄**（即肘子）；**白煠**（即白煮）；**下飯**（即菜肴）

(1)買了一盒果餡餅兒，兩只鴨子，一副膀蹄，兩瓶酒，……（三十二回 7 頁上）

(2)第二道又是四碗嗄飯，一甌兒濾蒸的燒鴨，一甌兒水晶膀蹄，一甌兒白煠豬肉，一甌兒炮炒的腰子。（三十四回 6 頁上）

按，《金瓶梅》的「膀蹄」，即北京話的「肘子」，上海話的「蹄膀」。今浙江富陽話正說「膀蹄」（施關淦同志告知）。「蹄膀、膀蹄」的「膀」連讀時都和「胖」同音。浙江《定海縣志》「燉」字下記有「燉茶、燉胖蹄」（《中國方志所錄方言彙編》第七篇 194 頁）此「胖蹄」，即「膀蹄」。

例(2)的「白煠豬肉」，「煠」音同「閘」，上海一帶及浙江流行這種吃法，就是把

肉白煮了蘸作料吃，北京話叫作「白煮肉」「白斬雞」之類。

又例(2)的「四碗嗄飯」，「嗄飯」又作「下飯」，指菜肴，用作名詞。今浙江象山、鄞縣、蕭山、新昌都用「嗄飯、下飯」作名詞（《中國方志所錄方言彙編》第二篇85頁，第七篇402、417、267頁）。《夢梁錄》卷十六，143頁（叢書集成本）：「下飯假牛凍、假驢事件」「下飯膋肉、假燻鴨，下飯二色炙潤骨頭等食品……糟蟹、燻肉蹄子」。可見杭州歷來有「下飯」作名詞的用法。這種名詞用法和有些方言的形容詞用法、動詞用法不同。

6.摀、礤（即拍，一是拍打意，一是分擘意）

《金瓶梅》一書，「摀、礤」用得很多，到底是什麼意思呢？形音義三者都需要一番說明。

(1)那賊禿……只個亂打鼓摀鈸不住，……只顧摀鈸打鼓，笑成一堆。王婆便叫道，師父，紙馬也燒過了，還只個摀打怎的？（八回12頁下）

按，例中「摀」和「打」意義相關，而且可以結合成詞。例中兩處「只個……」都是「只顧……」的意思。吳語「個、顧」可讀同音，如「個人」讀同「顧人」。

(2)西門慶道，……分付小廝把腌螃蟹摀幾個來。（三十五回13頁下）

按，吃螃蟹時，首先得把螃蟹的背殼和腹部擘開。因此，這裡的「摀」和「打」的意義無關。而是分擘的意義，可能就是《水滸傳》二十七回「取一個（饅頭）拍開看了」的「拍」字。

那麼，「拍」字為什麼寫成「摀」呢？原來，《金瓶梅》一書，「拍手」常寫作「排手」，例如：

(3)那婦人哽咽了一回，大放聲，排手拍掌哭起來。（三十六回11頁下）

(4)（海鹽）子弟排手唱道，……（四十九回5頁下）

按，「排手」即「拍手」，「拍」可作「排」，而「摀、礤」和「排」形近，因而「拍」也寫作「摀、礤」了。

「拍」有拍打的意思。例(1)中的「摀鈸打鼓」「摀打」也就是「拍鈸打鼓」「拍打」。又如：

(5)你休只顧礤打到幾時。（八回12頁上）

按，「礤打」即「摀打」，形近而致。這個「礤打」及其他一些「摀打、摀干、摀礵」

的用例屬於褻詞，可能由「拍打」的意義引申而來。

「拍（摙）」用作分擘開的意思，不常見，但在《金瓶梅》中用得不少。例如：

(6)仰摙炕上。（七十八回 4 頁上）

按，「仰摙」是仰臥著分開（腿）的意思。浙江餘姚人呂天成寫的《繡榻野史》都用「拍、拍開」語。《定海縣志》作「蹳」，標作ㄆ（引者按，用注音字母，沒法標出吳語入聲），注為「兩股展開曰蹳腳」（《中國方志所錄方言彙編》第七篇 192 頁）。浙江富陽話也說「拍」（施關淦同志告知）。

「拍」的分擘用法，還流行於浙江義烏、金華、武義、溫嶺、溫州等地。上海話也有「腳拍開」的說法（袁賓、陳剛同志告知）。可見「拍（摙、礴）」主要是浙江地區吳語。

三、其他方言區用語舉例

所謂其他方言區，是指吳語以外的方言區，如湘語、贛語、粵語、閩語、客家話、官話等。現以「堂客、落後、墓生兒子、走百病兒、韶刀」等詞語為例說明如下：

1.堂客（指已婚女賓）

(1)堂客到，打銅鑼銅鼓迎接。（七十八回 27 頁下）

(2)月娘俱令玉樓，打發了孝裙束腰，後邊與堂客一起坐的。（八十回 5 頁下）

按，今武漢話「堂客」泛指已婚婦女（朱建頌、劉興策〈武漢方言詞彙〉「親屬」類，《方言》1981 年第 2 期 157 頁）。今湖南話「堂客」也泛指已婚婦女（王顯同志告知）。江西豐城話、上饒話也說「堂客」。而山東話不說「堂客」。

2.落後（即後來）；晏（即晚）

(1)武大每日只是晏出早歸，到家便關門。那婦人氣生氣死。和他合了幾場氣。落後鬧慣了，自此婦人約莫武大歸來時分，先自去收簾子，關上大門。（二回 4 頁上）

(2)不想落後，爹淨手到後邊，看見粉頭和一個蠻子吃酒……（二十一回 6 頁下）

按，上舉例中的「落後」都是後來的意思。《金瓶梅》書中「落後」用得很多。今南昌話仍說「落後」，指後來（熊正輝同志告知）。四川奉節話也說「落後（彭湃〈四川奉節方言分類詞彙〉，《方言與普通話集刊》第七本 58 頁）。

又例(1)的「晏出早歸」，是晚出早歸的意思。「晏」是吳語口語，如「伊早晏會得來個（他早晚會來的）」等。今南昌話也說「晏」（姚振武同志告知）。

3.**墓生兒子**（即遺腹子）

都說西門慶大官人正頭娘子，生了一個墓生兒子。就與老頭同日同時，一頭斷氣，頭生了個兒子。（七十九回23頁下）

按，「墓生兒子」即遺腹子。河北成安話也說「墓生」：「妻懷孕而夫遽沒世，其子之生曰墓生」（《中國方志所錄方言彙編》第五篇235頁）。成安縣靠近河南省，今河南獲嘉縣附近都有「墓生兒子」的說法（賀巍同志告知）。

4.**走百病兒**（即元宵節婦女宵行）

(1)也不用轎子，伴俺每走百病兒，就往家去便了。（四十五回5頁下）

(2)娘留下我，晚夕還同眾娘每往妗奶奶家走百病兒去。（四十五回8頁下）

按，「走百病兒」，是元宵節婦女宵行的習俗。這種習俗及說法，北京、山東等地都有。明劉侗、于奕正合著的《帝京景物略》58頁（北京古籍出版社）謂：元宵節「婦女相率宵行，以消疾病，曰走百病，又曰走橋。」明謝肇淛《五雜組》卷二，30頁（中華書局，下同）：「齊魯人多以正月十六日游寺觀，謂之『走百病』。」可見，北京、山東都有「走百病」的習俗。謝氏書中同頁還說到，閩中上元燈市，也有「轉三橋」之俗。「轉三橋」與「走橋」的說法相類。

5.**韶刀**（即囉唆、嘮叨）

(1)玉樓道，我也只說他是六月裡孩子。金蓮道，這回連你也韶刀了。（三十回8頁下）

(2)西門慶道，怪狗才，忒韶刀了。（三十五回17頁下）

按，例中「韶刀」，都是囉唆、嘮叨的意思，今蘇北寶應話口語還有此說法（劉堅同志告知）。

例(2)中「忒韶刀」是太囉唆的意思，「忒」是吳語口語，陰入。吳語口語只說「忒」，不說「太」。

小結：上述三部分，試圖說明《金瓶梅》的語言是在北方話的基礎上，吸收了其他方言，其中，吳方言特別是浙江吳語顯得比較集中。我們不妨稱之為南北混合的官話。

我們知道，作為一種官話、共同語，人們可以從口頭和書面學習它，模仿它。而作為某個方言特有的詞語，就不可能像官話一樣為人所知。所以，只有那些在不自覺中流露出來的特殊的，即有區別特徵的方言用語，才會給我們透露這位《金瓶梅》匿名作者

的一點線索。當然，語言背景只提供一個方面而已，而且，還需要和書中其他有關描寫互相參證。此不詳。

原刊《中國語文》1984 年第 4 期

附錄八：答臺灣魏子雲先生

徐朔方

《吉林大學社會科學學報》1985年第5期發表了拙作〈評《金瓶梅的問世與演變》〉。1986 年 1 月 29 日該書作者魏子雲先生在《臺灣新聞報》發表答辯〈學術研究與批評——請教大陸學人徐朔方先生〉。「盈盈一水間」，脈脈而能語，這是令人高興的事。不同學說的爭鳴有利於學術的繁榮和發展。不同的觀點有時稱為論敵。與人為敵是壞事，唯有論敵值得歡迎。對一種新說，沉默和吹捧是最壞的反響，嚴格的驗證和批評比前兩者好得多。只有缺乏自信的人才會一見批評就惱羞成怒。《莊子·徐無鬼》說：「郢人堊漫其鼻端若蠅翼，使匠石斲之。匠石運斤成風，聽而斲之，盡堊而鼻不傷。」這是傳說中理想的批評者和被批評者的風度。我們未必能做到，卻不妨以此作為學習的榜樣。

魏先生指責我對他書中引文的錯誤如《味水軒日記》卷七的那段，我「照錄不爽，也不指出誤來」。請允許說明一下，我只批評他的主要論點，對他的引文並不負校對之責。如果引文是否正確而影響我的論點，那又當別論。為了尊重他的願望，本文將破例對我轉引的他著作中的引文略作校對。他批評道：「像徐先生的這種『索引派』的評論，未免太蘇俄化的『形式主義』。」大概正是由於我中文知識太差，我完全不懂這幾句話的意思。承他請黃霖先生轉寄的剪報，經他本人校改，當不至於有刊誤。我不知「索引派」為何物。如果它是「索隱派」之誤，我不知道它同「形式主義」有什麼牽扯。魏先生的答辯分五節。以上是看了其中第五節後的一點感想。

下面對他的第三、四兩節對我批評的主要方面提出答辯。雙方都沒有因對方的異議而改變看法。這是正常的事。我的理由毋需再作補充。我只想進一步指明我同他的分歧。欣欣子〈金瓶梅詞話序〉說：「竊謂蘭陵笑笑生作《金瓶梅傳》，寄意於時俗，蓋有謂也。」我從來沒有對此表示異議。爭論的焦點是「寄意於時俗」的程度是否已經使得小說成為影射小說（即西方所說的 roman à clef）？魏著認為小說卷首劉邦寵姬戚夫人企圖改立趙王如意為太子是影射明神宗鄭貴妃廢長立幼的野心，小說所記北宋末年的事實是影射晚明。我批評的僅僅是這樣一些觀點，並不認為《金瓶梅》與晚明社會現實無關。

魏著有一點應該肯定，我在批評中沒有提到，這是我的疏忽。他查出馬仲良司榷吳

（潯墅）關的年代是萬曆四十一、二年間。他糾正了魯迅以來根據《野獲編》推論出《金瓶梅》初版於萬曆三十八年的說法。我以前寫的論文也以訛傳訛，樂於在此改正。下面是對他答辯第一、二節的回答。

　　承認《野獲編》關於《金瓶梅》的記載有這樣一條失誤，我同魏著的分歧依然存在。我認為《野獲編》這段記載文從字順，它出於沈德符之手無可懷疑；魏著則認為這段記載破綻百出（不止一處疏漏），是否真實大可懷疑，以致可以得出《野獲編》作者創作《金瓶梅》的推論。我認為古代文人在數字和時間的記載上常有失誤，並不足以全面否定這些文獻的真實性。例如《元曲選》編者臧懋循從麻城劉承禧家借到一批抄本雜劇，〈寄謝在杭書〉說是「三百餘種」，覆〈李孟超書〉作「二百種」，而〈元曲選序〉則說是「二百五十種」。同一件事，三次記載不一樣。即以魏先生所主張的《金瓶梅》作者屠隆而言，他在萬曆十二年十月罷官。據《栖真館集》卷十八〈寄陸大司空〉云：「顧二月初旬，以張肖甫司馬先生之累招，一往言別，作檀州（今北京市密雲縣）三日留。」當時張佳允以協理戎政兵部尚書銜兼薊遼總督，可見屠隆啟程回籍在萬曆十三年。而同書卷十一〈上壽母太夫人九十敍〉說：「蓋某東歸之五年，是為太夫人九十。」據此推算，屠母九十歲應在萬曆十七、八年，而實際上是十六年。如果按照魏先生的看法，豈不是臧懋循、屠隆的這些文章真偽都值得懷疑。《野獲編》的引文有疏漏，同樣不能否定它的真實性。「丙午（萬曆三十四年）遇中郎京邸……又三年，小修上公車已携有其書」，此時當是三十七年。接云：「因與借鈔挈歸。吳友馮夢龍見之驚喜，慫惠書坊以重價購刻。馬仲良時榷吳關……」。「借鈔」七、八十萬字的小說不一定幾個月所能完成，行文時沒有注意到歲月推移，未注出以下敍事已在四、五年之後。可以嫌它記載不夠嚴密，不能斷定它是假冒或經改動。魏先生質問道：「那麼我請問徐朔方先生，袁小修如在萬曆三十七年間就有了《金瓶梅》全稿，謝肇淛還會在萬曆四十一年之後，說『而闕所未備，以俟他日』。還在期待『未備』的十其二（朔方案：魏氏答辯引文「十得其五」、「十得其三」皆誤為「得十其三」、「得十其五」，此處「十其二」亦然，中文無此說法）嗎？」我的回答：袁、謝雖是好友，袁小修所珍藏的《金瓶梅》全書，並不必然非讓謝肇淛知道不可。萬曆三十四年，袁宏道曾寫信給謝肇淛催索《金瓶梅》數卷。久借不還，袁小修以前事為戒，不再讓友人知道，這樣的可能性不能排除。何況他們並非同省人，也不經常在一起，即使袁小修有書不想保密，他的友人也有可能不知情。我認為魏先生的質問是落空了。

　　關於《游居柿錄》，我的解釋仍和那篇批評一樣，恕不重複。

　　我同魏著的分歧主要在於他的影射說。他的影射說在新著《金瓶梅原貌探索》（臺北學生書局，1985年）中又有新的發展。兩書一並討論，更加可以看出他的新說是怎麼一

回事。

魏先生原來推論：「如沈德符的父親沈自邠、會稽人陶望齡、晉江李卓吾都有寫作此書（指《金瓶梅》）的可能」；崇禎本的《金瓶梅》則「改寫在天啟，梓行在天啟，參與改寫的人，極可能仍是沈德符與馮夢龍這原班人馬」；他並且預告將有「沈德符評傳」問世。以上見他的舊作《金瓶梅的問世與演變》（臺灣時報出版公司，1981年）。時隔四年之後，他的新著《金瓶梅原貌探索》，卻又將《金瓶梅》作者變成屠隆了。日新月異，令人望塵莫及。令人不解的是他的新著沒有一個字提及他以前的主張是否錯了；如果原本不錯，可以和新說並行不悖，那麼是屠隆參加了「沈德符與馮夢龍這原班人馬」呢，還是另有解釋？擇善而從，不時修正，以使立論更加完善，這是正常的事，但總得有所交代。

現在簡略地看一下他提出新說所持的論據：

一、屠隆《白榆集》卷十六〈賀皇子誕生〉說：「恭遇萬曆十年八月十一日未時皇第一子誕生」，這時屠隆任青浦知縣。魏先生由此文作出推論：屠隆「並不知道他賀辭中的那些話，如『伏願天眷彌隆，聖謨益慎。立教以淑，沖人出入起居之有度；正學以端，蒙養凝丞保傳之無違。神聖繩繩，國本系苞桑之固；元良翼翼，宗祧奠磐石之安』。卻全不是他的皇上願意聽的」（第219頁）。「但我們可以蠡知，萬曆爺非常不喜歡有這個兒子，像屠隆這樣為了皇長子誕生而無任歡欣鼓舞，還寫文章為國有邦本賀，還規諫皇上從今往後要『聖謨益慎，立教以淑』，這皇帝看了，怎能不隱恨在心」（第220頁）。「當俞顯卿的參劾引發到屠隆，先是交科查報，第二天卻就下詔命把屠隆與顯卿同罷。這一點，不是顯然的『必逐之而後快』嗎？」

這段話，問題不少，自小而大，評述於後：

一、據《明實錄》，俞顯卿上章彈劾在萬曆十年十月甲子（22日），俞和屠隆罷官在丙寅，是第三天。魏著為強調「必逐之而後快」，改為第二天。

二、《明實錄》明白記載，鄭氏在十四年正月才生下皇三子，不久進封貴妃，屠隆罷官早在十二年，魏著所謂鄭貴妃廢長立幼的意圖那時根本不存在。在鄭貴妃的皇三子出生前，「萬曆爺非常不喜歡有這個兒子」，也不符合當時情況。魏先生把歷史事實搞得顛三倒四，很難說是嚴肅認真的治學態度。

三、如果屠隆因萬曆十年八月的〈賀皇子誕生〉表而得罪皇帝，何以此後不久屠隆反而由縣令升為京官禮部主事？何以遲到萬曆十二年十月才受到罷官處分？如果沒有俞顯卿上章劾奏，豈非還要往後推？這樣怎能說是「必逐之而後快」？

四、魏先生並非沒有看到〈賀皇子誕生〉還說：「臣職忝封疆，欣逢盛美……謹具本差官某賷捧謹奏稱賀以聞」。這明明是一篇代長官起草的奏本。否則，區區一個縣官

注明代作，有的不注明代作而實際上是代作，難道這樣的例子魏先生這樣博學的人竟從未見過？

魏氏新著引《白榆集》卷十一〈答張質卿侍御〉說：「必也坐以雕蟲一技，不肖乃俛而無語（按：原文作說）矣。」魏著認為：「屠隆的意思則是說，如摘出我〈賀皇長（按：原文無長字）子誕生〉一文中語言之不當，因而罷我的官，我就沒有話說了。」

上面已經指出〈賀皇子誕生〉只是他的代筆，即使因此獲罪也不會在事隔兩年之後落到他的頭上。現在暫且把這一層撤開，看「雕蟲一技」是否有這樣的含義。

《白榆集》卷十一屠隆〈寄王元美（世貞）元馭（錫爵）兩先生〉自述云：「不肖隆以雕蟲一技，竊負虛聲，又天性寬仁忠信，不侵然諾，好急人之難，揚人之善。有此擅行，為物情所歸。居長安歲餘，海內縉紳掃門通刺，戶履嘗滿。隆不能掩關滅迹，又重懼得罪於時賢，傾身延獎，務令各得其所而去……不謂一朝為人魚肉，遂以至是也。禍亦大奇，請略陳其梗概。刑部主事俞顯卿，傾險反覆，天性好亂。初入刑部構陷堂官潘司寇，排擠同僚，提牢生事，風波百出，僚友疾之如寇讎……不肖向待罪青浦，俞以上海分剖，隸治青浦，暴橫把持，鄉間切齒。不肖每事以法裁之。復因詩文相忌，積成仇恨。比長安士大夫盛傳其構陷堂官事，不肖偶聞而非之。語泄於俞。大仇深恨，遂愈結而不可解……遂肆誣蔑，張皇其辭。疏入，主上下其事令廉訪，了無實迹。持議者乃坐顯卿挾仇誣陷，而別求不肖詩酒疏狂細過，及追論青浦之政，謂放浪廢職，並議罷。」屠隆在信裡將自己罷官的原因、他和俞顯卿的傾軋說得很清楚，沒有一個字牽涉到皇長子事件，或暗示其中有難言之隱。

王世貞《弇州山人四部續稿》卷二〇三致魏司勛懋權的書信云：「屠長卿（隆）作達狼狽至此。甚矣，才之為人害也。即盡明州東湖水，何能洗文人無行四字。」「雕蟲一技」，用屠隆自己的話說，就是「詩酒疏狂細過」，王世貞說得更明確：「文人無行。」事實就是如此。它同魏先生捕風捉影虛構出來的皇長子事件連不起來。

諸如此類的曲解、誤會的例子，不妨再舉幾條：

一、此書第205頁說：「因為袁中郎這般朋友最先讀到的《金瓶梅》是一部『雲霞滿紙，勝枚生〈七發〉多矣』的政治小說。」按：〈七發〉的主旨是人間最好的享受都比不上要言妙道，『雲霞滿紙』只是形容文章言情狀物之妙，請問與政治何關？

二、此書第238頁說：「（屠隆）又號赤水。赤水，血水也。」屠隆中年以後迷信仙道，他的別號如緯真、鴻苞、滇淖子、廣桑子、庚桑子都和宗教思想有關。他的《鴻苞》卷四〈輿圖要略下〉云：「四明山在（寧波）府城南一百五十里，周圍八百里。跨紹興、臺州之境。道書為丹山赤水之天，居三十六洞天之第九。」以「赤水」解釋成「血水」，

牽強附會到此地步，簡直令人難以設想。

三、此書第 84 頁引《金瓶梅》第七十回「輦下權豪第一，人間富貴無雙」之後評論道：「這兩句的諷諭，捨天子而外，誰還能在輦下算得『權豪第一』？誰還能在人間稱得『富貴無雙』？顯然的，這些辭藻，原不是寫在朱勔頭上的，改纂過的了。」

按：魏著轉引《金瓶梅》的引文，原見《寶劍記》傳奇第三出太尉高俅府中一個都官的上場詞：「若說太尉富貴：官居一品，位列三臺。赫赫公車，晝長鈴鎖靜；漂潭明府，漏定戟枝齊……假旨令八座大臣拱手聽，巧辭使九重天子笑顏開。當朝無不寒心，烈士為之屏息。真個是：輦下權豪第一，人間富貴無雙。」十分明顯，這兩句無非同小說戲曲中「天上神仙府，人間宰相家」之類套語一樣，原本用之於宰輔三公，絕不可能用在皇帝身上。按照魏子雲先生的邏輯豈不是《寶劍記》也已經「竄改過的了」，那倒是《金瓶梅》之外的又一項皇冠！我因「涉獵到的相關書籍極少」而見笑於魏子雲先生，但我覺得翻書而不求懂，那還是少一點為好。質之高明，以為何如？

原刊《吉林大學學報》1987 年第 1 期

附記：請參閱本書第三輯：〈錯了就認錯〉一文。

附錄九：魏子雲的《金瓶梅》研究[*]

鄭永曉

元明清文學研究

在元明清文學研究中，有下列幾個問題值得注意：

一是關於《金瓶梅》的作者和所謂《金瓶梅》原貌的問題。對此，魏子雲先生曾發表過一些文章，他打破了過去關於《金》的作者是山東人的說法，推測出《金瓶梅》作者應該是江南人的結論。其後國內復旦大學的黃霖著文論證《金瓶梅》的作者當為紹興人屠隆。魏子雲在黃文基礎上又作了進一步考證，其〈《金瓶梅》作者是屠隆說〉（《中外文學》第 12 卷第 4 期）一文認為：(一)從屠隆生存的時間上說，自有寫作《金瓶梅》一書的可能。屠氏罷官後賣文以活，不久宮中即發生立儲之爭，《金瓶梅》之前半，出現於萬曆二十四年間，適逢其時；(二)屠氏與麻城劉承禧交厚，因而能傳抄到董其昌、袁宏道等人手上；(三)關於《金瓶梅》的作者，沈德符、袁小修、謝肇淛各有一說，以屠隆相印證，則「大名士」、「紹興老儒」、「金吾戚里其門客」無不影綽如之；(四)人悉知屠隆與劉延白、王弇州兩家交厚，屠氏作《金瓶梅》，勢必先呈這兩家友好校閱，此時雖王氏兄弟已故世，而以詖辭飾者，為上置於嘉靖，遂有王家之攀。

魏氏又認為，《金瓶梅詞話》絕非原始作者的《金瓶梅》。研究此一問題，必須分作兩個階段，袁中郎時代《金瓶梅》和東吳弄珠客序中萬曆丁巳冬的《金瓶梅詞話》。魏子雲在另一篇文章〈詞曰、四貪詞、眼兒媚——《金瓶梅》原貌探索之一〉（《中外文學》第 12 卷第 12 期）中又進一步探討了這個問題。他認為，萬曆十七年雒于仁上〈四箴疏〉，疑皇帝有廢長立幼之意圖，至萬曆二十年前後，冊立東宮的事件已達到高潮。在萬曆二十四年間出現的《金瓶梅》極有可能是一部有關明神宗寵愛鄭貴妃有廢長立幼意圖時的政治諷諭小說。袁中郎以枚乘〈七發〉喻之，關於項羽和劉邦的入話也不符契於

---

* 本文全名：〈近年來臺灣古典文學研究情況述略〉。此一部分仍特別論及魏子雲先生的有關《金瓶梅》研究。文刊於 1986 年第 1 期《文學遺產》。

西門慶其人其事。凡斯種種，足以證明《金瓶梅詞話》是改寫本，它之前的《金瓶梅》是一部有關政治諷諭的小說。

校後記

魏子雲

　　校完了這本《小說金瓶梅》，心頭浮泛起一絲絲成就感，自豪於我在此一研究上，又向前邁進了一大步。這本書特別不同的是，我已充分掌握了大陸方面的此一研究層次，且正面鑼正面鼓的對敲對打起來。可以說我的這本書，比過去的幾部，可是熱鬧多了。

　　說句豪邁的話，我的研究是有體系的。我的此一研究體系，自《金瓶梅探原》到今天，連《潘金蓮：金瓶梅的娘兒們》都算上，思想體系與立論之點，也迄未偏失。雖有修正，也極微少。預訂的路線，則始終在大道上邁進著的。如今，我又發現了馮夢龍與《金瓶梅》關係的密切證據，已在本年八月八日中央圖書館舉辦的「明代小說戲曲國際研討會」上提出。在本書中，也提出了兩篇，一是〈欣欣子是誰？〉我推想是馮夢龍的化名偽託；二是〈別頭巾文〉的證言，推想這篇〈別頭巾文〉也是馮夢龍弄出的手腳。而且，我又從屠隆的一幅手書七言詩卷上，發現到「一衲道人」就是屠隆的號。也許這篇〈別頭巾文〉就是屠隆的遊戲之作。但無論如何？《金瓶梅詞話》這部書中之有這篇〈別頭巾文〉，在《開卷一笑》中，這篇〈別頭巾文〉的署名又是「一衲道人」，縱是偽託，也有其偽託的因子。這也足以說明屠隆與《金瓶梅》應是有著密切關係的。那麼，《金瓶梅詞話》之成書於萬曆中葉以後，〈別頭巾文〉就是一個鐵證。

　　此一問題，我將在《金瓶梅的作者》一書中，再來闡述它。已在策畫中。

　　這本書與大陸學人正面討論的問題，大都十分直接。諸如成書的年代，「嘉靖說」應該到此為止了吧？「李開先寫定說」也該到此為止了吧？張遠芬的「嶧縣話」，又怎能經得起張惠英的這篇語言學上的例說之考驗！老實說，連我那篇有關《注釋》的討論，都是多餘的了。

　　在討論作者是誰的此一問題上，大陸的學人徐朔方先生致力最大。他為了要考證《金瓶梅》原是說書人的底本，經李開先寫定的。已辛辛勤勤的寫了不少篇，累計起來，總有十萬字吧。卻由於他的立論沒有歷史基礎，可以說他耗下去的力氣，全白費了。原擬附錄他那篇〈金瓶梅成書初探〉，或另一篇〈金瓶梅的成書以及對它的評價〉，惜乎這兩篇宏論，都篇幅過長，選印到這本小書之間，就鼓脹起來了。何況徐先生與我論戰的

文章，一來一往，也超過了四篇。我想，讀者當能從我們的幾篇論戰文中，獲知彼此在這方面的研究成果。

我這本書，過半的篇幅都在著眼於大陸方面的《金瓶梅》研究，若不是我生活在一個自由的環境裡，能迅捷的讀到大陸方面的這些出版品，還沒有資料寫出這麼一本書呢！

自從大陸開禁了《金瓶梅》這部書的研究，這幾年來，真格是風起而雲湧，月月都有數十篇論文發表，討論會已召開了兩次，明年又要召開國際會議，嗬！夠熱鬧了。我們這方面的出版品，他們也不禁了。想來，《金瓶梅》的研究成果，豐收的預期，還有我的份嗎？

本來，我的此一研究，從始至終，十七年來，一直是單人獨騎，在我們自由中國，只我一人，連個與權的同道都太少。可是，與我討論《金瓶梅》的朋友，則遍及全球，英、美、法、德、日，以及香港、新加坡，都有不少這方面的學人，不時通信砌磋。凡是我所需要的資料，這些朋友們總是主動提供，不是把書買來，就是影印下來。航郵迅捷，所以我能儘早讀到。當然，論文也就提早完成。而且為了能多獲得些需要閱讀的資料，這些年來，每年總有機會出國一次兩次，也能購得一些回來。是以我的此一研究，近十年來，幾乎是每年成書一本。這一點，正是大陸學人時時在艷羨不已的事。

關於《金瓶梅》這部書，有待繼續進入發掘的工作尚多。然而這部書太大了，不只是篇幅大，涉及的問題也大。良非一人之力所能提舉，確有待國際間有志於此書者，共策共勵焉！

國家圖書館出版品預行編目資料

小說《金瓶梅》

魏子雲著. – 初版. – 臺北市：臺灣學生，2014.09
面；公分（金學叢書第1輯；第3冊）

ISBN 978-957-15-1618-9 (精裝)

1. 金瓶梅 2. 研究考訂

857.48   103011439

小說《金瓶梅》

著　作　者：魏　　　子　　　雲
主　　　編：吳　敢、胡　衍　南、霍　現　俊
出　版　者：臺　灣　學　生　書　局　有　限　公　司
發　行　人：楊　　　雲　　　龍
發　行　所：臺　灣　學　生　書　局　有　限　公　司
　　　　　　臺北市和平東路一段七十五巷十一號
　　　　　　郵 政 劃 撥 帳 號：00024668
　　　　　　電　話：（02）23928185
　　　　　　傳　眞：（02）23928105
　　　　　　E-mail：student.book@msa.hinet.net
　　　　　　http://www.studentbook.com.tw

定價：精裝16冊不分售
　　　新臺幣 20000 元

二 〇 一 四 年 九 月 初 版

ISBN 978-957-15-1618-9 (本冊)
ISBN 978-957-15-1615-8 (全套)

金學叢書 第一輯

❶ 《金瓶梅》原貌探索 　　　　　　　　　　　　　　　　魏子雲著

❷ 《金瓶梅》的幽隱探照 　　　　　　　　　　　　　　　魏子雲著

❸ 小說《金瓶梅》 　　　　　　　　　　　　　　　　　　魏子雲著

❹ 《金瓶梅》演義——儒學視野下的寓言闡釋 　　　　　　李志宏著

❺ 《金瓶梅》的時間敘事與空間隱喻 　　　　　　　　　　林偉淑著

❻ 《金瓶梅》敘事藝術 　　　　　　　　　　　　　　　　鄭媛元著

❼ 說圖——崇禎本《金瓶梅》繡像研究 　　　　　　　　　曾鈺婷著

❽ 《金瓶梅詞話》之詩詞研究 　　　　　　　　　　　　　傅想容著

❾ 崇禎本《金瓶梅》回首詩詞功能研究 　　　　　　　　　林玉惠著

❿ 《金瓶梅》飲食男女 　　　　　　　　　　　　　　　　胡衍南著

⓫ 《金瓶梅》之身體感知與性別辯證：一個漢字閱讀觀點的建構 　李欣倫著

⓬ 《金瓶梅》鞋腳情色與文化研究 　　　　　　　　　　　李曉萍著

⓭ 《金瓶梅》女性服飾文化研究 　　　　　　　　　　　　張金蘭著

⓮ 《金瓶梅詞話》女性身體書寫析論——以西門慶妻妾為論述中心 　沈心潔著

⓯ 後設現象：《金瓶梅》續書書寫研究 　　　　　　　　　鄭淑梅著

⓰ 《金瓶梅》詮評史研究 　　　　　　　　　　　　　　　李梁淑著